古典文獻研究輯刊

八　編

曾永義　主編

第4冊

兩漢遠遊文學研究

唐景珏　著

國家圖書館出版品預行編目資料

兩漢遠遊文學研究／唐景珏 著 — 初版 — 新北市：花木蘭文
化出版社，2013〔民 102〕

目 2+208 面；19×26 公分

（古典文學研究輯刊 八編；第 4 冊）

ISBN：978-986-322-380-1（精裝）

1. 漢代文學 2. 文學評論

820.8 102014638

ISBN-978-986-322-380-1

9 789863 223801

古典文學研究輯刊
八 編 第 四 冊 ISBN：978-986-322-380-1

兩漢遠遊文學研究

作 者 唐景珏
主 編 曾永義
總 編 輯 杜潔祥
出 版 花木蘭文化出版社
發 行 所 花木蘭文化出版社
發 行 人 高小娟
聯絡地址 235 新北市中和區中安街七二號十三樓
電話：02-2923-1455 ／傳眞：02-2923-1452
網 址 http://www.huamulan.tw 信箱 sut81518@gmail.com
印 刷 普羅文化出版廣告事業
初 版 2013 年 9 月
定 價 八編 24 冊（精裝）新台幣 42,000 元

兩漢遠遊文學研究

唐景珏　著

作者簡介

唐景珏，女，山東煙臺人。2003 年起於湖北大學師從陳桐生教授攻讀中國古代文學專業先唐文學方向碩士學位課程，2006 年起於北京語言大學師從方銘教授攻讀中國古代文學專業先秦兩漢文學與文獻方向文學博士學位課程，分別於 2006 年、2009 年獲得文學碩士、文學博士學位。主要研究方向為先秦兩漢文學與文獻、陝南地方文化。近年來已在《人文中國學報》、《濟南大學學報》等刊物發表學術論文十餘篇。

提　　要

　　兩漢遠遊文學，是指兩漢之際以遠方遊歷為創作主題的文學作品，可分為三種類型，其中紀行賦為兩漢遠遊文學之大宗，它通過記敘旅途所見抒發自己的感慨。借神遊以抒情的神遊賦是兩漢遠遊文學的另一種。最後，兩漢遠遊文學還應包含遊仙類作品。本文力圖以「紀遊」、「神遊」、「仙遊」為主線，對兩漢遠遊文學作一透徹的分析，在此基礎上，探討兩漢遠遊文學對楚辭遠遊主題的繼承與創新，探討道家思想對兩漢遠遊文學帶來的超越性。

　　緒論部分：先秦時期的遠遊有四種，一種為主體在現實世界裏的實地之旅，第二即為哲學層面上的想象之旅，三、四是兩種較為特殊的遊歷，即巫遊與仙遊。這四種遊歷形式在兩漢開出三種類型的遠遊作品，一為紀行之作，二為神遊之作，三為仙遊之作。考察《遠遊》與《離騷》的關係，我們發現「仙遊」文學是從「神遊」文學發展而來的。而兩漢遠遊文學也是在先秦遠遊文學的基礎上發展起來的，正是在以《離騷》為代表的楚辭遠遊主題文學的基礎上，兩漢遠遊文學才得以發展並呈現出五彩紛呈的面貌。道家哲學上的「想象之旅」沒有像「仙遊」一樣開出一種遠遊文學樣式，但是卻通過影響士人的心態對兩漢遠遊文學帶來超越精神。

　　文章主體部分將分三章對兩漢遠遊文學進行探討。先來看第一部分，本章討論兩漢紀行文學，主要是紀行賦，分為三節。第一節將結合文本及兩漢文獻，深入研討劉歆《遂初賦》、馮衍《顯志賦》、班彪《北征賦》、班昭《東征賦》、蔡邕《述行賦》、葛龔《遂初賦》、劉楨《遂志賦》、崔琰《述初賦》及漢末建安時期的軍旅紀行賦。第二節在第一節的基礎上，梳理從《楚辭》到兩漢紀行賦的演變。本小節分為四個部分。一是：《涉江》、《哀郢》為紀行賦之濫觴。二：兩漢紀行賦對《離騷》憤世嫉俗精神的沿革。三：兩漢紀行賦對《楚辭》抒情手法的繼承與發展。四：兩漢紀行賦對楚辭結構形式的繼承。第一小部分將首先解讀紀行賦的濫觴《涉江》、《哀郢》，探討其作為紀行之作所具備的條件及不成熟之處。除了《涉江》、《哀郢》外，《離騷》對兩漢紀行賦的影響似乎更為廣泛，無論是借古以諷今的抒情手法、憤世嫉俗的創作緣起還是在結構形式上都對後者有影響。第三節將討論道家思想與兩漢紀行賦的關係。兩漢紀行賦體現著儒道互補的特點，但總體上來說，述志類紀行賦主要是受道家思想的影響。

　　再來看第二部分，本章討論兩漢神遊文學，即兩漢神遊賦，分為三節。第一節將結合文本及兩漢文獻，深入研討揚雄《太玄賦》、班固《幽通賦》、張衡《思玄賦》的創作背景，並對文本進行研讀。第二節在第一節的基礎上，梳理從《離騷》到兩漢神遊賦作的演變。本小節分為四個小部分，一：《離騷》神遊抒情模式。二：《離騷》憤世嫉俗思想在兩漢神遊賦中的沿革。三：從詩人氣質到哲人思辨。四：《遠遊》與兩漢神遊賦。在第一小部分裏將首先對《離騷》中

的「神遊」文本進行分析，並探討《離騷》遠遊抒情模式形成的文化背景，探析《離騷》遠遊抒情模式的開創性意義。與《離騷》遠遊抒情模式相比，由於時代背景及創作主體的變化，兩漢神遊賦的神遊模式有了新的內容，兩漢神遊賦呈現出新的面貌。如憤世嫉俗思想的漸趨淡化，越來越濃厚的理性思辨等。另外，兩漢神遊賦不僅對《離騷》有眾多諸如行文結構或者語句上的模仿，與《遠遊》亦有許多繼承。第三節探討道家思想與兩漢神遊賦的關係。

最後來看第三部分，本章討論兩漢遊仙文學，即兩漢遊仙詩賦，分為四節。第一節將結合文本及兩漢文獻，研讀兩漢遊仙詩賦文本，主要包括漢樂府遊仙詩，劉安、曹操的遊仙詩，《大人賦》、《覽海賦》、《仙賦》三篇遊仙賦，以及《楚辭》中漢人擬騷之作。第二節重點探討兩漢遊仙詩賦對楚辭，特別是《遠遊》的繼承。作為遊仙詩之祖，《遠遊》不僅在思想上有開創性意義，在藝術形式上也多為兩漢遊仙詩賦所繼承，如憤世嫉俗的遊仙動機，「忽臨睨夫故鄉」情節的設置、意象類型，空間建構方式、受道家思想的影響等方面。但兩漢遊仙詩賦對楚辭《遠遊》又有了許多創新，不僅出現了眾多的純粹吟誦「列仙之趣」的遊仙詩賦，那些「坎壈詠懷」之作也表現出愈來愈濃厚的遊仙色彩，新的神仙、方術意象，全新的仙界創造等等，這都是兩漢神仙思想興盛發展的結果。第四節，將探討道家思想與兩漢遊仙賦的關係。

餘論部分主要對前文所探討的楚辭與兩漢遠遊文學的關係、道家思想與兩漢遠遊文學的關係進行總結與補充。在楚辭方面主要探討了屈原的人格魅力、屈辭的文體感、楚辭的超越意識對兩漢遠遊文學的影響；在道家思想方面，主要以時間為線索探討道家思想在漢代的發展，及對同時期遠遊作家及作品的影響，力爭清晰地展現道家思想影響下兩漢遠遊文學演變軌跡。

目

次

緒　論

一、「遠遊」及「遠遊文學」界定

「遠遊」很早就出現在古人的筆下，如《論語‧里仁》：「父母在，不遠遊，遊必有方。」〔註1〕其後，「遠遊」更屢見於中國古代文人的詩辭文賦裏，如《楚辭‧遠遊》：「悲時俗之迫阨兮，願輕舉而遠遊。」〔註2〕漢班彪《北征賦》：「遂奮袂以北征兮，超絕迹而遠遊。」〔註3〕唐杜甫《季秋江村》：「遠遊雖寂寞，難見此山川。」〔註4〕明劉基《郁離子‧九難》：「慷慨辭家，踴躍遠遊。」〔註5〕

那麼「遠遊」一詞該如何解釋？

我們先來看此詞中的關鍵字「遊」。「遊」中間的㫃，是旌旗的形狀，卜辭遊寫作　、　，簋銘寫作　〔註6〕，尊銘作　〔註7〕，都是執旌旗而行的樣子。《說文解字》對「遊」及「㫃」做的解釋是：「旌旗之流也。」後來段玉裁又引申爲「旗之遊如水之流故得稱流也。引申爲凡垂流之稱。……又引申

〔註1〕〔清〕劉寶楠：《論語正義》，中華書局1990年版，第157頁。

〔註2〕〔宋〕洪興祖：《楚辭補注》，中華書局1983年版，第163頁。

〔註3〕〔清〕嚴可均輯校：《全後漢文》卷二十三，中華書局，1958年影印本，第597頁。

〔註4〕〔明〕劉基：《郁離子》，上海古籍出版社1981年版，第104頁。

〔註5〕〔唐〕杜甫撰〔清〕楊倫箋注：《杜詩鏡銓》，上海古籍出版社1980年版，第851頁。

〔註6〕羅振玉編：《三代吉金文存》，中華書局1983年版，第六卷第1頁。

〔註7〕同上，第十一卷第1頁。

爲出遊、嬉遊。」〔註 8〕看來「遊」最原始的意思即是「旌旗之流也」，後爲引申爲「水流」，「人或動物在水中行動」，後來逐漸引申爲「行走」。《淮南子・覽冥訓》：「鳳凰翔於庭，麒麟遊於郊。」高誘注：「遊，行也。」〔註 9〕上引《論語・里仁》，劉寶楠正義引《詩・大雅・板》毛傳：「遊，行也。」〔註 10〕

以上所舉「遊」都是指客觀世界裏的實地之行。但人在嚮往自由之際，僅僅實地之行並不能滿足他們對超越的渴望，某些地方，足迹所不能至，就會效法神仙飛空，把靈魂心思飛到那個地方去「神遊」一下。在此基礎上就誕生了另一種與腳踏實地之遊相對的「遊」，即「意識之旅」。人們對神的企慕與崇拜很大程度上是由於神能自在地進行這種意識上的遊行。其實，神能自由遊行，可以從「遊」字本身與「神」的密切關係上找到根源。「遊」字最原始的意思與旗子有關，古時行旅、遨遊都要捧著旗子。日本學者白川靜先生解釋道：這是古代氏族遷移或遊居時常見的現象，旗子代表氏族的徽號。奉氏族之神出遊，原因就在於真正能遊者，其實只有神才能辦得到。「遊，乃謂神之應有狀態之語。畢竟能夠暢遊者，本來就惟有神而已。神雖不顯其姿，然能隨處地、自由地冶遊。」〔註 11〕

當然，現實世界中神是不存在的，神只存在於宗教或哲學觀念中。人要像神一樣自由的遊走，大致有兩種途徑，「一是得到神祇的眷顧，成爲神的容器，讓『意識的自我』暫時假寐或離位，身軀被神靈充滿，變成暫時性的神，此時他即可得到神遊的體驗。巫覡在宗教儀式中，透過『降神』，即俗稱神靈附體，所得到的，就是這種經驗。」〔註 12〕在古代，巫的作用主要是祭祀與通神，即充當人與神之間的橋梁。《說文解字》釋「巫」：「巫，祝也。女能事無形，以舞降神者也。……古者巫咸初作巫。凡巫之屬皆從巫」。釋「覡」時說：「能齋肅事神明也。在男爲覡，在女爲巫」。〔註 13〕巫覡是個溝通神人的中介角色，他們舉行儀式邀請神自上界下降，並通過他們將信息、指示交與

〔註 8〕《說文解字・卷七上》，見〔漢〕許慎撰〔清〕段玉裁注《說文解字》，成都古籍書店 1981 年版，第 330 頁。
〔註 9〕劉文典：《淮南鴻烈集解》，中華書局 1989 年版，第 206 頁。
〔註 10〕〔清〕劉寶楠：《論語正義》，中華書局 1990 年版，第 157 頁。
〔註 11〕〔日〕白川靜著，加地伸行、范月嬌譯：《中國古代文化》，臺北文津出版社 1983 年版，第 236 頁。
〔註 12〕龔鵬程：《遊的精神文化史論》，河北教育出版社 2001 年版，第 154 頁。
〔註 13〕《說文解字・卷五上》，見〔漢〕許慎撰《說文解字》，中華書局 1963 年影印本，第 100 頁。

下界。我們可以從 1973 年楚國境內出土的「人物御龍帛畫」窺見楚巫陟天的形象。巫覡的這種溝通神人的儀式，從某種意義上說是一種天國或冥界旅行。《楚辭》裏，《九歌‧湘君》：「駕飛龍兮北征，邅吾道兮洞庭」，《九歌‧湘夫人》：「帝子降兮北渚，目眇眇兮愁余」，《九歌‧大司命》：「廣開兮天門，紛吾乘兮玄雲，令飄風兮先驅，使凍雨兮灑塵」，《九歌‧少司命》：「與女遊兮九河，衝風至兮水揚波」〔註 14〕，講的即是巫人模仿神明出遊。另一種途徑即是通過修煉把人變成神，從而得到真正的超越解脫。這裏有兩種修煉方法，一種是道家哲學的精神修煉。另一種是神仙家的形體修煉。前者如莊子《逍遙遊》所說，人若能沖氣於淡、合氣於漠，即能如藐姑射山之神人那樣，逍遙於廣漠之野，入水不濡、入火不燃。達到了這一境界之後，才能「遊方之外者也」，才能「乘天地之正，而御六氣之辯，以遊無窮者」，「乘夫莽眇之鳥，以出六極之外，而遊無何有之鄉，以處壙埌之野」，「乘雲氣，騎日月，而遊乎四海之外」〔註 15〕。另一種則主張直接改造人的體質，讓人能像鳥、像神一般遨遊於大地任何角落。司馬相如《大人賦》：「呼吸沆瀣兮餐朝霞，咀噍芝英兮嘰瓊華」。曹操《陌上桑》：「至崑崙，見西王母，謁東君，交赤松，及羨門，受要秘道。愛精神，食芝英，杖桂枝，絕人事，遊渾元」。通過這種修煉方式人能變成神仙。神仙思想，戰國時代已經相當盛行。春秋戰國時期的燕國，就有教王「不死之道」者〔註 16〕，於楚，也有「獻不死之藥」於荊王者〔註 17〕。《史記‧封禪書》更是詳細記載了燕、齊兩地的諸侯王求仙的情況：「自威、宣、燕昭使人入海求蓬萊、方丈、瀛洲……蓋嘗有至者，諸仙人及不死之藥皆在焉。其物禽獸盡白，而黃金銀為宮闕。」〔註 18〕神仙在空中遊歷，即為仙遊。這是先秦時期一種重要的遠遊方式。《莊子‧逍遙遊》記載了

〔註 14〕〔宋〕洪興祖：《楚辭補注》，中華書局 1983 年版，第 60、64～65、68、72～73 頁。

〔註 15〕《大宗師》、《逍遙遊》、《應帝王》、《齊物論》，分見〔清〕郭慶藩《莊子集釋》，中華書局 1961 年版，第 267、17、293、96 頁。

〔註 16〕《韓非子‧外儲說左上》，見〔清〕王先慎《韓非子集解》，中華書局 1998 年版，第 270 頁。

〔註 17〕《戰國策‧楚策》、《韓非子‧說林上》都有記載，分見〔漢〕劉向集錄《戰國策》，上海古籍出版社 1998 年版，第 565 頁；〔清〕王先慎《韓非子集解》，中華書局 1998 年版，第 176 頁。

〔註 18〕〔漢〕司馬遷撰〔宋〕裴駰集解〔唐〕司馬貞索隱〔唐〕張守節正義：《史記》，中華書局 1982 年版，第 1369～1370 頁。下引此書版本同。

先秦士人對仙遊的想像：「藐姑射之山，有神人居焉，肌膚若冰雪，綽約若處子，不食五穀，吸風飲露，乘雲氣，御飛龍，而遊乎四海之外。其神凝，使物不疵癘而年穀熟。」〔註19〕

以上我們分析了先秦士人對「遊」的幾種認識，我們大致可以分為四類。一為主體在現實世界裏的實地之旅，二為哲學層面上的想像之旅，三、四是兩種較為特殊的遊歷，二者都受到特殊宗教觀念的影響，前者在先秦之後逐漸失去了生存的土壤，而後者則是在戰國時期開始萌芽，在後世得以發展壯大，成為世人一種較為普遍的信仰，表現在文學上則開出遊仙文學一體。值得注意的是，巫術遊歷雖然在漢代並沒有像在先秦時期一樣影響到文學創作，但是，與巫術遊歷有密切關係的《離騷》卻對兩漢神遊賦的產生有巨大的啟發意義。可以這樣說，兩漢神遊賦的產生可以溯源於原始宗教中巫之「通神」的觀念。除了巫遊與仙遊兩種意識之旅外，還應提到道家哲學中游的精神。《莊子‧大宗師》裏「彼，遊方之外者也；而丘，遊方之內者也。外內不相及」〔註20〕，明顯分別了精神和物象的世界。可見，遊並非僅僅局限於客觀世界，主體可以憑藉想像力的馳騁，遊向內心世界，達到「神與物遊」〔註21〕境界。《莊子》對這種主觀意義上的精神之旅有零星記載，諸如「以遊無窮」、「方之外」甚或「六極之外」等等。《莊子》畢竟是一哲理散文，並沒有從正面詳細鋪寫「方外之遊」的境界，所以《莊子》中所展示的逍遙遊的精神主要是從精神層面上對兩漢遠遊文學產生影響。

「遠」，《說文解字》注為「遼也」，而何為「遼」，又注為「遠也」〔註22〕，十分簡單，段玉裁為《說文解字》作的注解較詳細：「遼，遠也。《小雅》：『山川悠遠，維其勞矣。』箋云：『其道里長遠，邦域又勞勞廣闊。』勞者，遼之，假借也。」〔註23〕所以說「遠」有「遙遠，距離長」之意，「遠遊」中的「遠」釋為「遠距離，遠方」更為合適。綜合上述意思，「遠遊」即可解釋為「向遠

〔註19〕〔清〕郭慶藩《莊子集釋》，中華書局1961年版，第28頁。

〔註20〕《莊子‧大宗師》，見〔清〕郭慶藩《莊子集釋》，中華書局1961年版，第267頁。

〔註21〕《文心雕龍‧神思》，見吳林伯《〈文心雕龍〉義疏》，武漢大學出版社2002年版，第302頁。

〔註22〕《說文解字‧卷二下》，見〔漢〕許慎撰《說文解字》，中華書局1963年影印本，第42頁。

〔註23〕《說文解字‧卷二下》，見〔漢〕許慎撰〔清〕段玉裁注《說文解字》，成都古籍書店1981年版，第78頁。

方行」，也即《漢語大詞典》所釋的「到遠方遊歷」。〔註24〕至於這個「遠方」是現實世界中真實存在的某個地方還是僅僅存在於某種意識裏的一種虛幻的所在，筆者認爲兩者都應包括在內。所以講到遠遊，也就不能僅僅包括現實中實地的遠行，而還應該包括那些「意識之旅」，「虛幻之旅」，我們可稱之爲「道遊」、「巫遊」及「仙遊」。

　　「遠遊」的意思我們已經澄清，那麼「遠遊文學」應該就是有關「到遠方遊歷」的文學。上文我們已經詳細分析了遊的四種形態，那遠遊文學自然就是以這四種形態的遊歷爲主體而進行的文學創作。「遠遊」在先秦時期已經成爲人們的現實需要。人們從事經濟、政治、軍事和外交活動，或經商，或遷徙，或服役，或征戰，或求學，或遊說，或出使，都免不了遠途跋涉。紀行之作就是對主人公這一實地遠行的紀錄。《詩經》中有不少抒寫兵役、徭役之苦的徵役詩，反映「征夫」被迫行役四方的內心苦痛。先秦時期最爲壯觀的遠遊當屬周穆王西征了，周穆王絕流沙、征崑崙「周流四荒」的歷程可謂創先秦遠遊之紀錄。《穆天子傳》就是對這次西征的文學紀錄。戰國時的屈原遭楚王流放，其作品中也有對自己流放江南行迹的真實紀錄。莊子哲學講究精神上的自由，多是從哲學層面上對遊作注解。莊子哲學多是通過對文人心態的影響而間接影響到遠遊文學的創作，使文學作品呈現出自由、超脫的境界。另外，關於巫術遊歷。巫覡在行巫法時，常會使用「魂遊祝詞」，這種巫術性祝詞可視爲《九歌》、《大招》、《招魂》等《楚辭》作品的藍本。作爲後世神遊辭賦的典範《離騷》，它是在巫風還在彌漫的楚國，由楚國詩人屈原，在《九歌》的基礎上創作出來的。〔註25〕當然，《離騷》雖然與此種遊歷有關，但不能看作是純粹的巫術作品。英國學者大衛·霍克斯先生認爲「如果說《九歌》的意旨基本上是宗教的，那麼《離騷》無疑是一首塵世的詩歌。巫術神怪貫穿於《離騷》的主題之中，但從總體內容上看，《離騷》是一個塵世詩人的自述。」〔註26〕陳桐生先生也認爲「《離騷》處於由宗教巫覡文學向現實文

〔註24〕羅竹風主編：《漢語大詞典》（第十冊），漢語大詞典出版社 1992 年版，第 1129 頁。

〔註25〕參見陳桐生：《楚辭與中國文化》，陝西人民教育出版社 1997 年版，第 80～89 頁。

〔註26〕〔英〕大衛·霍克斯：《中國各體文學研究》，美國加州大學出版社 1974 年版。譯文見莫礪鋒編《神女之探尋——英美學者論中國古典詩歌》上海古籍出版社 1993 年版，第 33 頁。

學的轉折點上，它帶著明顯的承前啓後的特色，一方面它的巫文化彩色相當濃郁，另一方面它又被注入一種時代文化精神，並最終以時代的理性精神去否定巫文化。」〔註27〕《離騷》最早以天國遠遊作爲創作主題，它的問世得益於巫術遊歷這種創造性經驗，得益於屈原卓越的藝術才華，得益於戰國時期昂揚的時代精神。作爲後世神遊文學的典範《離騷》，其天國遊的雄偉氣勢、瑰奇多彩至今震撼著讀者的心靈。最後，神仙思想自先秦萌芽，出現了對神仙世界及仙人遊歷的幻想，並且有了反映這種幻想的原始之作，那就是《楚辭·遠遊》，後世稱之爲遊仙詩之祖。遊仙文學在後世隨著道教的創立、繁榮而成爲中國文學史上茁壯的一枝。至此，遠遊文學的三種形態得以產生。

需要補充的是，神遊之作與仙遊之作有著密切的關係。它們之間不乏明顯區別，因爲「神」與「仙」本來就是有嚴格區別的。《說文解字》分辨得很清楚：「神，天神，引出萬物者」；〔註28〕「仙，長生仙去」或「仚，人在山上貌」。〔註29〕即神是天生的聖者，是萬物的創造者；仙是從凡人修煉而成的具有神性的人。那麼由此形成的兩種不同的遠遊，籠統來看，即神人之遊與仙人之遊，或者說是像神人一樣、像仙人一樣遊歷。當然根據主人公類型的不同，二者遊歷的場所又有不同，前者爲神話世界，後者則爲仙話世界，簡單來說即仙境與神境。但是兩者卻有著割不斷的聯繫。這是因爲最初的遊仙作品《楚辭·遠遊》是從神遊之作《離騷》的基礎上開拓出來的。《遠遊》的作者或許喜歡「奇文鬱起」〔註30〕的《離騷》，特別是其中天國神遊的壯麗描寫；同時，他也有可能是一個受神仙思想影響的人，在遭遇現實社會的困境時，他借助《離騷》天國遠遊的形式表達了他在神仙世界裏的自由、歡樂，藉以舒解心中的苦悶。所以《遠遊》與《離騷》天國遊歷的描寫都使用了神話意象，二位主人公在天上役使的眾神，他們的侍衛、御駕等都是神話傳說中的神、人或物，且有的意象完全相同，如：天闔（帝闔），西皇，飛廉、豐隆、宓妃、閶闔、顓頊、雷公、八龍等。不同的是，《遠遊》完全捨棄了《離

〔註27〕陳桐生：《楚辭與中國文化》，陝西人民教育出版社 1997 年版，第 89 頁。
〔註28〕《說文解字·卷一上》，見〔漢〕許慎撰《說文解字》，中華書局 1963 年影印本，第 8 頁。
〔註29〕《說文解字·卷八上》，見〔漢〕許慎撰《說文解字》，中華書局 1963 年影印本，第 167 頁。
〔註30〕〔梁〕劉勰：《文心雕龍·辨騷》。見吳林伯《〈文心雕龍〉義疏》，武漢大學出版社 2002 年版，第 61 頁。

騷》中的巫術意象，破天荒地在詩歌中使用了一種嶄新的意象系統——神仙、方術意象，如赤松、韓眾、王喬等，都是《列仙傳》中的古仙人，再如主人公導引行氣，服氣辟穀等方術意象，再如「丹丘，不死之舊鄉，湯谷，九陽」等主人公修仙煉道的地方等。〔註31〕

　　所以說《遠遊》雖然模仿了《離騷》中天國遊歷的描寫，卻用仙話話語系統置換了《離騷》的巫術話語系統，用遊仙精神置換了屈原平治天下的巨人精神，從而成爲文學史上第一首遊仙詩。它標舉了一種與《離騷》完全不同的人生價值觀，即對世俗欲望——自由、快樂、長生的大膽追求。陳洪先生曾這樣評價從《離騷》到《遠遊》轉變的意義：從「神遊」到「遊仙」的轉變，意味著抒情主體思想境界的轉變，即從積極地爲國家、宗族的命運而遊，轉變爲消極地爲個人的解脫而遊。因此，《遠遊》作者用「遊仙」否定「神遊」，開出後世遊仙文學一體。〔註32〕所以說，遊仙作品是從神遊之作的基礎上開拓出來的。正因爲第一篇遊仙作品《遠遊》與第一篇神遊作品《楚辭》二者有如此密不可分的關係，我們再讀兩漢神遊賦、遊仙詩賦時，就會發現它們在對仙境、神境的描繪，在對神仙方術意象、神話意象的運用時，往往會相互借鑒。

　　綜上所述，遠遊文學在後世逐漸分爲三枝，紀行之作，神遊之作，仙遊之作。兩漢遠遊文學可以據此分爲三大類。即紀行文學、遊仙文學、神遊文學。兩漢一代，賦體文學繁榮，出現了一批遠遊爲主題的辭賦，如司馬相如《大人賦》、揚雄《太玄賦》、劉歆《遂初賦》、桓譚《仙賦》、班彪《覽海賦》《北征賦》、馮衍《顯志賦》、班固《幽通賦》、班昭《東征賦》、崔駰《大將軍西征賦》（殘篇）、葛龔《遂初賦》（殘句）、張衡《思玄賦》、蔡邕《述行賦》、崔琰《述初賦》（殘篇）、劉楨《遂志賦》（殘篇）。另有漢末建安時期的軍旅賦十數篇，但均已殘缺不全。如阮瑀《紀征賦》（殘篇）、徐幹《序征賦》（殘篇）《西征賦》（殘篇），繁欽的四篇殘賦：《征天山賦》（殘篇）、《述征賦》（殘句）、《述行賦》（殘句）、《避地賦》（殘句），楊脩《出征賦》（殘篇），王粲《初征賦》（殘篇）、《述征賦》（存目），陳琳《大荒賦》（殘篇），應瑒《撰征賦》（殘篇）《西征賦》（殘句）等，另外，曹丕《述征賦》（殘篇）、曹植《述行賦》（殘句）《述征賦》（殘句）《東征賦》（殘篇）也創作於建安二十五年前。兩漢遠遊文學裏詩歌一體主要是

〔註31〕參見唐景珏：《〈遠遊〉研究》，湖北大學 2006 年碩士學位論文。
〔註32〕陳洪：《論〈楚辭〉的神遊與遊仙》，《文學遺產》，2007 年第 6 期。

對遊仙的描寫。兩漢現存遊仙詩主要是樂府詩，《王子喬》（相和吟歎曲）、《長歌行》（相和平調曲）、《董逃行》（相和清調曲）、《善哉行》（相和瑟調曲）、《隴西行》（相和瑟調曲），還有傳爲淮南王劉安所作的《八公操》（一曰《淮南操》），另有曹操七首遊仙詩，《氣出倡》三首、《秋胡行》二首、《精列》、《陌上桑》。兩漢軍旅紀行之作中有王粲的《從軍詩》五首，可算作是漢代少有的紀行詩。《楚辭章句》還收有一批漢人擬騷之作，如嚴忌的《哀時命》、東方朔的《七諫》、王褒的《九懷》、劉向的《九歎》、王逸的《九思》等，這些作品大多爲代屈原立言之作。漢代辭賦作家的這批摹仿屈原的楚辭體作品，大多都有求仙遠遊的描寫，可視爲兩漢遊仙文學的一脈。

二、兩漢遠遊文學研究的現狀及其價值意義

　　中國古代文學史上有一系列以「遠遊」爲主題的作品，對這些作品的研究也屢見不鮮，但將遠遊文學作爲文學史上的一個分枝進行研究，尚未見有學術成果問世。目前來看，將遠遊包含在「遊」中進行研究的著作也不多，龔鵬程先生著有《遊的精神文化史論》，以研究遊文化爲主，範圍較爲廣泛。作者是想由「遊」這一角度來解析中國社會的一些特性，彰顯中華文化中游的精神，所以其間也涉及到遠遊及遠遊文學，但對遠遊作品只是偶有提及並且只是作爲對遊文化進行解讀時所用的凡例。〔註33〕陳斯懷先生博士學位論文《道家與漢代士人心態及文學》分析了漢代士人文學中「遊」的精神。「遊」的精神在漢代之前的儒家、道家、屈宋辭賦那裏已經有豐富的表現，其中以道家的最爲本色。道家既有帶著現實色彩的山水之遊又有帶著虛擬色彩的神人之遊，而且還有隨處可見的各種自在自得的優遊，「遊」在道家那裏成爲它的核心精神之一，充分展現了一種自由無礙的精神境界，顯示出高度自覺的精神超越品質以及對人生超功利的審美態度。各種遊的精神對漢代士人產生了影響，主要地表現爲三種類型：遊行、遊仙、遊心。其中道家的影響主要體現在遊仙與遊心，它影響及漢代士人文學的是更顯內在的、超越性的「遊」，並集中體現在《淮南子》及士人的書信、辭賦之中，尤以辭賦爲重。〔註34〕

　　對源於楚辭的遠遊文學研究較爲深入的是英國學者霍克斯先生，霍克斯將其稱爲導源於楚地的巡遊主題文學。霍克斯區分了賦中所描述的遊歷的兩

〔註33〕龔鵬程：《遊的精神文化史論》，河北教育出版社，2001 年 11 月第 1 版。
〔註34〕陳斯懷：《道家與漢代士人心態及文學》，山東大學 2007 年博士學位論文。

種類型：眞實的與想像的。他的研究著重想像的遊歷，幾乎總是由空間飛向超自然的領域；而在另一方面，眞實的遊歷則關涉世間的旅行，通常走向歷史遺址。霍克斯認爲：其中的巡遊者可能是個男巫，也可能是個神秘主義者或國王。它設想有一個勻勻稱稱的宇宙世界，世界的不同部分分別受到不同神祇的支配。這些神對於那些通過正確的宗教儀式接近他們的巡遊者，或者俯首聽命，或是予以支持。因此，一次環繞全宇宙的成功的巡遊，假如巡遊者是個男巫，這次巡遊就會使他成爲宇宙的主宰，對宇宙間的各種神祇能夠隨心所欲，頤指氣使；假如巡遊者是個神秘主義者，這次巡遊就會使他融於絕對自由中，合二爲一；假如巡遊者是個帝王，這次巡遊就會使他獲得世俗權力和宗教神力兩方面的效忠，憑著神所賦予的權利，統治天下。另外霍克斯指出，巡遊在文學上的先例出現於楚辭的《九歌》。在其典型的模式中，主人公（巫覡）進行了一次追尋神的漫長遊歷，他以難以置信的速度穿行於宇宙，他的車乘或許是自行的，但卻常常爲一群龍所駕馭，遊歷者有非凡之力，並能控制雲、風、雨和河流聽從他的吩咐。雖有如此偉力，他卻經常難以達到與神完滿的結合。當然霍克斯的研究並未止步於楚辭，而是將視角伸入了漢賦，認爲導源於巫術的楚地巡遊主題文學，在某個重要方面，對賦體發展演變的影響是至關緊要的。如他探討了楚辭與《大人賦》關係，認爲：巡遊主題，最初是根據巫師做法、神遊天際的題材，由世俗詩人加工利用，成爲詩人以諷諭方式來表現他們期望擺脫腐朽、墮落的社會，擺脫昏庸、愚笨、背信棄義的君王的內容的一部分。那些習慣於將巡行天下與施行巫術的宗教儀式結合起來的帝王，他們是芸芸眾生的主宰，因而也就有權享受人類力所能及的最高恩惠，他們渴望爲自己取得那些通常只能通過巫師術士做法獲得的或只在神秘主義者沉思冥想中出現的權力和快感。巡遊主題對於這些帝王也有吸引力。事實上，中國第一個也是最偉大的宮廷詩人司馬相如所做的正是這些。〔註35〕陳洪先生《論〈楚辭〉的神遊與遊仙》認爲：楚辭中有兩種遠遊類型，神遊與仙遊，《遠遊》第一次比較明確地劃分了神遊與遊仙這兩種不同的境界。受《楚辭》，特別是《遠遊》的影響，《大人賦》從外在空間上開拓了遊仙文學的境界，《思玄賦》則從主體精神上提升了遊仙文學的境界。

〔註35〕〔英〕大衛・霍克斯：《中國各體文學研究》，美國加州大學出版社 1974 年版。譯文見莫礪鋒編《神女之探尋——英美學者論中國古典詩歌》上海古籍出版社 1993 年版，第 41 頁。

〔註 36〕除此之外，對楚辭遠遊主題的研究多集中在楚辭遠遊一系上。朱立新《試論楚辭遠遊系列的結構模式及其對遊仙詩影響》、多洛肯《楚辭遠遊文化簡論》，都認爲先秦《楚辭》作品乃至後人的仿傚之作中存在著一個以「遠遊」爲線索的作品系列。雖然，《楚辭》式的遠遊不能完全等同於仙遊，然而它們以「遊」爲核心構架篇章的創作類型和表現形式對後世遊仙詩提供了一個恢弘博大的藝術範式。兩文以邏輯順序從遠遊的緣起、遠遊的準備、遠遊的過程、遠遊的歸結四大板塊來分析遠遊的結構模式，從而對《楚辭》遠遊文化進行了總體性的描述。〔註 37〕兩文都承認楚辭中存在著一個遠遊主題，但僅是從遊仙的角度來探討其結構模式及其對後世遊仙詩的影響。

對兩漢文學從「遠遊」這一主題進行研究的著作或論文還未問世。李炳海先生《漢代文學的情理世界》對兩漢遠遊文學的三種類型都有涉及，如第四章《古今交融下的世道滄桑》對兩漢紀行賦涉及較多，第五章《溝連天人寄託終極關懷》特別是第六章《貫通人神尋找精神家園》，對兩漢神遊賦、遊仙辭賦都有透徹的論述。〔註38〕但李先生的論述是從天人關係的角度去挖掘，所以還留有研究的餘地。學界對兩漢遠遊文學雖然沒有從總體上進行研究，不過，對遠遊文學的分枝紀行賦，神遊賦，遊仙詩賦的研究頗有成果。關於兩漢紀行賦，單篇賦作如《遂初賦》、《顯志賦》、《北征賦》、《東征賦》、《述行賦》等名篇均已得到較爲深入的探討。但將兩漢紀行賦作爲一整體進行梳理，這樣的研究成果不多見。王琳《詩賦論叢》一書中《漢魏六朝紀行賦的「因地及史」特色》，及論文《簡論漢魏六朝的紀行賦》，把紀行賦的主要內容特徵歸納爲兩點：1、記述與經歷之地有關的人文掌故；2、摹寫經歷之地的山水景觀。認爲在探討紀行賦淵源時，不能忽視漢賦對以屈原爲主要作家的楚辭的繼承關係，認爲《楚辭》中的《涉江》、《哀郢》是紀行賦的萌芽，以行旅爲線索並摹寫其山水景色入賦，《楚辭‧九章》中的《涉江》已肇其端。作者還指出漢魏六朝紀行賦的重要特色是「因地懷古」或「因地及史」，漢代賦作對屈原借古諷今的筆法多有借鑒。〔註 39〕宋尚賢先生在《漢

〔註 36〕陳洪：《論〈楚辭〉的神遊與遊仙》，《文學遺產》，2007 年第 6 期。

〔註37〕多洛肯：《楚辭遠遊文化簡論》，《伊犂師範學院學報》2005 年第 4 期；朱立新：《試論楚辭遠遊系列的結構模式及其對遊仙詩影響》（《上海師範大學學報》，2001 年第 5 期。

〔註38〕李炳海：《漢代文學的情理世界》，東北師範大學出版社，2000 年 1 月第 1 版。

〔註 39〕王琳：《詩賦論叢》，黑龍江教育出版社 1999 年版，第 17 頁。王琳：《簡論漢魏六朝的紀行賦》，《文史哲》1990 年第 5 期。

魏六朝紀行賦的形成與發展》，對紀行賦從《九章》到《遂初賦》、《北征賦》、
《述行賦》的發展做了簡單的梳理。但由於篇幅所限，對兩漢紀行賦的前後
承繼沒有過多的闡釋。〔註40〕蘇慧霜《涉江遠遊──從屈原作品論唐前騷體
紀行賦的發展》，認為屈原一生三度遭遇放逐，行蹤經湘江，越洞庭，渡沅
水，過辰、漵，憂愁幽思因而寫下《離騷》、《涉江》、《哀郢》、《抽思》、《遠
遊》等諸多紀行之作。這些紀行作品最大的特色在於抒情言志傳統的書寫，
以羈旅遊歷之所見、所聞、所感，投映內心情志與理想，抒寫內心鬱悶的哀
愁與不平，這些作品不論是主題、表現方式或語言風格等書寫，都為後世紀
行作品樹立了寫作的典範。漢代騷體紀行賦在屈原紀行作品的基礎上形成兩
大主題「敘志」與「悲時」。其實這兩個主題是一個方面，「悲時」是作者們
憤而「敘志」的緣由之一。當然這篇作品在概括屈原紀行作品時不免有過廣
之嫌，但它將兩漢紀行賦與楚辭作品作了縱向對比，雖然不夠全面，但亦有
獨到之處。〔註41〕

　　神遊賦的研究不如紀行賦那樣深入廣泛，且目前來看，多是單篇研究的
成果。目前單篇研究以《思玄賦》為集中，《太玄賦》次之，《幽通賦》較少。
許結先生《張衡〈思玄賦〉解讀：兼論漢晉言志賦之承變》是研究《思玄賦》
的一篇有深度有廣度的力作。許先生深入分析了《思玄賦》的藝術結構，即
託神遊以寫實；其創作精神為借騷怨以表心；文化哲學為言玄理以寄意。〔註
42〕美國學者康達維《道德之旅：張衡的〈思玄賦〉》（上），認為《思玄賦》最
終顯示出一種果斷和確信是對騷體的失意賦傳統那種憂鬱的悲觀主義最有力
的反駁。「張衡的賦傳遞出一種強烈的印象，他在一種道德秩序中極端自信，
他要求這種秩序不僅使他在痛苦中得到慰藉，而且更重要的是提供他用來消
除疑慮和紊亂之自信的源泉。」〔註43〕《太玄賦》和《幽通賦》的單篇研究
不多，主要散落在漢賦或揚雄、班固的研究之中。另外，將這三篇神遊辭賦
聯繫起來，從神遊角度進行研究的成果也較少。對楚辭與兩漢神遊賦的關係，

〔註40〕 宋尚賢：《漢魏六朝紀行賦的形成與發展》，《文史哲》1990 年第 5 期。
〔註41〕 蘇慧霜：《涉江遠遊──從屈原作品論唐前騷體紀行賦的發展》，2006 年楚辭
　　　　國際學術研討會論文。
〔註42〕 許結：《張衡〈思玄賦〉解讀──兼論漢晉言志賦之承變》，《社會科學戰線》
　　　　1998 年第 6 期。
〔註43〕 〔美〕康達維著，陳廣宏譯：《道德之旅：張衡的〈思玄賦〉》（上），《古典文
　　　　學知識》1996 年第 6 期。

目前主要集中在對《思玄賦》與《離騷》二者關係的探討方面。如康達維在《道德之旅：張衡的〈思玄賦〉》（下）詳細分析了作爲《離騷》之「鏡象」的《思玄賦》。認爲比起追求美麗女神宓妃未獲成功的屈原，張衡幾乎爲宓妃和泰華玉女所勾引；也不像屈原，張衡並未被天閽擋回，而是進入天帝之宮殿極其享樂；張衡還順利地獲得傳說中先帝包括文王和黃帝的勸告，而屈原對舜的懇切陳辭則徒入聾耳。可見，兩篇作品間的一個主要不同在於他們天界遊歷的成功與否，與屈原狂熱的求索是一種無處不在的失敗相反，張衡更爲有序、自信的宇宙巡遊是明顯的成功。在這方面，他的遊歷與《遠遊》的道家遊歷者差不多。儘管張衡對天庭的巡訪看上去充滿愉悅和迷狂，但他卻不像《遠遊》的主人公在道家的超越中結束其遊歷，張衡拒絕這種可能性而決意回到人世間。〔註44〕蔣文燕《張衡〈思玄賦〉對〈離騷〉的模擬及二者精神主旨之異同——兼談漢代抒情言志賦的意義》，討論了張衡《思玄賦》與《離騷》的模擬與創新。蔣文燕認爲：《思玄賦》是漢代抒情言志賦中對屈原《離騷》在文句、描寫和結構上進行了最完整最有意識的模擬。但因時代背景與創作個體的不同，與屈原《離騷》中「寧溘死以流亡」的精神之旅相比，《思玄賦》中張衡的「道德之旅」是借遊歷的形式，通過對自己道德前途的叩問來表達他的堅持。因此《思玄賦》可視爲屈騷精神在漢代抒情言志賦中的影響與流變的讀本之一。〔註45〕再如焦華麗《論漢代思玄賦的「神遊」描寫》主要考察了漢賦中的思玄一類，探討其以「神遊」寄意的藝術表達方式。焦華麗認爲屈原《離騷》以「神遊」寫心志的表達方式對後世的文學創作產生了深遠的影響。對漢代的思玄賦來說，思玄賦把《離騷》中疾時憤世的精神發展爲淡泊自甘的隱逸之舉，「神遊」境界的鋪寫體現出一種自由之旨，形成了「神遊」描寫的新變奏。〔註46〕這些成果多關注到《離騷》與《思玄賦》的密切關係，對《遠遊》與《思玄賦》的關係缺乏探討。

關於兩漢遊仙詩賦，目前，學界已經對漢樂府遊仙詩、曹操的遊仙詩、《大人賦》等進行了較爲深入的個案研究，也取得了不少令人滿意的成果。如對遊仙詩的研究，張振龍《漢代遊仙文學主旨探論》探討了漢代遊仙文學在繼

〔註44〕〔美〕康達維著，陳廣宏譯：《道德之旅：張衡的〈思玄賦〉》（下），《古典文學知識》1997 年第 1 期。

〔註45〕蔣文燕：《張衡〈思玄賦〉對〈離騷〉的模擬及二者精神主旨之異同——兼談漢代抒情言志賦的意義》，《寧夏大學學報》2006 年 04 期。

〔註46〕焦華麗：《論漢代思玄賦的「神遊」描寫》，《科教文匯》2006 年 07 期。

承莊子、屈原的同時所作的新開拓，主要表現在四個方面：對長生享樂的渴求；表達對現實黑暗動亂政治的不滿，對自由、和平、安寧生活的嚮往；對傳說中的仙人如何成仙和世間良吏得道成仙的記載；對祭祀、祈請神仙賜祥瑞和神仙方術的描寫。〔註47〕姚聖良《漢樂府遊仙詩的「列仙之趣」》認爲：神仙思想在漢代得到了極大的豐富和發展，形成了漢人神仙信仰的新特點，爲漢樂府遊仙詩提供了許多新鮮、有趣的神仙內容，使得漢樂府遊仙詩表現出眞正意義上的「列仙之趣」，開了追求「列仙之趣」遊仙詩的先河。〔註48〕韓國閔丙三先生《漢代樂府詩裏的神仙信仰》一文認爲漢代仙風極盛，其神仙信仰在文學藝術活動方面的表現，主要是漢樂府遊仙詩的創作。漢樂府中描寫求仙問藥、長生至樂的詩歌，充分體現出漢代社會神仙信仰的盛行以及前道教、道教一脈在秦至漢末時期的發展線索。〔註 49〕對《楚辭》漢人擬騷之作從遊仙詩的角度進行研究，主要是北京大學張宏先生的博士學位論文《秦漢魏晉遊仙詩的淵源流變論略》。此外，一些研究遊仙詩的專著或學位論文也得以問世，如孫昌武先生的《詩苑仙蹤：詩歌與神仙信仰》，陳華昌先生的《曹操與道教及其仙遊詩研究》，詹石窗先生的《道教文學史》等，前文提到的張宏的博士學位論文《秦漢魏晉遊仙詩的淵源流變論略》、陝西師範大學彭瑾的碩士學位論文《唐前遊仙詩發展論略》等。遊仙賦的研究裏對《大人賦》的關注多一些，特別是對《遠遊》與《大人賦》的關係，一度成爲學者關注的熱點。譚家健先生《漢魏六朝時期的海賦》，章滄授先生的《覽海仙遊感悟人生》、《班彪〈覽海賦〉》等對《覽海賦》或考辨或賞析或從海賦的角度進行研究。關於《仙賦》的研究，大都分佈在對桓譚或者遊仙文學的研究裏。最後，對《遠遊》與兩漢遊仙詩賦，特別是遊仙詩的關係，研究較爲廣泛，姚聖良先生的博士學位論文《先秦兩漢神仙思想與文學》，該論文專列一節《〈遠遊〉在遊仙詩發展史上的重要地位》探討《遠遊》與遊仙詩的關係，姚先生認爲「《遠遊》亦被稱爲文學史上第一篇眞正意義上的遊仙詩，在遊仙詩發展史上佔有十分重要的地位。」原因是「與《離騷》相比，《遠遊》不僅第一次出現了仙人，亦涉及到大量的神仙修煉方術，表現出了更爲明顯的神仙長生旨趣；而且還最早將神仙思想與道家學說、陰陽五行理論等融爲一體，極大地拓展

〔註47〕 張振龍：《漢代遊仙文學主旨探論》，《信陽師範學院學報》1999 年第 1 期。
〔註48〕 姚聖良：《漢樂府遊仙詩的「列仙之趣」》，《貴州社會科學》2005 年第 3 期。
〔註49〕 〔韓〕閔丙三：《漢代樂府詩裏的神仙信仰》，《宗教學研究》2004 年第 1 期。

了遊仙詩的藝術想像空間，奠定了遊仙詩創作的主要表現模式。」〔註50〕孫元璋先生不僅認為《遠遊》開遊仙詩之河，更詳細討論了《遠遊》這篇遊仙之作產生的社會原因及文學淵源。〔註51〕徐明《試論漢代遊仙詩的產生及演變》認為，《遠遊》蘊含了遊仙詩的基本因素，至漢武帝時司馬相如的《大人賦》在承襲中將宣揚道家思想主題改變為永生不死的願望。以後的漢樂府遊仙詩則體現了道家與方士思想的融合，從而形成並演變出漢遊仙詩表現仙人自由安樂的生活、表達長生不死願望及企望超脫塵世的思想形態。〔註52〕王仁元《簡論我國古代遊仙詩的發展及表現主題》認為屈原開創了中國文人因困於現實而借神遊以抒懷的先河，而《遠遊》中出現的神人形象、神遊和豐富的幻想無疑成為以後遊仙辭和詩歌創作的源泉。作者還認為，《大人賦》雖然沿襲了楚辭的神遊描寫，但是，楚辭中的神遊部分，歷史人物、神話人物頻頻出現，而仙人們是置身於神遊之外的。在《大人賦》中，仙人已經進入神遊的全過程，神遊變成了仙遊。〔註53〕但這些作品大多僅是從遊仙精神方面探討《遠遊》與兩漢遊仙詩賦的關係，對其在意象類型、遊仙動機等方面的承傳關注較少。總之對於兩漢遊仙詩賦對《楚辭・遠遊》的繼承與開拓還有待研究。

目前，雖然涉及先秦兩漢遊仙文學的單篇論文數量頗多，但仍然存在一些比較薄弱的環節。例如，對這些遊仙詩賦，學者們雖有較多關注，但均未深入挖掘其產生的思想文化背景，而且從總體上把握他們的前後承繼關係也是一項需要加強的研究工作；遊仙文學中的超越精神來源於楚辭，也與當時的道家思想有關，對後者的研究較為薄弱。所以說，儘管目前有關先秦兩漢遊仙詩賦的研究，已經做得比較細緻深入，但仍存在不少問題，亦有進一步深入探討的必要。

兩漢遠遊文學的發展除了直接受楚辭影響外，道家思想對其也有較大的促進作用。道家對漢代遠遊文學的影響靠的是其自身內在的、超越性的「遊」的精神。道家的這種超越性的「遊」的精神影響到漢代士人心態，從而對兩漢遠遊文學帶來影響。漢代的遠遊文學不論是遊仙還是神遊很大程度上就是

〔註50〕姚聖良：《先秦兩漢神仙思想與文學》，山東大學 2006 年博士學位論文。
〔註51〕孫元璋：《〈楚辭・遠遊〉發微》，《文史哲》1985 年第 6 期。
〔註52〕徐明：《試論漢代遊仙詩的產生及演變》，《張家口師專學報》1997 年第 2 期。
〔註53〕王仁元：《簡論我國古代遊仙詩的發展及表現主題》，《信陽師範學院學報》2005
　　　年第 2 期。

漢人追求自由，遠離俗世心態的表現，當然紀行賦中也不乏這種情感的抒發。將道家思想與漢代遠遊文學結合起來研究，我們可以從一些漢代文學研究的著作裏找到一些片斷。如尚學鋒先生《道家思想與漢魏文學》中《士不遇賦中的道家情思》一節，其中論及到《太玄賦》、《思玄賦》，尚先生將其歸爲「思玄」類，認爲《惜誓》、《遠遊》是這類作品的先驅。還論及《遂初賦》、《北征賦》、《顯志賦》、《歸田賦》等，尚先生將其歸爲述志類，並認爲這類作品中楚騷的影響逐漸被老莊的崇尚自然的旨趣所取代。〔註 54〕尚先生的研究很深入，對我們也很有啓發，只是研究的角度與我們不同，尚先生的研究對象是受道家思想影響的作品，並對它們進行分類剖析，歸納探討，我們的研究範圍是所有遠遊作品，自然也包括那些受道家思想影響較少的作品。陳斯懷先生博士學位論文《道家與漢代士人心態及文學》中，作者專門討論了道家與漢人士人文學中「遊」的精神，漢人士人文學中游的精神即可分爲儒家之遊，道家之遊，又分爲遊仙、遊行與遊心，二者交融在一起。該文雖然選取賈誼、司馬遷、揚雄、張衡等幾位代表性士人的創作來闡明道家與漢人士人文學的關係，不過，卻較少涉及到遠遊文學作品。該文論述範圍較爲廣泛，其分時段詳細論述士人心態受道家思想的影響，對本文頗有借鑒意義。〔註 55〕

　　本文將研究的著眼點定位在兩漢遠遊文學。兩漢遠遊文學肇自楚辭，由於屈原個人魅力的影響，及遠遊抒情模式本身易於抒情達意的特點，遠遊文學成爲漢代文學重要一枝。通過對兩漢遠遊文學的解讀，對創作主體及作品的創作背景進行探討，我們認爲與兩漢遠遊文學的發展有密切關係的兩種因素分別是楚辭與道家思想。神仙思想雖然在兩漢較爲盛行，但它較多地對兩漢遊仙文學產生影響，而楚辭與道家思想則是滲透在兩漢遠遊文學的方方面面。漢人紀行賦、神遊賦及遊仙詩賦汲取了楚辭創作經驗與藝術手法；由於時代背景、個人經歷、文化素養等的不同，兩漢士大夫對道家思想、儒家思想等有不同的汲取，道家的超越精神也會以不同程度呈現在他們的文學創作中。所以說與先秦楚辭遠遊主題相比，兩漢遠遊文學呈現出特有的風貌。目前從總體上來看，兩漢遠遊文學的研究較爲零碎，缺乏系統性。我們的研究，力圖在對兩漢遠遊作品全面分析的基礎上，結合作品創作的時代背景，創作主體的思想背景等，還原兩漢遠遊文學的全貌。同時，對兩漢遠遊文學的抒

〔註 54〕尚學鋒：《道家思想與漢魏文學》，北京師範大學出版社，第 137～154 頁。
〔註 55〕陳斯懷：《道家與漢代士人心態及文學》，山東大學 2007 年博士學位論文。

情手段，抒情模式將作追本溯源的探討，探討遠遊這一抒情模式的含義及產生這一抒情模式的文化背景。兩漢遠遊抒情模式對《離騷》或《遠遊》抒情模式在繼承的基礎上有所創新，本論文期望在深入研究楚辭遠遊抒情模式的基礎上，將兩漢遠遊文學中的遠遊抒情模式及其文化背景研究透徹，從而在總體上展現從楚辭遠遊主題到兩漢遠遊文學的演變軌迹，並最終還原兩漢遠遊文學的面貌。

三、本論題的研究思路與方法

兩漢遠遊文學，是指兩漢之際以遠方遊歷爲創作主題的文學作品。它始自漢高祖劉邦元年（前 206 年），終於漢獻帝劉協建安二十五年（220 年）。兩漢文學中以「遠遊」爲主題的作品，可分爲三種類型，其中紀行賦爲兩漢遠遊文學之大宗，主要包括劉歆《遂初賦》、班彪《北征賦》、班昭《東征賦》、蔡邕《述行賦》等，它上承屈原《涉江》、《哀郢》，通過記敘旅途所見抒發自己的感慨。借神遊以抒情的神遊賦也是兩漢遠遊文學的一種，主要包括揚雄《太玄賦》、班固《幽通賦》、張衡《思玄賦》等，它上承《離騷》，以神遊思路抒寫自己的精神探索和人生志向。最後，兩漢遠遊詩賦還應包含遊仙類作品，兩漢民間樂府詩中的遊仙詩及《大人賦》、《覽海賦》、《仙賦》，《楚辭》漢人擬騷之作等，它們上承《遠遊》，或抒其「列仙之趣」，或詠其「坎壈」之懷，均借仙界遠遊來抒情達意。本論文將首先對這些遠遊作品細細研讀，在此基礎上，結合先秦兩漢文獻典籍，包括出土文獻，對遠遊作品創作背景、創作時代或者作者問題等深入挖掘，爭取對遠遊文學自身的發展規律有一個清晰的認識。另外，兩漢遠遊文學是在先秦遠遊文學特別是楚辭的基礎上發展起來的，本論文將對兩漢遠遊文學作品與楚辭作品作對比研究，理出先秦兩漢遠遊文學發展的脈絡；從兩漢遠遊文學發展的脈絡來看，楚辭之外，道家思想、神仙家思想同時對兩漢遠遊文學的繁榮起著促進作用。相對於神仙家思想僅對兩漢遊仙文學產生較大影響外，道家思想通過對士人心態的影響而從整體上對兩漢遠遊文學帶來了超越性。

下面是本論文的思路：

在研究兩漢遠遊文學之前，筆者先對「遠遊」及「遠遊文學」作一界定。先秦時期的遠遊有四種，一種爲主體在現實世界裏的實地之旅，第二即爲哲學層面上的想像之旅，三、四是兩種較爲特殊的遊歷，即巫遊與仙遊。這四

種遊歷形式在兩漢開出三種類型的遠遊作品，一爲紀行之作，二爲神遊之作，三爲仙遊之作。考察《遠遊》與《離騷》的關係，我們發現「仙遊」文學是從「神遊」文學發展而來的。而兩漢遠遊文學也主要是在先秦楚辭的基礎上發展起來的，正是有了以《離騷》爲代表的楚辭創作，兩漢遠遊文學才得以發展並呈現出五彩紛呈的面貌。道家哲學上的「想像之旅」，雖然沒有像「仙遊」一樣開出一種遠遊文學樣式，但是卻通過影響士人的心態對兩漢遠遊文學帶來超越精神。

　　兩漢遠遊主題根據主人公「遠遊」的類型大體分爲三類，即「紀遊」、「神遊」與「仙遊」。紀遊作品，以紀實爲主，紀錄主人公的遠遊行蹤，及在遠遊過程的所見所聞所感。神遊與仙遊作品，主人公並沒有在現實中遊歷，只是一種觀念上的遊歷。這二者又由於主人公的現實境遇、思想信仰等的不同，遊歷的場所又有神界與仙界之分，所以又可細分爲「神遊」與「仙遊」。爲了便於探討，本論文將兩漢遠遊文學分三部分進行討論。第一部分討論兩漢紀行文學，除王粲軍旅紀行詩外，主要是紀行賦。第二部分討論兩漢神遊文學，即兩漢神遊賦。第三部分討論兩漢遊仙文學，即兩漢遊仙詩賦。

　　先來看第一部分，本章主要探討兩漢紀行賦，分爲三節。第一節將結合文本及兩漢文獻，深入研討劉歆《遂初賦》、馮衍《顯志賦》、班彪《北征賦》、班昭《東征賦》、蔡邕《述行賦》、葛龔《遂初賦》、劉楨《遂志賦》、崔琰《述初賦》及漢末建安時期的軍旅紀行賦。第二節在第一節的基礎上，梳理從楚辭到兩漢紀行賦的演變。本小節分爲四個部分。一是：《涉江》、《哀郢》爲漢代紀行賦之濫觴。二：兩漢紀行賦對《離騷》憤世嫉俗精神的沿革。三：兩漢紀行賦對《楚辭》抒情手法的繼承與發展。四：兩漢紀行賦對楚辭結構形式的繼承。在第一小部分將首先解讀兩漢紀行賦的濫觴《涉江》、《哀郢》，探討其作爲紀行之作所具備的條件及不成熟之處。除了《涉江》、《哀郢》外，《離騷》對兩漢紀行賦的影響似乎更爲廣泛，無論是借古以諷今的抒情手法、憤世嫉俗的創作緣起還是在結構形式上都對後者有影響。第三節將討論道家思想與兩漢紀行賦的關係。兩漢紀行賦體現著儒道互補的特點，但總體上來說，述志類紀行賦主要是受道家思想的影響。

　　再來看第二部分，本章主要討論兩漢神遊賦，分爲三節。第一節將結合文本及兩漢文獻，深入研討揚雄《太玄賦》、班固《幽通賦》、張衡《思玄賦》的創作背景，並對文本進行研讀。第二節在第一節的基礎上，梳理從《離騷》

到兩漢神遊賦的演變。本小節分為四個小部分，一：《離騷》神遊抒情模式。二：兩漢神遊賦對《離騷》憤世嫉俗思想的沿革。三：從詩人氣質到哲人思辨。四：《遠遊》與《太玄賦》、《思玄賦》。在第一小部分裏將首先對《離騷》中的「神遊」文本進行分析，並探討《離騷》遠遊抒情模式形成的文化背景，探討楚文化、戰國士文化在《離騷》遠遊抒情模式形成中的作用，並進一步探析《離騷》遠遊抒情模式的開創性意義。結闔第一節中對兩漢神遊賦的研究成果，探討兩漢神遊賦的神遊模式與《離騷》遠遊抒情模式相比，由於時代背景及創作主體的變化而呈現出的新面貌。如憤世嫉俗思想的漸趨淡化，越來越濃厚的理性思辨等。另外，兩漢神遊賦不僅對《離騷》有眾多諸如行文結構或者語句上的模仿，與《遠遊》亦有許多繼承。第三節探討道家思想與兩漢神遊賦的關係。

最後來看第三部分，本章主要研讀兩漢遊仙詩賦，分為四節。第一節將結合文本及兩漢文獻，深入探討兩漢遊仙詩賦文本，主要包括漢樂府遊仙詩，劉安、曹操的遊仙詩，三篇遊仙賦《大人賦》、《覽海賦》、《仙賦》，以及《楚辭》中的漢人擬騷之作。第二節重點探討兩漢遊仙詩賦對楚辭，特別是《遠遊》的繼承。先秦遊仙文學主要指《楚辭·遠遊》，《遠遊》借遊仙以抒情，在文學史上開創了一種新的抒情言志的方式。《遠遊》作為遊仙詩之祖不僅在思想上有開創性意義，在藝術形式上也多為兩漢遊仙詩賦所繼承，如憤世嫉俗的遊仙動機，「忽臨睨夫故鄉」情節的設置、意象類型，空間建構方式、受道家思想的影響等方面。但兩漢遊仙詩賦對楚辭《遠遊》又有許多創新，不僅出現了眾多的純粹吟誦「列仙之趣」的遊仙詩賦，那些「坎壈詠懷」之作也表現出愈來愈濃厚的遊仙色彩，新的神仙、方術意象，全新的仙界創造等等，這都是兩漢遊仙思想興盛發展的結果。兩漢神仙思想在先秦神仙思想的基礎上，由於統治者的推崇而不斷發展壯大。以上為第三節，探討的是兩漢遊仙詩賦對《遠遊》的創新。第四節，將探討道家思想與兩漢遊仙賦的關係。兩漢遊仙賦不僅在詞句的運用上對道家文獻有所借鑒，更重要的是其超越精神給遊仙文學的精神面貌帶來影響。

本論文圍繞「遊」字展開，在對「遊」的類型進行分析的基礎上，探討由「遊」字的不同含義所開闢出來的遠遊文學的三種類型。這三種類型在楚辭中得以較為完整的體現。兩漢遠遊文學主要是在繼承楚辭的基礎上發展起來的。所以本文在探討兩漢遠遊文學時，更多地注重了與楚辭作品的前後承

繼關係。另外，道家思想通過對士人心態的影響而從總體上對兩漢遠遊文學帶來超越性。下面是本文思路的簡單圖式：

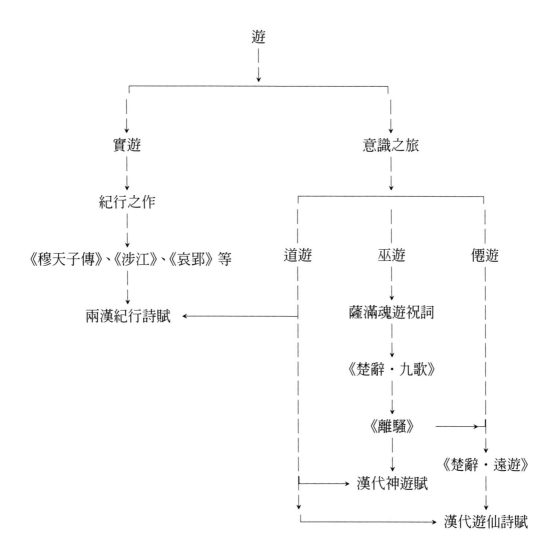

本論文的研究方法：

　　1. 類型學

　　　所謂類型學是將具有相同或相似特質的事物作為某一個類別加以分析研究的科學方法。本文將遠遊文學作為文學史上的一類加以研究。首先對遊進行分類，遊大體上可分為實地之遊與意識之旅。意識之旅又可據其所受支配

的宗教觀念分為仙遊與巫遊。遠遊文學是對遠方遊歷過程進行紀錄的作品，其中也記載著作者的所見所聞所思所感。遠遊文學可以根據「遊」的類型分為三類，即紀行之作，神遊之作，仙遊之作。所以為了便於探討，本論文采用類型學方法，將兩漢遠遊文學分三部分進行討論。第一部分討論兩漢紀行文學，除王粲軍旅紀行詩外，主要是紀行賦。第二部分討論兩漢神遊文學，即兩漢神遊賦。第三部分討論兩漢遊仙文學，即兩漢遊仙詩賦。

2. 本論文堅持從文本出發，首先採用文本分析的方法，深入分析兩漢遠遊文學作品，從兩漢紀行賦，兩漢神遊賦，到兩漢遊仙詩賦，並且將這些作品與楚辭遠遊主題進行對比研究。同時，將文本置於先秦兩漢神仙思想、儒家思想、道家思想發生發展的歷史進程中進行考察，通過將不同時期、不同作家的遠遊作品進行對比分析，爬梳整理遠遊文學在兩漢時期生成、變化、發展的具體過程。

3. 本文還將採用以文獻資料為主，考古材料作為參照與必要補充的二重證據法。通過對現存先秦兩漢文獻典籍及相關史料進行認真細緻的梳理，結合考古發現的地下新材料，深入探討先秦兩漢思想史的發展脈絡，理清巫術、神仙、五行、道家等思想的複雜狀態及其相互關聯，從而具體考察遠遊這一抒情模式產生於楚辭的社會歷史文化背景，及遠遊這一抒情模式自先秦至兩漢演變的社會歷史背景。

第一章　兩漢紀行賦研究

　　「紀行賦」，其名稱見於蕭統《文選》，蕭統《文選》「賦部」下有「紀行」
一類，內容包括班彪《北征賦》、班昭《東征賦》、潘岳《西征賦》等描寫羈
旅之賦作。劉勰《文心雕龍·詮賦》則稱爲「述行」賦，以爲：「夫京殿苑獵，
述行序志，並體國經野，義尙光大，既履端於倡序，亦歸於總亂。」〔註1〕這
類賦篇幅一般較大賦短，但內容很豐富，敘述行程、反映現實、抒發情感，
可謂賦中奇葩。不論稱「述行」或「紀行」，此類賦作以「述行序志」爲旨趣，
足迹所履，往往驗之於文，正如謝靈運《歸途賦》所言：

　　　　昔文章之士，多作行旅賦。或欣在觀國，或怵在斥徒，或述職邦邑，

　　　　或羈役戎陣。〔註2〕

或欣、或怵、或因仕途挫敗，或壯志難酬，「抒情言志」是紀行文學產生的重
要創作意圖。「紀行賦」是以賦的形式，通過記敘旅途所見、所聞而抒發自己
感慨的作品，兩漢是寫景抒情紀行賦的發展時期。紀行賦的淵源可以上溯到
先秦時期，早在《詩經》中就有描寫行役征旅的詩如《小雅·採薇》、《豳風·
東山》，曾經給紀行賦以極大的啓發，但影響不如《楚辭》顯著、直接。劉勰
認爲賦源於《楚辭》，他在《文心雕龍·時序》中就曾有這樣的論述：「爰自
漢室，迄至成哀，雖世漸百齡，辭人九變，而大抵所歸，祖述楚辭，靈均餘
影，於是乎在。」〔註3〕作爲賦之一體的紀行賦亦源於《楚辭》，現代的許多

〔註1〕吳林伯《〈文心雕龍〉義疏》，武漢大學出版社2002年版，第113頁。

〔註2〕〔清〕嚴可均校輯：《全宋文》卷三十，中華書局1958年影印本，第2599頁。

〔註3〕〔梁〕劉勰著，吳林伯《〈文心雕龍〉義疏》，武漢大學出版社2002年版，第
542頁。

學者對此看法大體一致。如葉幼明先生認爲：「紀遊辭賦的淵源可以上溯到先秦時期，屈原的《涉江》、《哀郢》，可以算作它的濫觴。」〔註4〕近人劉師培《論文雜記》中也認爲「《西征》、《北征》，敘事記遊，出於《涉江》、《遠遊》者也。」〔註5〕不過，確切的說，《遠遊》只能視爲紀行賦的遠源，它同《離騷》一樣，並非紀述現實中的遊歷，《楚辭》中《涉江》、《哀郢》可看作紀行賦的濫觴。《涉江》記敘作者由鄂渚前往漵浦的經歷，《哀郢》則是作者追憶自己離開郢都，向南流亡的情形。不過《涉江》、《哀郢》，二者重在抒情，文章的主題也不是主要以行旅過程爲轉移的，紀行的意義尚不突出。因此兩篇作品還不能說是紀行體。司馬相如有《哀二世賦》，但其篇製非常短小，紀行的意義同樣並不突出。西漢末年劉歆的《遂初賦》才眞正確立了紀行賦的程序，被認爲是最早的紀行賦。漢哀帝時，劉歆因議論被排擠，爲避禍求出補吏，爲河內太守，後以宗室不宜典三河，轉徙五原太守。赴五原途中，經過春秋時晉國故地，有感而發，遂作此賦。從文章內容來看，它「可以稱得上是賦史上第一篇成熟的紀行賦」〔註6〕。全篇先述行旅之由，後敘歷經之處的歷史人文掌故和自然景色，並同時書寫情懷，最後，以「亂曰」結束，這完全是後來紀行賦的程序。如班彪的《北征賦》，班昭的《東征賦》，蔡邕的《述行賦》大都是對劉歆《遂初賦》的繼承和發展。班彪的《北征賦》在《歷代賦彙》中入行旅類，記述作者從長安至安定郡高平避難時的所見所思。此賦記述了此行的歷程，並結合途中所見所感抒寫了懷古傷今的感慨，表現了反對戰爭和安貧樂道的思想。班彪《北征賦》繼承了《遂初賦》的寫法，文辭較《遂初賦》更典雅含蓄，敘事抒情結合得較爲綿密。班昭的《東征賦》描寫她隨兒子曹成從洛陽前往陳留的經歷。何沛雄先生在《六種賦話》中對這篇賦賞譽有加：「曹大家《東征賦》，韜筆排宕，名理曡出。巾幗不讓鬚眉，可垂不朽矣。」〔註7〕不過與《遂初賦》、《北征賦》、《述行賦》相比，《東征賦》缺乏獨特的情致，藝術成就不是很高。蔡邕《述行賦》敘述作者被遣往京師一路的所見所感，不僅在藝術表現上更成熟，在思想內容上也更深刻。賦作記述了作者從陳留到偃師途中的見聞和感受，作者每經一地都品評古人

〔註4〕 葉幼明：《辭賦通論》，湖南教育出版社1991年版，第97～98頁。

〔註5〕 劉師培：《中國中古文學史‧論文雜記》，人民文學出版社1984年版，第111頁。

〔註6〕 卞孝萱、王琳：《兩漢文學》，安徽教育出版社2001年版，第67頁。

〔註7〕 何沛雄：《賦話六種》，三聯書店香港書店1982年版，第131頁。

古事，藉以表彰忠良，貶斥姦佞，不僅揭露了上層統治者擅權專橫，而且展示了下層人民的痛苦和災難，反映現實極有深度。這些都是漢代紀行賦中保存較完整的篇目，除此之外，還有很多殘缺的作品，如葛龔《遂初賦》、劉楨《遂志賦》、崔琰《述初賦》等。特別是漢末建安時期文人士子們創作的軍旅紀行賦，大部分為殘文，甚至殘句或存目，沒有一篇得以完整保存。

由於紀行的題材，既易於發揮辭賦傳統的鋪寫特長，又便於抒發感思，自由靈活，成為兩漢辭賦的重要題材之一，產生了不少重要的作品。此外王粲《從軍行》五首也可視為兩漢紀行之作。兩漢紀行之作的篇目請看下表：

創作年代〔註8〕	作者	名稱	出處	備註
哀帝建平元年（前6）〔註9〕	劉歆	《遂初賦》	《全漢文》卷四十	完篇
光武建武元年（25年）	班彪	《北征賦》	《全後漢文》卷二十三	完篇
光武建武三十一年（55年）	馮衍	《顯志賦》	《全後漢文》卷二十	完篇
和帝永元二年（90）	崔駰	《大將軍西征賦》	《全後漢文》卷四十四	殘篇
安帝永初七年（113）	班昭	《東征賦》	《全後漢文》卷九十六	完篇
東漢和帝、安帝時（約70～130）	葛龔	《遂初賦》	《全後漢文》卷五十六	殘句
桓帝延熹二年（159）	蔡邕	《述行賦》	《全後漢文》卷六十九	殘篇
獻帝初平二年（191）	崔琰	《述初賦》	《全後漢文》卷九十四	殘篇
獻帝初平四年（193）	王粲	《初征賦》	《全後漢文》卷九十	殘篇
靈帝熹平六年（177）建安二十二年（217）	王粲	《述征賦》	《全晉文》卷一百二陸雲《與兄平原書》	存目
靈帝熹平六年（177）建安二十二年（217）	王粲	《征思賦》	已佚，據《文選》注作於建安十六年	存目
建安十二年（207）	應瑒	《撰征賦》	《全後漢文》卷四十二	殘篇
建安十三年（208）	阮瑀	《紀征賦》	《全後漢文》卷九十三	殘篇
建安十三年（208）	徐幹	《序征賦》	《全後漢文》卷九十三	殘篇

〔註8〕對一些創作年代不詳的作品，在此僅以生平年代來代替。此處繫年以陸侃如先生的觀點為主，詳見陸侃如先生《中古文學繫年》，人民文學出版社1985年版。參以龔克昌、費振剛等先生的觀點。

〔註9〕張永山先生《西漢目錄學家劉向、劉歆年譜》（《圖書館雜誌》2002年第4期）亦持此觀點。

創作年代〔註8〕	作者	名　稱	出　處	備註
建安十三年（208）	曹丕	《述征賦》	《全三國文》卷四	殘篇
建安十四年（209）	繁欽	《征天山賦》	《全後漢文》卷九十三	殘篇
建安十六年（211）	徐幹	《西征賦》	《全後漢文》卷九十三	殘篇
建安十六年（211）	曹植	《述行賦》	《全三國文》卷十三	殘句
建安十九年（214）	楊脩	《出征賦》	《全後漢文》卷五十一	殘篇
建安十九年（214）	曹植	《東征賦》	《全三國文》卷十三	殘篇
建安二十年（215）	應瑒	《西征賦》	《全後漢文》卷四十二	殘句
？～建安二十四年（218）	繁欽	《述征賦》	《全後漢文》卷九十三	殘句
？～建安二十四年（218）	繁欽	《述行賦》	《全後漢文》卷九十三	殘句
？～建安二十三年（218）	繁欽	《避地賦》	《全後漢文》卷九十三	殘句
？～建安二十二年（217）	劉楨	《遂志賦》	《全後漢文》卷六十五	殘篇
獻帝初平二年（192）魏明帝太和六年（232）	曹植	《述征賦》	《全三國文》卷十三	殘句
建安二十一年（216）	王粲	《從軍詩》〔註10〕	《先秦漢魏晉南北朝詩》	完篇

　　此二十六篇賦都可歸入紀行賦之列，但是它們內容的側重點又有不同。王粲《初征賦》以下，包括《初征賦》，除劉楨《遂志賦》外，建安七子及曹氏兄弟的賦作都是對軍旅生活的記載，稱作軍旅紀行賦，為紀行賦的變體。崔琰《遂初賦》以上，包括《遂初賦》，除崔駰《大將軍西征賦》為軍旅紀行賦外，都是詠史類紀行賦。不過，這些詠史類紀行賦對述志與紀行的側重是不一樣的，這一點我們從篇名就可以看出來。所以如果再細分的話，又可將劉歆《遂初賦》、馮衍《顯志賦》、葛龔《遂初賦》、劉楨《遂志賦》、崔琰《述初賦》歸為述志類紀行賦。班彪的《北征賦》、班昭的《東征賦》、蔡邕的《述行賦》可視為傳統意義上的詠史類紀行賦。

　　最後需要補充的是，兩漢時期還有一類與紀行相類似的文學樣式，即紀遊文學。紀遊與紀行，兩種類型的賦都寫行程，紀行賦所寫的行程相對較長一些，而遊覽可以是在行程中的遊覽，也可以是對一地一景的遊覽，所以行程更短，所表現的空間範圍相對要小些，它更注重空間方位的鋪排和四方景物的描寫。另外，在體現創作主體的主觀情感方面，紀遊多表現了創作主體

〔註10〕亦稱《從軍行》。

心情的放鬆至少是表面上的輕鬆和灑脫。而紀行之作，除了以精神上的超脫爲目的的逍遙遊以外，塵世之旅所經受的更多的是人生的艱辛和無奈。所以說紀行與紀遊之作還是有很大不同的。本文以遠遊文學爲研究對象，而紀遊作品側重於遊覽、觀賞，而且多是描述景觀，並非以記錄主人公的行蹤爲主旨，所以本文將其斥於遠遊文學之外。

第一節　兩漢紀行賦考述

　　紀行賦，就是通過記敘旅途見聞來抒寫感慨。它以紀行爲線索，常常以抒情爲主，兼有述志、寫景、敘事，一般篇幅不長。劉歆的《遂初賦》當是紀行賦的開門之作，寫他赴任五原太守時歷經三晉故地，撫今追昔，以前人遭際而自比，生發出諸多感慨。此後有馮衍的《顯志賦》、班彪的《北征賦》、班昭的《東征賦》、蔡邕的《述行賦》、葛龔的《遂初賦》、劉楨的《遂志賦》、崔琰的《述初賦》及漢末建安時期建安七子及曹氏兄弟的軍旅紀行賦。

一、劉歆《遂初賦》考述

　　劉歆（？～約24），字子駿，劉向之子，爲漢宗室。西漢後期著名學者。劉歆以經學著名，曾上書《移讓太常博士書》，建議將古文經也立於學官，但遭到了許多大臣和經師的反對。於是他爲避禍而求出補吏，始爲河內太守，後因「宗室不宜典三河，徙守五原」〔註11〕。在前往五原的途中，因心中不平而作《遂初賦》。作品基本上按照紀行、詠史、寫景的順序展開，由河內經五原、長平、太原、晉陽、雁門、雲中等地，以旅途所見爲線索，歷數各地典故和風光，藉以抒發他對世事的感慨。所以說眞正以旅途中的所見所感爲題材，以賦這種文體爲體裁的作品，現存最早的當是劉歆的《遂初賦》。

　　《遂初賦》爲言志類紀行賦，龔克昌先生在《中國辭賦研究》中既肯定了其言志的特點，又指出了其在行旅賦中的開創意義：

　　　　《歷代賦彙》將此賦編入「言志」類，自然是不錯的；但如果我們把它移入「行旅」類，似乎更合適。因爲賦篇就是作者寫自己由京師出爲五原太守旅途的見聞和由此而觸發的感情。賦的開始即寫

〔註11〕　《漢書・劉歆傳》，見〔漢〕班固撰〔唐〕顏師古注：《漢書》，中華書局 1962 年版，第 1972 頁。下引此書版同。

道：「二乘駕而既俟，僕夫期而在塗；馳太行之嚴防兮，入天井之喬
關……心滌蕩而慕遠兮，回高都而北征。劇強秦之暴虐兮，弔趙括
於長平……」因此，我們可把它視爲行旅賦的首唱。屈原的《離騷》、
司馬相如的《大人賦》寫的是神遊，此賦寫人遊。隨後班彪的《北
征賦》、曹大家的《東征賦》、蔡邕的《述行賦》等等，就是在它的
影響下發展起來的。此後，行旅賦就成爲辭賦中的一大門類。〔註12〕

《遂初賦》的前半部分是用一路行程連綴起一系列的所思、所感，展開議論，
以歷史典故來蘊涵褒貶；其後半部分則是用景物描寫來抒發情懷，以想像勾
勒來表明心志。具體來說，賦先是交代「守五原之烽燧」的旅行目的，繼之
以徵史而論；又由古及今，抒發不平之志，而接以悲哀之景的摹繪；最後表
達了「守信保己，比老彭兮」的道家思想。其史論部分，重點敘說晉人自毀
公族以至亡國的史實，這就使創作緊緊圍繞著自己的遭際展開，整個作品都
是作者自己的所遇、所感、所思，從而具有了濃烈的情感和鮮明的自我。《遂
初賦》是漢代「紀行賦」的開山之作，後漢班彪、班昭、蔡邕等，都有此類
作品。《文心雕龍·事類》：「劉歆《遂初賦》，歷敘於紀傳；漸漸綜探矣。至
於崔、班、張、蔡，遂捃拾經史，華實布濩，因書立功，皆後人之範式也。」
〔註13〕

　　《遂初賦》雖爲述行之作，卻有著豐富的人生、歷史內涵。在對行程的
紀述中，作者觸史迹而興歎，感際遇而抒懷，使賦篇洋溢著一種強烈的個性
情感。如途經故晉之域，則云：

劇彊秦之暴虐兮，弔趙括於長平。好周文之嘉德兮，躬尊賢而下士。
驚駟馬而觀風兮，慶辛甲於長子。哀衰周之失權兮，數辱而莫扶。
執孫蒯於屯留兮，救王師於途吾。過下虒而歎息兮，悲平公之作臺。
背宗周而不恤兮，苟偷樂而惰息。枝葉落而不省兮，公族闃其無人。
日不醿而俞甚兮，政委棄於家門。載約屨而正朝服兮，降皮弁以爲
履。寶礫石於廟堂兮，面隋和而不眠。始建衰而造亂兮，公室由此
遂卑。〔註14〕

在對歷史的追憶與感慨中，引發了他對衰周命運的思索：權柄下移，遠賢近佞，

〔註12〕龔克昌：《中國辭賦研究》，山東大學出版社2003年版，第861頁。
〔註13〕吳林伯：《〈文心雕龍〉義疏》，武漢大學出版社2002年版，第457頁。
〔註14〕〔清〕嚴可均校輯：《全漢文》卷四十，中華書局1958年影印本，第345頁。

枝葉落而公室卑。這與當世政治宦官專橫、外戚擅權之局面何其相似！章樵評注此段曰：「歎宗周衰微，晉平不能嗣伯業，以尊周室，卒致晉公室卑，為三卿所滅。其傷漢之心切矣。」〔註15〕堪稱破的之論。劉歆在賦中並非單純地記敘晉國史事，而是借敘晉國史事，反思晉國歷史命運來暗喻當時的現實性：

> 悲積習之生常兮，固明智之所別。叔群既在皁隸兮，六卿興而爲桀。
>
> 荀寅肆而顓恣兮，吉射叛而擅兵。憎人臣之若茲兮，責趙鞅於晉陽。

〔註16〕

這些話顯然是針對丁氏、傅氏等外戚和寵臣董賢而發。由於他在朝廷受到排擠，所以將那些當權者比於晉之「六卿」。作者用「憎」「責」兩個字傳達出他對歷史的鮮明態度，潛含著對漢王朝命運走向的憂慮，悲世之情溢於言表，亦見其遷徙在外而心繫廟堂的拳拳之心。

二、馮衍《顯志賦》考述

劉歆《遂初賦》以後，以紀行方式寫作，實際仍主「言志」的作品是《顯志賦》。馮衍《顯志賦》開篇寫道：「甲子之朝兮，汩吾西征。發軔新豐兮，徘徊鎬京」，明顯是紀行賦中敘行程的典型寫法。「惟天路之同軌兮，或帝土之異術。……苗裔紛其條暢兮，至湯武而勃興」，在讚頌了三後的承平之世後，寫道：「弔夏桀於南朝兮，哭殷紂於牧野……誚始皇之跋扈兮，投李斯於四裔。滅先土之法則兮，禍浸淫而宏大」，批評了三土之後歷代季世的「窮禍」，然後褒獎了幾位歷史上的聖賢人物如宋襄、季札、鄭僑、晏嬰等，運用史事靈活自如，從表面上看，和劉歆《遂初賦》及後來詠史類紀行賦並無二致，所不同的是，《顯志賦》的紀行是作者虛擬的想像中的遊歷，並非寫真實的遊歷。與《遂初賦》不同的是，雖是紀行賦的形式，但《顯志賦》並不是寫真實的遊歷，而是出於虛擬。

馮衍曾追隨光武帝，有功不封，後又罷官居家，《顯志賦》即是其免官回歸故里後，備感失意時所作。《後漢書·馮衍傳下》說：「建武末，上疏自陳……書奏，猶以前過不用。衍不得志，退而作賦。」〔註17〕所作賦即《顯志賦》。

〔註15〕〔宋〕章樵注：《古文苑》卷五，見王雲五主編《叢書集成初編》，商務印書館1937年版，第119頁。

〔註16〕〔清〕嚴可均校輯：《全漢文》卷四十，中華書局1958年影印本，第345頁。

〔註17〕〔南朝·宋〕范曄撰〔唐〕李賢等注：《後漢書》，中華書局1965年版，第983、

文學史家多把此賦創作時間繫於建武三十一年（公元 55 年），當時馮衍已入晚年。作者稱作此賦以「自厲」，實是抒發其離騷牢落之情。這篇賦從他辭官西歸長安故里寫起，流露出強烈的不平。馮衍胸懷大志，富有才能，但卻英雄無用武之地，坎坷終身。賦中敘述了他在個人遭遇、家庭生活、後代早夭等多方面的不幸，既自責又對未來充滿恐懼，接著又在歷史的廣闊時空中馳騁，把退隱作爲自己的人生歸宿。敘寫「時俗險厄」的悲憤之感和家門不幸的愁思，表達他隱居高蹈的志願。

《顯志賦》全賦兩千三百來字，分爲兩個部分。先交待自己的寫作緣起及全賦題旨，其賦序云：「喟然長歎，自傷不遭。久棲遲於小官，不得舒其所懷。抑心折節，意淒情悲。」〔註 18〕可見馮衍因意有所鬱結，所以作賦以自厲，藉以言志抒懷，排愁解憂。而且賦文一開頭即指出：

> 聊發憤而揚情兮，將以蕩夫憂心。往者不可攀援兮，來者不可與期；
> 病沒世之不稱兮，願橫逝而無由。〔註19〕

清楚明白地標示作者寫作的企圖乃在「發憤揚情」，「以蕩憂心」。接著寫道：

> 悲時俗之險厄兮，哀好惡之無常。棄衡石而意量兮，隨風波而飛揚。
> 紛綸流於權利兮，親雷同而妒異；獨耿介而慕古兮，豈時人之所喜？
> 沮先聖之成論兮，邅名賢之高風；忽道德之珍麗兮，務富貴之樂耽。

〔註20〕

此段中，作者對時俗險厄、好惡無常、棄衡意量、流於權利、親同妒異、耿介慕古而時人不喜諸現象，表達出了自己強烈的不滿與悲歎。這些話不但是指斥朝廷、指斥那些在皇帝面前說他壞話的人，像「棄衡石而意量」一語，簡直是針對光武帝本人而言。隨後敘寫其瀏覽長安附近的所見所感，賦中透過作者足迹所履及所見所聞展開一系列的旅行紀遊，並抒發作者主觀情志，言志」只是行旅過程中所傳達的一種訊息，所謂「睹物興情」，作者周覽山嶽，浮江入海，「念生人之不再兮，悲六觀之日遠」於是「心怫鬱而紆結，意沉抑而內悲」，因此步履行程的情調往往流於感傷，本爲稱名橫逝，爲君奔波，不幸「風波飄其並興兮，情惆悵而增傷」，只落得「憤馮亭之不遂兮，慍去疾之

〔註18〕 〔清〕嚴可均校輯：《全後漢文》卷二十，中華書局 1958 年影印本，第 578 頁。
〔註19〕 同上。
〔註20〕 同上。

遭惑」，總之，這一部分抒發了自己不得志的憤懣。

　　另一部分則假託其經歷在歷史上發生過重要事件的各地區，並借歷史傳說來抒發自己的政見和忠不見用的不平之情，從而對這些歷史事件及有關人物發表議論，顯示其政治觀。作者由「流山嶽而周覽兮，浮江河而入海兮，沂淮濟而上征」開始了其虛擬中的遊歷。他「瞻燕齊之舊居兮，歷宋楚之名都」；並深情追思了堯舜禹湯武等三皇五帝的偉績。緊接著：

　　　　沈孫武於五湖兮，斬白起於長平。惡叢巧之亂世兮，毒從橫之敗俗；
　　　　流蘇秦於洹水兮，幽張儀於鬼谷。澄德化之陵遲兮，烈刑罰之峭峻；
　　　　燔商鞅之法術兮，燒韓非之說論。誚始皇之跋扈兮，投李斯於四裔；
　　　　滅先王之法則兮，禍濅淫而弘大。〔註21〕

對孫武、白起、蘇秦、張儀、商鞅、韓非、秦始皇、李斯等一一加以否定，顯露出儒家思想的印記。但賦的末尾卻較突出地顯示了作者對道家的推崇。所謂「遊精神於大宅兮，抗玄妙之常操；處清淨以養志兮，實吾心之所樂」，既有老子的精神，也是莊子的啓悟，通向的都是個人的生命自由。在當時的社會政治環境下，馮衍作為單身士人備受壓制，用世之心得不到實現，歸隱之心便油然而生，是可以理解的。

　　「敬通諸文，直達所懷，至今讀之，尚想其揚眉抵幾，呼天飲酒。誠哉，馬遷楊惲之徒也。」〔註22〕明代張溥的這段話準確概括了《顯志賦》行文激揚奔突，言志痛快淋漓的藝術特色。

三、班彪《北征賦》考述

　　班彪《北征賦》作於兩漢交替的動亂之際，根據陸侃如先生《中古文學繫年》的考訂，賦約作於公元 25 年，即劉玄更始三年、光武帝建武元歲尾〔註23〕。當時更始政權剛剛敗落，劉秀雖已即位於冀州，但各路諸侯仍雄肆一方，「隗囂據隴擁眾，招輯英俊，而公孫述稱帝於蜀漢；天下雲擾，大者連州郡，

〔註21〕〔清〕嚴可均校輯：《全後漢文》卷二十，中華書局 1958 年影印本，第 579
　　　　頁。
〔註22〕〔明〕張溥著，殷孟倫注：《漢魏六朝百三家集題辭注》，人民文學出版社 1981
　　　　年版，第 30 頁。
〔註23〕龔克昌先生持同樣觀點。見龔克昌著：《中國辭賦研究》，山東大學出版社 2003
　　　　年版，第 869 頁。

小者據縣邑。」〔註 24〕其勢宛若戰國。此年十二月，赤眉軍殺更始，三輔大亂。爲了避難，班彪決定去涼州依隗囂，在從長安到安定（在今寧夏南部、甘肅東部）的途中，他寫了這篇賦。《北征賦》紀述了他在西漢末的動亂中離長安至天水避亂的行程。從《北征賦》的敘述來看，班彪這一路的行程可謂歷歷可稽，其云：「朝發軔於長都兮，夕宿瓠谷之玄宮。歷雲門而反顧……息郇邠之邑鄉……登赤須之長阪，入義渠之舊城……指安定以爲期……過泥陽而太息兮，悲祖廟之不修。釋余馬於彭陽兮……越安定以容與兮，遵長城之漫漫……弔尉卬於朝那……穀水灌以揚波。」作者完全是按其一路行程上的所見所聞所想展開筆墨，而且從西漢哀、平年間的「朝政多失」到此時的宗室顛覆、諸侯爭雄，就途中所見的歷史遺迹抒發自己的感慨，主張以德化邊，反對以武禦邊，並爲人民遭受的苦難而悲傷流涕。

《北征賦》作爲紀行述懷之作，與劉歆《遂初賦》、馮衍《顯志賦》類似，也是結合途中所見景物與有關的史事，抒發感想，但此賦寫得更平易，更富於抒情氣息。賦的一開頭就說：

> 余遭世之顛覆兮，罹填塞之阨災。舊室滅以丘墟兮，曾不得乎少留。遂奮袂以北征兮，超絕迹而遠遊。朝發軔於長都兮，夕宿瓠谷之玄宮。歷雲門而反顧，望通天之崇崇。乘陵崗以登降，息郇、邠之邑鄉。慕公劉之遺德，及《行葦》之不傷。彼何生之優渥，我獨罹此百殃。故時會之變化兮，非天命之靡常。……紛吾去此舊都兮，騑遲遲以歷茲。遂舒節以遠逝兮，指安定以爲期。涉長路之綿綿兮，遠紆回以樛流。過泥陽而太息兮，悲祖廟之不脩。釋余馬於彭陽兮，且弭節而自思。日晻晻其將暮兮，覩牛羊之下來。寤曠怨之傷情兮，哀詩人之歎時。〔註25〕

作者一路所悲歎的，不僅有個人的得失，也有社稷的傾頹，生民的不幸，充分表達了心情的沉重。其語言、格局，雖從屈原《哀郢》來，但因爲作者對時代悲劇有切身的感受，故不同於一意模仿《離騷》，作無病呻吟的騷體作品。其對歷史事件的回顧，也常常與自己的處境相聯繫，以顯示內心的痛苦。如其經郇邠而回憶公劉的事迹時，強調日暮時牛羊的返歸，想到《詩經》裏曾

〔註24〕《漢書·敘傳上》，見〔漢〕班固撰：《漢書》，中華書局 1962 年版，第 4207 頁。

〔註25〕〔清〕嚴可均校輯：《全後漢文》卷二十三，中華書局 1958 年影印本，第 597 ～598 頁。

用「牛羊下來」的景象來描繪思婦對親人的懷念，寫下了「日晻晻其將暮兮，覿牛羊之下來。寤曠怨之傷情兮，哀詩人之歎時」，因而整篇賦都籠罩著淒慘的感情。這較之《遂初賦》通過史事所抒之情更爲直接而濃烈。

賦文後半篇就途中所見之史績以寄慨，興感應當如何防邊的問題。他忿怨義渠戎王與秦宣太后之淫亂，嘉賞秦昭王之殺義渠戎王，責難秦將蒙恬修築長城以禦匈奴，讚揚漢文帝以道德懷邊綏遠。賦之體制模擬劉歆《遂初賦》，其所抒發的思想主要是主張以德化邊，反對以武禦邊。這裏抒情敘史緊密結合，抒發的感情也很眞摯。作爲紀行賦的成熟之作，《北征賦》確實表現出了與其在賦史地位上一致的優點。交待起行原因之簡潔，借景抒情之恰切，敘史抒情結合之緊密，抒發感情之眞摯，語言之平易曉暢，都是《涉江》、《遂初》所不能比擬的。蕭統《文選》選賦，「紀行」一門首選《北征賦》；清人陳元龍《歷代賦彙》亦列其爲紀行賦第一篇。二人同選《北征賦》列爲首篇，並非偶然。

班彪還有一篇《冀州賦》，也稱《遊居賦》，收在《藝文類聚》中「遊覽」類，總入「人部」，殘文大段見於《藝文類聚》卷六與卷二十八。此賦作於竇融拜冀州牧後，班彪隨行，約在光武帝建武十三年（公元 37 年）左右。北魏酈道元《水經注》卷九《蕩水》稱此賦爲《遊居賦》，錄兩句。《藝文類聚》卷二十八亦稱此賦爲《遊居賦》，錄二十八句，《藝文類聚》卷六《州部》作《冀州賦》，錄十句。《文選》李善注顏延年《秋胡詩》亦作《冀州賦》，錄兩句。班彪是一位正統派文人，此賦也表現了這一傾向。有的學者也將其劃爲紀行之作。但細讀殘文，個別句子如「遂發軫於京洛，臨孟津而北歷」、「漱余馬乎洹泉，嗟西伯於牖城」、「過蕩陰而弔晉鄙，責公子之不臣」〔註26〕，確實很有紀行賦的味道，但更多的文字是在敘述主人公在冀州的所見所想，紀行的內容不多見。如其對冀州名山大川的描摹：「贍淇澳之園林，善綠竹之猗猗。望常山之峨峨，登北嶽而高遊，嘉孝武之乾乾，親飾躬於伯姬。建封禪於岱宗，瘞玄玉於此丘。編五嶽與四瀆，觀滄海以周流。」可見此賦所表現的行程很短，更注重空間方位的鋪排和四方景物的描寫，所以《冀州賦》應當作遊覽賦來看待。

〔註26〕　《水經注‧蕩水》引，見《水經注疏》，〔北魏〕酈道元注，楊守敬、熊會貞疏，段熙仲點校，陳橋驛復校，江蘇古籍出版社 1989 年版，第 892 頁。下引此書版本同。

四、班昭《東征賦》考述

　　班彪女兒班昭所作的《東征賦》也值得重視。漢安帝永初七年（113 年）班昭其子曹谷出任陳留長，班昭隨子赴任東征，在途中創作了這篇《東征賦》。其「亂辭」云：「先君行止，則有作兮，雖其不敏，敢不法兮。」〔註27〕這表明班昭的《東征賦》是效法其父班彪的《北征賦》而作。賦歷述她從洛陽至她兒子任所——陳留長垣縣的見聞。述途中經歷及其感觸，雖不如《北征》之生動感人，但敘其出發之初的感傷之情，卻頗細膩，顯示出女性的特色：

> 惟永初之有七兮，余隨子乎東征。時孟春之吉日兮，撰良辰而將行。
> 乃舉趾而升輿兮，夕予宿乎偃師。遂去故而就新兮，志愴恨而懷悲。
> 明發曙而不寐兮，心遲遲而有違。酌鱒酒以弛念兮，喟抑情而自非。
> 諒不登樔而桥蠹兮，得不陳力而相追。且從眾而就列兮，聽天命之
> 所歸。遵通衢之大道兮，求捷徑欲從誰。乃遂往而徂逝兮，聊遊目
> 而遨魂。歷七邑而觀覽兮，遭鞏縣之多艱。望河洛之交流兮，看成
> 皋之旋門。既免脫於峻嶮兮，歷滎陽而過卷。食原武之息足，宿陽
> 武之桑間。涉封丘而踐路兮，慕京師而竊歎。小人性之懷土兮，自
> 書傳而有焉。〔註28〕

全賦開篇以簡潔有力的筆墨勾勒出一幅將士春日出征圖，但想到自己身寄異地，悲傷不已，徹夜難眠。隨著行程的推進，離京城越來越遠，而「懷土」念故之情越發沉重，「去故就新」的悲傷之情身不由己。緊接著敘寫長途跋涉的勞苦之情，途經七個縣城，風餐露宿，在鞏縣路遇險境；遙望河水洛水交彙，近看成皋縣旋門。脫離險峻，繼續登山涉水經城歷縣；在原武休息進食，在陽武駐留夜宿；但看到周遭的荒涼，不禁竊慕京師的繁華，而「君子懷德，小人懷土」，自古已然。

　　如果說以上感慨多出於個人內心先天的自然情愫，那麼接下來一連串對歷史人物的追念和忠勇仁義的勸誡則明顯帶有後天教化的色彩。

> 遂進道而少前兮，得平丘之北邊。入匡郭而追遠兮，念夫子之厄勤。
> 彼衰亂之無道兮，乃困畏乎聖人。悵容與而久駐兮，忘日夕而將昏。
> 到長垣之境界，察農野之居民。睹蒲城之丘墟兮，生荊棘之榛榛。

〔註27〕〔清〕嚴可均校輯：《全後漢文》卷九十六，中華書局 1958 年影印本，第 987
　　　　頁。

〔註28〕同上。

惕覺寤而顧問兮，想子路之威神。衛人嘉其勇義兮，訖於今而稱云。蘧氏在城之東南兮，民亦尚其丘墳。唯令德爲不朽兮，身既沒而名存。惟經典之所美兮，貴道德與仁賢。吳札稱多君子兮，其言信而有徵。後衰微而遭患兮，遂陵遲而不興。知性命之在天，由力行而近仁。勉仰高而蹈景兮，盡忠恕而與人。好正直而不回兮，精誠通於明神。庶靈祇之鑒照兮，祐貞良而輔信。〔註29〕

這一段的行程裏班昭來到了古時的衛地，想起了與此有關的三位古代賢士，發爲感歎。過匡，有感於遭逢亂世，孔子謬被困厄；經蒲，念及子路之有勇力，至今爲衛人所稱道；到蘧，見到蘧伯玉之賢能，迄今民人仰慕不已。孔子、子路、蘧伯玉早已逝去，但百姓依然敬畏之、稱讚其勇敢、敬重其墓冢。所以真正能夠流傳不朽的，是那些經典裏常頌美的仁賢之德。吳公子季札適衛曾稱「衛多君子，未有患也」，此言信矣。但後來衛國遭受禍患，衰落不興。因此死生有命，富貴在天；好學近知，力行近仁。勉勵向上，忠恕待人；好是正直，精通神明。唯願靈祇明鑒，保祐貞良，輔助明智。這裏，班昭化用了許多孔子和《詩經》的語句，由此我們可以看出她的學養根底，這也爲全文結語部分奠定了音調。

亂曰：君子之思，必成文兮。盍各有志，慕古人兮。先君行止，則有作兮。雖其不敏，敢不法兮。貴賤貧富，不可求兮。正身履道，以俟時兮。修短之運，愚智同兮。靖恭委命，唯吉凶兮。敬慎無怠，思嗛約兮。清靜少欲，師公綽兮。〔註30〕

經過了一番征程、遊歷、憑弔和感慨，此時作者內心先前的那種懷土意識已漸漸潛藏，惆悵的情緒也慢慢平復。她追慕先父班彪作《北征賦》之行，又援引聖賢之訓，繼續對人對己進行了一番勸誡：人生的貧賤富貴、吉凶禍福不可預求，唯有修身端行，以待其時；靖恭委命，無怠無荒；好謙愛約，清靜少欲。這是明顯帶有儒家色彩的人生理念，但在這理性的心靈規範中我們彷彿也體會出一絲無奈的意味。

賦末「亂辭」直抒其情，強化了賦文的抒情主題，將個人富貴難求、俟時難得的命運，與東漢中後期愚智不分、吉凶莫測的社會命運聯繫在一起，其深刻性就在於，在交待自身遭受厄運的同時，透露了對社會的批判之情。

〔註29〕〔清〕嚴可均校輯：《全後漢文》卷九十六，中華書局 1958 年影印本，第 987 頁。

〔註30〕同上。

時隔十六年後，蔡邕由陳留赴京，正好與班昭的行程逆向而動，同樣呼出「民露處而寢濕」的心聲，或許可以看作是此賦影響。

五、蔡邕《述行賦》考述

《述行賦》是蔡邕賦體創作的代表作。這篇賦作於桓帝延熹二年（159）秋天，時年蔡邕二十七歲。據《後漢書·蔡邕傳》裏可略知此賦的寫作背景：

> 桓帝時，中常侍徐璜、左悺等五侯擅恣，聞邕善鼓琴，遂白天子，敕陳留太守督促發遣。邕不得已，行到偃師，稱疾而歸。〔註31〕

當時徐璜等人召他入京，他不得已應命，卻於半途逃歸。《述行賦》前有序，則更爲詳細地交代了寫作緣起：

> 延熹二年秋，霖雨逾月，是時梁冀新誅，而徐璜、左悺等五侯擅貴於其處，又起顯陽苑於城西。人徒凍餓，不得其命者甚眾。白馬令李雲以直言死，鴻臚陳君以救雲抵罪。璜以余能鼓琴，白朝廷，敕陳留太守發遣余。到偃師，病不前，得歸。心憤此事，遂託所過，述而成賦。〔註32〕

序雖簡短，但足可見其悲憤鬱結之情。這說明，桓帝時政治黑暗腐敗，社會混亂不堪。梁冀是桓帝梁皇后的哥，扶立桓帝，並以外戚身份執政專權。梁皇后死後，桓帝與宦官徐璜、左悺等密謀誅殺梁冀。桓帝同日封徐璜、左悺等五人爲侯，從此宦官代替外戚專權。白馬令李雲、鴻臚陳君這樣的直言人士遭到陷害，統治者不恤民之凍餓疾苦，只知大興土木、尋歡作樂，過著極端奢侈淫逸的生活。蔡邕因能鼓琴，被作爲統治者取樂的工具徵召入京，行至偃師，稱病而歸。他對朝政廢壞、朝中大臣互相傾軋，深感不滿，對自己被牽連進政治漩渦耿耿於懷。遂以這次被迫赴京所經歷的地點爲線索，聯想起前代興亡、善惡之事，抒發了內心的抑鬱不平。「登高斯賦，義有取兮；則善戒惡，豈云苟兮。」這正是他沿途所感，也是他取捨往事的原則和創作宗旨。

此賦名爲「述行」，實爲「抒憤」，用他自己的話說就是「心鬱悒而奮思……宣幽情以屬詞」。作品記敘途中所見，又借古諷今，抒發鬱憤不平之情。全賦可分兩部分。前半弔古，作者在對歷史的反思中表達了自己的政治理想。

〔註31〕〔南朝·宋〕范曄撰：《後漢書》，中華書局 1965 年版，第 1980 頁。

〔註32〕〔清〕嚴可均校輯：《全後漢文》卷六十九，中華書局 1958 年影印本，第 852 頁。

在他走過的洛水兩岸，從夏王朝到春秋，有多少逆臣賊子擾亂朝政，旋即又
遭到可恥的失敗。佛肸為趙簡子管理中牟，卻率眾以叛；管叔、蔡叔非但不
維護周王室的統治，反而勾結殷商後裔作亂；信陵君殺死晉軍主帥，奪取兵
權，本是亂臣，卻被誤稱為賢公子。作者對人們看不清逆臣賊子擾亂朝政的
罪惡行為深感氣憤。同時，對那些正道直行之士，他總是懷著崇敬的心情，
高度推許。如在滎陽為保護劉邦而慷慨赴死的紀信，在偃師伏劍自刎的田橫
及其部下，都以浩然正氣彪炳千秋，蔡邕對他們無比敬佩。每經過一地，古
人的善惡行迹，山河氣象的陰晴晦明，他心中沉重的歷史感和對社會現實的
關切，都要互相激蕩衝溉。壓抑在他心中的憤懣不平，在一地一事一景一物
的記述中充分地表現出來。賦中直接指斥當時的東漢天子，所表現的膽識超
越前人。

　　後一部分是傷今。蔡邕並非迂腐之經學家，而是有頭腦有思想之文學家，
他看到了社會之尖銳矛盾，對漢末政治腐敗，是非倒置的現實極為不滿與憤
激，並對人民的命運、疾苦極為關切與同情，表現了一個正直的封建文人憂
國憂民的情懷：

　　　命僕夫其就駕兮，吾將往乎京邑。皇家赫而天居兮，萬方徂而星集。
　　　貴寵扇以彌熾兮，僉守利而不戢。前車覆而未遠兮，後乘驅而競及。
　　　窮變巧於臺榭兮，民露處而寢溼。消嘉穀於禽獸兮，下糠秕而無粒。
　　　弘寬裕以便辟兮，糾忠諫其駁急。懷伊呂而黜逐兮，道無因而獲入。
　　　唐虞眇其既遠兮，常俗生於積習。周道鞠為茂草兮，哀正路之日澀。

〔註33〕

這段文字表現了作者對時政的清醒認識。作者準確地揭露了人民的「寢濕」、
「無粒」，是由於貴族豪門的「守利」——貪得無厭所致；忠臣賢士的「黜逐」，
是由於最高統治者對「便辟」的「寬裕」縱容所造成。在這裏，蔡邕不僅揭
露了朝政之腐敗，統治階級之窮奢極侈和人民之悲慘痛苦，並將貴族、官僚
的貪婪奢侈與人民的貧困疾苦相對比，愛憎之情鮮明突出。其中「窮巧變於
臺榭兮，民露處而浸濕，清嘉穀於禽獸兮，下糠秕而無粒」，四句的描寫十分
具體而生動，將貴族歌臺舞榭的奢靡生活和貧民露宿街頭的凍餒生活作了鮮
明對照。不但對比鮮明，亦寫得很沉痛，為論者所經常引用。加以整篇賦都

────────────

〔註33〕〔清〕嚴可均校輯：《全後漢文》卷六十九，中華書局 1958 年影印本，第 853
　　　　頁。

使人深切感到他的內心所受的煎熬，因而其感動人的程度實在超過了《刺世疾邪賦》及所附的詩。對於這一點，魯迅先生曾給予很高評價：「例如蔡邕，選家大抵只取他的碑文，使讀者僅覺得他是典重文章的作手，必須看見《蔡中郎集》裏的《述行賦》那些『窮變巧於臺榭兮……』的句子，才明白他並非單單的老學究，也是有血性的人，明白那時的情形，明白他確有取死之道。」〔註34〕班彪《北征賦》有「哀民生之多故」一句，卻並不在此展開，而多說個人的不幸。像《述行賦》這樣激烈的感情和尖銳的正面批判，卻是從未有過的。此賦中，蔡邕揭示出統治階級窮奢極欲造成貧苦人民無以生存的社會現實，批評的矛頭直指最高統治集團。

《述行賦》上承劉歆《遂初賦》、班彪《北征賦》、馮衍《顯志賦》等，為兩漢紀行賦的殿軍之作，其後漢末建安時期，幾乎不見一篇詠史類紀行賦。《述行賦》與《遂初》、《北征》、《顯志》相比，篇幅相對較短，其狀物寫景，樸素而質實，其抒情達意，明晰而自然，具有獨特的風格特點。

六、《遂初賦》（葛龔）、《遂志賦》、《述初賦》考述

葛龔《遂初賦》、劉楨《遂志賦》、崔琰《述初賦》殘缺都較嚴重，但僅從殘文來看，也可發現它們之間的共同點，即都是述志類紀行賦，繼《遂初賦》、《顯志賦》之後，借旅途見聞來表達其思想感情。述志類紀行賦既屬於紀行賦，又屬於述志賦。所謂述志賦，是指賦家在社會動亂、宦海沉浮中寄託情志的作品。如崔篆的《慰志賦》、班固的《幽通賦》、張衡的《思玄賦》和《歸田賦》、趙壹的《窮鳥賦》和《刺世疾邪賦》等。述志類紀行賦與這些賦作的不同之處在於其紀行賦的特點，即通過對旅途過程的記述來表達其情志。述志類紀行賦在表現賦家自我人格的獨立方面具有重要意義。下面對劉歆《遂初賦》、馮衍《顯志賦》之外的另外三篇賦作一簡單梳理。

葛龔，漢和帝時，曾以善文記知名。安帝永初（公元107～113年）中舉孝廉，為太官丞。曾拜蕩陽令、臨汾令。居二縣，皆有政績。葛龔慷慨壯烈，勇力過人。著文、賦、碑、誄、書記凡十二篇。其賦僅存《遂初賦》殘句，《全後漢文》卷五十六輯有《遂初賦》兩句，「承豢龍之洪族，昵高陽之休基。」

〔註34〕魯迅：《魯迅全集》，人民文學出版社1982年版，第422頁。

《太平御覽》卷一八四錄有兩句：「考天文於蘭閣，覽群言於石渠」〔註35〕，不過，篇名題作《反遂初賦》。遂初，即遂其初願，多指去官歸隱。從賦的內容看，不管是「承豢龍之洪族，覬高陽之休基」中對封建統治階段的膜拜，還是「考天文於蘭閣，覽群言於石渠」對儒家經學的推崇，再聯繫其在《後漢書‧文苑列傳上》中的傳記來看，此文反映的絕非是歸隱的思想，題目作《反遂初賦》似更爲合適。

　　劉楨《遂志賦》也爲殘篇。《遂志賦》是劉楨應曹操辟後的第一篇作品，雖然賦的主要內容是表現他入曹操幕的「遂志」心態，但依然可以看到一些紀行的影子。如：

> 牧馬於路，役車低昂，愴恨惻切，我獨西行。去峻溪之鴻洞，觀日
> 日於朝陽。釋聚棘之餘刺，踐檟林之柔芳。皦玉粲以曜目，榮日華
> 以舒光。〔註36〕

這段話描寫了他赴鄴西行的途中，所見景物，以及自己受寵若驚的欣喜心情。賦文體現出儒道結合的思想。在句式上，劉楨《遂志賦》放棄了楚辭體，採用的是建安軍旅紀行賦常用的格式，講究徘偶，注意聲律，對仗工整，而且句式更加靈活自由。

　　與劉楨幾乎同時的崔琰也有一篇述志類紀行賦——《述初賦》。此賦的序文交待了寫作緣起：

> 琰性頑口訥，至二十九，粗關書傳。聞北海有鄭徵君者，當世名儒，
> 遂往造焉。道由齊都，而作《述初賦》。〔註37〕

此賦紀行的特點很明顯：「吾將往乎發矇。濯余髮於蘭池，振余佩于清風。望高密以迤征，戾衡門而造止。」「倚高閭以周眄兮，觀秦門之將將。」「朝發兮樓臺，回盼兮句楡。頓食兮島山，暮宿兮郁州。」〔註38〕這裏是對他前往北海到鄭玄處求學的旅途記載。雖然不完整，但賦文以作者的行旅爲線索是很明顯的。此文與劉楨《遂志賦》不同，在體裁上沿襲楚辭體。至於該篇的思想傾向，從殘文裏看不出什麼端倪，但想到作者是慕「名儒」鄭玄之名前

〔註35〕〔宋〕李昉等撰：《太平御覽》，中華書局 1960 年影印本，第 895 頁。

〔註36〕〔清〕嚴可均校輯：《全後漢文》卷六十五，中華書局 1958 年影印本，第 829 頁。

〔註37〕〔清〕嚴可均校輯：《全後漢文》卷九十四，中華書局 1958 年影印本，第 981 頁。

〔註38〕同上。

往北海的，作品的思想基調應不出於儒家。但文中卻多次提到僊人，如：

> 高洪崖之耿介，羨安期之長生。蓬萊蔚其潛興，瀛壺崛以駢羅。列
> 金臺之巉嵯，方玉闕之嵯峨。

> 郁州者，故蒼梧之山也，心說而怪之。聞其上有僊士石室也，乃往
> 觀焉。見一道人，獨處休休然，不談不對，顧非己所及也。〔註39〕

這可能與作者前往的地點北海有關。北海在今山東高密，與蓬萊仙島同處山
東，且相距不遠，崔琰從冀州清河（今河北武城）前往北海，北海戰國時屬
齊地，當時蓬萊仙島的神仙思想還是較爲盛行的。《史記·封禪書》記載了燕、
齊兩地的諸侯王到包括蓬萊在內的三神山求仙的情況，崔琰從冀州一路走
來，越來越接近齊地蓬萊，「羨安期之長生」也不奇怪。

七、兩漢軍旅紀行賦考述

建安時期出現了大批以描寫軍事行役爲題材的紀行賦，即軍旅紀行賦，
此類紀行賦的產生發展深受建安時代戰亂的影響，其基本特徵大體上是描寫
征戰行役的壯闊場面，側重氣勢的渲染，展示軍隊神威，以表達豪邁情懷，
頗能反映時代精神。體制上大都篇幅短小，描寫較爲集中，這類作品較之傳
統的紀行賦可以看作是「變體」。

建安紀行賦之前，東漢崔駰亦有《大將軍西征賦》。崔駰爲賦家崔篆之孫，
崔瑗之父，他博學多才，善屬文，早年「常以典籍爲業，未遑仕進之事」〔註
40〕。但他並非眞正淡泊名利，只是學古人懷寶以待，用之則行，捨之則藏。
後來崔駰被出爲長岑（地處韓國西南部）長，不得意，「遂不之官而歸」〔註
41〕。此賦歌頌竇憲率軍赴涼州任所（治所在隴縣，即今甘肅張家川自治縣，
轄今甘肅、寧夏、青海等廣大地區），重點描繪旅途險阻和軍旅之強盛。《後
漢書·和帝紀》載：「（永元）二年……秋七月乙卯，大將軍竇憲出屯涼州。」
〔註42〕可見此賦作於永元二年（公元90年）秋。崔駰曾得到竇憲的倚重，他
對竇憲「擅權驕恣」雖不滿意，並時時規勸，但他對竇憲還是很感激的，所

〔註39〕〔清〕嚴可均校輯：《全後漢文》卷九十四，中華書局1958年影印本，第981
　　　頁。
〔註40〕《後漢書·崔駰列傳》，見〔南朝·宋〕范曄撰：《後漢書》，中華書局1965
　　　年版，第1709頁。
〔註41〕同上，第1722頁。
〔註42〕〔南朝·宋〕范曄撰：《後漢書》，中華書局1965年版，第170～171頁。

以在《大將軍臨洛觀賦》及本賦中，很自然流露出對竇憲的頌揚。

軍旅紀行賦的大量出現是在漢末建安時期。這一時期紀行賦的主要賦作家是以曹丕、曹植兄弟為首的鄴下文人集團。據統計，此期創作軍旅紀行賦的作家有 9 人，賦作達 18 篇，如應瑒《撰征賦》、《西征賦》、楊脩《出征賦》、王粲《初征賦》、徐幹《西征賦》、《序征賦》、阮瑀《紀征賦》、繁欽《述行賦》、《述征賦》、《征天山賦》、曹丕《述征賦》、曹植《述行賦》、《述征賦》、《東征賦》等，基本上都延續著崔駰所提醒的寫法，數量之多遠遠超過了現存兩漢詠史類紀行賦。

漢末建安紀行賦多是在征戰過程中所作，賦作大多通過軍隊征途情況的描寫，展示軍容軍威，表現對一方之主的頌揚，場面壯闊，氣概昂揚，寄寓了作者深深的感慨和渴望建功立業的思想，洋溢著銳意進取、有所作為的豪情，與慷慨豪邁的時代精神相一致。如曹植《東征賦》抒寫自己在留守城邑未能隨軍的情況下，對功業的渴盼及「神武一舉，東夷必克」的必勝信心。再如曹丕《述征賦》描述了建安十三年，隨曹操出征荊州討伐劉表一事。此次戰事很順利，在曹軍到達之前劉表即已憂病交加而亡，故曹操不費吹灰之力，就安撫了江漢遺民，取得南方邊遠之地。曹丕的《述征賦》描述了當時的情景。曹丕在《述征賦》序中說：

> 建安十三年，荊楚傲而弗臣。命元司以簡旅，予願奮武乎南鄴。

〔註 43〕

點明因荊州劉表驕橫不肯臣服，其父派遣軍隊征伐，表達了自己希望借機一展身手的強烈願望。賦中寫道：

> 伐靈鼓之蘠隱兮，建長旗之飄颻，躍甲卒之皓旰，馳萬騎之瀏瀏，
>
> 揚凱悌之豐惠兮，仰乾威之靈武。〔註 44〕

充滿激情地描寫了曹操麾師南下的壯觀場面。振奮人心的戰鼓聲，隨風飄揚的獵獵長旗，萬馬奔騰，甲光汛汛，氣勢磅礴，似乎能讓人感覺到隊伍之整肅，行軍之迅捷。

> 伊皇衢之遐通兮，維天綱之畢舉。口南野之舊都，聊弭節而容與。
>
> 遵往初之舊迹，順歸風以長邁。鎮江漢之遺民，靜南畿之遐裔。

〔註 43〕〔清〕嚴可均校輯：《全三國文》卷四，中華書局 1958 年影印本，第 1072 頁。
〔註 44〕同上。

〔註45〕
然後到「伊皇衙之遇通兮」一句，節奏舒緩下來。這時，大軍已經接近南方
舊都襄陽，漸作調整。大軍兵臨城下，長驅直入，一種勝利的豪情溢於言表，
與前面緊鑼密鼓的行軍情景形成鮮明的對比，使人感覺疏密有致，張弛有度。
這篇賦篇幅短小，平直敘事，簡約概括，使人如睹行軍之急徐變化，和勝利
者春風得意的豪邁之氣。

　　除了描寫戰爭場景、軍容、軍威，表達建功立業的慷慨豪情外，建安紀
行賦中也有慨歎旅途之艱的作品，如徐幹的《序征賦》，寫征途疲困無依時的
感慨，隱約流露了對行旅羈役之苦的感歎。不過這類作品在軍旅紀行賦中並
不多見。

　　另外，詩歌一體也出現了紀行為主體的作品。《從軍詩》五首是王粲隨曹
操征東吳，在征途中有感而作，大體上涵蓋了上面所提到的出征作品的內容。
《從軍詩》其一：「一舉滅獯虜，再舉服羌夷。西收邊地賊，忽若俯拾遺」〔註
46〕，王粲以誇張的手法描繪了曹操的神武形象和戰爭的情況，表達了他對曹
操運兵如神的崇拜。戰爭結束後，王粲從陳賞越丘，酒肉逾坻，人馬皆肥等
側面來讚美曹操的大獲全勝和將士們的從軍之樂。「歌舞入鄴城，所願獲無違」
〔註 47〕，是描繪得勝歸朝的熱鬧場面。這一勝利的氛圍，大大地激發了王粲
建功立業的鬥志，表現出了對名臣伊尹的嚮往，對隱士沮溺的批評，正所謂
「竊慕負鼎翁，願厲朽鈍姿。不能效沮溺，相隨把鋤犁」〔註 48〕。從隨軍作
戰，得勝，歸朝到立志建功的整個過程，王粲一直懷著對曹操征戰的信任和
驕傲。整首詩一氣呵氣，積極昂揚的精神洋溢其間。再來看第五首，以描寫
沿途景象為主：

> 悠悠涉荒路，靡靡我心愁。四望無煙火，但見林與丘。城郭生榛棘，
> 蹊徑無所由。萑蒲竟廣澤，葭葦夾長流。日夕涼風發，翩翩漂吾舟。
> 寒蟬在樹鳴，鸛鵠摩天遊。客子多悲傷，淚下不可收。朝入譙郡界，
> 曠然消人憂。雞鳴達四境，黍稷盈原疇。館宅充廛里，士女滿莊馗。
> 自非賢聖國，誰能享斯休。詩人美樂土，雖客猶願留。〔註49〕

〔註45〕同上。
〔註46〕〔清〕嚴可均校輯：《全三國文》卷四，中華書局 1958 年影印本，第 361 頁。
〔註47〕同上。
〔註48〕同上。
〔註49〕逯欽立輯校：《先秦漢魏晉南北朝詩》，中華書局 1983 年版，第 362～363 頁。

王粲用對比手法生動展現了太平康樂的譙郡和所經之地的天壤之別。入譙郡前詩歌採用的意象是：榛棘，蹊徑，日夕，涼風，寒蟬；入譙郡後採用的意象是：陽光明媚，雞鳴四境，黍稷盈疇，士女滿道。詩人將自己愛憎、悲歡的情緒通過對這兩種景象的描寫得以強烈地表露！其他的幾首既有對曹操大軍征戰的概括性描寫，也有對行軍途中景象的描寫。當然，王粲的《從軍詩》作爲征行詩來講，遠沒有達到杜甫《北征》那樣的成熟程度。

此期軍旅紀行賦的產生及創作上的繁榮，與當時的社會背景密不可分。隨著賦家陸續爲曹操所用，並隨之南征北戰，軍事鬥爭成爲他們的政治生活內容之一，所以以軍旅行役爲題材的紀行賦便應運而生了。加之曹氏父子對賦體文學的愛好和提倡，以及建安賦家同題共作的創作習慣，軍旅紀行賦繁榮一時。這一時期的紀行賦相對於之前的詠史紀行賦，顯示出鮮明的時代特徵：題材內容有了新的開拓，由詠史走向軍旅；創作主題也由憤世走向了頌美；另外，體制由長篇巨製到短小精悍的短篇。這都反映了新的時代條件下紀行賦創作的新特點，是研究兩漢乃至整個遠遊文學的重要資料。建安時期，由於時局動蕩，賦家憂患時事，其幽古之思被直面社會現實所取代，因此整個建安時期沒有一篇以詠史抒懷爲主的傳統紀行賦。兩晉以後詠史紀行賦再度出現繁榮。紀行賦空前繁榮的新局面出現在六朝，它從根本上改變了漢代紀行賦「歷敘於紀傳」詠史抒情的單一內容形式，將紀行賦發展到了豐富完善的階段。

第二節　兩漢紀行賦與楚辭遠遊主題

兩漢紀行賦主要是沿襲楚辭《涉江》、《哀郢》的紀行之舉，在記敘旅途所見所聞中抒發自己的感慨。但《離騷》借史抒情手法對兩漢紀行賦借古諷今也有啓發意義。從楚辭到兩漢紀行賦，藝術上不斷成熟，這與多種表現手法不斷地成熟運用有直接關係。如景物描寫從最初的簡單幾筆，到後來《遂初賦》的鋪排，再到後來班彪《北征賦》的情景交融。另外，楚辭中強烈的憤世嫉俗之志對兩漢紀行賦的創作也有啓發意義。

一、《涉江》、《哀郢》爲紀行賦之濫觴

紀行在辭賦中出現是非常早的，遠在戰國時期就已發端，屈原的《涉江》、

《哀郢》就可以算作它的濫觴。屈原創作的《涉江》、《哀郢》等作品，一方面記錄了屈原放逐羈旅遊蹤，另一方面又深刻地表達了忠憤怨懟的不平，可視爲騷體紀行文學的濫觴。

《涉江》作於屈原放逐江南途中，作者訴說自己渡江南行的經歷，故名「涉江」。《涉江》所述，是其經由鄂渚（在今湖北武漢市境內）而至辰陽（在今湖南辰溪縣西南）的行程及感想。這首詩對屈原自己的經歷做了最現實最具體的記述，由作品可知當年屈原的大致行程：屈原渡江，行經湘水、洞庭，沿沅水上溯，經枉渚、辰陽最後到達漵浦。清人蔣驥的《山帶閣注楚辭》中即有根據《涉江》而勾勒出的屈原放逐線圖。這段文字已經有作者行蹤的紀錄，有沿途所見景物的描寫，有感情的抒發，已初步具備了紀行文學的要素。

《涉江》開篇，主人公以一高冠長鋏、乘風御龍、神遊帝宮、光比日月的神人形象出現，這裏主人公形象的塑造顯然是模仿《離騷》；如《離騷》一樣，《涉江》中也不乏主人公直抒胸臆的表白，如「苟餘心其端直兮，雖僻遠之何傷」，「吾不能變心而從俗兮，固將愁苦而終窮」，「余將董道而不豫兮，固將重昏而終身」。然而在寫法上，《涉江》更有不同於《離騷》的創新，即多通過寫景、紀行來含蓄地表達自己的感情。比如寫渡江南行：「乘鄂渚而反顧兮，欸秋冬之緒風」，「船容與而不進兮，淹回水而疑滯」。主人公在這裏雖然不直言惜別、留戀，然而這些情感卻都凝結在頻頻「反顧」和「容與不進」的一舉一動之中。《涉江》中的遊歷是實實在在的實地之旅，不同於《離騷》中的意識之旅。

《哀郢》所寫的大概是秦將白起攻破楚國郢都後作者向東流亡的經歷，根據「忽若去不信兮，至今九年而不復」，可知《哀郢》約作於被逐離開郢都九年之後，作品中洋溢著對郢都的眷戀之情和爲國家前途的憂慮。作品一開頭就表現得很明顯：「皇天之不純命兮，何百姓之震愆？民離散而相失兮，方仲春而東遷。」寫他從郢都失陷這一事件中所引發的深重的危機感：是不是天命已經不再眷顧楚國了呢，爲什麼現實竟成了這種樣子！「去故鄉而就遠兮，遵江、夏以流亡。出國門而軫懷兮，甲之晁吾以行。」則寫他對郢都的眷戀和痛苦：一出國門，他的心就像被車輪輾動著似的疼痛。作者隨後寫自郢都東行的歷程：

> 發郢都而去閭兮，荒忽其焉極？楫齊揚以容與兮，哀見君而不再得。

> 望長楸而太息兮，涕淫淫其若霰。過夏首而西浮兮，顧龍門而不見。
> 心嬋媛而傷懷兮，眇不知其所蹠。……心絓結而不解兮，思蹇產而
> 不釋。將運舟而下浮兮，上洞庭而下江。去終古之所居兮，今逍遙
> 而來東。羌靈魂之欲歸兮，何須臾而忘反！背夏浦而西思兮，哀故
> 都之日遠。登大墳以遠望兮，聊以舒吾憂心。〔註50〕

這裏處處滲透著難捨難分的情懷。人是在向東去，心卻一直繫念著西邊。一直到他在東行途中登上「大墳」遙望時，這種憂憤不禁傾瀉而出。「哀州土之平樂兮，悲江介之遺風。當陵陽之焉至兮，淼南渡之焉如？曾不知夏之為丘兮，孰兩東門之可蕪？」〔註51〕國土的「平樂」仍如往日，但楚國昔日的「遺風」哪裏去了呢？國家就要滅亡了，郢都的城門很快就要荒蕪了，你們這些當權者就要任其滅亡、荒蕪嗎？作者內心無限憂急，憤慨不已。

《涉江》、《哀郢》一方面既記錄了屈原放逐的行蹤，另一方面深刻地表達忠憤怨懟的不平，但兩文仍然是一首以抒情述志為主體的政治抒情詩。

二、《離騷》憤世嫉俗精神在兩漢紀行賦中的沿革

《涉江》、《哀郢》兩篇作於流放期間，悲痛之情外，憤慨之情亦溢於言表，如《涉江》寫道：「世溷濁而莫余知兮。吾方高馳而不顧。駕青虬兮驂白螭，吾與重華遊兮瑤之圃。登崑崙兮食玉英，與天地兮同壽，與日月兮齊光。」〔註52〕基於對污濁現實的憤慨，主人公幻想自己脫離人間世俗而進入傳說中的崑崙神境。不過，這兩篇作品的憤世嫉俗之志較之《離騷》，顯得薄弱得多。《離騷》最為深切地反映了屈原對楚國黑暗腐朽政治的憤慨，和他熱愛宗國願為之效力而不可得的悲痛心情，也抒發了自己遭到不公平待遇的哀怨。《史記‧屈原賈生列傳》說屈原因遭上官大夫靳尚之讒而被懷王疏遠，「屈平疾王聽之不聰也，讒諂之蔽明也，邪曲之害公也，方正之不容也，故憂愁幽思而作《離騷》」。〔註53〕全詩纏綿悱惻，感情十分強烈，他的苦悶、哀傷不可扼止地反復迸發，從而形成了詩歌形式上迴旋複沓的特點。這種迴旋複沓，是他思想感情發展規律的反映，較之《涉江》、《哀郢》的簡單哭訴，情感表達

〔註50〕〔宋〕洪興祖撰：《楚辭補注》，中華書局 1983 年版，第 133～134 頁。

〔註51〕〔宋〕洪興祖撰：《楚辭補注》，中華書局 1983 年版，第 134～135 頁。

〔註52〕同上，第 128～129 頁。

〔註53〕〔漢〕司馬遷撰：《史記》，中華書局 1982 年版，第 2482 頁。

的更爲強烈，其對楚國的岌岌可危處境，對宗國命運的擔憂，發而爲一種嚴正的批判精神。屈原最終感慨道：「既莫足與爲美政兮，吾將從彭咸之所居」，表示將用生命來殉自己的「美政」理想。就漢一代而言，大一統的政治現實所引發的壓迫感，使得文人士子們雖欲「正身直行，恬然肆志」，但「時莫能聽用其謀」，只能「喟然長歎，自傷不遭。」〔註54〕對於時、命的感慨形成的「士不遇」情結與「信而見疑，忠而被謗」的屈子曠世而相感，所以說當漢代士人自身也遭遇「君臣離合、人生失志」這一普遍的命運危機時，常將一己之遭遇與屈原相聯繫、相比較，或是悲屈子命途之多舛，或是傷自身時命之不當，或是歎世事變化之無常。從兩漢遠遊辭賦的發展史來看，漢代自賈誼《惜誓》始，至漢末蔡邕《述行賦》終，自始至終能夠體會到屈騷精神的傳承和影響，這就是一種志不獲伸、意不得抒的不通情結。漢代紀行賦作者不管是劉歆、馮衍、班彪、班昭還是蔡邕，他們都是對現實生活感到無耐或不滿，借賦作以抒自己不得誌之情。但由於創作主體及創作背景的不同，這些賦作情感表達的強烈程度又有所不同。

劉歆作《遂初賦》的緣起是由於他爲爭立《春秋左氏傳》而移書責讓太常博士，因責言太切而得罪權臣，招致眾怨，他因此懼禍，要求外調。於是便出任河內太守，不久又調任五原太守。據賦前小序，劉歆受到排擠被貶爲五原太守後，在赴任途中，既憂慮政治危機，又不滿於自己的處境，路過三晉故地，學識淵博、熟諳歷史的他不由「感今思古，遂作斯賦，以歎徵事而寄己意。」作者撫今思昔，隱以前人遭際自比，感慨頗多。

《遂初賦》不僅是「賢人失志」之作，更對「賢人失志」這一歷史現象作出了深刻地反思：

> 覆美不必爲偶兮，時有差而不相及。雖轀寶而求賈兮，嗟千載其焉合。昔仲尼之淑聖兮，竟隘窮乎蔡陳。彼屈原之貞專兮，卒放沉於湘淵。何方直之難容兮，柳下黜而三辱。蓬瑗抑而再軵兮，豈材知之不足。揚蛾眉而見妒兮，固醜女之情也。曲木惡直繩兮，亦小人之誠也。以夫子之博觀兮，何此道之必然。〔註55〕

劉歆倡立《左氏春秋》等古文經學，本是出於學術之公心，卻遭人誤解，憤

〔註54〕馮衍《顯志賦·自論》，〔清〕嚴可均校輯《全後漢文》卷二十，中華書局1958年影印本，第578頁。

〔註55〕〔清〕嚴可均校輯：《全漢文》卷四十，中華書局1958年影印本，第345頁。

而「移書」，得罪權臣，不得不避禍遠徙。自身遭遇的不公，使他對賢臣遭遇艱危的問題有了深刻地體認，「嗟千載其焉合」一語道盡群臣遇合之千古悲涼，「何此道之必然」一言，既是對讒佞小人的嚴厲指責，又蘊含著一種無可奈何地悲哀；「揚蛾眉而見妒兮，固醜女之情也」，則是對揚雄《反離騷》中批評屈原「何必揚累之蛾眉」之說的反駁。理性反思的結果，顯示出他對「賢人失志」的理解與認同，這是《遂初賦》的獨特之處。

　　《顯志賦》是馮衍的代表作，馮衍一生胸懷大志，富有才能，用世之心頗為強烈。馮衍《顯志賦》自論中說：「顧嘗好俶儻之策，時莫能聽用其謀，喟然長歎，自傷不遭。久棲遲於小官，不得舒其所懷。抑心折節，意淒情悲」，概括了自己一生滿腹經綸，頗有謀略而不見用的淒慘情懷。馮衍兩次規勸廉丹離莽歸漢，後廉丹不聽馮衍勸阻，與赤眉戰敗而死。更始二年，馮衍隨尚書僕射鮑永安集北方，又力勸鮑永，言辭肯切，字字泣血。馮衍後來與鮑永同時歸降光武，鮑永因功而被重用，而馮衍只除為曲陽令，並沒有得到光武帝的重用。雖然如此，建武六年，馮衍還是積極地上書陳八事，但由於前過而不被重用。馮衍親身經歷了莽漢之際社會的動亂，戰後又不被重用，對當時的戰亂給社會及廣大人民帶來的災難，有著深刻而清醒的認識。在《計說鮑永》中稱：「然而諸將虜掠，逆倫絕理，殺人父子，妻人婦女，燔其室屋，略其財產，饑者毛食，寒者裸跣，冤結失望，無所歸命。」〔註56〕面對這種形勢，馮衍在《顯志賦》中借史實以諷喻時政，對法家、兵家、縱橫家及他們所崇尚的法術權謀，進行了猛烈的批判，反映了其對社會現實的不滿：

　　　　疾兵革之寖滋兮，苦攻伐之萌生；沉孫武于五湖兮，斬白起于長平。

　　　　惡從巧之亂世兮，毒縱橫之敗俗；流蘇秦于洹水兮，幽張儀于鬼谷。

　　　　澄德化之陵遲兮，烈刑罰之峭峻，燔商靴之法術兮，燒韓非之說論。

　　　　誚始皇之跋扈兮，投李斯于四裔；滅先王之法則兮，禍寖淫而弘大。

〔註57〕

這一抨擊未免流於片面偏激，但其創作時情緒之昂揚奔突，揮灑之無拘無束不同凡俗。這一強烈的情緒，反映了經歷兩漢之交兵火的慘重破壞之後，人們對於戰亂的極度痛恨，對和平生活的熱愛。

〔註56〕〔清〕嚴可均校輯：《全後漢文》卷二十，中華書局，1958年影印本，第581頁。

〔註57〕同上，第579頁。

　　馮衍在《顯志賦》中指責時俗險厄，好惡無常，憤世嫉俗之情溢於言表，充分顯揚出他狷介的個性。馮衍《顯志賦》中還說：

> 行勁直以離尤兮，羌前人之所有；內自省而不慚兮，遂定志而弗改。
>
> 欣吾黨之唐虞兮，愍吾生之愁勤；聊發憤而揚情兮，將以蕩夫憂心。
>
> 往者不可攀援兮，來者不可與期；病沒世之不稱兮，願橫逝而無由。
>
> 〔註58〕

從屈原的《離騷》、司馬遷的《報任安書》到馮衍的《顯志賦》抒發的都是憤怒之情。但不同的是，馮衍這篇文章是直呈皇上的，他對小人給予大膽直白的痛斥，其實也是對光武帝聽信讒言、不分是非的批評。在皇帝一言九鼎的時代，馮衍這樣大膽直率的表達自己的不滿，的確令人佩服。無怪乎梁朝劉俊說他「敬通膂力方剛，老而益壯。」〔註59〕劉勰評曰「敬通雅好辭說，而坎壈盛世；《顯志》《自序》，亦蚌病成珠矣。」〔註60〕馮衍這種憤世嫉俗的感情，對後世述志賦有較大影響，也為後世所認同。晉陸機有《遂志賦》，其序曰：「衍抑揚頓挫，怨之徒也。」〔註61〕可謂概括得當。當一個熱情洋溢、胸有大志的文人經歷多次失敗，意識到自己再無法施展抱負時，當一個慷慨正直、為民請命的文人看到國家帶給人們的不幸時，寄文以宣志泄憤是文人唯一的做法。雖然文中表達了作者的老莊思想，但是這種思想正是在經歷這麼多痛苦而無法解脫的情況下作出的選擇。

　　《北征賦》是班彪從長安出發赴天水時所寫。當時王莽已亡，淮陽王劉玄失敗，班彪避難從長安到天水，途經安定郡城（今寧夏固原縣）時所作。該賦記述了他在西漢末的動亂中離長安至天水避亂的行程。彪「年二十餘，更始敗，三輔大亂。時隗囂擁眾天水，彪乃避難從之」〔註62〕。《文選》李善注《北征賦》引摯虞《文章流別論》曰：「更始時，班彪避難涼州，發長安，至安定，作《北征賦》也」。〔註63〕《北征賦》開篇「余遭世之顛覆兮，罹填塞之阨災。舊室滅以丘墟兮，曾不得乎少留。遂奮袂以北征兮，超絕迹而遠

〔註58〕　〔清〕嚴可均校輯：《全後漢文》卷二十，中華書局1958年影印本，第578頁。

〔註59〕　〔唐〕姚思廉：《梁書》卷五十，中華書局1973年版，第707頁。

〔註60〕　吳林伯：《〈文心雕龍〉義疏》，武漢大學出版社2002年版，第582頁。

〔註61〕　〔晉〕陸機《遂志賦·序》，見嚴可均輯校《全晉文》卷九十六，中華書局，1958年影印本，第2010頁。

〔註62〕　〔南朝·宋〕范曄撰：《後漢書》，中華書局1965年版，第1323頁。

〔註63〕　〔梁〕蕭統編〔唐〕李善注：《文選》，中華書局1977年版，第142頁。

遊。」頗有《遠遊》「悲時俗之迫阨兮，願輕舉而遠遊」發憤以抒情的味道。由於身處兩漢之際的動蕩時代，詩人「遭世之顛覆」，「罹填塞之厄災」，旅途所見所思，深深地染上了作家的主觀色彩。「遊子悲其故鄉，心愴悢以傷懷，撫長劍而慨息，泣漣落而沾衣。攬余涕以於邑兮，哀生民之多故。」感慨之深，溢於言表。但由於作者較爲濃厚的儒家思想，主張以德化邊，反對以武禦邊，所以儘管體現出個性化、情感化的傾向，但情感的抒發較爲平易淺近。在班彪《北征賦》的直接影響下，其女班昭作《東征賦》，此賦同《北征賦》一樣，敘述自己的旅途所見，表現自己的旅途所感。班昭在賦亂詞中云：「君子之思，必成文兮。蓋各言志，慕古人兮。先君行止，則有作兮，雖其不敏，敢不法兮。」明確指出其《東征賦》的創作，一則是言志，再則就是效法其父。不過其文表露的情感較爲平淡，後半部分則含有較多的教化色彩。

東漢和、安以後下至桓、靈之世，外戚或宦官專權，主上幼弱，母后臨朝，外戚專政。但皇帝不甘心久居傀儡之位，他們總要和宦官勾結起來，殺逐外戚，於是形成了外戚與宦官的相互廝殺。緊接著又發生兩次黨錮之禍，一批鯁直的官僚、名士、太學生，數千人被殺，六七百人被禁錮，內外官職幾乎全被宦官攫去，因而形成了統治階級內容非常複雜和激烈的鬥爭。政治極端黑暗，人民災難深重，一般文士毫無出路。特別是到了漢末，士人處境更爲險惡，社會更爲黑暗，士人就不僅僅是抒發牢騷不平，而是由揭露而諷刺了。因此，一些憤世嫉俗的士人，便更多地創作一些批判現實、抨擊社會黑暗的抒情短賦，蔡邕的《述行賦》就是其中一篇。賦根據作者自己的行止，描述各地的古人古事，並加以評論，彰善斥惡，託古諷今。《述行賦》反映了外戚宦官專權下士人被壓制迫害的現實，表達了士人對姦佞群小的憎惡與批判，抒發了他們對明君賢臣、清明政治的嚮往和對亂世中勞動人民的深切關懷與同情。《述行賦》直接批判當時的社會現實，用詞沉痛激切。

《述行賦》取法於劉歆《遂初賦》和班彪《北征賦》，記敘了自己從陳留至偃師途中的見聞感受，賦之前半篇爲弔古，後半篇爲傷今，寫作方法並無特異之處。但其篇幅相對短小，感情格外強烈，戰鬥性很強，他所憤者不僅是自己被遣到京師爲桓帝鼓琴，還在於那逼迫民不堪命的宦官之淫威，表達了作者與封建王朝不合作的心迹。文中不但結合所經之處的有關歷史故實發生聯想，借古刺今，更從正面揭露並抨擊了東漢後期腐敗的政治現實與統治階級上層的驕奢荒淫，體現出強烈的現實批評精神，這也是蔡邕《述行賦》最大的特點。《述行賦》與之前的紀行賦作相比，它明顯地減少了懷古的成分，

增加了對現實的批判。此賦寫延熹二年（159 年）秋天，當時「霖雨逾月」，梁冀新誅，而五侯弄權，大興土木，因蔡邕鼓琴而被從家鄉陳留徵往京師，至偃師，「病不前，得歸，心憤此事」，便寫下《述行賦》。該賦不僅在序中描述「人徒凍餓不得其命者甚眾」的慘景，又在正文中寫道：

皇家赫而天居兮，萬方征而星集。貴寵煽以彌熾兮，斂守利而不戢。前車覆而未遠兮，後乘驅而競及。窮變巧於臺榭兮，民露處而寢濕。消嘉穀於禽獸兮，下糠秕而無粒。弘寬裕於便辟兮，糾忠諫其駿急。

京都天居，萬輻齊湊，煞是氣派。但在繁盛的外衣下，卻隱藏著深刻的政治危機，一方面是統治者「窮變巧於臺榭」，另一方面是老百姓露處寢濕；一方面是顆粒無收，另一方面卻是豪門貴盛「消嘉穀於禽獸」。作者通過強烈的對比，表達了對統治者的憤慨和對窮苦百姓的同情。「前車覆而未遠兮，後乘驅而競及」，在奔競勢利的途中，絡繹不絕，但是沒有不翻車的，可謂一語雙關。「唐虞眇其既遠兮，常俗生於積習。周道鞠為茂草兮，哀正路之日澀。」大道已夷，治世不再，因而「甘衡門以寧神兮，詠《都人》而思歸」，這與張衡「天長地久歲不留，俟河之清只懷憂」〔註 64〕、趙壹「河清不可俟，人命不可延」〔註 65〕同調，都表示出對東漢政權徹底失去信心，對大漢王權的徹底疏離與決裂，而成為「帝國末季的輓歌」。〔註 66〕顧農先生說：「《述行賦》直接寫到作者對社會問題的觀感，特別是相當尖銳地寫到民間的疾苦，因而在中國賦史上具有重大的意義。」與班彪、班昭的紀行賦相比，其「懷古的比重已有所減少，直接反映現實生活的筆墨有所增加，使辭賦因貼近社會現實生活而恢復了它的生機，而且抒情意味十分濃厚。」〔註 67〕

信而見疏，才不盡用，故見之於文則多怨。兩漢紀行賦都是作者在社會生活中遭遇坎坷之後的抒懷之作。這些賦作，除了班彪、班昭之作抒情色彩較為平淡外，兩漢之交的《遂初賦》、《顯志賦》漢末的蔡邕《述行賦》有更強烈的現實批判精神。這一方面，是由於兩漢之交與東漢末年的動盪社會現

〔註 64〕《思玄賦》，見〔清〕嚴可均校輯《全後漢文》卷五十二，中華書局 1958 年影印本，第 761 頁。

〔註 65〕《刺世嫉邪賦》，見〔清〕嚴可均校輯《全後漢文》卷八十二，中華書局 1958 年影印本，第 915 頁。

〔註 66〕廖國棟：《從「士不遇」到「歸去來」——試論兩漢辭賦對京城的趨附與偏離》；見《第三屆國際辭賦學學術研討會論文集》，臺灣國立政治大學文學院編輯，1996 年版，第 786 頁。

〔註 67〕顧農：《蔡邕論》，《揚州師院學報》1994 年第 1 期。

實有關，另一方面，也與賦作家們的個人經歷及思想底蘊有關。

三、兩漢紀行賦對《楚辭》抒情手法的繼承與發展

　　紀行賦是賦家們以行程爲線索，描寫途中的所見、所聞、所感，或詠史以抒懷，或借史事以諷世，或隨地興感，抒寫自己之情志。王琳《詩賦論叢》一書中，把紀行賦的主要內容特徵歸納爲兩點：記述與經歷之地有關的人文掌故；摹寫經歷之地的山水景觀。〔註68〕而這兩者同時又爲兩漢紀行賦作者所借鑒，成爲兩漢紀行賦抒情達志的手段。

　　我們試看《涉江》有對主人公行蹤的紀錄，有沿途所見景物的描寫，有主人公感情的抒發，已初步具備了紀遊文學的要素。我們看下一段：

> 哀南夷之莫吾知兮，旦余濟乎江湘。乘鄂渚而反顧兮，欸秋冬之緒風。步余馬兮山皋，邸余車兮方林。乘舲船余上沅兮，齊吳榜以擊汰。船容與而不進兮，淹回水而疑滯。朝發枉陼兮，夕宿辰陽。苟余心其端直兮，雖僻遠之何傷！入溆浦余儃佪兮，迷不知吾所如。深林杳以冥冥兮，猿狖之所居。山峻高以蔽日兮，下幽晦以多雨。霰雪紛其無垠兮，雲霏霏而承宇。哀吾生之無樂兮，幽獨處乎山中。吾不能變心而從俗兮，固將愁苦而終窮。〔註69〕

這段文字，其寫自然景色，縱或雜有誇張，但基本應屬於寫實。在我國文學史上，這是第一次出現的對自然景色較爲集中而生動的描繪。《詩經》中當然也有寫自然景色的，但從無這樣較大規模而又較深刻的刻畫。如「風雨瀟瀟，雞鳴膠膠」〔註70〕之類，與此相較，區別很顯著。其較有氣勢的，如「百川沸騰，山冢崒崩。高岸爲谷，深谷爲陵」〔註71〕，則又象徵的意味居多。所以，《涉江》此段，實際上體現了中國古代文學史寫景上的一個重大進步。同時，在此段寫景文字之前，有「雖僻遠之何傷」的自陳，此段之後有「吾不能變心以從俗」的自誓，因而這不是單純的寫景，而是進一步烘託了他的堅強不屈。這段文字寫景生動，語悴情悲，錢鍾書稱其「開後世詩文寫景法門，先秦絕無僅有」。

〔註68〕　王琳：《詩賦論叢》，黑龍江教育出版社1999年版，第17頁。
〔註69〕　〔宋〕洪興祖撰：《楚辭補注》，中華書局1983年版，第129～131頁。
〔註70〕　《鄭風·風雨》，見〔漢〕毛亨傳〔漢〕鄭玄注：毛詩正義》，〔清〕阮元校刻：《十三經注疏》，中華書局1980年影印本，第345頁。
〔註71〕　《小雅·十月之交》，見〔漢〕毛亨傳〔漢〕鄭玄注：毛詩正義》，〔清〕阮元校刻：《十三經注疏》，中華書局1980年影印本，第446頁。

〔註72〕《涉江》之外，《楚辭》中還有很好的紀行抒情和寫景抒情的篇章。如《哀郢》：「發郢都而去閭兮，怊荒忽其焉極？楫齊揚以容與兮，哀見君而不再得。望長楸而太息兮，涕淫淫其若霰。過夏首而西浮兮，顧龍門而不見」。其實《九歌》中的《山鬼》、《湘君》、《湘夫人》等文，它們借環境的烘託來表達感情是很普遍的，雖然說其中的景色描寫多為虛擬，而《哀郢》《涉江》基本為紀實，但《九歌》中的這種描寫手法對《九章》還是有啓發意義的。

《涉江》《哀郢》不僅通過寫景烘託其心志，還運用了借史諷今的手法。如《哀郢》「彼堯、舜之抗行兮，瞭杳杳而薄天。眾讒人之嫉妒兮，被以不慈之偽名。」其實借史抒情手法在《楚辭》裏應用最廣泛的是《離騷》。《離騷》多次借商湯夏禹等歷史故事來諷諫楚王：

> 夏桀之常違兮，乃遂焉而逢殃。後辛之菹醢兮，殷宗用而不長。湯禹
> 儼而祗敬兮，周論道而莫差。舉賢而授能兮，循繩墨而不頗。〔註73〕
>
> 湯禹嚴而求合兮，摯咎繇而能調。苟中情其好脩兮，又何必用夫行
> 媒？說操築於傅巖兮，武丁用而不疑。呂望之鼓刀兮，遭周文而得
> 舉。寧戚之謳歌兮，齊桓聞以該輔。〔註74〕

詩中稱讚商湯夏禹「舉賢而授能兮，循繩墨而不頗」，並列舉了傅說、呂望、寧戚、百里奚、伊尹等身處賤位卻得遇明君的事例，藉以諷諫楚王。《涉江》雖然篇幅短小，但亦有這種手法的運用：

> 接輿髡首兮，桑扈臝行。忠不必用兮，賢不必以。伍子逢殃兮，比
> 干菹醢。與前世而皆然兮，吾又何怨乎今之人！余將董道而不豫兮，
> 固將重昏而終身。〔註75〕

這十句詩句式相當獨特，六個短句，四個長句，短句列舉和評點歷史人物的行為，語氣比較緊迫；長句抒發詩人的感慨，語氣比較弛緩。一張一弛相互調節，顯得意味深長。此時的屈原，面對不可理喻的荒唐政治，心中彌漫著濃郁的末世之感。既然忠貞者不一定進用，賢明者常常被閒置，那麼楚國高士接輿也就只好剃髮佯狂，以實行他的避世哲學。桑扈也要裸體而行，更有甚者，伍子胥竟然遭遇了家破人亡之殃，比干這樣的忠臣竟被剁成了肉醬。

〔註72〕錢鍾書：《管錐篇》，中華書局1979年版，第613頁。
〔註73〕〔宋〕洪興祖撰：《楚辭補注》，中華書局1983年版，第23頁。
〔註74〕同上，第37～38頁。
〔註75〕同上，第131頁。

詩人從歷史上尋找自己人格和命運的範型，卻尋找到了伍子胥、比干式的災難處境，接輿、桑扈式的狂狷人生，可見他已經喪失了被疏和流放漢北時期那種對楚君醒悟和楚政復蘇的期待，意識到了楚國政治無可挽回地荒唐下去的結局。

　　以行旅為線索並摹寫山水景色入賦，《涉江》已肇其端。特別是其「入漵浦」一節，更是為劉歆《遂初賦》中「歷雁門而入雲中」一節，班彪《北征賦》「隮高平而周覽」一節所直接繼承。《九章·哀郢》記行旅時間以及去國懷鄉的情調，後世紀行賦的作者也頗多仿傚。但從總體上看，屈作的主要內容是申抒高潔人格、政治理想、愛國之情，抨擊腐朽現實，而描摹山水的成分較少，處於次要地位。另外，它們的景物描寫，雖然能夠表現作者的情懷，但從整體上看景與情還顯疏遠。兩漢紀行賦的作家們將感情深深地融彙於景物描寫當中，情景水乳交融。在借助歷史事實抒情方面，《涉江》有單獨一部分敘寫歷史上忠而見棄的人物，以表達作者「余將董道而不豫兮，固將重昏而終身」之情。《遂初賦》和《北征賦》則沒有相應的部分，他們能將歷史與情感很好地糅合在一起。兩漢紀行賦繼承這兩種抒情手法，並在實踐中不斷地加以應用，使之成熟，創作了大批優秀賦作。我們先來看兩漢紀行賦對寫景抒情手法的繼承與開拓。

　　《遂初賦》是漢代「紀行賦」的開山之作，為劉歆從河內太守調任五原太守時所作，當時劉歆遭遇朝臣排擠，途經春秋晉國故地，感今思古，賦中藉敘述晉國史事來暗喻現實。《遂初賦》把景色與感情、歷史與現實結合了起來，在賦中開出紀行一體，對後來的辭賦創作有相當大的影響。《遂初賦》在寫景抒情上的最大貢獻是，它在《涉江》、《哀郢》的基礎上，將征行所見的山川景物和相關的人物故跡組合，其山川景物的隨處點染，使漢賦擺脫了屈騷幽麗江南的地域特色，寫出了北方大地的蒼涼風物，並有意識地借景抒情，在題材的開拓上有彌補文學史「遺憾」的作用。如：

> 歷雁門而入雲中兮，超絕轍而遠逝。濟臨沃而遙思兮，垂意兮邊都。
> 野蕭條以寥廓兮，陵谷錯以盤紆。飄寂寥以荒眇兮，沙埃起而杳冥。
> 迴風育其飄忽兮，迴颷颷之泠泠。薄洞凍之凝滯兮，茀谿谷之清涼。
> 漂積雪之皚皚兮，涉凝露之降霜。揚電霹之復陸兮，慨原泉之淩陰。
> 激流澌之潾潾兮，窺九淵之潛淋。颸悽愴以慘怛兮，慽風澇以洌寒。
> 獸望浪以穴竄兮，鳥脅翼之浚浚。山蕭瑟以鵾鳴兮，樹木壞而哇吟。

地坼裂而憤忽急兮，石捌破之巖巖。天烈烈以屬高兮，廖埄窱以梟牟，雁邕邕以遲遲兮，野鸛鳴而嘈嘈。望亭隧之敽敽兮，飛旗幟之翩翩。迥百里之無家兮，路修遠而綿綿。〔註76〕

這裏以秋季的曠野、沙石、冷風、霜雪、枯木、凍土、寒鴉、驛亭、地裂、飛幟等意象勾勒出一幅蕭瑟淒清、寂寥蒼涼的自然圖景，而這幅聲色蒼涼，肅殺衰敗的畫圖又與作者羈旅落寞的心境合而爲一，傳達出異鄉飄零、無所依歸的淒涼。以賦家當時羈旅行程中的落寞心情觀照景物，四周的景物也就格外荒涼悽楚。曹道衡說此篇：「純用秋冬景色來抒寫心中不得志的悲苦，頗能收到情景交融的效果。」〔註77〕其中「獸望浪以穴竄兮，鳥脅翼之浚浚」之句，爲後來王粲《登樓賦》中的名句「獸狂顧以求群兮，鳥相鳴以舉翼」所本。這篇賦將淒厲的自然景色如此集中地加以鋪排，是以前任何辭賦中沒有出現過的現象，雖然鋪陳過甚，但仍然可以使讀者感受到其內心的抑鬱與淒涼。《遂初賦》這種融情於景、借景抒情的寫作手法有明顯借鑒《九辯》的地方。宋玉當時也因爲遭受排擠，去國離鄉之際，眼見草木蕭瑟，淒寒秋意中難勝悲苦，於是借景抒情寫下貧士悲歌之歎：

悲哉！秋之爲氣也！蕭瑟兮，草木搖落而變衰。憭慄兮，若在遠行。登山臨水兮，送將歸。泬寥兮，天高而氣清；寂寥兮，收潦而水清。憯悽增欷兮，薄寒之中人；愴怳懭悢兮，去故而就新；坎廩兮，貧士失職而志不平；廓落兮，羈旅而無友生；惆悵兮，而私自憐。燕翩翩其辭歸兮，蟬寂漠而無聲。雁廱廱而南遊兮，鵾雞啁哳而悲鳴。獨申旦而不寐兮，哀蟋蟀之宵征。時亹亹而過中兮，蹇淹留而無成。〔註78〕

抒情主人公孤苦零丁地行走在去國離鄉的羈旅途中，四周草木搖落、滿目寂寥。在一聲聲沉重的歎息中，我們彷彿看到獨立於淒清秋色中面容憔悴的詩人。雖然《九辯》、《遂初賦》體裁不同，但歷經千載同樣讓人產生共鳴。在這之後，班彪《北征賦》以行程來統領全篇，寫景抒情寫作手法對《遂初賦》亦有全面的繼承。

　　《北征賦》描繪途中所見的北地風光，對自然景色的描寫集中而突出，

〔註76〕〔清〕嚴可均校輯：《全漢文》卷四十，中華書局1958年影印本，第345頁。
〔註77〕曹道衡：《漢魏六朝辭賦》，上海古籍出版1989年版，第67頁。
〔註78〕〔宋〕洪興祖撰：《楚辭補注》，中華書局1983年版，第182～184頁。

較之劉歆的鋪陳是一種進展，更突出的是，這些景色描寫情景交融，就古迹
發表感時傷亂的感慨。所以即使描寫景色的句子較《遂初賦》少，但滲透在
景色裏的感傷卻更能深深打動讀者。如：

> 隮高平而周覽兮，望山谷之嵯峨。野蕭條以莽蕩，迴千里而無家。
> 風森發以漂遙兮，穀水灌以揚波。飛雲霧之杳杳，涉積雪之皚皚。
> 雁邕邕以群翔兮，鵾雞鳴以嚌嚌。遊子悲其故鄉，心愴悢以傷懷，
> 撫長劍而慨息，泣漣落而霑衣。攬余涕以於邑兮，哀生民之多故。
> 夫何陰曀之不陽兮，嗟久失其平度。諒時運之所爲兮，永伊鬱其誰
> 愬！〔註79〕

賦中這些句子寫戰亂中原野的蕭條和遊子悲苦的心情頗爲眞切。主人公登山
臨水，四目遠望，滿眼蕭條悲涼，讓人愁腸鬱結、沉痛落寞。我們也彷彿追
隨著賦家立於那片空曠的荒野之中，體味那瀰漫於四周的蕭瑟淒涼。這種描
寫洋溢著作者的眞情實感，而且是寫實的筆法，不同於《上林賦》等那種誇
張的羅列。此前《遂初賦》的寫景，也已經有這樣的特點。《北征賦》不同於
《遂初賦》的是，語句上更加平易淺顯、自然流暢，意境上也更顯悲涼、沉
鬱。作家的感情深深地融彙於景物描寫當中，情景水乳交融，可謂「一切景
語皆情語」。

　　《述行賦》全篇以秋天的淫雨爲大背景，氣氛悲涼深沉。賦的一開頭就
說：「余有行於京洛兮，遘淫雨之經時。塗迤邐其蹇連兮，潦汙滯而爲災。欒
馬躕而不進兮，心鬱悒而憤思。聊弘慮以存古兮，宣幽情而屬詞。」〔註80〕
將路途的艱苦、心中的鬱悒融而爲一，奠定了此賦的基調。同時，《述行賦》
又把沿途所見史迹引發的感慨，與一路上的景物氣候融會交織，把古事與今
情相互交織，抒發濃重的家國憂患，極具表現力。尤其景物氣候的描寫，非
常出色。例如：

> 尋修軌以增舉兮，邈悠悠之未央。山風泪以飆涌兮，氣懔懔而屬涼。
> 雲鬱術而四塞兮，雨濛濛而漸唐。僕夫疲而劬瘁兮，我馬虺隤以玄
> 黃。格莽丘而稅駕兮，陰曈曈而不陽。〔註81〕

〔註79〕〔清〕嚴可均校輯：《全後漢文》卷二十三，中華書局1958年影印本，第598
　　　　頁。
〔註80〕〔清〕嚴可均校輯：《全後漢文》卷六十九，中華書局1958年影印本，第852
　　　　頁。
〔註81〕同上。

寫征途遙遠、雲陰氣涼、秋雨連綿，藉以烘託悲涼氣氛，抒發鬱悶的心情。
賦中寫景之處，其實都是其心情的寫照。此賦寫歷史上的人和事，幾乎件件
指斥現實；寫山河雲雨，彷彿句句有所寄託，從而將歷史、現實，景物、情
感有機地熔爲一體。劉歆《遂初賦》、班彪《北征賦》，以及蔡邕和建安諸子
的軍旅紀行賦，都寫在世事動盪之時，作者或遭貶謫，或流離他鄉，或征戍
不絕，因而眼中之景，無不著上遊子心境的悲涼。

借情抒情、寓情於景之外，兩漢紀行賦同時採用借史以抒情的手法。兩
漢紀行賦與屈原楚辭在重視歷史方面可以說是相通的。屈原「博聞強志，明
於治亂」，楚辭中多徵用往古歷史，來諷諭楚王，以抒發憤怨。「祖述楚辭」
的漢代辭人，自然會接受屈原借古諷今筆法的影響。在紀行過程中，兩漢紀
行賦敘述所歷之地的史實，或者從歷史興衰看待現實的思考。但這種思考還
是爲抒發感情服務，換言之，史實只是抒發情感的工具。可以說，作者是帶
著不幸的遭遇、憂傷的心情看待歷史、賦予歷史事實以作者自己的情感，把
歷史現實化，試圖從中得到情感的宣泄，只不過有的較爲明顯，有的較爲隱
蔽罷了。據《遂初賦序》載，劉歆因「議論見排擯」，被徙爲五原太守，路經
故晉地，「感今思古」而作賦，「以歎徵事而寄己意」。〔註82〕這與屈原之稱述
古事，「以刺世事」，實爲同轍。從全賦看，劉歆感歎亦僅在失位而已，遠不
能與屈子相提並論：「舍位之過，忽若遺兮。求位得位，固其常兮。守信保己，
比老彭兮。」然其中亦不乏懷古諷今、憤世不平之意。

漢魏六朝紀行賦的重要特色是「因地及史」。嚴格地說，「因地及史」的
特徵，至劉歆《遂初賦》方完善其程序，因而直接地對後世紀行賦產生了重
大的影響。「因地及史」要求作者必須諳熟歷史，否則，便不可能做到「歷敘
於紀傳」。經考察，我們發現，兩漢紀行賦的主要作者如劉歆、班彪、班昭、
蔡邕等，都是博古通今的文人，而且大都與史學有不解之緣。劉歆「講六藝
傳記、諸子、詩賦、數術、方技，無所不究」，「治《左氏》……博見強志，
過絕於人。」〔註83〕班彪「才高而好述作」，「探前史遺事，傍貫異聞，作《後
傳》數十篇」〔註84〕。班昭「博學高才」，繼兄班固完成《漢書》之八表及《天

〔註82〕〔清〕嚴可均校輯《全漢文》卷四十，中華書局 1958 年影印本，第 345 頁。
〔註83〕《漢書・楚元王傳附劉歆傳》，見〔漢〕班固撰：《漢書》，中華書局 1962 年
版，第 1967 頁。
〔註84〕《後漢書・班彪傳》，〔南朝・宋〕范曄撰：《後漢書》，中華書局 1965 年版，
第 1324 頁。

文志》〔註85〕。蔡邕少博學，入仕後，「與盧植、韓說等撰補《後漢記》」。〔註86〕正因爲這些詠史類紀行賦的作家大多是良史之才，他們才能通過「感歎之辭」，對古人古事進行直接的議論和評價，從而表現出鮮明的思想傾向，具有濃重的抒情色彩，可稱之爲史傳內容的藝術化。〔註87〕這些紀行賦中的詠史內容有的表達了對前賢惺惺相惜、異代同心的感情，抒發懷才不遇的牢騷。有的表達了對現實社會的不滿，託古以諷今，渴望統治者能改革時政，勵精圖治。他們把希望寄託在早已作古的前賢身上，反映出見棄於當時的寂寞處境及生不逢時的深沉感慨。

《遂初賦》作爲第一篇完整的紀行賦，開啓了後世文章大量徵引歷史典故的先河，劉勰《文心雕龍·事類》云：「觀夫屈、宋屬篇，號依詩人，雖引古事，而莫取舊辭。唯賈誼《鵩賦》，始用鶡冠之說，相如《上林》，撮引李斯之書，此萬分之一會也。及揚雄《百官箴》，頗酌於《詩》《書》，劉歆《遂初賦》，歷敘於紀傳，漸漸綜採矣。」〔註88〕據張宜遷先生不完全統計，《遂初賦》徵引典故 48 條，其中《左傳》14 條，屈原作品 10 條，《史記》6 條，《論語》4 條，劉向作品 4 條，《詩經》2 條，賈誼作品 2 條，《易經》、《周禮》、《禮記》、《韓非子》、《戰國策》、《春秋繁露》各 1 條。〔註89〕《遂初賦》如此廣泛地徵引典籍，大大增強了賦篇的歷史厚重感，有助於將歷史和現實交錯對比，從而更深刻地認識問題，達到借古諷今的效果。我們來看下文：

> 悅善人之有救兮，勞祁溪於太原。何叔子之好直兮，爲群邪之所惡！賴祁子之一言兮，幾不免乎徂落。霆美不必爲偶兮，時有差而不相及。雖韞寶而求賈兮，嗟千載其焉合。昔仲尼之淑聖兮，竟臨窮乎蔡陳。彼屈原之貞專兮，卒放沉於湘淵。何方直之難容兮，柳下黜而三辱。蘧瑗抑而再犇兮，豈材知之不足。揚蛾眉見妒兮，固醜女之情也。曲木惡直繩兮，亦小人之誠也。〔註90〕

〔註85〕《後漢書·列女傳》，〔南朝·宋〕范曄撰：《後漢書》，中華書局 1965 年版，第 2784 頁。

〔註86〕《後漢書·蔡邕傳》，〔南朝·宋〕范曄撰：《後漢書》，中華書局 1965 年版，第 2003 頁。

〔註87〕王琳：《詩賦論叢》，黑龍江教育出版社 1999 年版，第 17～22 頁。

〔註88〕吳林伯：《〈文心雕龍〉義疏》，武漢大學出版社 2002 年版，第 457 頁。

〔註89〕張宜遷：《〈遂初賦〉與兩漢之際賦學流變》，《阜陽師範學院學報》2000 年第 2 期。

〔註90〕〔清〕嚴可均校輯：《全漢文》卷四十，中華書局 1958 年影印本，第 345 頁。

上述文字就是劉歆結合所經地區的史實所抒發的感慨。劉歆於朝政多失之時，以議論有殊見逐於朝廷，歷經故晉之地，感歎晉自剪公室而導致亡國，借古以喻今，爲漢室的江山社稷而歎息，並舉孔子厄陳蔡、屈原沉江、柳下二黜、蘧瑗再奔等史事，說明賢人遭讒，自古而然，以抒發其憤懣之情並藉以自解。其中娥眉見妒，曲木惡直等語雖取意於屈原《離騷》「眾女嫉余之娥眉兮，……背繩墨而追曲」，但也揭露出西漢末年世風日下的社會現實，流露出作者遭讒畏譏的抑鬱憤懣。這裏顯然是借晉國史事，悲慨政事的混濁、直道的難行、賢士的不遇。

我們之所以把馮衍《顯志賦》作爲紀行賦來研究，是因爲其中有一條虛擬的紀行線路，雖然這條線路並不是馮衍設身處地的實際行走路線，但是這條路線是存在於現實世界的，而非《離騷》、《遠遊》那樣是存在於神話世界裏。馮衍的遊歷最初始自在上黨祖墳前，馮亭以上黨降趙，秦破趙於長平而亭死，故言不遂。馮去疾爲秦丞相，胡亥元年，用趙高計，始皇大臣見誅戮，無遺脫者，是遭惑也。亭及去疾皆衍之先人，馮衍由先祖想到自己的不遇，遠懷憤怨。作者聯繫古人事迹，慰藉自己：「昔伊尹之干湯兮，七十說而乃信；皋陶釣於雷澤兮，賴虞舜而後親。」之後，馮衍繼續自己的虛擬之行：

> 流山岳而周覽兮，徇碣石與洞庭；浮江河而入海兮，泝淮濟而上征。
> 瞻燕齊之舊居兮，歷宋楚之名都；哀群后之不祀兮，痛列國之爲墟。
> 馳中夏而升降兮，路紆軫而多艱；講聖哲之通論兮，心愊憶而紛紜。
> 惟天路之同軌兮，或帝王之異政；堯舜煥其蕩蕩兮，禹承平而革命。
> 並日夜而幽思兮，終悁憚而洞疑；高陽邈其超遠兮，世孰可與論茲？
> 訊夏啓於甘澤兮，傷帝典之始傾；頌成康之載德兮，詠南風之歌聲。
> 思唐虞之晏晏兮，揖稷契以爲朋；苗裔紛其條暢兮，至湯武而勃興。
> 昔三后之純粹兮，每季世而窮禍；弔夏桀于南巢兮，哭殷紂于牧野。
> 詔伊尹于亳郊兮，享呂望于酆洲；功與日月齊光兮，名與三王爭流。

〔註91〕

馮衍既不能同流俗，情多憤怒，故假言涉歷江山，周流河海，瞻仰燕齊宋楚之故都。而後作者主要在中原大地馳騁，「惟天路之同軌兮，或帝王之異政。……苗裔紛其條暢兮，至湯武而勃興」，讚頌了三后的承平之世後，同時

〔註91〕〔清〕嚴可均校輯：《全後漢文》卷二十，中華書局 1958 年影印本，第 579 頁。

又前往南巢與牧野，「弔夏桀於南巢兮，哭殷紂於牧野」，批評三王之後歷代季世的「窮禍」。馮衍洞穴經史，鑽研六藝，運用史事靈活自如。所以《顯志賦》能多次借助一系列的歷史人物，來抒發自己的憤懣之情，從而大大地增強了此賦「壯而泛濫」的特色。

《北征賦》之體制頗擬劉歆《遂初賦》，就途中所見之史績以寄慨，興感應當如何防邊的問題。他忿怨義渠戎王與秦宣太后之淫亂，嘉賞秦昭王之殺義渠戎王。責難秦將蒙恬修築長城以禦匈奴，終於被賜死而不覺悟，以爲築長城絕地脈所致。讚揚漢文帝治邊與秦之以武力不同，而是以道德懷邊綏遠，乃大收治效。茲錄其後半篇爲例：

> 紛吾去此舊都兮，騑遲遲以歷茲。遂舒節以遠逝兮，指安定以爲期。
> 涉長路之綿綿兮，遠紆回以樛流。過泥陽而太息兮，悲祖廟之不脩。
> 釋余馬於彭陽兮，且弭節而自思。日晻晻其將暮兮，覩牛羊之下來。
> 寤曠怨之傷情兮，哀詩人之歎時。越安定以容與兮，遵長城之漫漫。
> 劇蒙公之疲民兮，爲強秦乎築怨。舍高亥之切憂兮，事蠻狄之遼患。
> 不耀德以綏遠兮，顧厚固而繕藩。首身分而不寤兮，猶數功而辭諐。
> 何夫子之妄說兮，孰云地脈而生殘。登障隧而遙望兮，聊須臾以婆
> 娑。閱獲鸞之猾夏兮，弔尉卬於朝那。從聖文之克讓兮，不勞師而
> 幣加。惠父兄於南越兮，黜帝號於尉佗。降几杖於藩國兮，折吳濞
> 之逆邪。惟太宗之蕩蕩兮，豈囊秦之所圖。……夫何陰曀之不陽兮，
> 嗟久失其平度。諒時運之所爲兮，永伊鬱其誰愬。〔註92〕

其抒發的主要思想是主張以德化邊，反對以武禦邊。以德化邊者，遠方來服；以武禦邊者，邊患無窮。面對莽莽邊塞，作者對時遭「陰曀之不陽」的人民寄以深切的同情：「劇蒙公之民兮，爲強秦乎築怨。」「攬余涕以於邑兮，哀民生之多故。」他爲動亂時代人民的苦難而悲傷流涕，然而滿腔鬱憤對誰傾訴呢？感慨之深，溢於言表。

班昭《東征賦》中記敘自洛陽至陳留的經歷，對於孔子、子路、蘧伯玉等先哲前賢多有稱頌，都是觸景生情，發爲感慨。班昭過匡地而同情孔子受困的厄運，過衛地讚美子路的勇義精神，過蘧鄉時追懷伯玉的美德不朽。這些懷古之情，既是表明自己的情感志趣的高尚，也是借古人「衰征遭患」的

〔註92〕〔清〕嚴可均校輯：《全後漢文》卷二十三，中華書局 1958 年影印本，第 598 頁。

命運來寬慰自己，聊以解憂。和班彪《北征賦》相比，《東征賦》的感情描寫更為細膩，作者把自己內心的矛盾和苦悶曲折而真實地反映出來，強自開解而又無可奈何，低徊往復，而又有古淡的文風。蔡邕《述行賦》云：「問寧越之裔胄兮，藐彷彿而無聞」、「經圃田而瞰北境兮，悟衛康之封疆」、「過漢祖之所隘兮，弔紀信於滎陽」、「追劉定之攸儀兮，美伯禽之所營」、「壯田橫之奉首兮，義二士之俠墳」，反映了作者對明君賢臣、禮義仁政的追求和嚮往。而「忿朱亥之纂軍」、「憎佛冊之不臣」、「迄館邑而增感歎兮，但叔氏之啓商」、「穩濤塗之惶惡」、「忿子帶之淫逆兮，唁襄王於地坎」、「悲寵嬖之為梗兮，心惻愴而懷慘」等，痛恨五侯擅貴、宦官專權，指斥了姦佞群小，表達了對他們的憎惡與批判。而這些其實都是作者有感於外戚宦官專權的黑暗政治而發的。尤其是「壯田橫之奉首兮，義二士之俠墳」兩句，更是借讚歎田橫悲壯之死，李雲、陳君二客忠義報主之事，曲折地表達了自己不與宦官外戚合作的凜然心志。「悼太康之失位兮，慼五子之歌聲」表達了對皇帝失位，被姦邪包圍的哀慟。

劉歆《遂初賦》、馮衍《顯志賦》、班彪《北征賦》等兩漢紀行賦將或是事實存在、或是虛擬想像的遊歷與對歷史人物的憑弔結合起來，相對於《涉江》、《哀郢》將歷史事實與抒情分離，兩漢紀行賦在紀行的過程中，將史實與感情緊密的結合了起來，而不再是單獨列為一部分去敘寫。總之，從楚辭到兩漢紀行賦，無論是在寫景與抒情方面，還是在情與史方面，都經歷了由分離到逐漸緊密結合的過程。

四、兩漢紀行賦對楚辭結構形式的繼承

劉歆《遂初賦》首先繼承屈原騷體形式，「紀行以言志」，開啓騷體紀行賦之先河。紀行賦與騷體的結合，是因為楚騷長於抒情吟詠的特質更易於表達紀行遠遊的哀傷與悲愁，兩漢紀行賦不論內容還是結構上都隱藏著屈原《離騷》的影子。其中最明顯的是沿襲「朝……夕」的句式，如《離騷》：「朝搴阰之木蘭兮，夕攬洲之宿莽」、「朝發軔於天津兮，夕余至乎西極」、「朝飲木蘭之墜露兮，夕餐秋菊之落英」、「朝發軔於蒼梧兮，夕余至乎縣圃」、「夕歸次於窮石兮，朝濯髮乎洧盤。」《遠遊》：「朝發軔於太儀兮，夕始臨乎於微閭」、「朝濯髮於湯谷兮，夕晞余身兮九陽。」《涉江》：「朝發枉陼兮，夕宿辰陽。」《湘君》：「朝騁騖兮江皋，夕弭節兮北渚。」《湘夫人》：「朝馳余馬兮江皋，夕濟兮西澨」。

這些句式投射在騷體紀行賦中變成了班彪《北征賦》：「朝發軔於長都兮，夕宿瓠谷之玄宮。」班昭《東征賦》：「時孟春之吉日兮，撰良辰而將行。乃舉趾而長輿兮，夕予宿乎偃師。」崔琰《述初賦》：「朝發兮樓臺，回盼兮名榆。頓食兮鳥，暮夙兮鬱州。」繁欽《避地賦》「朝余發乎泗洲，夕余宿於留鄉。」此種「朝……夕……」的語句結構，紀錄時間的流動，透過紀行賦的句式結構更能突出傷時的特質。另外，兩漢紀行賦以時間標示為起頭的特點仍然繼承了屈原作品。如馮衍《顯志賦》：「甲子之朝兮，汨吾西征。」繁欽《述征賦》：「時三月之暮春，逼干戈之急難。」曹丕《述征賦》：「建安之十三年，荊楚傲而弗臣，」明顯學習了《離騷》：「攝提貞於孟陬兮，惟庚寅吾以降」的時間標示手法，朝夕之間，清楚交代人、事、物的變化。紀行賦作者深刻意識到時間的存在與生命的悲涼，凸顯了《離騷》以來對死亡的觀感，以時間的紀錄反映出對生命流逝的恐慌與焦慮，呈現了多樣而開闊的題材。此外，《離騷》紀行的句式亦常常被模擬與仿傚，如《離騷》云「路幽昧以險隘」、「路曼曼其修遠」，極寫世路的艱困，應用在兩漢紀行賦中，則轉化為劉歆《遂初賦》的「路修遠之綿綿」與蔡邕《述行賦》的「路阻敗而無軌」。

　　兩漢紀行賦中模仿楚辭《離騷》最為顯著的是馮衍《顯志賦》。馮衍《顯志賦》採取了楚辭體的寫法，賦文從體式架構到詞句，都有明顯仿《離騷》的痕迹。《顯志賦》寫自己亦儒亦道、以道為主的思想，結論是：「有法無法，因時為業，有度無度，與物趣舍」，「嘉孔丘之知命，大老聃之貴玄」。但它不是直接的表述，而是通過遊歷山川宇宙，來表達感情，即「上隴阪，陟高岡，遊精宇宙，流目八紘。歷觀九州島山川之體，追覽上古得失之風。」這樣的構思，與《離騷》後半部分借上下求索以表達有志不得逞的感情，是相似的。再比如，賦文以「開歲發春兮，百卉含英。甲子之朝兮，汨吾西征。發軔新豐兮，裏回鎬京。陵飛廉而太息兮，登平陽而懷傷」開篇。以後每一節開頭為：「陟雍畤而消搖兮，超略陽而不反。念人生之不再兮，悲六親之日遠」；「瞰太行之嵯峨兮，觀壺口之崢嶸；悼丘墓之蕪穢兮，恨昭穆之不榮」；「流山嶽而周覽兮，徇碣石與洞庭；浮江河而入海兮，泝淮濟而上征」，明顯是《離騷》的路子。採用這種寫法有利於作者把內心的不平與牢騷強烈地表達出來。如：

　　　　陟雍畤而消搖兮，超略陽而不反。念人生之不再兮，悲六親之日遠。
　　　　陟九嵕而臨嶻嶭兮，聽涇渭之波聲。顧鴻門而歔欷兮，哀吾孤之早

零。何天命之不純兮，信吾罪之所生；傷誠善之無辜兮，齎此恨而
入冥。嗟我思之不遠兮，豈敗事之可悔？雖九死而不瞑兮，恐餘殃
之有再。波汎瀾而雨集兮，氣滂浡而雲披；心怫鬱而紆結兮，意沈
抑而内悲。瞰太行之巖巖兮，觀壺口之嶒嶸；悼丘墓之蕪穢兮，恨
昭穆之不榮。歲忽忽而日邁兮，壽冉冉其不與；恥功業之無成兮，
赴原野而窮處。昔伊尹之干湯兮，七十説而乃信；皐陶釣于雷澤兮，
賴虞舜而後親。無二士之遭遇兮，抱忠貞而莫達；率妻子而耕耘兮，
委厥美而不伐。韓盧抑而不縱兮，騏驥絆而不試；獨慷慨而遠覽兮，
非庸庸之所識。〔註93〕

此段所寫，顯然受到《楚辭》的影響。文中人生不再，六親日遠，元子早逝，
天命不純，無罪而遭棄之感情像火山爆發般噴湧而出，不可遏制，更能夠打
動人。龔克昌先生說：「作者在欲超脱而又不能忘懷世務的矛盾感情方面，頗
能曲盡其妙，真切動人。」〔註94〕另外從有些句子中也可看出模仿的痕迹，
如「恐餘殃之有再」等。但是，進入漢代以來，這樣直接抒發其對現實不滿
的辭賦已經較少見到了。

《顯志賦》受屈原影響較大，如反復寫其憤鬱不平，周流廣闊的時空以
抒思，尤其以象徵手法表現自己志行高潔：

伏朱樓而四望兮，采三秀之華英。纂前修之夸節兮，曜往昔之光勳；
披綺季之麗服兮，揭屈原之靈芬。高吾冠之岌岌兮，長吾佩之洋洋；
飲六醴之清液兮，食五芝之茂英。捷六枳而爲籬兮，築蕙若而爲室；
播蘭芷于中廷兮，列杜衡于外術。攢射干雜蘼蕪兮，搆木蘭與新夷；
光扈扈而煬耀兮，紛鬱鬱而暢美；華芳曄其發越兮，時恍忽而莫貴；
非惜身之垍軻兮，憐眾美之憔悴。〔註95〕

這些抒寫，可見出屈原作品的痕迹。如《九歌・湘夫人》寫道：「築室兮水中，
葺之兮荷蓋。蓀壁兮紫壇，糈芳椒兮成堂。桂棟兮蘭橑，辛夷楣兮藥房。罔
薜荔兮爲帷，擗蕙櫋兮既張。白玉兮爲鎮，疏石蘭兮爲芳。芷葺兮荷屋，繚
之兮杜衡。合百草兮實庭，建芳馨兮廡門。」不同的是，《九歌》中的香草意

〔註93〕〔清〕嚴可均校輯：《全後漢文》卷二十，中華書局 1958 年影印本，第 578
頁。

〔註94〕龔克昌：《中國辭賦研究》，山東大學出版社 2003 年版，第 872 頁。

〔註95〕〔清〕嚴可均校輯：《全後漢文》卷二十三，中華書局 1958 年影印本，第 579
頁。

象蘊含的是南楚巫文化「以性娛神」的含義，《顯志賦》中的香草意象是有意識地借助花草作爲自身美好品質、人格、才能的比喻或象徵，達到王逸所說的「積聚眾以爲殿堂，修飾彌盛，行善彌高」〔註96〕的養性修德的意圖。

此賦還有意識襲用了《離騷》、《九章》等楚辭作品，甚至有些語句直接化用楚辭中的句子，可參看下表：

《顯志賦》詩句	出　處	《楚辭》裏的詩句
開歲發春兮，百卉含英。甲子之朝兮，汩吾西征。	《懷沙》	滔滔孟夏兮，草木莽莽。傷懷永哀兮，汩徂南土。
	《思美人》	開春發歲兮，白日出之悠悠。
悲時俗之險陁兮，哀好惡之無常。	《遠遊》	悲時俗之迫阨兮，願輕舉而遠遊。
聊發憤而揚情兮，將以蕩夫憂心	《惜誦》	惜誦以致愍兮，發憤以杼情。
往者不可攀援兮，來者不可與期。	《遠遊》	往者余弗及兮，來者吾不聞。
雖九死而不眠兮，恐餘殃之有再。	《離騷》	亦餘心之所善兮，雖九死其猶未悔。
歲忽忽而日邁兮，壽冉冉其不與。	《離騷》	日忽忽其將暮。
	《悲回風》	歲曶曶其若頹兮，時亦冉冉而將至。
昔三后之純粹兮	《離騷》	昔三后之純粹兮，固眾芳之所在。
日暗暗其將暮兮，獨於邑而煩惑。	《離騷》	時曖曖其將罷兮，結幽蘭而延佇
高吾冠之岌岌兮，長吾佩之洋洋。	《離騷》	高余冠之岌岌兮，長余佩之陸離。
飲六醴之清液兮，食五芝之茂英。	《遠遊》	吸飛泉之微液兮，懷琬琰之華英。
願橫逝而無由。	《抽思》	願搖起而橫奔兮，覽民尤以自鎭。
	《惜誦》	欲橫奔而失路兮，堅志而不忍。
心怫鬱而紆結兮，意沉抑而內悲。	《惜誦》	心鬱結而紆軫
夫何九州之博大兮，迷不知路之南北！	《離騷》	思九州之博大兮，豈惟是其有女？
軔吾車於箕陽兮，秣吾馬於潁滸。	《涉江》	步余馬兮山皐，邸余車兮方林。
聞至言而曉領兮，還吾反乎故宇。	《遠遊》	聞至貴而遂徂兮，忽乎吾將行。仍羽人於丹丘兮，留不死之舊鄉。

《顯志賦》還有一些句子雖與楚辭不同，但卻包含著相似地意味，如「陟

〔註96〕王逸注：《九歌・湘夫人》，見〔宋〕洪興祖《楚辭補注》，中華書局 1983 年版，第 67 頁。

隴山以踰望兮，眇然覽於八荒」的異鄉行旅，讀來也頗有屈原《離騷》：「路曼曼其修遠」、「路幽昧以險隘」的追尋之意。《顯志賦》中寫景之句常常和幻想連在一起，如：「山峨峨而造天兮，林冥冥而暢茂。鸞迴翔索其群兮，鹿哀鳴而求其友。」這在形式上還多少帶有模仿《楚辭》的痕迹。當然，它的氣魄、規模和表現感情的憂憤深廣，與《離騷》是不可同日而語的，但接受《離騷》的影響是顯而易見的。

當然《顯志賦》最終表達的是出世思想傾向，與屈原有本質區別；遣詞用語，或許也沒有屈原那宏麗富贍，「既降光武，遂見擯棄，乃作賦自屬，命其篇曰《顯志》。體仿《離騷》，辭尚排比，而音採不贍麗，氣亦少靡矣！」〔註97〕但是，「《顯志》壯而泛濫」〔註98〕的情感表達卻是兩漢辭賦裏唯一能夠與《離騷》強烈激情相媲美的。張溥《馮曲陽集》也說：「孟堅詳雅，平子淵博，高步東漢，若言豁達激昂，鷹揚文圃，則必首敬通云。」〔註99〕《顯志賦》因其感情的強烈而顯「壯」，因其表達的通暢而顯「泛濫」。

第三節　兩漢述志類紀行賦與道家思想

兩漢紀行賦作為抒情之作是抒發賦家個體情志的，其主體傾向不外乎兩種，一為儒家，一為道家。漢代作為大一統的封建社會，儒家思想長期據於首要地位。這樣使漢代文學也呈現出注重政教倫理的實用、用世的傾向，以歌功頌德為主流。賦體文學中，主要由散體大賦承擔著這種主流思想的傳播。兩漢詠史類紀行賦作為抒情賦的一脈，主要在開掘創作主體個人情志方面在兩漢文學中佔據一席之地。但具體到兩漢紀行賦中，思想傾向也是不一樣的，這一方面是由於創作者本人的思想背景，另一方面也與當時的社會思潮有關。兩漢紀行賦中，受道家思想影響較大的主要是述志類紀行賦，即劉歆《遂初賦》、馮衍《顯志賦》、劉楨《遂志賦》、崔琰《述初賦》等。而班昭《東征賦》，班彪《北征賦》，蔡邕《述行賦》雖然在不同程度上融有些許道家思想的痕迹，但應以儒家為主。漢末建安時期軍旅紀行賦其創作主題體現了其時

〔註97〕錢基博：《中國文學史》，東方出版中心2008年版，第85頁。

〔註98〕陸機：《遂志賦·序》，〔清〕嚴可均校輯：《全晉文》卷九十六，中華書局1958年影印本，第2010頁。

〔註99〕〔明〕張溥著，殷孟倫注：《漢魏六朝百三家集題辭注》，人民文學出版社1981年版，第30頁。

代的特色，由憤世走向了歌功頌德。

　　面對時政的衰敝和生命的挫折，士人們在堅守修德盡忠信念的同時，又要尋機消解個人沉鬱下僚的感傷。這是不遇之士永恒的話題。兩漢述志類紀行賦較好地處理了這對矛盾。劉歆《遂初賦》一方面寫到「勒障塞而固守兮，奮武靈之精誠。攄趙奢之策慮兮，威謀完乎金城。外折衝以無虞兮，內撫民以永寧」，表示要勵精圖治，固守邊防，安撫百姓，言其積極用世之情，樹立一種宏偉的政治抱負，並藉此改變現實困境，頗具有儒家積極入世的意氣風采。但另一方面，《遂初賦》又表達出作者的悠然獨處之情，以一種恬淡歡娛之個體情懷來修煉人生：

> 既邕容以自得兮，唯惕懼於竺寒。攸潛溫之玄室兮，滌濁穢於太清。反情素於寂寞兮，居華體之冥冥。玩節琴以條暢兮，考性命之變態。運四時而覽陰陽兮，總萬物之珍怪。雖窮天地之極變兮，曾何足乎留意！長恬澹以歡娛兮，固聖賢之所喜。亂曰：處幽潛德，含聖神兮。抱奇內光，自得貢兮。寵幸浮寄，奇無常兮；寄之去留，亦何傷兮。大人之度，品物齊兮；舍位之過，忽若遺兮。求位得位，固其常兮；守信保己，比老彭兮。〔註100〕

主人公最終在與道冥合的寂寞世界裏反樸歸真，把握了世界天地之本源，認識到人只是為天地間的過客，名利等並不值得留意，人最重要的是保持恬淡的心境，那樣才能自在地生存。可見老莊中擺脫功名利祿的束縛，在萬物一齊的幻想中獲得心靈自由的思想，引起了漢代文人的共鳴。從這裏，我們可以看出，作者試圖以老莊思想來慰藉心靈，尋求解脫，最終在自我曠達中找到了一方心靈休憩地，與道冥合，取得精神上的自由。賦最後以為人生如寄，榮辱無常，「守信保己比老彭」，顯得有點消極無奈。

　　漢代文人始終深受道家思想影響，但各個時期又有所不同。西漢初年，文人所受道家影響以黃老道家為主流，屬雜了對世俗世事的關注。這一思想在西漢初期賈誼的《弔屈原賦》和嚴忌的《哀時命》中都有所流露。武帝「罷黜百家，獨尊儒術」之後，儒學尊顯，莊老影響甚微。當時的文人對於莊老思想並無深刻的理解，即使聲稱要學習他們的生活態度，也僅得其皮毛。文人即有牢騷，為文作賦，不過以隱逸求仙，保全性命為口實。時至西漢後期，國事日非，人生多艱，才有劉歆之作《遂初賦》，稱「反情素於寂寞兮，居華

〔註100〕〔清〕嚴可均校輯：《全漢文》卷四十，中華書局 1958 年影印本，第 345 頁。

體之冥冥。玩琴書以條暢兮，考性命之變態。運四時而覽陰陽兮，總萬物之珍怪。雖窮天地之極變兮，曾何足乎留意。」「抱奇內光，自得真兮；寵幸浮寄，寄無常兮。寄之去留，亦何傷兮。大人之度，品物齊兮」。漢代文人以自己深切的人生體驗，重新以認真的眼光來看待莊老的人生哲學，大約就是從這個時候開始的。經歷莽漢易代的馮衍寫下的《顯志賦》，較之劉歆《遂初賦》所表達的老莊思想更為真切。

馮衍，幼有奇才，年九歲，能誦詩，至二十而博通群書。官場失意後，他歸家隱居。然後閉門講習道德，觀覽乎孔老之論，庶幾乎松喬之福。正是在這樣的生活背景下，使在政治上屢屢失意的馮衍，依然保持了精神上的獨立和自由。正因為《顯志賦》表現了較濃厚的老莊思想，有人認為馮衍是東漢隱逸文學的導源者，《顯志賦》是東漢時期隱逸文學的肇始之作。當然這種隱逸並非馮衍發自內心的歸隱，而是主要緣於仕途困頓而不得不作出的思想轉換。〔註101〕馮衍經歷莽漢之交的戰亂，親眼目睹了戰亂給國家和人民帶來的嚴重創傷和災難，在《顯志賦》中表現出了較為強烈的歸隱之思。作者在自論中一開始寫道：

> 馮子以為，夫人之德，不碌碌如玉，落落如石。風興雲蒸，一龍一蛇，與道翺翔，與時變化，夫豈守一節哉？用之則行，舍之則藏，進退無主，屈申無常。……上隴阪，陟高岡，游精宇宙，流目八紘。歷觀九州島山川之體，追覽上古得失之風。愍道陵遲，傷德分崩。夫觀其終必原其始，故存其人而詠其道。疆里九野，經營五山，眇然有思陵雲之意。乃作賦自厲，命其篇曰《顯志》。顯志者，言光明風化之情，昭章玄妙之思也。〔註102〕

前部分引文龔克昌先生評說：「似乎消極歎息，實乃儒道互藏」〔註103〕。但後面這半部分，卻體現了主人公對自由生活的嚮往。也點明了此賦的主旨，其所顯志者，乃顯「玄妙之思」也。

> 率妻子而耕耘兮，委厥美而不伐。韓盧抑而不縱兮，騄驥絆而不試；獨慷慨而遠覽兮，非庸庸之所識。……循四時之代謝兮，分五土之

〔註101〕 胡旭：《漢魏文學嬗變研究》，廈門大學出版社 2004 年版，第 155 頁。

〔註102〕 〔清〕嚴可均校輯：《全後漢文》卷二十，中華書局 1958 年影印本，第 578 頁。

〔註103〕 龔克昌：《中國辭賦研究》，山東大學出版社 2003 年版，第 872 頁。

刑德；相林麓之所產兮，嘗水泉之所殖。修神農之本業兮，採軒轅
之奇策；追周棄之遺教兮，軼范蠡之絕迹。〔註104〕

《顯志賦》在賦文中，反復詠歎自己的生不逢時，「昔伊尹之干湯兮，七十說
而乃信；皋陶釣於雷澤兮，賴虞舜而後親。無二士之遭遇兮，抱忠貞而莫達。」
馮衍雖然也承認了既定的專制政權，他不肯仕王莽就體現了他對劉漢政權合
理性的肯定。但由於自身的不遇，就不免懷想起戰國士人的熱鬧風光，而對
自己的處境悲歎不已，但又找不到任何出路。這是處於大一統一人專制政權
下不遇士人的普遍心態。既然「往者不可攀緣兮，來者不可與期」，現實無可
奈何，就只有以隱逸來逃避這種病苦，「率妻子而耕耘兮，委闓美而不伐」，
作者希望帶領妻子兒女在墾殖山林，從事漁牧，像功成隱退的范蠡一樣，超
越絕世。作者在這裏體現了超脫的情懷，老莊思想雖然沒有完全淹沒他根深
蒂固的儒家思想，但是已經成了他的精神支柱，脫離塵俗歸隱山林在他的頭
腦中佔了上風，這在下段表現的尤為明顯：

遊精神於大宅兮，抗玄妙之常操；處清靜以養志兮，實吾心之所樂。
山峨峨而造天兮，林冥冥而暢茂；鸞迴翔索其群兮，鹿哀鳴而求其
友。誦古今以散思兮，覽聖賢以自鎮；嘉孔丘之知命兮，大老聃之
貴玄；德與道其孰實兮？名與身其孰親？陂山谷而閒處兮，守寂寞
而存神。夫莊周之釣魚兮，辭卿相之顯位；於陵子之灌園兮，似至
人之髣髴。蓋隱約而得道兮，羌窮悟而入術；離塵垢之窈冥兮，配
喬、松之妙節。惟吾誌之所庶兮，固與俗其不同；既傲倪而高引兮，
願觀其從容。〔註105〕

這應該說是馮衍現實不得誌之後的精神追求、人生安頓，是經歷了身心摧殘
之後的人生選擇。他對仕途一直懷有期望，積極地向光武帝言事、表白、自
薦，但是因為此前沒有及時歸降而不為光武帝所諒解，一直仕途蹉跎，最終
只好轉而向道家尋求精神出路，以求身心的安頓。以老莊精神自慰，並以此
消遣餘生，是在複雜社會中的最好選擇。他在賦中表達出對莊子鄙棄功名、
超然自樂的欣賞，就是歸向道家自由自得的精神世界，在其中可以遊精神、

〔註104〕〔清〕嚴可均校輯：《全後漢文》卷二十，中華書局 1958 年影印本，第 578
～579 頁。
〔註105〕〔清〕嚴可均校輯：《全後漢文》卷二十，中華書局 1958 年影印本，第 579
頁。

處清靜，可以養生存神，可以脫離塵垢而從容自得，而且，孔子「知命」的思想也被自然地引入個人的生活，與道家相契合而共同構成士人的精神歸宿。

清人嚴可均《全後漢文》錄有馮衍一篇《楊節賦序》，曰：「馮子耕於驪山之阿，渭水之陰，廢弔問之禮，絕遊宦之路，眇然有超物之心，無偶俗之志。」〔註106〕可以看出，《楊節賦》主要抒發了馮衍的歸隱之情。所以我們再讀《顯志賦》時，其強烈的歸隱之情也就不足爲怪了。不過，值得注意的是，馮衍對道家思想所作的推崇，已與西漢前期的黃老思想有別，而且他特別把莊周提出來予以表揚，這就與班嗣的倡言老莊相一致了。這種思想在某種程度上已下啓魏晉名士之風，可視爲魏晉崇老莊的濫觴，當然，無論班嗣或馮衍，他們的思想觀念與魏晉玄學還有很大的距離。

劉楨《遂志賦》主要內容是表現他入曹操幕的「遂志」心態，賦文裏體現了儒道結合的思想：

> 伊天皇之樹葉，必結根於仁方。梢吳夷於東隅，掣畔臣乎南荊。戢干戈於內庫，我馬繫而不行。揚洪恩於無涯，聽頌聲之洋洋。四寓奠以無爲，玄道穆以普將。翼儁乂於上列，退反陋於下場。襲初服之蕙藏，託蓬廬以遊翔。豈放言而云爾，乃旦夕之可忘。〔註107〕

劉楨《遂志賦》表達了希望出征得勝，從而「明後」的仁德、無爲、任賢之政可以澤被四方，體現的是儒家仁德之風。但事成之後劉楨嚮往的卻是道家歸隱的生活：他希望自己可以隱退自處、「託蓬廬以遊翔」，表現的是道家「功遂身退」、終得自由的精神。

葛龔《遂初賦》、崔琰《述初賦》兩文殘文較多，從賦家的思想傾向結合殘文來看，兩文應該以儒家思想爲主。

詠史類紀行賦班彪《北征賦》、其女班昭《東征賦》及蔡邕《述行賦》，它們在總體傾向上都以儒家思想爲主，特別是班昭《東征賦》，班昭不愧爲《女戒》的作者，封建禮教的衛士，文中敘述的人物和事件全部納入她的道德標準：「唯令德爲不朽兮，身既沒而名存；惟經典之所美兮，貴道德與仁賢。」《東征賦》賦文裏雖然透露出了作者哀傷的心緒，但這種感慨滄桑最終被理

〔註106〕同上。

〔註107〕〔清〕嚴可均校輯：《全後漢文》卷六十五，中華書局1958年影印本，第829頁。

性的精神加以規範和約束,從而回到克己守德的儒家主張。東漢社會自光武帝起,歷明帝、章帝,儒學化程度比西漢時期又有了進一步的深入。班昭生活的和帝時代雖然已經漸漸呈現出頹靡之勢,但畢竟尚留有一些餘威。和帝本人就曾多次詔班昭入宮為皇后和貴人講論儒家經典。這種來自皇帝的趣味和行為勢必會在上層社會傳播出去,從而成為群體的一種趨向性。在這樣的背景下,《東征賦》所流露出的儒家的思想意識不足為奇。班彪《北征賦》就北征沿途見聞,觸景生情,發而為賦。賦中多議論,坦露作者的政治思想。但因班彪是一個「行不逾方,言不失正,仕不急進,貞不違人,敷文化以緯國典,守賤薄而無悶容」的典型儒家正統人物,所以,賦中多是重複儒家的政治思想。《北征賦》最後亦云:「夫子固窮,遊藝文兮。樂以忘憂,惟聖賢兮。達人從事,有儀則兮。行止屈申,與時息兮。君子履信,無不居兮。雖之蠻貊,何憂懼兮。」這也是本著時止則止、時行則行、遵道守信、無所畏懼的儒家思想,所以亦有一種磊落坦蕩之氣在其中。

蔡邕身處東漢後期,從梁冀專橫到五侯擅權,再到董卓亂政,東漢的社會形勢每況愈下,士人甚至直接受到群體性的打擊,蔡邕本人就曾經「亡命江海,遠迹吳會。往來依太山羊氏,積十二年」〔註108〕,並且最後死於非命。其《述行賦》後半部分把人民生活的困苦貧窮與統治階級的荒淫奢侈作了鮮明的對比,揭示了當時社會的尖銳矛盾和朝政的腐敗,表示了自己對當政者的不滿和對勞動人民的深切關注與同情。蔡邕的《述行賦》較之以往紀行賦,對社會的揭露是更為廣闊,更為深刻了。但是蔡邕畢竟只是一介書生,面對現實,雖無限憤慨,卻無能為力,只能中道旋歸,賦作最後歸結為:「觀風化之得失兮,猶紛挐其多違。無亮采以匡世兮,亦何為乎此畿!甘衡門以寧神兮,詠都人而思歸。爰結蹤而回軌兮,復邦族以自綏。」即回到家鄉,脫離污穢的政治官場,以求得心靈上的自安。由於時勢及經歷的不同,蔡邕接受了東漢後期流行的莊子自由心態的影響,又深受道儒兩家謹慎戒懼的思想的影響並形成相應的心態,與同樣深受道家影響,且在個人的層面上儒道得到了深度融合的劉歆、馮衍相比,蔡邕的《述行賦》顯示出更為深重的畏懼情緒,比起馮衍的恬然、灑脫來,蔡邕難免顯得猶豫、緊張。但總體而言,劉

〔註108〕《後漢書・蔡邕列傳》,見〔南朝・宋〕范曄撰:《後漢書》,中華書局 1965
　　　年版,第 2003 頁。

歆、馮衍、蔡邕畢竟是飽讀詩書、具有深厚修養的士大夫，雖然身遭困頓，心思也曾一度有所遊移、不知所措，但最終還是會回歸儒家思想，表現出要與封建王朝休戚與共的心願。

小　結

　　紀行賦遠宗楚辭《涉江》、《哀郢》，於西漢末年登上歷史舞臺。兩漢之際正是易代之時，西漢王朝潰敗沒落，風雨飄搖，王莽的篡權造勢運動已近登峰造極，士人無論是精神的皈依還是情感的寄託都身陷四顧茫然的境地。所以在這一時期，「士不遇」主題的抒情言志賦在表現手法上加入了新的元素，即以個人的行程遊蹤來貫穿全篇，並借詠史懷古來抒情言志。這一手法在打通現實與歷史的時空距離之後，常令讀者產生一種悠久而蒼茫的回味之感。雖然這一手法並非肇始於此，但它們在漢賦發展史上卻是很有特色的一批抒情言誌之作。

　　賦是有漢一代盛極一時的代表性文體，但是其題材大都以京都遊獵宮殿之盛為主題。紀行賦的出現，無疑對漢大賦的狹窄題材有所擴大。賦由前期宮廷文人迎合帝王喜好的創作轉而較多反映作家自身生活內容與人生情懷。兩漢紀行賦由歌頌帝國聲威轉而注重現實社會，由誇飾學問轉而注重情感表現。作家不再一味歌功頌德，文學也不再用來裝點門面，部分地回到抒情言志的正軌。這種改變，一方面有賦本身發展的規律，更重要的是時代與作家的遭遇使然。

　　漢帝國由鼎盛轉向衰落到兩漢之際已是天下大亂，時代與社會的這種變化使作為時代與社會反映的文學也不可能完全無動於衷。在動盪的時代潮流的衝擊與裹挾之下，具有經學修養和世族背景的士人被拋入了一種兩難的處境。作家身逢亂世，顛沛流離之際不僅親眼目睹了社會現實、民生疾苦，自身也飽受流離之苦，反映於筆端，自然與當初的漢大賦迥異其趣。這一時期的紀行賦和言志賦更趨向於以內在體察的方式來表達士人對社會前途的追問與探索，對個體命運的惶惑與不安。同時又由於這一時期的賦家本身多親歷羈旅之苦、漂泊之愁，因此屈騷中那種四處漫遊、上下追尋的方式正與他們的心情非常契合。紀行賦就是在此時正式登上歷史舞臺。兩漢紀行賦的名篇如劉歆《遂初賦》、馮衍《顯志賦》、班彪《北征賦》等多誕生於此時。這類

賦的特點是，專記一個較長的旅行過程，記述作者行役從某地至某地的過程，其主要內容是就沿途所經歷各地的史實抒發感慨，也描寫沿途所見的景物。雖然對旅途所見景物的描寫著墨不多，但結合當時社會的現實，往往寫得情景交融，作者深沉的感慨也融入其中。

　　建安時代紀行題材內容的新變是以軍旅活動場面的鋪敘描寫取代了詠史內容在賦中的地位。但行旅賦與傳統詠史類紀行賦是有相同之處的。如賦中所寫大多都是親身所見或親身經歷的征戰。建安諸家都曾寄身曹軍，並跟著三曹父子輾轉征戰。據《三國志・魏書・王粲傳》記載，王粲即是從軍征吳時於建安22年病死在路上的。他們的賦作雖有歌頌曹軍的虛誇之嫌，但就題材來講還是就親身所及而取來的。其次，這些軍旅賦不僅寫戰爭，寫軍容軍威，有些還寫了征戰時的所感，真實地記錄了他們當時的心情。如徐幹的《西征賦》就是寫其奉命西征時的心情，抒寫一種建功立業的抱負。徐幹《序征賦》則是寫征途疲困無依時的感慨。這一點與傳統紀行賦一樣，都是記敘作者途中所見，以行程經歷為線索，並抒發自己內心的情志。

　　當然，軍旅紀行賦以描寫戰爭軍旅、建功立業為主題，與之前的表現士大夫不遇之志的紀行賦還是不同的，除了其題材不同外，更顯著的是兩種紀行賦中所體現出的情感。建安紀行賦往往能讓人感受到一種藝術的崇高。建安時期社會動蕩，戰事連連，顛沛流離的生活、對死亡的恐懼表現在文人的作品中往往是充滿了慷慨悲涼的悲壯之美。在這些賦中，賦作家往往選取戰鼓、在風中飄揚的軍旗、閃閃發光的武器和盔甲等具有雄壯色彩的意象進行描寫，讓讀者在讀過之後，腦海中也不自覺地激蕩著一種慷慨激昂的感情，與作者乃至當時效命疆場的戰士一起感受著那種崇高的美感，激蕩著一股巨大的力量，昂揚著英雄豪情。

　　紀行賦，就是紀述行旅中的所見所聞所思。它以紀行為線索，兼有抒情述懷，寫景敘事，一般篇幅不太長。紀行賦將個人身世與遭遇貫穿於全文之中，行筆之際盡是作者對自我身世遭遇與感懷的投影。紀行賦是漢賦發展過程中開闢出的一個新的境界，繼「體國經野」的漢大賦之外，又開啓了一種新的文學表現方式，是賦家在抒情言志上別尋新途的一種大膽嘗試。紀行賦這一題材由西漢後期劉歆創作《遂初賦》首發其端，以征行為線索，敘寫所經地域之歷史掌故，並描繪沿途自然風景，「歷敘於紀傳」，感古思今，開創了紀行賦詠史抒懷的寫作模式。由於紀行題材易於發揮辭賦傳統的鋪寫特

長，又便於抒發感思，自由靈活，以後就成爲辭賦的重要題材之一。自兩漢
至魏晉以後，文人士子每有行役，多承其流而以賦紀行抒懷，他們或因處於
社會動亂，漂泊不定，悼古傷今，自歎生不逢時；或由於自身仕宦不達，謫
遷它地之時「論所經人物山水」，感歎懷才不遇，如曹植有《東征賦》、陸機
有《行思賦》、潘岳有《西征賦》、張載有《敍行賦》、袁宏有《東征賦》等，
紀行賦這種題材自兩漢以後就漸漸成長並且發展繁榮起來。

第二章　兩漢神遊賦研究

　　所謂神遊辭賦，即以神遊思路抒寫自己的精神探索和人生志向的辭賦。現存兩漢神遊辭賦只有三篇，即揚雄《太玄賦》、班固《幽通賦》、張衡《思玄賦》。以神遊思想抒寫情志源於屈原。屈原《離騷》的上下求索、四方遨遊，上天庭、登崑崙、求神女、訴天神，是主人公對楚國政治現實極度失望的悲憤中產生的的幻遊。《離騷》這種以神遊思路抒寫九死不悔之志的抒情方式，對兩漢神遊辭賦產生了直接影響。可以說兩漢神遊辭賦就是在屈原《離騷》的啓發之下創作出來的，對《離騷》有很多的模擬與繼承。但同時，由於時代背景及創作主體的不同，兩漢神遊辭賦又各自呈現出與《離騷》不同的特點。

第一節　兩漢神遊賦考述

一、揚雄《太玄賦》考述

　　《太玄賦》全文講述的是道家的盛極必衰、全生避禍之道。開篇即表明主人公是一個體悟道性之人：「觀大易之損益兮，覽老氏之倚伏。省憂喜之共門兮，察吉凶之同域。」作者由《周易》、老子那裏看到了禍福、吉凶、憂喜的互相含藏轉化的辯證關係，特別表達了老、莊對富貴、盈盛、名利所包含的危險性的戒懼與規避，汲取了莊子「有用」致禍的思想，所以他放棄了儒家濟時、行仁義等積極的追求，轉而「執玄靜於中谷」，企慕許由、老耽隱處、離世的玄靜與自由。其後作者進入了求仙遨遊的自由自在的場景。作者與列

仙交遊，散發於崑崙，濯足於弱水，在廣闊的幻想空間穿梭往來，自由自在，無拘無束，為我們展示了抒情主人公在仙界和天界神遊的畫面，完全是一幅天界仙遊的場景。但這段描寫，形為求仙，實質則是由道家引出的心靈超越，寄予的是個人渴望超越世俗、獲得個體自由的精神。所以確切地說，這裏表達的主要是道家式的人生態度。作者在最後的亂辭中，又回歸到第一部分，「我異於此，執太玄兮。蕩然肆志，不拘攣兮」。表達了自己獨執太玄的精神立場。揚雄羨慕麒麟、鸞鳳的遠禍與自由，這裏既包含著作者對禍患的畏懼，也包含著對自由的企望。

這篇賦一般認為為揚雄所作。如許結先生將《太玄賦》等其他幾篇賦當作揚雄的「太玄」系列辭賦的一篇，方銘師將揚雄賦作分為三個創作階段，《太玄賦》屬第三個階段的作品。但亦有學者有不同意見。如王青先生在《揚雄評傳》裏將《太玄賦》與《法言》裏體現的揚雄思想作比較，認為《太玄賦》與揚雄的基本思想存在著許多矛盾。如：此賦中有大量的遊仙內容，而揚雄反對長生成仙之說的態度是很明確的。《法言》裏，揚雄對儒家經典與聖人推崇到了極至，對仁義禮樂之重要性的論述比比皆是，但此賦中卻出現了老莊之徒攻擊儒家的常用語。揚雄儘管也主張保命全身，但他採取的方式基本上是儒家式的，即有道則進，無道則隱。揚雄的名譽觀是通過積德然後近名。揚雄也並不主張遁世。《太玄賦》中，「疾身歿而名滅」這句出自於《論語》中的話成了攻擊的靶子，並津津樂道於出世遠遊，顯然與揚雄一貫的思想不合。〔註1〕

問永寧先生也以《太玄賦》和揚雄的思想不合為由而否定作者為揚雄。主要體現在五個方面。一、對五經和孔子的態度不同。二、對于忠孝等價值的態度不同。三、在對人物的評判上，《太玄賦》和揚雄一貫的看法有嚴重衝突。揚雄不信神仙，在揚雄的作品中，宓妃的形象很差。除此之外，〈太玄賦〉和與《法言》、《太玄》文風、主旨不同；《太玄賦》不避漢諱而且論及騎馬遊仙，與漢代現實不合。《太玄賦》與揚雄思想不合，《太玄賦》不是揚雄的作品。其作者有可能是楊泉。〔註2〕王以憲《揚雄著作繫年》也認為《太玄賦》則疑點甚多。除了前兩位學者提到的思想不合之外，王先生還認為：由於《太玄》深奧難識，故揚雄作首、沖、摛、文等十一篇多方解析，並作《解嘲》

〔註1〕王青：《揚雄評傳》，南京大學出版社 2000 年版，第 269 頁。
〔註2〕問永寧：《〈太玄賦〉作者考辨》，《湖北大學學報》2006 第 5 期。

和《解難》來答覆別人的嘲笑和非難。其中「摛」，乃鋪張敷陳之意，「太玄摛」即不協韻的「太玄賦」，無須再重複賦《太玄》。另外，《太玄賦》中有「蚌含珠而擘裂」一語，而《文選》李善注張平子《南都賦》，注郭景純《江賦》，注曹子建《七啓》，皆明白寫道：「揚雄《蜀都賦》曰：『蚌含珠而孽裂。』」但查現存《蜀都賦》，卻又無此語。若李善誤引，則不應一而再，再而三，嚴可均《全漢文》便認爲《蜀都賦》此處有脫文。爲何此語出現在《太玄賦》中，是否《太玄賦》作者引用揚賦之語？難以徵實。姑且闕疑。若勉強爲之繫年，則亦在元壽二年。〔註3〕

　　筆者以爲這種以思想傾向來判斷文章作者的做法有失妥當。人不可以超越自己的時代，但是人的思想卻是可以發展變化的。我們都知道桓譚反對讖諱神學，在哲學上是提倡無神論，然而卻留下了《仙賦》這樣一篇作品。我們認爲西漢賦中的遊仙內容已經成爲習有套辭，揚雄《太玄賦》裏有神仙思想內容並不奇怪。再說，意志蕭散時發淡泊之辭、出世之語、怨忿之言，是世之常情。

　　至於這篇賦的寫作時代，一般認爲作於哀帝時。《漢書・揚雄傳》載，「哀帝時丁、傅、董賢用事，諸附離之者或起家至二千石。時雄方草《太玄》，有以自守，泊如也。」〔註4〕這時，他以爲寫賦的作用不大，是「勸而不止」〔註5〕，於是轉而仿《易經》作《太玄經》，仿《論語》作《法言》。陸侃如先生認爲《太玄賦》當作於此時〔註6〕。方銘師的觀點較爲客觀，據史料推知《太玄》當作於建平元年至元壽二年間，即公元前六年至公元前一年，《太玄賦》應作於這期間或稍後。〔註7〕

二、班固《幽通賦》考述

　　《漢書・敘傳上》說：「（班彪）有子曰固，弱冠而孤，作《幽通》之賦，以致命遂志。」說明此賦作於班固喪父之後。顏師古注：「謂年二十也。」〔註8〕這是約數，不是確指。班彪卒於建武三十年（公元 54 年），時固年已二十

〔註3〕王以憲：《揚雄著作繫年》，《湘潭大學社會科學學報》1983 年第 3 期。
〔註4〕〔漢〕班固撰：《漢書》，中華書局 1962 年版，第 3565～3566 頁。
〔註5〕同上，第 3575 頁。
〔註6〕陸侃如先生《中古文學繫年》繫於建平三年——公元前 4 年，揚雄五十歲。
〔註7〕方銘：《揚雄賦論》，《中國文學研究》1991 年第 1 期。
〔註8〕〔漢〕班固撰：《漢書》，中華書局 1962 年版，第 4213 頁。

三歲。父親新逝，弱冠而孤，時勢險惡，變化莫測，班固於此時作賦「以致命遂志」。〔註9〕「致命」即陳吉凶性命，「遂志」即抒寫志向抱負。賦題爲「幽通」就是與神人交通之意，帶有神秘色彩。班固賦中描寫自己在寤寐之間，幽人似乎有所指示，幽人」乃神人之謂。賦文在「魂縈縈與神交兮，精誠發於宵寐，夢登山而迴眺兮，覿幽人之彷彿」中展開，將作者對人生幻化不定的思考，將對現實生活的憂慮，自己的追求、志向抱負通過與神相遇而得以抒發。作者在與神靈相通的過程中，自己的思緒深邃入神，洞明世事。此後，賦文展現的盡是作者理性的思考，而不像《太玄賦》、《思玄賦》二者有遊歷仙境的場面。相對於其他二賦，「《幽通賦》獨以議論引古爲結構，正言未能若反，轉以正襟未能高談，不耐尋味。」〔註10〕更有批評此賦艱澀平板者：「大約是規模子雲，然間有過苦濕處。」〔註11〕但是我們要清楚，此賦畢竟作於班固弱冠時，甚至有可能是其最早的一篇賦作，所以藝術成就不像其他作品出色，但從總體上看仍不失其嚴整、典雅、富實的藝術風格。

作品先從自己的家族寫起，追述祖業。班固的家族宗法觀念意識很強，他把自己視爲家族的一分子，認爲自己理應肩負家族的責任和榮譽，念念不忘祖先的事業：

> 皇十紀而鴻漸兮，有羽儀於上京。巨滔天而泯夏兮，考遷愍以行謠。
>
> 終保己而貽則兮，里上仁之所廬。懿前烈之純淑兮，窮與達其必濟。
>
> 咨孤蒙之眇眇兮，將圮絕而罔階。豈余身之足殉兮，惮世業之可懷。
>
> 〔註12〕

他讚頌自己的祖先，他們窮與達都沒有忘記濟世，這一信條比孟子提出來的後來爲歷代許多文士所宗奉的「窮則獨善其身，達則兼善天下」〔註13〕高明，所以他父親即使遇到王莽叛亂，還要行歌救亂。反觀自己呢，雖然我自己是

〔註9〕「建武三十一年（公元55年）24歲，班固在家居憂。作《幽通賦》，以致命遂志。」陳其泰、趙永春著《班固評傳》南京大學出版社2002年版，第420頁。「公元55年光武帝建武三十一年乙卯24歲，班固因弱冠而孤，作《幽通賦》以見志。又作《終南山賦》。」張永山《目錄學家班固年譜》，《圖書館工作研究》2007年第4期。

〔註10〕錢基博：《中國文學史》，東方出版中心2008年版，第89頁。

〔註11〕〔清〕於光華《重訂昭明文選集評》卷四引孫月峰語。

〔註12〕〔清〕嚴可均校輯：《全後漢文》卷二十四，中華書局1958年影印本，第606頁。

〔註13〕《孟子‧盡心上》，〔清〕焦循：《孟子正義》，中華書局1987年版，第891頁。

無關緊要的，但有遺恨的是自己未能很好繼承先人的美德，無法把祖先的事業延續下去。「靖潛處以永思兮，經日月而彌遠；匪黨人之敢拾兮，庶斯言之不玷。」他決定經常把先人的功業記在心上，嚴格要求自己，絕不讓自己的行為去玷污先人的美譽。日有所思，夜有所夢。日日無盡的思慮，使得班固進入夢境與神靈相接，並向神靈請教處世之道：

> 魂煢煢與神交兮，精誠發于宵寐。夢登山而迥眺兮，覿幽人之髣髴。
> 攬葛藟而授余兮，眷峻谷曰勿墜。昒昕寤而仰思兮，心曠曠猶未察。
> 黃神邈而靡質兮，儀遺讖以臆對。曰乘高而遄神兮，道遐通而不迷。
> 葛縣縣于樛木兮，詠南風以為綏。蓋惴惴之臨深兮，乃二雅之所祗。
> 既誶爾以吉象兮，又申之以炯戒。盍孟晉以迨群兮，辰倏忽其不再。

〔註14〕

日月倏忽，光陰荏苒，神靈勉勵班固及時行進、爭取早日得以進用。對於士人來說，仕進無疑處於首要地位。然而，世道艱危，險惡莫測，需要有足夠的處世智慧才能應對人生的險途，所以涉世不深的班固不敢冒然行用神靈對他的箴告之言：

> 承靈訓其虛徐兮，竚盤桓而且俟。惟天地之無窮兮，鮮生民之晦在。
> 紛屯邅與蹇連兮，何艱多而智寡。上聖寤而後拔兮，雖群黎之所禦。
> 昔衛叔之御昆兮，昆為寇而喪予。管彎弧欲斃讎兮，讎作后而成己。
> 變化故而相詭兮，孰云預其終始！雝造怨而先賞兮，丁繇惠而被戮。
> 栗取弔於逌吉兮，王膂慶于所感。叛回穴其若茲兮，北叟頗識其倚
> 伏。單治裏而外凋兮，張修襮而內逼。聿中龢為庶幾兮，顏與冉又
> 不得。〔註15〕

班固慨歎自己智慧寡淺，不足窮察人生究竟。可是，現實的險惡與殘酷，即便智者又能如何呢？即使智者賢士亦不能免遭不幸，這不只是人生處世智慧的深奧莫測、難以把握，更多的則是外部生存環境的艱危與坎坷所致。

> 溺招路以從己兮，謂孔氏猶未可。安愔愔而不苨兮，辛隤身乎世禍。
> 遊聖門而靡救兮，雖覆醢其何補？……道修長而世短兮，夐冥默而
> 不周。脣仍物而鬼諏兮，乃窮宙而達幽。〔註16〕

〔註14〕〔清〕嚴可均校輯：《全後漢文》卷二十四，中華書局 1958 年影印本，第 606
　　　　頁。
〔註15〕同上。
〔註16〕同上。

在這裏，班固借隱士桀溺之語，批評儒家不能避世自保，並對子路隕身禍亂的人生結局不以為然。儘管在後來的言辭中班固再三標榜自己為儒家信徒，但實難掩蓋其潛隱於內心深處的「明哲保身」之道。基於此，班固對自己將來的處世之道提出了明確的表達：

> 所貴聖人至論兮，順天性而斷誼。物有欲而不居兮，亦有惡而不避。
> 守孔約而不貳兮，乃輶德而無累。三仁殊於一致兮，夷惠舛而齊聲。
> 木偃息以蕃魏兮，申重繭以存荊。紀焚躬以衛上兮，皓頤志而弗營。
> 俟草木之區別兮，苟能實其必榮。要沒世而不朽兮，乃先民之所程。
> 觀天網之紘覆兮，實棐諶而相順。謨先聖之大猷兮，亦鄰德而助信。
> 虞韶美而儀鳳兮，孔忘味于千載。素文信而底麟兮，漢賓祚於異代。
> 精通靈而感物兮，神動氣而入微。養流睇而猭豤兮，李虎發而石開。
> 非精誠其焉通兮，苟無實其孰信？操末技猶必然兮，矧湛躬于道真。
> 登孔昊而上下兮，緯群龍之所經。朝貞觀而夕化兮，猶諠己而遺形。
> 若胸彭而偕老兮，訴來哲而通情。〔註17〕

對此，顏師古說到：「言有繼續彭祖之志，升躡老耽之迹者，則可與言至道而通情也。」〔註18〕不難看出，此處的班固視儒、道兩家俱為人生大道，試圖將前者行仁求善之道與後者禍福倚化之道合二為一，以求進退有度，灑脫自如。文中多援引歷史故實，說明修道以俟命。其體制全擬賈誼《鵩鳥賦》，皆論性命，然思想傾向不同，《鵩鳥賦》崇道，如云：「大人不曲，意變齊同。……不以生故自寶兮，養空而浮。德人無累，知命不憂。」主張齊生死，等榮辱，反對求名逐利。此賦則有明顯的尊儒傾向，如云：「復心弘道，唯聖賢兮。渾元運物，流不處兮，保身遺名，民之表兮。」班固在這裏標榜聖賢，注重保身遺名。大概是由於所處時代的不同，所受教養的不同，因而取捨各異。

最後，班固在《幽通賦》之「亂辭」中總結到：

> 天造草昧，立性命兮。復心弘道，惟聖賢兮。渾元運物，流不處兮。
> 保身遺名，民之表兮。舍生取誼，以道用兮。憂傷夭物，忝莫痛兮。
> 皓爾太素，曷渝色兮。尚越其幾，淪神域兮。〔註19〕

〔註17〕〔清〕嚴可均校輯：《全後漢文》卷二十四，中華書局1958年影印本，第606～607頁。

〔註18〕《漢書·敘傳》，見〔漢〕班固撰：《漢書》，中華書局1962年版，第4224頁。

〔註19〕〔清〕嚴可均校輯：《全後漢文》卷二十四，中華書局1958年影印本，第607頁。

所謂「保身遺名」，既要保存自身，又要揚名於世，言外之意是將道之「明哲保身」與儒之「守死善道」有機統一，將儒、道兩家的人生信念共同貫注己身，從而演繹自己既入世又超脫的精彩人生。因此，「保身遺名」人生思想的提出，不惟是班固《幽通賦》的寫作感言，更是其生命理想的精練表達；既是班固在父親去世之後的被動思考，更是班固即將面對艱險世途所做出的主動選擇。

三、張衡《思玄賦》考述

　　揚雄之後，以神遊形式而表現精神內容的另一篇重要作品是張衡的《思玄賦》。關於《思玄賦》的寫作年代，主要據以下三則材料來推論，《後漢書‧張衡傳》載：

> （衡）遷侍中，帝引在帷幄，諷議左右。嘗問衡天下所疾惡者。宦官懼其毀己，皆共目之，衡乃詭對而出。閹豎恐終為其患，遂共讒之。衡常思圖身之事，以為吉凶倚伏，幽微難明，乃作《思玄賦》以宣寄情志。〔註20〕

《文選》李善注也說：

> 順、和二帝之時，國政稍微，專恣內豎，平子欲言政事，又為奄豎所讒蔽，意不得志；欲遊六合之外，勢既不能，義又不可，但思其玄遠之道而賦之，以申其志耳。〔註21〕

這三條材料正是當時社會政治宦官專權的一個反映。漢順帝本來就是由以孫程為首的宦官發動政變扶持上臺，朝政因此由之前的少帝閻氏外戚轉入宦官手中。順帝本人對宦官的所作所為更是庇護有加。史載，孫程臨死前請求將其封國傳給其弟，順帝立即照辦，並封孫程養子為浮陽侯，從此開宦官養子襲侯之惡例。永建四年（129年）竟下詔「宦官養子悉聽得為後，襲封爵，定著乎令」〔註22〕並成為定制。被封侯的宦官黃龍、楊信等還同順帝阿母山陽君、宋娥更相貨賂，為人求官增邑，朝政之混亂，更有甚於閻氏外戚專權之時。根據這三則材料，學者們推論《思玄賦》作於陽嘉四年（公元135年）〔註23〕，或者陽

〔註20〕〔南朝‧宋〕范曄撰：《後漢書》，中華書局1965年版，第1914頁。

〔註21〕〔梁〕蕭統編〔唐〕李善注：《文選》，中華書局1977年版，第213頁。

〔註22〕〔南朝‧宋〕范曄撰：《後漢書》，中華書局1965年版，第2518頁。

〔註23〕孫文青《張衡年譜》謂張衡始為侍中在漢順帝陽嘉四年（公元135年），後三

嘉年間（132～135 年）〔註24〕。

全賦開篇對主人公形象做了初步描繪，主人公是一個遵循先哲之訓，居於仁人之宅，追慕義士之迹，遵守法度而不違的君子，其卓立不群的品性躍然紙上：

> 仰先哲之玄訓兮，雖彌高其弗違。非仁里其焉宅兮，非義迹其焉追？
>
> 潛服膺以永靓兮，縣日月而不衰。伊中情之信脩兮，慕古人之貞節。
>
> 竦余身而順止兮，遵繩墨而不跌。〔註25〕

然而，身處在一個「俗遷渝而事化兮，泯規矩之園方。寶蕭艾於重笥兮，謂蕙茝之不香」的眾僞冒眞、干媚求榮、是非不明的社會裏，他不禁由衷地慨歎，「惟天地之無窮兮，何遭遇之無常？」這既是賦中主人公的遭遇，又是張衡個人生活之實況。但那種偷合苟容以持祿、巧笑干媚以求榮的行爲方式與作者是扞格不入的，所以「願竭力以守誼兮，雖貧窮而不改」，才是讓作者眞正感到心安的立身之本。

與此同時，由於內心對時光易逝、修名不立的恐懼和擔擾使得賦中的主人公試圖遠逝：

> 淹棲遲以恣欲兮，燿靈忽其西藏。忏已知而華予兮，鶗鴃鳴而不芳。
>
> 冀一年之三秀兮，道白露之爲霜。時亹亹而代序兮，疇可與乎比伉？
>
> 咨妒媢之難竝兮，想依韓以流亡。恐漸冉而無成兮，留則蔽而不彰。
>
> 〔註26〕

雖然內心還有些舉棋不定，但畢竟現實社會險惡無比，不得不有所顧忌，在勢既不能，義又不可的情形下，他還是依照文王的吉占，擇良日而出遊，「占既吉而無悔兮，簡元辰而俶裝。」他的遊歷是按照東南西北的方向進行，在東方他訪問了少暤、句芒的領地，遊覽了東海的蓬萊和瀛洲，宿於扶桑；然後南下瀟湘和炎熱的昆吾，感覺風在燃燒，水在沸騰，心情鬱悶孤獨，不願

年轉爲河間相。本篇當作於爲河間相前，時張衡五十八歲。吳文治先生《中國文學史大事年表》（黃山書社 1987 年版）推斷作於漢順帝陽嘉四年，即 135 年，時年張衡 58 歲。陸侃如先生《中古文學繫年》（人民文學出版社 1979 年版，第 171 頁）亦持此說。

〔註24〕龔克昌：《中國辭賦研究》，山東大學出版社 2003 年版，第 905 頁。

〔註25〕〔清〕嚴可均校輯：《全後漢文》卷五十二，中華書局 1958 年影印本，第 759 頁。

〔註26〕同上。

久留；之後又「往乎西嬉」，伶聽了黃帝的一番吉凶相因、禍福無常的勸告；最後他「北度而宣遊」，領略了北方的嚴寒。而且，在這番天界遊歷中，主人公基本上受到了各方的禮遇，文王爲其占卜，黃帝向其陳辭，後來他還參加了一個由西王母舉辦的宴會，作陪的太華玉女、洛浦宓妃向其示好，「並詠詩而清歌」，在經歷東南西北、地下天庭的一系列遊歷後，在詢問質疑前代成敗不定、禍福相傳之諸多事例後，賦中主人公在無意之中，「據開陽而頫盼兮，臨舊鄉之暗藹」，於是在刹那間，去國遠離之勞苦和眷眷思歸之情愫一起湧上了心頭，「雖遊娛以愉樂兮，豈愁慕之可懷」，外邊的世界再美，仍不能讓他釋然心中的那份情懷。最終他決定「收疇昔之逸豫兮，卷淫放之遐心」，收拾起自己曾經徬徨的心意，繼續在逆境中堅持對自己美德的培養：「修初服之婆婆兮，長余佩之參參。文章煥以粲爛兮，美紛紜以從風。御六藝之珍駕兮，游道德之平林。結典籍而爲罟兮，歐儒墨而爲禽。玩陰陽之變化兮，詠雅頌之徽音。嘉曾氏之《歸耕》兮，慕歷阪之欽岑。」作者決定把自己放縱逸樂的心思收斂、卷束起來，凝神靜氣，不與外忤，主張收斂型的內心審視和道德的自我完善，用禮樂文化武裝自己，使自己中情端直，合乎仁義道德。這樣，就可以做到「不出戶而知天下」，沒有必要遠遊求仙。作者最後終於厭倦於遠遊，返歸故鄉，遵仁義，學先賢，做一個「不出戶而知天下」的明哲之士。所謂「不出門而知天下兮，又何必歷遠以佽勞」最終形成了對「遠遊」的否定之勢。

《思玄賦》最後賦以繫辭結尾：

> 天長地久歲不留，俟河之清祗懷憂。願得遠度以自娛，上下無常窮六區。超踰騰躍絕世俗，颯颻神舉逞所欲。天不可階仙夫希，《柏舟》悄悄吝不飛。松喬高跱孰能離，結精遠遊使心攜。回志揭來從玄謀，獲我所求夫何思！〔註27〕

天地永恒，而歲月不再，黃河水千年一清，而人生難得百年。短暫的生命和永恒的天地之間形成巨大的反差，怎能不令人憂慮！他爲此也想遠遊自娛，騰躍天地六合，超越世俗凡塵，到神國仙鄉和天庭淨土實現長生久視的夢想。可是，他又清醒地認識到「天不可階仙夫希」，天庭只可神遊，實際上並沒有天梯可以登上去，而神仙世界也是恍惚渺茫，根本無法接近。神遊四方之舉

〔註27〕　〔清〕嚴可均校輯：《全後漢文》卷五十二，中華書局 1958 年影印本，第 761
　　　　頁。

雖然也能帶來短暫的快樂，但卻使人身心分離，所以還是收斂心思研究玄理。作品主人公最後以現實世界為自己的歸宿，他從現實出發，漫遊四方後又回到現實的土地上，可以說畫了一個大大的圓圈。詩人最終認為自己無法等到社會清明時代的到來，只能把希望寄託於世外，於是就想到與神仙交往，過一種自由自在的遊仙生活，這裏顯然是在以玄理自慰。

可見張衡《思玄賦》的創作緣起於作者自身的現實困境，作者從這種對於現實的深廣憂憤寫起，在勢既不能，義又不可的情形下，進入天外逸遊的境界，最後又由天上返還人間，形成了《思玄賦》的全篇結構。

第二節　兩漢神遊賦與《楚辭》遠遊主題

屈原在濃厚的戰國巫文化和昂揚的戰國士文化的浸染之下，繼承前人藝術成就，創造了卓絕一世的《離騷》。《離騷》最瑰奇絢爛的部分要數後半篇對「神遊」歷程的描繪了。在這裏，屈原完全拋棄了現實的陳述和傾訴，直接以心靈神思與天地古今相交接，創造了「周流求女」、「遠逝神遊」等輝煌意象。《離騷》篇作為「憂心煩亂，不知所愬」的發憤之作，把「託遊抒憤」的內容演繹成了一種具有表現力的抒情模式。屈原作品作為抒情達志的典範文本，對後世作品具有一定的啟發意義。「詩篇以降，有屈、宋《楚辭》，為辭賦家之鼻祖…秦、漢之世，賦體漸興，溯其淵源，亦為《楚辭》之別派。」〔註28〕屈原個體的人生際遇以及人格表現使「託遊抒憤」的抒情方式在漢代獲得了深遠的影響力。有漢一代，政治環境的改變引起了現實壓迫感，士大夫們雖欲「正身直行，恬然肆志」，但「時莫能聽用其謀」，只能喟然長歎，自傷不遭。」〔註29〕在這種狀況下他們由於對自身時、命的感慨形成的「士不遇」情結與「信而見疑，忠而被謗」〔註30〕的屈原形成「曠世而相感」。《離騷》借遠遊來抒寫情志的抒情模式遂成為後世抒情詩賦言志的一種重要方式，並衍生出神遊文學一體。所以說兩漢神遊賦是在屈原《離騷》的直接啟

〔註28〕 劉師培：《中國中古文學史‧論文雜記》，人民文學出版社 1984 年版，第 111 頁。

〔註29〕 馮衍《顯志賦‧自論》，見〔清〕嚴可均校輯：《全後漢文》卷二十，中華書局 1958 年影印本，第 578 頁。

〔註30〕 《史記‧屈原賈生列傳》，〔漢〕司馬遷：《史記》，中華書局 1982 年版，第 2482 頁。

發下創作出來的，他們對《離騷》有很多的模擬與繼承。但由於時代背景及創作主體個人經歷、文化素養等的不同，雖然同爲借遠遊以抒情，兩漢神遊賦又各自呈現出與《離騷》不同的特點，湊響了兩漢遠遊賦「神遊」描寫的多重變奏。

一、《離騷》神遊抒情模式

　　兩漢神遊賦的源頭可上溯至屈原的《離騷》。作者先從自己的世系、品質和抱負寫起，回溯輔佐楚王所進行的政治改革及受讒言誹謗被疏遠的遭遇，表明了不與世俗同流合污的人生態度和九死未悔的堅定信念。然後作者陳詞重華，總結了歷史上興亡盛衰的經驗教訓，繼而引出神遊天地、「上下求索」的幻想境界，表現出對美好理想的執著追求。而在升騰遠遊之中，「忽臨睨夫舊鄉」，作者最終不忍心離開故國，於馳騁想像中又回到現實，決心以死明志。

　　《離騷》作爲一首長篇抒情詩，其獨特之處在其後半部分「神遊」歷程的描繪。這一部分多重奇幻境界的描述，跌宕起伏，藝術境界層進層新，使思想感情得到了盡情揮灑。清人魯筆說《離騷》「下半篇純是無中生有，一派幻境突出。」〔註31〕屈原在這裏運用大量神話傳說素材，來建立一種人與神共存於同一空間的氛圍。主人公在天上役使的眾神，他們的侍衛、御駕等都是神話傳說中的神、人、或物。主人公同神話人物對話、交流，把神話世界裏的人和物當作自己傾訴的對象。當他遭受打擊時，去九嶷山向帝舜傾吐不幸，他上天求女，尋求媒理之時，月神前驅，風神衛後，鳳凰警戒，飄風、雲霓相迎。他上天尋女不成，又轉入春宮，折瓊枝，求宓妃、簡狄、二姚，而媒人則是雷神豐隆，以及傳說中的人物蹇修。詩人在天門被拒、求女失敗後，又託言問靈氛，求巫咸決疑，靈氛以吉占勸詩人遠遊，詩人遂「折瓊枝以爲羞兮，精瓊靡以爲粻」，駕飛龍、雜瑤象爲車，準備去往世界的西極——崑崙。「路不周以左轉兮，指西海以爲期」。這裏還有一段出發時壯觀場面的鋪排，「屯余車其千乘兮，齊玉軑而並馳。駕八龍之婉婉兮，載雲旗之委蛇。抑志而弭節兮，神高馳之邈邈。奏《九歌》而舞《韶》兮，聊假日以媮樂。」崑崙山是古代傳說中西方的神山，代表了詩人的嚮往。詩人在崑崙山經歷了超塵脫俗的暢遊，仙境的美好，促使詩人脫離塵世，擺脫現實的煩惱。但一切試圖離去的決心勇氣都在一個瞬間消失，「陟陞皇之赫戲兮，忽臨睨夫舊

〔註31〕〔清〕魯筆：《楚辭達》，嘉慶九年小停雲山館刻《二餘堂叢書》本。

鄉。僕夫悲余馬懷兮，蜷局顧而不行。」對故鄉的依戀，最終又將他吸引到人間來，使他不能不面對現實的不幸。《離騷》是詩人不斷徘徊於超現實與現實之中，出世與入世，逃避與關懷等多種矛盾激烈鬥爭的情緒表現。《離騷》以高貴的詩人誕生爲始，以絕望的詩人決定蹈水爲結尾，詩人在現實中得不到理解，便只能馳騁想像，以神遊求得暫時的解脫。

　　《離騷》以神遊思路抒寫自己的情志，有著開創性的貢獻。在此之前抒情文學都將視角放在現實世界，《離騷》破天荒地將抒情文學的視角伸向另一個虛幻的世界，並且以在這個世界的周遊沉浮來表達自己內心的情志。蕭兵先生說：「『神遊』是屈賦裏相當強大的『動機』或『母題』（motif）」〔註32〕。《離騷》的這一創舉，除了作者自身傑出的文學才華以外，還與楚國巫文化及戰國士文化有關。潘嘯龍先生說：「紀遊」是詩人內心鬱結的情感外瀉和發散的一種重要途徑。但當「紀遊」也不足以傾瀉詩人心中的強烈情感時，深受南楚巫風文化影響的詩人，就很自然地把抒情方式轉化爲更能自由抒發心態的「託遊」，以衝破現實的拘囿和束縛，在神越魂馳中淋漓盡致地宣泄鬱積於胸中的情感了。〔註33〕過常寶先生《楚辭與原始宗教》云：「爲什麼《離騷》在沒有文學傳統的情況下，突然就達到了詩歌藝術的頂峰，因爲它屬於另外一個傳統──巫祭文化的傳統。」〔註34〕強調了楚地巫風文化對《離騷》神遊思想的開創意義。貫穿在《離騷》中的遠遊飛升思想，原本是巫覡文化中常見的主題。聯繫《山海經》中關於夏后開「珥兩青蛇，乘兩龍」「上三嬪於天」〔註35〕的傳說記載，以及「在登葆山，群巫所從上下」〔註36〕、「有靈山，巫咸、巫彭……從此升降」〔註37〕等種種上天下地的說法，可知當時當地「飛升」或「升降」的遐想尚十分流行。在今已發現的兩件戰國時期的帛畫中也

〔註32〕 蕭兵：《楚辭的文化破譯──一個微宏觀互滲的研究》，湖北人民出版社 1997年版，第 1133 頁。

〔註33〕 潘嘯龍、劉學：《論屈賦情感宣泄的「託遊」方式》，《淮陰師範學院學報》2003年第 5 期。

〔註34〕 過常寶：《楚辭與原始宗教》，東方出版社 1997 年版，第 136 頁。

〔註35〕 《山海經·大荒西經》，見郭璞注《山海經》，上海古籍出版社 1989 年版，第113 頁。

〔註36〕 《山海經·海外西經》，見郭璞注《山海經》，上海古籍出版社 1989 年版，第83 頁。

〔註37〕 《山海經·大荒西經》，見郭璞注《山海經》，上海古籍出版社 1989 年版，第111 頁。

有關於飛升登天的形象描繪。第一件於 1949 年 2 月在湖南長沙市東郊的陳家大山一座楚國墓葬中出土的，圖畫用絲織品帛繪製，繪出一位穿著華美衣裙的女子，側身而立，雙手拱拜，空中有扶搖直上，妖嬌上騰，生動有力的龍，圓目長喙、昂首仰天、蒼勁剛直、兩足奮力、展翅飛騰的鳳。故定名爲《人物龍鳳帛畫》。第二件帛畫於 1973 年 5 月在湖南長沙東南子彈庫楚墓出土的帛畫《御龍人物帛畫》，畫面中央爲一男子，頭戴高冠，有鬚，身穿廣袖袍服，腰佩長劍，手執繮繩，其腳下有一巨龍，正被繮繩牽引，巨龍呈飄飛狀態，龍頭高昂，龍身平伏，龍尾翹起，上方爲一輿蓋，人被置於「龍車」中，三條飄帶迎風擺拂，和人物衣裙飄動方向一致，體現出龍車與人飛陞於雲煙縹渺的廣闊無際的天空的畫面。畫面表現的是乘龍使靈魂昇天的內容。此圖與楚文化的「遊觀」精神頗相合。屈原所說的「駕八龍之婉婉兮，載運旗之委蛇」，通過這幅圖我們獲得了直觀的印證。此圖體現了「周流乎天」的精神，反映了楚人突破自身、嚮往無限的理想。李學勤先生認爲「這兩件帛畫有明顯的共同點。畫面的重點都是一個人物，第一件是博袖細腰的女子，第二件是高冠長袍佩劍的男子。女子的一幅，人立於新月之上，前有一龍一鳳飛翔升騰。男子的一幅，人馭龍而行，龍作舟狀，下有魚，尾上有鶴。畫面的結構不同，而人都是在神物的引導下登空迅進。」〔註 38〕可見南方的楚文化原本就有這種「遊觀」意識，《離騷》的創作與當時南楚巫文化有密切聯繫。徐志嘯先生曾談及神遊詩與宗教的關係：

> 神遊詩的產生，從某種角度看，是宗教影響、刺激的結果，宗教刺激了文學家（詩人）的想像力，使其萌生了宗教的思維方式，形成了超時空的意識和神奇瑰麗的意象群，從而由人間世界昇華到非人間世界——天國境界，上帝與神仙的居所：而對文學家（詩人）本人言，他可以是宗教徒，也可以僅僅生活於宗教氛圍中或曾受濡染。宗教與詩歌創作這種發生聯繫的過程，實際上是詩人借助宗教的天國世界建立自己美學理想的過程，在這個過程中，外在的宗教天國逐步演化成了詩人心靈內的天國，並最終伏到昇華或幻滅。〔註 39〕

這段論述非常適合《離騷》。屈原雖然創作了宗教色彩較爲濃厚的詩歌，但屈

〔註38〕李學勤：《東周與秦代文明》（增訂本），文物出版社 1991 年版，第 357～358 頁。

〔註39〕徐志嘯：《神遊論》，《求索》1991 年第 4 期。

原並非一定要是巫師，他僅僅是受當時宗教氛圍的影響而已。所以《離騷》雖深受南楚巫風和原始神話的滋養，但並沒有淪陷在宗教的迷狂中。昂揚的戰國士文化給《離騷》以巨大的精神張力，屈原神遊是北方儒家理性主義的美學同南方充滿奇麗的幻想、激越的感情、原始的活力的巫術文化相結合的產物。正如李澤厚所說的：「《離騷》把最為生動鮮豔、只有在原始神話中才能出現的那種無羈而多義的浪漫想像，與最為熾熱深沉、只有在理性覺醒時刻才能有的個體人格和情操，最完滿地溶化成了有機整體。」〔註40〕李豐楙先生：「例如《離騷》、《遠遊》等等基礎於而又超越著巫術經驗，表現出個人人格完美與達成高遠理想之不倦追求，所以能取得一種震撼世代人心的恆久效果與審美作用。」〔註41〕所以，《離騷》能突破《九歌》，將《九歌》中的巫術之遊昇華為「神遊」境界，從而具有強烈的理性色彩和個體情感。在屈原個人魅力的影響下，神遊思路成為兩漢文人的一種抒情模式。

屈原神遊抒情模式有兩個基本因素。《離騷》主人公在在遭受現實挫折之後，以上天入地的神遊展開了對過去的思考和對未來的探索，表現了作者堅持美好理想和堅守高潔品格的人生之志。作品乍看上去，從歷史到現實，從人間到神話世界，從自然到社會，天風海雨，紛至沓來，加之以反復的訴說，複沓的抒情，有些讓人摸不著頭腦。但這種天地之間飛升遊歷的描寫正是《離騷》神遊模式的基本要素。另外，《離騷》神遊模式裏自然少不了神話。趙沛霖先生先生認為《離騷》是利用神話來構思其作品。在《先秦神話思想史論》中他說：「在《離騷》中不但展示了神話的原始風貌，而且詩人本人也與神相交通：遍遊神國，上下求索。作品中神話與現實水乳交融地結合在一起，在神奇浪漫的境界中塑造出詩人的高大形象。」〔註42〕可見神話一方面作為文學素材，另一方面又可作為文學思維，在不同的層次上對詩人屈原產生了影響。神話是除了飛升遊觀之外神遊模式的重要因素。因為，神話境界是飛升遊觀必可少的場所。《離騷》中寫了兩個世界：現實世界和由天界、神靈、往古人物及人格化了的日、月、風、雷、鸞鳳、鳥雀所組成的超現實世界。這超現實世界即是神話世界。「神話世界，在屈原這裏，是一種意境的新創造，

〔註40〕李澤厚：《美的歷程》，見《美學三書》，安徽文藝出版社1999年版，第73頁。
〔註41〕李豐楙：《服飾、服食與巫術傳統》，參見《楚辭研究論文集》，臺北學海出版社1985年版，第530頁。
〔註42〕趙沛霖：《先秦神話思想史論》，學苑出版社2006年版，第322頁。

是他抒情感情的必要方式。」〔註 43〕屈原利用中國傳統的神話素材，創造了擁有飛龍、仙草、崑崙、神女的超驗世界。這個世界無比絢麗瑰奇，屈原在此馭龍遨遊，周遊天地，寄訴心中的悲苦不平，也獲得精神上的慰藉和滌蕩。

　　兩漢神遊辭賦的抒情模式基本包含這兩個基本要素。當然，由於創作時代、創作主體的不同，這二者的具體涵義會因創作時代的不同而又有所變化。如對於神話境界，由於兩漢神仙思想的發展，在《太玄賦》、《思玄賦》發展爲含有神仙方術的仙境，而在《幽通賦》中，更進一步演變爲夢境的描述。再如關於飛升遊歷的路線，也出現了新的情況，如《思玄賦》借鑒《遠遊》遊天路線，呈現出完全有序的遊歷六合的路線，完全不同於《離騷》的反復無序。

　　屈原《離騷》對兩漢神遊賦最大的意義在於，《離騷》以「神遊」寫心志的表達方式啓發了漢人神遊賦的創作。而漢代距時最近，感受尤爲迫切，屈原個體的人生際遇以及人格表現則使「託遊抒憤」的抒情達志方式在漢代獲得了更深遠的影響力。兩漢神遊賦就是兩漢賦家在屈原《離騷》的直接影響下創作出來的。兩漢神遊賦在繼承《離騷》借神遊抒寫情志的同時，對《離騷》也有了很多創新。兩漢神遊賦對《離騷》有所創新，主要原因是南楚巫文化在戰國末年已被戰火滌蕩、摧殘。如果說《離騷》中神遊的描寫還有著原始宗教的痕迹，但隨著南楚巫文化的逐漸消亡，由這種原始文化所催發而生的神遊模式在漢代已經抹去了宗教的痕迹，成爲一種純粹的精神追求。兩漢神遊辭賦的作者生活在封建社會大一統的專制社會，他們與屈原生活在不同的社會環境，因而有著有著不同的遭遇，不同的文化底蘊。他們最終沒有選擇屈原那樣走入生命的盡頭。屈原式的決絕、清潔人格在漢代已被現實證明不具備操作的踐履性，不可能得到完全的遵循。

二、《離騷》憤世嫉俗精神在兩漢神遊賦中的沿革

　　《離騷》所展示的是一顆痛苦而偉大的心靈，這顆破碎的心靈又是始終與楚國的前途命運緊密地聯繫在一起。無論人們對屈原不願去國作何種解釋，屈原對楚國具有深沉的歷史責任心和難以割斷的生死與共的情感，則是他的作品所表現出來的鐵的事實。《離騷》對楚國前途的覺悟關注和對「路幽

〔註43〕方銘：《戰國文學史論》，商務印書館 2008 年版，第 471 頁。

昧以險隘」的巨大憂患，伴隨著屈原自沉汨羅以身殉國的悲壯故事，極大地震撼著楚人的心靈，在楚人反秦復國的復仇的鬥爭中，屈原的《離騷》應該是起到了無比的感召和激發作用。因此，楚人喜愛楚辭楚歌，就是十分自然的事情。屈原在遭受突如其來的政治橫禍之後，內心產生悲憤填膺無法化解的情形，因而要發憤抒情，吐出鬱積在中的種種愁苦哀怨、牢騷不平之氣。兩漢神遊賦的作者大多有著相似的創作背景。只不過，他們辭賦中歎息的更多的是個人的不幸，關注的是個人的命運，一切怨憤和批判，都是由個人窮通引發的。因此賦作中缺少《離騷》神遊天國中所體現的戰國士文化精神的貫注，缺少平治天下的巨人胸懷，缺少屈原那種體解未變的執著精神。

揚雄《太玄賦》雖然闡發《易》《老》損益倚伏憂喜吉凶之理，但理性之中還包含著很強的憤世嫉俗精神：

> 熏以芳而致燒兮，膏含肥而見焫。翠羽嫩而殃身兮，蚌含珠而擘裂。
>
> 聖作典以濟時兮，驅蒸民而入甲。張仁義以爲綱兮，懷忠貞以矯俗。
>
> 指尊選以誘世兮，疾身歿而名滅。〔註44〕

可見，儘管揚雄「默而好深湛之思，清靜亡爲，少耆欲，不汲汲於富貴，不戚戚於貧賤」，但辭賦中依然包含著對黑暗現實強烈的不滿情緒，這是封建社會文人的普遍情懷。

《幽通賦》是班固喪父之後所作，父逝之後，班固返居鄉里，時已二十餘歲，一事無成的苦悶和父親新逝的迷惘困惑著他，所以他提筆寫下了《幽通賦》，此賦相對於作者的散體大賦，情感表現的比較濃烈，情志抒發比較幽怨。《漢書·敘傳》說：「（班彪）有子曰固，弱冠而孤，作《幽通》之賦，以致命遂志。」劉德解釋致命遂志曰：「陳吉凶性命，遂明己之意」。〔註45〕當時父親新逝，諸事紛繁，時事險惡，班固企圖通過神靈的啓示，使自己能深沉入神、洞明世事。在《幽通賦》裏，作者爲什麼沉醉於追求與神相遇呢？主要是險惡的社會生活迫使他這樣做。正如賦裏所說的：

> 惟天地之無窮兮，鮮生民之晦在；紛屯邅與蹇連兮，何艱多而智寡。
>
> 上聖寤而後拔兮，豈群黎之所繄。昔衛叔之御昆兮，昆爲寇而喪予。
>
> 管彎弧欲斃讎兮，讎作後而成己。變化故而相詭兮，孰云預其終始！

〔註44〕〔清〕嚴可均校輯：《全後漢文》卷五十二，中華書局1958年影印本，第408頁。

〔註45〕〔漢〕班固撰：《漢書》，中華書局1962年版，第4213頁。

雍造怨而先賞兮，丁緜惠而被戮。栗取弔於逌吉兮，王膺慶於所感。
叛回穴其若茲兮，北叟頗識其倚伏。單治裏而外凋兮，張修襮而內
逼。聿中和為庶幾兮，顏與冉又不得。〔註46〕

天地無窮，生命短促，世事紛紜複雜，人們難以預料，因而無法對付。「昔衛
叔之御昆兮，昆為寇而喪予」，衛成公會盟於楚，成公弟衛叔守國，有人譖叔
於公：「叔將欲自立。」成公倍道回國，衛叔方沬，握髮迎公；成公疑之，令
前驅射殺衛叔。還有：管仲曾箭射齊桓公，中鉤免死。後齊桓公為君，竟擢
管仲為相。雍齒與漢高祖有怨，為平息人們的疑懼，高祖用張良計，首先封
賞雍齒。丁公原係項羽將，逐漢王（即高祖劉邦），不忍殺。後項羽滅，丁公
謁見漢王，漢王竟以丁公為臣不忠而斬殺之。這就是所謂「管彎弧欲斃仇兮，
仇作後而成己」；「雍造怨而先賞兮，丁緜惠而被戮」。真是「變化故而相詭兮，
孰云予其終始」，萬事變化無常，誰能預知其吉凶禍福？這裏反映了他對時政
的畏懼，流露出對黑暗現實的厭惡和批判。當然，班固把問題說得如此隱晦
含混，與自身的性格特點及濃重的經學思想有關。

　　《思玄賦》的作者張衡生於章帝建初三年，歷安、順二朝，正是漢代社
會由興盛而逐漸進入衰敗的時代。關於這篇賦的寫作背景，《後漢書・張衡傳》
曾言及《思玄賦》的創作意圖：

　　　　（衡）後遷侍中，（順）帝引在帷幄，諷議左右。嘗問衡天下所疾惡
　　　　者，宦官懼其毀己，皆共目之。衡乃詭對而出。閹豎恐終為其患，
　　　　遂共讒之。衡常思圖身之事，以為吉凶倚伏，幽微難明，乃作《思
　　　　玄賦》，以宣寄情志。〔註47〕

《文選》李善注也說：

　　　　順、和二帝之時，國政稍微，專恣內豎，平子欲言政事，又為奄豎
　　　　所讒蔽，意不得志；欲遊六合之外，勢既不能，義又不可。但思其
　　　　玄遠之道而賦之，以申其志耳。繫曰：「回志朅來從玄謀，獲我所求
　　　　夫何思，玄而已。」老子曰：「玄之又玄，眾妙之門。」〔註48〕

龔克昌先生「我們如果拿這些說明來與賦作相互比較，就不難看到，封建王

〔註46〕〔清〕嚴可均校輯：《全後漢文》卷二十四，中華書局 1958 年影印本，第 606
　　　　頁。
〔註47〕〔南朝・宋〕范曄撰：《後漢書》，中華書局 1965 年版，第 1914 頁。
〔註48〕〔梁〕蕭統編〔唐〕李善注：《文選》，中華書局 1977 年版，第 213 頁。

朝的權柄全落到宦官群小的手裏了。他們相互勾結，狼狽爲奸，陷害賢者，
擾亂朝政。在他們的打擊誣陷下，有才能的人只得暫圖退身。從字面看，這
些人消極退縮了，但骨子裏他們是不甘心的。張衡的這篇賦作，可說是對東
漢後期黑暗王朝的揭露和控訴。」〔註49〕所以說《思玄賦》是張衡目睹政事
漸損，權移於下，面對日漸式微的政治時勢而創作的。賦的開篇即表露出沉
重的憂患意識和「不抑操而苟容兮」的人格堅持和主體的孤立無援之感，於
是自然產生神遊塵外之舉。《思玄賦》中他還借用大量史事來諷刺現實，「以
宣寄情志」。例如：

> 寶號行於代路兮，後膺祚而繁廡。王肆侈于漢庭兮，卒御恤而絕緒。
>
> 尉尨眉而郎潛兮，逮三葉而遘武。董弱冠而司袞兮，設王隧而弗處。
>
> 夫吉凶之相仍兮，恒反側而靡所。穆負天以悦牛兮，豎亂叔而幽主。
>
> 文斷袿而忌伯兮，閽謁賊而寧后。通人闇於好惡兮，豈愛惑之能剖？
>
> 嬴擿讖而戒胡兮，備諸外而發内。〔註50〕

這裏連用了漢文帝寶太后、漢平帝王太后，佞臣顏駟、董賢、叔孫豹，閹宦
勃鞮、趙高等人擅權得寵的事例，暗刺漢代后妃制所引起的外戚、宦官之禍，
由此可見張衡對此社會痼疾的關注。

　　但揚雄、班固、張衡並不是屈原，他們有著不同的思想背景。揚雄生活
的時代，與西漢初的時代已有很大不同，大一統政權已經得以鞏固且深入人
心，反過來對士人又產生一種壓力感，士人開始考慮如何適應這種新的環境。
揚雄四十二歲至京城，初來京城時，想要有所作爲，曾連上四大賦，足以說
明揚雄也曾有過雄心壯志，但實際情況是他一直處於政權的底層，位不過黃
門郎。時代的發展，大一統政權帶給他的壓力感使他不得不做出改變，他不
得不以一個旁觀者的角度，默察衰世政局的風雲變幻，揚雄「心理上實是一
個隱者。他靠想像性的玄思，提升著自己的精神，獲得內心的自由與定力。」
〔註51〕《解嘲》中他列舉眾前賢得時用世或不得時趨避之後，他說：「僕誠不
能與此數公者並，故默然獨守吾《太玄》。」〔註52〕借「草法篆玄」達到「執
玄靜於中谷」的目的。揚雄在賦作中提出了獨守太玄，不願攀附權貴，對於

〔註49〕龔克昌：《中國辭賦研究》，山東大學出版社2003年版，第905頁。

〔註50〕〔清〕嚴可均校輯：《全後漢文》卷五十二，中華書局1958年影印本，第760
頁。

〔註51〕韋政通：《中國思想史》上卷，上海書店出版社2003年版，第347頁。

〔註52〕《漢書·揚雄傳》，見〔漢〕班固撰：《漢書》，中華書局1962年版，第3573頁。

政權，表現出一種疏離的態度，在人格上顯示出新的發展與變化，既維護了人格的獨立，又避免了與大一統君主政權的衝突。揚雄在主動疏離於政權之後，精神轉向內斂，開始更多地關注自身，注重於個體的心性修養。其賦作也開始顯出新的變化，趨向於個人性情的表達。《太玄賦》就是這種自我情感的表達，它雖然也有對社會現實的批判，然而，最終卻歸於個人命運的悲歡。再說班固，他爲人「性寬和容眾，不以才能高人，諸儒以此慕之。」〔註53〕班固作爲東漢前期著名辭賦家，其辭賦創作中所體現出的精神兩面性，在《幽通賦》中，以正統儒士面世的班固開始表現出對儒、道兩方面的精神反思。班固之《幽通賦》，創作意圖在「致命遂志。」〔註54〕意在敘性命，表志向。在《幽通賦》及其他述志、抒情的辭賦創作中，或綜貫儒、道，或退守自我，明顯地透現出班固「保身遺名」的人生思想。再來看張衡，他早年也曾積極參與政治，如在順帝永建五年（130年）張衡任太史令時，曾上《陳事疏》認爲：「願陛下思惟所以稽古率舊，勿令刑德八柄，不由天子。若恩從上下，事依禮制，禮制修則奢僭息，事合宜則無凶咎」〔註55〕，主張以禮制約束宦官的權力，於此可以看出張衡經學經世致用、修身齊家治國平天下的人生觀。但張衡最終卻由於生命憂患意識的呼喚，轉而接受老莊崇尚自然、珍惜個體生命的思想，他的賦作也從主張諷諫、有補於時所陷入的尷尬境遇中解脫出來。崔瑗《河間相張平子碑》中評價張衡爲「天姿濬哲，敏而好學；如川之逝，不捨晝夜。是以道德漫流，文章雲浮；數術窮天地，製作侔造化。瑰辭麗說，奇技偉藝；磊落煥炳，與神合契。」〔註56〕其中的「道德漫流，文章雲浮」、「磊落換炳，與神合契」揭示了張衡晚年信奉老莊、馳神塵外境界的心態。所以張衡最終沒能像屈原那樣選擇以死抗爭的方式，也沒有迹象表明他加入了同時代以李固爲首的清流官僚士大夫集團反對宦官和外戚專權的鬥爭。「御六藝之珍駕兮，游道德之平林。結典籍而爲罟兮，驅儒墨而爲禽。玩陰陽之變化兮，詠《雅》、《頌》之徽音。嘉曾氏之《歸耕》兮，慕歷阪之欽

〔註53〕　《後漢書·班彪列傳》，見〔南朝·宋〕范曄撰：《後漢書》，中華書局 1965年版，第 1330 頁。

〔註54〕　《漢書·敘傳》，〔漢〕班固撰：《漢書》，中華書局 1962 年版，第 4213 頁。

〔註55〕　《後漢書·張衡列傳》，見〔南朝·宋〕范曄撰：《後漢書》，中華書局 1965年版，第 1910 頁。

〔註56〕　〔漢〕崔瑗：《河間相張平子碑》，〔清〕嚴可均校輯：《全後漢文》，中華書局 1958 年影印本，第 719 頁。

釡。共夙昔而不貳兮，固終始之所服也。夕惕若厲以省諐兮，懼余身之未勅也。苟中情之端直兮，莫吾知而不恧。墨無爲以凝志兮，與仁義乎消搖。不出戶而知天下兮，何必歷遠以劬勞！」不同於屈原式的愁苦與哀歎，張衡選擇的是一種在道德自守的清靜無爲中而追求玄遠的人生意趣。而且繼《思玄賦》之後，張衡於漢順帝永和三年（138 年）因感慨「無明略以佐時」〔註 57〕乃作《歸田賦》，更進一步表明了其守道歸隱的傾向。

張衡《思玄賦》通過構造遊仙的情節寄託人生理想，這與揚雄《太玄賦》有心意相通之處，而其以「不出戶而知天下兮，何必歷遠以劬勞」作爲最後的人生歸宿，卻與揚雄《太玄賦》的結尾大異其趣，放棄了在遊仙中求得永生的追求，表現出作者對於現實人生的眷戀，爲《歸田賦》的出現作好了鋪墊。考察張衡的人生經歷，我們發現，其性格「雖才高於世，而無驕尙之情。常從容淡靜，不好交接俗人。永元中，舉孝廉不行，連辟公府不就。」其思想「常思圖身之事，以爲吉凶倚伏，幽微難明，乃作《思玄賦》，以宣寄情志。」〔註 58〕自己處在一統時代，士人的命運都掌握在皇帝手中，雖有滿腹才能，但在「冒愧逞願」、「沽身以儌幸」的社會背景下，只能是「不遇」的。然而，揚雄之以玄自守，淡泊於名節，是出自他「尙智」的理性思想和「壯夫」人格。光武以來，提倡名節操守，由此在士林之中形成了以班固《幽通賦》所表現的那種以立德修善爲終極目標的人生追求和道德信仰，張衡《思玄賦》雖仍是這種風尙的發展，堅持文行出處的人生信條，但已體現出尋求個體心靈慰籍的痕迹，故相對於揚雄、班固，有所超越。

總之，屈原所關注和憂慮的主要是國家的安然和人民的命運，而不是什麼個人的顯達和榮耀。如「惟夫黨人之偷樂兮，路幽昧以險隘。豈余身之憚殃兮，恐皇輿之敗績」；「長太息以掩涕兮，哀民生之多艱」；「怨靈修之浩蕩兮，終不察夫民心」；「閨中既已邃遠兮，哲王又不寤。懷朕情而不發兮，余焉能與此終古！」司馬遷稱「其存君興國而欲反復之，一篇之中三致志焉。」〔註 59〕《太玄賦》、《幽通賦》、《思玄賦》他們三者都是作者對自身或社會的現狀不滿之時所作，與屈原的憤世嫉俗之志頗爲相通，並且都繼承其神遊抒

〔註 57〕 吳文治：《中國文學史大事年表》，安徽：黃山書社，1996 年，第 172 頁。

〔註 58〕 《後漢書·張衡列傳》，見〔南朝·宋〕范曄撰：《後漢書》，中華書局 1965 年版，第 1914 頁。

〔註 59〕 《史記·屈原賈生列傳》，見〔漢〕司馬遷：《史記》，中華書局 1982 年版，第 2485 頁。

情模式，但是他們所抒情感的強度與廣度卻遠遠不及《離騷》。

三、從詩人氣質到哲人思辨

閱讀《離騷》，我們時常會感覺一股澎湃的情感波濤始終不斷地在詩人筆下奔湧，詩中主人公眞誠坦率的內心獨白，怒火中燒的厲聲叱吒，滿腹委曲的傾訴辯解，依依不捨的殷殷眷顧，抑鬱不平的極度悲傷等等的情感相互交織，流貫於《離騷》的字裏行間，逐漸彙聚成爲沖瀉而下的感情瀑布，時時衝擊著我們的心房。

> 寧溘死以流亡兮，余不忍爲此態也！
>
> 伏清白以死直兮，固前聖之所厚！
>
> 雖體解吾猶未變兮，豈余心之可懲？
>
> 阽余身而危死兮，覽余初其猶未悔。
>
> 旣莫足與爲美政兮，吾將從彭咸之所居！
>
> 雖不周於今之人兮，願依彭咸之遺則！
>
> 亦余心之所善兮，雖九死其猶未悔！

《離騷》主人公處於一個十分尖銳的衝突之中，在美政理想與強大的生物本物——生命之間，主人公最終選擇了後者，他的選擇「不是那種『匹夫匹婦自經於溝洫』式的負氣，而是只有人才能做到的以死亡來抗衡荒謬的世界。」〔註60〕《離騷》主人公這一理智的不合乎尋常的選擇，凸現了其千古不朽的人格。何其芳先生認爲屈原在中國文學史上第一次「用他的理想、遭遇、痛苦、熱情以至整個生命在他的作品上打上了異常鮮明的個性烙印。」〔註61〕聞一多先生在談到《離騷》時說「個人的身世，國家的命運，變成哀怨和憤怒，火漿似的噴向聽眾，炙灼著，燃燒著千百人的心」〔註62〕。《離騷》中交織著人生的種種憂愁，人生有盡之憂，君臣難遇之憂，知音難覓之憂，美政理想難以實現之憂，主人公最終爲了美政理想而義無反顧走向死亡。

同是借神遊來抒寫自己的情志，漢代神遊賦與《離騷》相比，少了些激

〔註60〕李澤厚：《古典文學札記一則》，《文學評論》1986 年 4 期。

〔註61〕何其芳：《屈原和他的時代》，《人民文學》1953 年 6 期。

〔註62〕聞一多：《神話與詩・屈原問題》，北京：古籍出版社，1956 年 6 月版。

情，多了份理性，很難直接激起讀者內心情感的波瀾。屈原式的決絕、清潔人格在漢代已失去生存的土壤，不可能得到完全的遵循，屈原人格已被懸空、提升，或者還原給歷史。所以從漢初的抒情言志賦開始就表現出明顯的理性傾向，如賈誼《鵩鳥賦》，本為抒寫人生死生不測之悲，讀起來卻像一篇闡發老莊死生觀的論文。漢初《惜誓》《哀時命》等擬騷之作，雖然均繼承了《離騷》失志而作的抒情傳統，但是也逐漸在這一情緒體驗中加入了理性的思考，顯示出道家思想的餘緒。在經過大賦的鋪寫天地之後，從西漢後期開始，政治環境的惡化使得士人再一次思考人生出路，於是在以理性的審視目光關照哀怨人生的思維方式下，託遊抒情的神遊之作發生了變化，衍化出了思玄的發展傾向，代表作品就是揚雄《太玄賦》。《太玄賦》將抒發幽憤與道家的玄遠之旨結合起來，在楚騷的「神遊」藝術境界中抒寫自我的心志，其「神遊」描寫呈現出一種新的風貌。光武以來，儒家思想占統治地位，且日益顯出經學化的趨勢，所以班固《幽通賦》中體現的理性精神主要源於其時濃厚的儒家經學思想，同時也與其對道家思想的借鑒有關。和帝、順帝時，張衡因遭到宦官共進讒言蔑之，他每為自己的處境苦惱，經常思考人生和社會問題，以為吉凶倚伏、幽微難明，遂將自己的感受寫成《思玄賦》。《思玄賦》中可以看出張衡在仕途上的艱難、困惑以及他不屈服於宦官政權，保持自己高潔的品格，及自強不息的精神。然而由於生命憂患意識的呼喚，張衡改變了經學經世致用、修身齊家治國平天下的人生觀，轉而接受了老莊崇尚自然、珍惜個體生命的思想，在賦作中體現了儒、道融通的趨勢。

西漢後期的揚雄，在現實生活裏感到社會的險惡，齷齪的現實，他不願在世間久居，更無心生活。《太玄賦》中就體現了作者這種對現實的厭棄態度，其中包藏著作者對險惡社會的批判，然而作者把這種現實社會的憂患之情以深刻的理性思維方式表達出來：

> 觀大易之損益兮，覽老氏之倚伏。省憂喜之共門兮，察吉凶之同域。
> 皦皦著乎日月兮，何俗聖之暗燭。豈惛寵以冒災兮，將噬臍之不及。
> 若飄風不終朝兮，驟雨不終日。雷隱隱而輒息兮，火熴熾而速滅。
> 自夫物有盛衰兮，況人事之所極。奚貪婪于富貴兮，迄喪躬而危族。
> 豐盈禍所棲兮，名譽怨所集。熏以芳而致燒兮，膏含肥而見炳。翠
> 羽嫩而殃身兮，蚌含珠而擘裂。聖作典以濟時兮，驅蒸民而入甲。
> 張仁義以為綱兮，懷忠貞以矯俗。指尊選以誘世兮，疾身歿而名滅。

　　　　岂若師由聃兮，執玄靜于中谷。〔註63〕

揚雄《太玄賦》吸取《易經》、《老子》思想，「觀大易之損益兮，覽老氏之倚伏」，直接進入人生沉思境界。「自夫物有盛衰兮，況人事之所極。奚貪婪於富貴兮，迄喪躬而危族。豐盈禍所棲兮，名譽怨所極。」揚雄在這裏沉思的問題還是：憂喜、吉凶、盛衰、禍福，並把盛衰作爲理性認識的切入點，闡明上述矛盾的消長關係。「翠羽嫩而殃身兮，蚌含珠而擘裂」，《太玄賦》在這裏以鳥羽美殃身、含珠遭擘爲喻，感歎貪富貴將致喪身危族、積財名將致禍怨纏身的人生世事，把牢騷變爲一種人生經驗與規律的總結。隨後，作者進入了消極避世成仙雲遊的境界：

　　　　岂若師由聃兮，執玄靜于中谷。納僑祿于江淮兮，捐松喬于華嶽。
　　　　升崑崙以散髮兮，踞弱水而濯足。朝發軔于流沙兮，夕翱翔于碣石。
　　　　忽萬里而一頓兮，過列仙以託宿。役青要以承戈兮，舞馮夷以作樂。
　　　　聽素女之清聲兮，觀宓妃之妙曲。茹芝英以禦餓兮，飲玉醴以解渴。
　　　　排閶闔以窺天庭兮，騎騄驥以踟躕。載羨門與儷游兮，永覽周乎八
　　　　極。〔註64〕

這種遊仙境界與《離騷》情感熱烈的神遊境界不同。屈原掙脫精神束縛，飛陞於逍遙之境界，場面來得壯觀，感情來得炙熱，色調來得濃烈。而揚雄之境界，如許結所言：「其間的自我精神既不同於反騷的哀怨，也不同於大賦的慷慨，而是作者沉浸於『知玄知默』的思慮與浮游於『爰清爰靜，遊神之廷』（《解嘲》）的玄虛神奇的空間而汲取的一種超拔軀體的靈動。」〔註65〕《太玄賦》高飛遠舉，役使眾神的描寫創造出來的是以玄自守，蕩然肆志的境界。揚雄「默而好深湛之思」，幫助他卓有成效地搏合儒道理念，推衍出一個新本體「玄」，從而在《太玄賦》裏創造出渾純的「玄靜」之境界。這種「玄靜」境界質言之，就是不拘執、不株守，「蕩然肆志，不拘攣兮」。

　　揚雄由《周易》、老子那裏看到了禍與福、吉與凶、憂與喜的互相含藏轉化的辯證而幽微的關係，特別表達了老、莊那種對富貴、盈盛、名利所包含的危險性的戒懼與規避，而且汲取了莊子「有用」致禍的思想，所以他放棄

〔註63〕〔清〕嚴可均校輯：《全漢文》卷五十二，中華書局 1958 年影印本，第 408 頁。

〔註64〕同上。

〔註65〕許結：《漢代文學思想史》，南京大學出版社 1990 年版，第 209 頁。

了儒家濟時、行仁義等積極的追求，轉而企慕許由、老耽隱處、離世的玄靜、自由。與西漢前期的文人士子如東方朔等相比，無論是對困境的理解還是對困境的超越方式，揚雄都顯得更爲理性，更爲冷靜。這就使得他在時代發生變化，士人與所處環境不適應，其價值無法眞正實現時，有能力進行調整；使得他在人格完整與自身價值實現之間借助於理性思想的幫助，對自身所處的時代、社會等進行思考，從而達到一種平衡。

班固《幽通賦》模式全擬《離騷》，從開篇到「亂曰」，結構無二，句型亦同。題曰「幽通」，主旨與揚雄《太玄》一致。從全賦看，思想資源仍不出儒、道二家，而以儒爲重。他仍以變化觀爲切入點來解剖人在社會的二難窘境：「道混成而自然兮，術同原而分流，神先心以定命兮，命隨行以消息。斡流遷其不濟兮，故遭罹而羸縮。三變同於一體兮，雖移盈而不戒。洞參差其紛錯兮，斯眾兆之所惑。」全賦木質而少文，又無揚雄「玄靜」之境的展示，缺乏激情，而多道德論。錢基博先生曾評曰：「《幽通賦》意祖《離騷》，而辭多詰屈，似有意學揚雄；然辭奇而氣不疏，遂不能運；又平典似道德論。」〔註66〕

《幽通賦》首先從自己的家族寫起，恐不堪繼承父業之任，憂懼之情縈繞內心，遂夢睹幽人，以「昕寤而仰思」引起下文，然後敘寫吉凶無常而福禍相倚的情形以及歷代興亡的紛亂錯繆，指出「神先心以定命兮，命隨行以消息」。最後讚頌聖人之論，宣揚有欲不居，有惡不避，近德助信，爲貞觀之道。賦末亂曰：「復心弘道，惟賢聖兮，渾元運物，流不處兮，保身遺名，民之表兮，舍生取誼，亦道用兮」，更加體現出班固對儒家思想的推崇，以精誠修道而自勉。此賦結構上取仿《離騷》，但思想上多以儒家聖賢之道自寬，夾雜有老莊思想以求解脫，班固此賦談人生、言志趣，較少流露深重的憂憤，而更多的是理性的思辨。《幽通賦》裏他不相信莊周、賈誼齊死生禍福的話語。他強調實踐仁義之道，認同人死後應聲名不朽：「物有欲而不居兮，亦有惡而不避。守孔約而不貳兮，乃軼德而無累。……要沒世而不朽兮，乃先民之所程」。班固還從大一統的角度出發，批評戰國秦時的蘇秦、張儀、李斯、商鞅等人的行爲「以求一日之富貴，朝爲榮華，夕爲憔悴，福不盈眦，禍溢於世。」

班固雖然以儒士面居於世，但在現實行事中除了保持儒學立場之外，更滲透著兼具儒道二家「保身遺名」的思想，尤其將頗具道家精神的「保身」思想應用於現實的人生實踐中。他在《幽通賦》中寫道：

〔註66〕錢基博：《中國文學史》，東方出版中心 2008 年版，第 89 頁。

登孔昊而上下兮，緯群龍之所經。朝貞觀而夕化兮，猶諲己而遺形。
若肩彭而偕老兮，訴來哲而通情。亂曰：天造草昧，立性命兮。復
心弘道，惟聖賢兮。渾元運物，流不處兮。保身遺名，民之表兮。
舍生取誼，以道用兮。憂傷天物，忝莫痛兮。皓爾太素，曷渝色兮。
尚越其幾，淪神域兮。〔註67〕

攜手孔、老踏足人生險境，以道之「保身」哲學彌補現實名利之途上的艱危
與不測。《幽通賦》及其《答賓戲》等辭賦創作中，清晰地展現了班固關注自
我、保全身性的精神印迹。如果說在《兩都賦》中展現的是班固推崇漢德、
弘揚王道的儒者品質，而在《幽通賦》等述志、抒懷之作中則透現出班固「保
身遺名」的精神暗流，兩者互爲表裏、相互補充，共同構築了班固以儒爲顯、
以道爲隱的複雜精神特徵。

　　張衡《思玄賦》也有較濃厚的理性色彩。《思玄賦》一開篇之「仰先哲之
玄訓兮，雖彌高其弗違。非仁里其爲宅兮，非義迹其焉追？」這裏化用了兩
處《論語》中的用語，其一爲《論語·子罕》十一章：「顏淵喟然歎曰：『仰
之彌高，鑽之彌堅。』」〔註68〕其二爲《論語·里仁》「里仁爲美。擇不處仁，
焉得知？」〔註69〕信必遵守先哲之訓，居必擇仁人之里，行必追義士之迹，
這都是一個儒者在道義德行上的自覺追求。而且張衡在遊歷六合之後又重返
現實，這些都可見其深刻的儒家思想的烙印。但他又不拘泥於此，因爲在《思
玄賦》中處處可見這樣的句子：「坐太陰之屏室兮，慨含欷而增愁」，「經重陰
乎寂寞兮，愍墳羊之深潛」，「追慌忽於地底兮，軼無形而上浮」，「安和靜而
隨時兮，結純懿之所廬」，「玩陰陽之變化兮」等等。可見，與一般追求孔子
「仁心」的儒者不同的是，張衡的「道德之旅」中還摻入了對天地無常、陰
陽變化的體悟和冥想。這一點恐與其自然科學家的身份有關，《後漢書》本傳
載，「安帝雅聞衡善術學，公車特徵拜郎中，再遷爲太史令。遂乃研覈陰陽，
妙盡琁機之正，作渾天儀，著《靈憲》、《筭罔論》，言甚詳明。」〔註70〕以科
學的精神沉浸於天界之中，想必張衡從中獲得了比一般儒者更多有關陰陽變
化的體驗。張衡在給崔瑗的信中對揚雄《太玄》給予了高度的評價：「吾觀《太

〔註67〕〔清〕嚴可均校輯：《全後漢文》卷二十四，中華書局 1958 年影印本，第 607
　　　　頁。
〔註68〕〔清〕劉寶楠：《論語正義》，中華書局，1990 年 3 月版，第 338 頁。
〔註69〕同上，第 139 頁。
〔註70〕〔南朝·宋〕范曄撰：《後漢書》，中華書局 1965 年版，第 1897～1898 頁。

玄》，方知子雲妙極道數，乃與《五經》相擬，非徒傳記之屬，使人難論陰陽之事，漢家得天下二百歲之書也。」〔註71〕另外，《後漢書》本傳稱「衡善機巧，尤致思於天文、陰陽、曆算。常耽好玄經」。〔註72〕我們可以推見，張衡對於玄理的認識是直接受了揚雄《太玄》的影響，但他又有自己的參悟，那就是以儒家思想爲基礎，又融合了一些道家的理念。正是以上這些個性特點和思想背景決定了《思玄賦》的基調。當然，無論是求仙、學道，還是擬騷、歸隱，張衡在《思玄賦》中最終還是回到了其思想的主線——儒家，畢竟是「通五經，貫六藝」的張衡。這也是《思玄賦》多理性精神的原因所在。儒道融通，爲《思玄賦》理性色彩的特點。

　　《太玄賦》只有七十幾句，《幽通賦》則有一百七十幾句。它「或聽聲音，或見骨體，或占色理，或視威儀，或察心志，或省言行，或考卜筮，或本先祖」〔註73〕，來論證「自然之道」，「性命之理」；其感情已隱伏得非常之深，幾乎看不出它有什麼大的波瀾。《思玄賦》更長達四百二十多句，在主人公上天下地的求索中，我們似乎可以看到作者感情潛流的奔騰，但最後終於沒有噴湧出來，而是穩穩地流入了寂寞無爲和樂道守志的理性淵潭之中，顯出一片沉靜和平的景象。這些作品雖然都對《離騷》有所模擬，但在情感基調方面，楚騷式的悲憤與哀怨消失了，不管是《太玄賦》的「玄靜」之境，還是《思玄賦》選擇在現實生活中避世幽居，自娛自適，他們都反映出兩漢「神遊」辭賦在反映描寫個體心志方面，走出了楚騷的鬱結情緒，更多地體現了儒道相通的理性色彩。

　　與日趨理性化的漢代神遊賦相比，「舉世混濁而我獨清，眾人皆醉而我獨醒」的屈原更具備詩人的性格特質。屈原出身楚國貴族，他不會像孔子那樣爲實現理想而周遊列國，而是把實現理想的希望完全寄託在楚懷王一人身上。在失去懷王信任之後，便無路可走，陷入絕望。清末劉熙載所說：「《離騷》東一句，西一句，天上一句，地下一句，極開闔抑揚之變，而其中自有不變者存。」〔註74〕這不變者，就是詩人忠貞不渝的故國情感和追求崇高理想九死不悔的精神。

〔註71〕〔南朝‧宋〕范曄撰：《後漢書》，中華書局 1965 年版，第 1897 頁。

〔註72〕同上。

〔註73〕曹大家注《幽通賦》，見〔梁〕蕭統編，〔唐〕李善注：《文選》，中華書局 1977 年版，第 211 頁。

〔註74〕《藝概‧賦概》，出自〔清〕劉熙載：《藝概》，上海古籍出版社 1978 年版，第 88 頁。

所以，「寧赴常流而葬乎江魚腹中」、「吾將從彭咸之所居」是屈原必然的人生歸
宿。再加上富有浪漫精神的楚文化傳統對他的薰陶，更使其詩人氣質發揮到了
極致。屈原以一個思想家的學養，又有著強烈的政治熱情，浪漫的詩人氣質，
宣之於文藝，對後世文人形成一種強烈的衝擊，其豐富性與斑駁性又爲後世文
人留下很大的伸縮空間。而漢人生活在數百年亂世後的大一統時代，君權與學
術不斷整合，給文人以很大禁錮，固不能不有所繼承，亦有所揚棄，從而開拓
出屬於漢人的獨特的文學景觀。漢代神遊賦理性化傾向產生的原因是多方面
的。它可以從儒家「發乎情，止乎禮義」溫柔敦厚的詩教影響中找到原因，也
可以從道家的萬物一體、清靜無爲的達觀主義哲學中找到根據，但歸根結底還
是與漢代特殊的社會歷史條件和士大夫的思想特點有關。漢代處於中國漫長封
建社會歷史的開端階段，在這個階段，儘管人人都被置於繁密的封建網結之內，
失去了自己把握自己命運的條件，但它畢竟是一個新生的、充滿活力和希望的
時代。爲了它的鞏固和發展，很多士大夫都曾嘔心瀝血，爲它出謀劃策，提供
良方，至少他們就是這個社會的擁護者。像揚雄、班固、張衡這些人，他們都
可謂是封建國家的積極的理論建設者。他們對這個社會的熱心比起他們對它的
怨憤來，顯然要強過百倍。因而他們能以理性的態度來對待牢騷，以不以個人
得失爲懷的超脫態度來諒解社會對他們的不公。另外，他們三者都喜歡研究歷
史和哲學，或者是歷史學家和哲學家，或者是對這兩個領域都涉足較多。這種
好尙培養了他們思想的深湛，同時也擴大了他們的心胸和眼界。在對歷史和哲
理的思索和開拓中，他們瞭解過去，洞悉現實，能夠用理性的鋒刃解剖種種現
象，當然也能用理性的態度來對待人生的種種坎坷和不幸。理性，使他們能夠
對任何人生風險有足夠的思想準備，同時也使他們變得老成、沉著、豁達、雍
容。這三篇神遊賦中大量歷史典故的鋪陳和哲理的闡說，都足以證明他們把自
己對歷史和哲理的思考引入了情感世界，他們借歷史和哲理來抒情言志，也借
歷史和哲理來剖析現實，爲自己謀求人生的出路。從揚雄《太玄賦》的以玄自
守，到張衡《思玄賦》的企慕玄遠，《離騷》中肆意隨性的詩人氣質，在兩漢神
遊賦中發展爲規範知性的學者風範。

四、《太玄賦》、《思玄賦》與《楚辭・遠遊》

　　兩漢神遊賦雖然可以說是在《離騷》的直接影響下創作的，但《遠遊》
對其影響也不容忽視。這主要體現在《太玄賦》、《思玄賦》特別是《思玄賦》

對《遠遊》的繼承上。

（一）兩漢神遊辭賦的遊仙描寫與《遠遊》

《太玄賦》雖然以玄學思想爲主導，但其中的遊仙描寫佔了很大比重。揚雄在《太玄賦》中寫仙遊，描繪自己揖松喬於華嶽，升崑崙以散髮，聽素女之清聲，觀伏妃之妙曲。揚雄在這裏是仿用《楚辭・遠遊》的表現手法，借想像的美好神仙世界來否定兇險污濁的現實世界。這種神奇的藝術手法向來爲賦家所慣用，不能機械地理解爲是在宣揚神仙長生思想。結合全文來看文中的遊仙描寫，我們會發現文中主人公的仙遊不同於《遠遊》憤世嫉俗的世人之遊，也與《大人賦》講究威儀排場的帝王之遊迥然不同，它是體悟道性的眞人之遊。《太玄賦》糅合了神仙思想和道家「遊」精神中「超脫異俗」的思想，創造了一種「玄境」「仙遊」的藝術境界。這種境界與《遠遊》相比，淡化了其中失志鬱結的幽怨情調，突出了其中「離世」的意願，表達了避世遠俗、自在閒適的達觀心態。總之，在揚雄筆下，其仙遊的境界描寫成爲「蕩然肆志」精神境界的形象寫照，而這一描寫似乎更接近於莊子筆下「乘雲氣，御飛龍，而遊乎四海之外」，「獨與天地精神往來而不敖睨於萬物」〔註 75〕的境界。雖然沒有遊歷道境的直接描寫，但分明又是不離道境的神仙天國的自由遊歷，展現的都是抒情主人公避世脫俗、全身遠禍的生命理念，表現了主人公體悟道性之後的自由，讚美了蕩然肆志遊於太玄之境的無拘無束的生命狀態。

《思玄賦》是張衡在人生處於極爲複雜和困惑時期的「宣寄情志」之作。想像四方遠遊，追尋個體的心靈自由。張衡《思玄賦》受《遠遊》影響非常明顯。《遠遊》寫上天下地各方的遠遊：「命天閽其開關兮，排閶闔而望予。召豐隆使先導兮，問太微之所居」。「張《咸池》奏《承雲》兮，二女御《九韶》歌」。這給張衡的思想插上了想像的翅膀，《思玄賦》中也出現了許多神話的人名，地名：若木、扶桑、羲和、咸池、西王母、祝融……他拜會西王母，宓妃向他以歌傳情，天帝在瓊瑤之宮招待他。可見張衡《思玄賦》裏神遊四方的描寫，似乎與《遠遊》、《大人賦》裏的仙遊描寫沒有什麼明顯區別，但是，如果把它放在全文中綜合考察，就會發現此賦所寫是作者在現實中有感於政治之危迫，幻想以仙遊作解脫，作者把大量的神遊情節作爲鋪墊，爲

〔註 75〕《逍遙遊》、《天下》，見〔清〕郭慶藩《莊子集釋》，中華書局 1961 年版，第 28、1098 頁。

後面否定性的結論張設靶子，從而收到峰回路轉的藝術效果。作品主人公在四方神遊之後不是對天外世界流連忘返，而是回歸故里進行自我反思，通過主人公對道性的體悟而對神遊予以否定。這與當時盛行的求仙訪道的風氣有明顯的不同。究其原因，與張衡對神仙世界的冷靜看法密不可分。所以說《思玄賦》與《太玄賦》一樣，雖然也有仙遊的描寫，但並非是遊仙賦。

《太玄賦》、《思玄賦》對《遠遊》之抒情精神的紹續，是漢代賦家主體意識弘揚的標誌，也是對漢賦遊仙境界的又一大開拓，緣於此，漢代遊仙文學才能在大肆鋪寫蓬萊、瀛洲、崑崙、太華等瓊絕仙境的同時，自我不沉溺於西王母、玉女、宓妃等仙女的美妙之中。當然這樣的描寫並不會出於疾「虛無之語」的班固筆下。其《幽通賦》找不出半點遊仙的痕迹，實為名副其實的「獨創之體」〔註76〕。

（二）《遠遊》對《思玄賦》遊歷路線的影響

《遠遊》對《大人賦》、《思玄賦》等的遊歷路線有重要影響。《思玄賦》總體布局十分接近《離騷》，在精神上，也表現出「上下求索」的追尋，但在具體遊仙描寫上，其清晰的遊天路線還是與《離騷》有所不同。《遠遊》雖說是在《離騷》的基礎上創作出來的，不過，在遊天路線上，由於五行思想的介入而賦予《遠遊》清晰的遊天路線及獨特的意象系統。《思玄賦》在遊天路線的描寫上，受《遠遊》影響頗大。《思玄賦》與《遠遊》相似，也是按東南西北的基本順序來建構主人公的神遊世界，唯一不同的是，《思玄賦》的主人公在遊歷北方之後並沒有進入道境，而是又遊歷了陰森的地底，王母娘娘的崑崙神境和天帝的上都。另外，《思玄賦》在寫了四方上下的神遊之後，也模仿了《離騷》及《遠遊》「忽臨睨夫舊鄉」的情節，主人公天馬行空，正在優哉遊哉之時，作者筆鋒一轉又回到現實，賦云，「據開陽而俯視兮，臨舊鄉之暗藹」，「繽聯翩之紛暗曖，倏眩眃兮反常閭」，暗淡不明之處正是舊鄉之所在。

（三）《思玄賦》對《遠遊》遊仙節奏的承襲

《思玄賦》節奏規模宏大，然而遠遊章節的描寫卻顯得不甚緊湊，不及班固《幽通賦》結構嚴謹，故何焯云：「遊古太似則不新，玄局太寬則不緊，

〔註76〕〔清〕吳汝綸：《古文辭類纂評點·思玄賦》，見〔清〕姚鼐《古文辭類纂》，中國書店 1986 年版，第 1279 頁。

收所以不如前人也。」〔註77〕這主要是因為《思玄賦》中主人公的遊歷是在從容有序的狀態下進行的。他先請文王為其端蓍占卦，後又鑽龜觀禎，都卜得「飛遁以保名」的結果，於是他開始了遠離塵世的漫長遊歷。他的遊歷是按照東南西北的方向進行，在東方他訪問了少皞、句芒的領地，遊覽了東海的蓬萊和瀛洲；然後南下瀟湘和炎熱的昆吾；之後又「往乎西嬉」，伶聽了黃帝的一番吉凶相因、禍福無常的勸告；最後他「北度而宣遊」，領略了北方的嚴寒。而且，在這番天界遊歷中，《思玄賦》中的主人公基本上受到了各方的禮遇，文王為其占卜，黃帝向其陳辭，後來他還參加了一個由西王母舉辦的宴會，作陪的太華玉女、洛浦宓妃向其示好，「並詠詩而清歌」，所以這一路走來，他並沒有《離騷》抒情主人公屢受責備和拒絕的遭遇。這與《遠遊》主人公遊歷的節奏及遊歷過程中所受到的待遇很相似。《遠遊》主人公迫於現實生活的痛苦，羨慕天上的神仙，感歎自己質菲薄不能成仙，於是他也來修煉，在仙人王子喬的幫助下，他成功了。他在天上役使眾神，眾神都為他服務，天闔為他開門，帝宮、清都任他遨遊，王子喬與他娛戲，豐隆為他導遊，飛廉為他開路，文昌、玄武為他做侍從，雨師、雷公做他的衛士，宓妃為他演奏咸池之樂，二女為他唱《九韶》之歌，湘靈為他鼓瑟，海若為他起舞。在經營四荒、周流六漠後，一切感覺頓然消失，進入到了天地未分之前的「太初」境界。當然，儘管張衡對天庭的巡訪看上去充滿愉悅和迷狂，同《遠遊》一樣走出了「將從彭咸之所居」的悲劇結尾，但他卻不像《遠遊》的主人公在道家的超越中結束其遊歷，張衡拒絕這種可能性而決意回到人世間。

（四）《思玄賦》對《遠遊》語句的模仿

《思玄賦》雖然對《離騷》有很多模擬之處，但是《思玄賦》也有很多句子來源於對《遠遊》的繼承〔註78〕：

《思玄賦》	《遠　遊》
何孤行之煢煢兮	魂煢煢而至曙
時霎霎而代序	恐天時之代序兮，耀靈曄而西征。

〔註77〕〔清〕於光華：《重訂昭明文選集評》卷四引何焯語，清嘉慶十二年懷德堂刻本。

〔註78〕《思玄賦》與《離騷》相同的句子，可參見蔣文燕：《張衡〈思玄賦〉對〈離騷〉的模擬及二者精神主旨之異同——兼談漢代抒情言志賦的意義》，《寧夏大學學報》2006 年 04 期。

《思玄賦》	《遠　遊》
且余沐於清原兮，晞余髮於朝陽。	朝濯髮於湯谷兮，夕晞余身兮九陽。
漱飛泉之瀝液兮，咀石菌之流英。	吸飛泉之微液兮，懷琬琰之華英。
噏青岑之玉體兮，餐沆瀣以爲粮。	餐六氣而飲沆瀣兮，漱正陽而含朝霞。
朝吾行於暘谷兮	朝發軔於太儀兮，夕始臨乎於微閭。
指長沙以邪徑兮，存重華站南鄰。	歷玄冥以邪徑兮，乘間維以反顧。
前祝融使舉麾兮，繽朱鳥以承旗。	前飛廉以啓路。鳳凰翼其承旗兮。
偪區中之隘陋兮，將北度而宣遊。	悲時俗之迫阨兮，願輕舉而遠遊。
望寒門之絕垠兮	邅絕垠乎寒門
追荒忽於地底兮，軼無形而上浮。	覽方外之荒忽兮，沛罔象而自浮。
左青璚以揳芝兮，右素威以司鉦	左雨師使徑侍兮，右雷公以爲衛。
曳雲旗之離離兮	駕八龍之婉婉兮，載雲旗之逶蛇。
涉青霄而昇遐兮	涉青云以泛濫遊兮，忽臨睨夫舊鄉。
浮蠖蠖而上征	載營魄而登霞兮，掩浮雲而上征。
叫帝閽使辟扉兮，覿天皇於瓊宮	命天閽其開關兮，排閶闔而望予。

第三節　道家思想與兩漢神遊賦

　　兩漢神遊賦是受《離騷》等楚辭作品的啓發而創作的。《離騷》以神遊抒寫思路的抒情方式在神遊賦中得以最鮮明的體現。但是兩漢神遊賦中體現出的超越精神卻與《離騷》有所不同。這在某種意義上可以體現爲屈原的「遊」與莊子的「遊」的不同。雖然《離騷》「神遊」與《莊子》「逍遙遊」在精神上有某種相通之處，不管是屈原的「神遊」，還是莊子的「逍遙遊」，都是他們面對混亂時代，遭遇人生困境時艱難思索的心路歷程。它們有著較爲相似的主旨，即尋求精神上的解脫，求索理想的生存空間。然而，由於個人經歷的不同，思維方式的巨大差異，他們尋求精神解脫求索理想空間的體驗也大不相同。

　　屈原在自己的詩篇中構建了一個瑰麗的神話世界，詩人在這裏遨遊，精神也暫時從苦悶、徬徨的心態中解脫出來。然而詩人在出世遨遊、尋求精神解脫的同時，也念念不忘「上下求索」，追尋自己在黑暗現實中業已破滅的政治理想。屈原的「神遊」，一方面是通過出世遨遊，尋求精神上的解脫，另一方面也是對現實遭遇的反思，重新選擇自我人生的出路。第一次「神遊」，詩

人上叩天庭受阻、下界三次尋女遭遇失敗，也正是通過對自己政治理想的再次審視，他意識到自己已無法在現實中實現「美政」理想。第二次「神遊」，詩人想要離開楚國，遊歷西海，最終卻因為眷戀舊鄉而止步不前。屈原在遭遇了政治挫折之後，他可以選擇放棄理想，隨波逐流，可以選擇離開楚國，歷九州而相其君，甚至可以選擇避世隱遁，做一個隱士。這也正如劉熙載所說：屈子「有路可走。」〔註 79〕但是無論從道德上，還是從情感上他都不能接受這些選擇。從道德上講，作為「楚之同姓」，他不能眼看著楚國的政治一天天混亂下去、面臨亡國的危險而坐視不管。更重要的是，他在情感上根本無法接受這些選擇，屈原面臨著一種抉擇的困境，使他感到「無路可走」〔註 80〕。詩人最終艱難地做出了自己的選擇：「既莫足與為美政兮，吾將從彭咸之所居。」他選擇用「死亡」來捍衛自己的理想，報效自己的故國。

但老莊哲學的終點則是超死生、齊物我、遠離塵囂、獨與天地精神往來的「遊」。與屈原的以死亡捍衛理想有根本的不同。劉熙載曾比較二者：「有路可走，卒歸於無路可走，如屈子所謂登高吾不說，入下吾不能是也。無路可走，卒歸於有路可走，如莊子所謂『今子有五石之瓠，何不慮以為大樽而浮於江湖。』」〔註 81〕老莊道家的遊的精神主要指的是一種自在自得的優遊狀態及對此種狀態的尋求，是個人心靈的解放、精神的滿足，它意味著對功利的疏遠、超越，以審美的態度感受、體認自我的生命，其重要品格是精神的超越性及對生命自由的重視。文學作為士人抒情言志的重要媒介，一方面受到士人心態的影響，同時又體現了士人的心態，兩漢神遊賦中體現著創作主體自由的生命意識，很明顯是受到道家思想的影響。總之，由於《離騷》的「遊」與老莊道家的「遊」有不同的精神內涵，兩漢神遊賦由於道家思想的介入，從而體現出不同於《離騷》的超越精神。

《太玄賦》中有濃厚的道家思想。如揚雄在此賦中運用了與莊子有關的內容：「豐盈禍所棲兮，名譽怨所及。薰以芳而致燒兮，膏含肥而見炳。翠羽微而殃身兮，蚌含珠而擘裂。」語、意近於《莊子·人間世》所云：「山木自寇也，膏火自煎也。桂可食，故伐之；漆可用，故割之。人皆知有用之用，

〔註 79〕《藝概·文概》，見〔清〕劉熙載《藝概》，上海古籍出版社 1978 年版，第 8 頁。

〔註 80〕同上。

〔註 81〕同上。

而莫知無用之用也。」〔註82〕固然有個人性格的因素，但從他對莊子「少欲」的認同來看，他身上的道家因素還是比較明顯的。在《太玄賦》中，揚雄對沉江的屈原，焚身的伯姬，餓死首陽山的伯夷、叔齊都有所批評，以爲「何足稱」，完全體現了他「全而自守」處世思想。《太玄》關注的重點之一即是人的禍福利害的問題，而揚雄在辭賦中引莊子也特別注意到他的規避禍患、寂寞自足的思想，可見，莊子對揚雄的影響主要在於避害全生、恬淡少欲的精神方面，少欲能最大程度地擺脫外在的束縛，保持個體生命的自由從容。

　　班固雖然生於儒學世家，其思想也明顯以儒家思想爲主，但其《幽通賦》卻體現了鮮爲人知的道家思想的一面。《幽通賦》作於班固喪父不久。面對突如其來的家庭變故、人生不幸，班固深感孤獨與惶恐，故而借人神相遇的主題感知天命、預言吉凶。《幽通賦》開篇描繪家族的榮耀，使得作爲長子的班固深感維持家業興盛的壓力，自己身爲孤弱生童，微陋鄙薄，唯恐滅絕先祖功迹。於是，班固潛心沉思，尋求自己所應遵循的處世之道。面對世途的險惡與危難，老莊之學的退避自守、全眞保性的理論成爲班固的精神依託之一。董治安先生曾考察班固《幽通賦》，並舉出該賦裏五例與莊子相關的話。〔註83〕其一、「惟天地之無窮兮，鮮生民之晦在。」感歎天地長久而人生短促屢見於《莊子》，如《盜蹠》云：「天與地無窮，人死者有時，操有時之具而託於無窮之間，忽然無異騏驥之馳過隙也。」〔註84〕其二、「單治裏而外凋兮，張修襮而內逼。」典出《莊子‧達生》所云：「魯有單豹者，岩居而水飲，不與民共利，行年七十而猶有嬰兒之色；不幸遇餓虎，餓虎殺而食之。有張毅者，高門懸薄，無不走也，行年四十而有內熱之病以死。」〔註85〕其三、「恐魍魎之責景兮，羌未得其雲已。」化用《莊子‧齊物論》：「罔兩問景曰：『曩子行，今子止；曩子坐，今子起；何其無特操與？」〔註86〕，其四、「周、賈蕩而貢憤兮，齊死生與禍福。抗爽言以矯情兮，信畏犧而忌鵬。」「周」指的就是莊周。「犧」指的是《莊子‧列禦寇》所云：「或聘於莊子。莊子應其使曰：『子見夫犧牛乎？衣以文繡，食以當寂，及其牽而入於大廟，雖欲爲孤犢，其可

〔註82〕〔清〕郭慶藩：《莊子集釋》，中華書局 1961 年版，第 186 頁。

〔註83〕董治安：《兩漢文獻與兩漢文學》，上海古籍出版社 2005 年版，第 162～164 頁。

〔註84〕〔清〕郭慶藩：《莊子集釋》，中華書局 1961 年版，第 1000 頁。

〔註85〕同上，第 646 頁。

〔註86〕同上，第 110 頁。

得乎！』」〔註87〕其五、「朝貞觀而夕化兮，猶喧己而遺形。」此近乎莊子「遺形」、「自喪」的思想。班固一生的言行雖然主要以儒家思想爲宗，但在《幽通賦》中卻多處汲取老、莊思想，用以表達他對險惡、黑暗的社會現實的憂懼和思考，藉以尋求精神的解脫。他對莊子和賈誼的不能真正做到「齊死生與禍福」既有同情又有不滿，最後希望自己能通達性命之情，不爲世俗所拘束，擺脫死生禍福，而淪於「神域」。

　　兩漢神遊賦不僅從表面上借鑒了老莊道家語句，更重要的是，賦中主人公在面臨人生困境之時，最終都不同程度地選擇了老莊哲學退避自守的道路。封建士大夫面臨人生、宦海之艱時，儒家對士人苦悶的心靈往往沒有什麼效果，在士人的自我保存與自我構建方面，儒家表現出先天的理論不足。相形之下，士人與老莊之學的退避自守、全真保性的理論更容易生發出一種天然的精神聯繫，一時間，儒家「既明且哲，以保其身」〔註88〕的經典教義，更多地被賦予了老莊之學的精神內核，從而也逐漸形成了士人退守自我的主要精神依託。

　　揚雄生活於西漢後期元帝到王莽新朝，這一時期是西漢的衰壞之世。王莽政權爲了維護他得之不易的權力，採用了剷除異族，鞏固本族的強硬手段，給當時文士帶來極不公平的命運。雖然秉承了貴族血統，但揚雄的力量畢竟微不足道，內心的衝突和滿目創痍的現實使他難以看到光明和希望，最終他選擇了退而自保，貧困潦倒的結束了一生。許結先生認爲：「揚雄一生的思想發展，是儒、道衝突、交融的過程，如果說他在大賦系列創作時是儒家入世思想占上風，其作品有明顯的『美刺』功能，那麼，在他的太玄系列作品中顯然是道家隱世思想占上風，表現出與先秦道家『獨與天地精神往來，而不敖倪於萬物』相同的蕩然肆志、玄靜無拘思想境界。然而，他的這種思想境界並非『無我』的超拔，而是『有我』的昇華。正因有我，所以這一時期他創作思想的主題就是對傾斜社會的憂患和遠身避禍的自尊。」〔註89〕王洲明先生也認爲：「在接受道家的影響上，揚雄《太玄賦》具有突出的意義。如果說，揚雄以前的漢代作家是以儒家的思想信仰爲主，在不如意的時候，借用

〔註87〕同上，第 1062 頁。

〔註88〕《詩經・大雅・烝民》，〔漢〕毛亨傳〔漢〕鄭玄注《毛詩正義》，見〔清〕阮元校刻：《十三經注疏》，中華書局 1980 年影印本，第 568 頁。

〔註89〕許結：《漢代文學思想史》，南京大學出版社 1990 年版，第 208 頁。

或者說注入道家的思想信仰作爲調節，那麼，揚雄這篇賦作所表現的，就是對道家的完全肯定和對儒家的完全否定。」〔註90〕《太玄賦》賦結尾的「亂」中，揚雄更直接地表達了他的追求，揚雄欣賞的是麒麟、鸞鳳的遠禍與自由，這裏面包含著雙重因素，一是對禍患的畏懼，一是對自由的企望，這與賈誼有些近似，但結合文中所述，他的心態似比賈誼平靜。而且，他在否定屈原、伯姬、伯夷、叔齊等人的堅守志節、清名而亡身之後，將道家蕩然肆志的玄靜、自由的追求落實到自己著述的人生之中。道家作爲自我體認的途徑、個體精神的寄託，已經以常態的方式融入個人的生活，是日常生活的自覺追求，而不僅僅是失意時的精神解脫。張松輝先生曾這樣論及《太玄賦》中的道家思想：「《太玄賦》有兩點值得注意：一是該賦不僅反映了道家思想，而且幾乎是用道家的語言所構成，只不過是把道家散文句式改爲辭賦句式而已；二是反映了作者思想變化過程，因爲讀老莊而使自己得以覺悟，於是主動地走出儒家思想的樊籬，退出世俗社會，決定隱居，再由隱居想到要修心養性，以便與神仙爲伴。」〔註91〕揚雄創作此賦，雖然滿懷實現儒家入世參政、倡導仁義的意願，然而面對無奈的現實，只好兼用儒家「用之則行，舍之則藏」〔註92〕和道家避世自養、飄逸如仙、閒適自樂的生活方式，字裏行間透露著深沉的思想、淡淡的情思。

《幽通賦》一開頭，班固描繪自己做了一個夢，他夢見自己登高到山頂遠眺，當他站在懸崖前，一位神人送給他葛藤，告誡他小心不要墜落深谷。這個夢讓他感到不安和興奮。班固夢中出現的深淵反映了他對前途的迷惘，夢中彷彿的神人可能就是班固先父形象，他授之以班固葛藤則是希望班固能有輝煌的前景，「庶此異行，不玷先人之道。」至於神人對班固的告誡可能就是班固自我人生準則的投射，班固在人生的轉折處感到了處境的險惡，在最無可奈何之際將希望投給了儒家所不語的「怪力亂神」，他企圖通過對夢的解析來消解自己的無助感，即使連夢都不太確切，「變化故而相詭兮，孰云預其終始！」夢裏反復的情景使人難以回答這個夢的吉凶，再聯想到歷史上禍福相依的典故，班固越加迷惘，甚至產生了對儒家傳統價值觀的懷疑：

〔註90〕王洲明：《詩賦論稿》，山東大學出版社2006年版，第189頁。
〔註91〕張松輝：《先秦兩漢道家與文學》，東方出版社2004年版，第106頁。
〔註92〕《論語·述而》，見〔清〕劉寶楠：《論語正義》，中華書局1990年版，第261頁。

　　聿中和爲庶幾兮，顏與冉又不得。溺招路以從己兮，謂孔氏猶未可。

　　安悁悁而不釋兮，卒隕身乎世禍。遊聖門而靡救兮，雖覆醢其何補？

　　固行行其必凶兮，免盜亂爲賴道。〔註93〕

也許道家的道才是眞正的大道，「脊仍物而鬼魅兮，乃宇宙而達幽。」借助神靈的幫助班固逐漸明曉：

　　道混成而自然兮，術同原而分流。神先心以定命兮，命隨行以消息。

　　幹流遭其不濟兮，故遭罹而贏縮。三樂同於一體兮，雖移易而不忒。

　　洞參差其紛錯兮，斯眾兆之所惑。周貫蕩而貢憤兮，齊死生與禍福。

　　抗爽言以矯情兮，信畏犧而忌鵬。所貴聖人至論兮，順天性而斷誼。

　　〔註94〕

既然不知道暗流會把我們沖刷到何處，那麼最好的態度就是任其挾持，卷向不可知的前路；對待命運也是如此。《莊子》云：「吾生於陵而安於陵，故也；長於水而安於水，性也；不知吾所以然而然，命也。」〔註95〕命既如此，與其強行抗命，不如知天順命來的快樂：「至人之用心若鏡，不將不迎，應而不藏，故能勝物而不傷。」班固的《幽通賦》裏充滿了儒家理論不能解決的人生痛苦，在道家那裏找到的精神上的安慰雖是強解語，也好過沒有東西來慰籍心中的失意和憤懣。面對世途的險惡與危難，儒家雖不乏「天下有道則見，無道則隱」〔註96〕的退守之道，但寥寥言辭實難構成士人退守自我的理論依據。

　　張衡《思玄賦》開篇即表露出沉重的憂患意識和「不抑操而苟容兮」的人格堅持和主體的孤立無援之感，於是自然產生神遊塵外之舉。賦中以大段的文字描寫這一縱橫天外的遨遊過程。作者可以說既不「安於天命」「降志求合」，也不滿足於「神遊幻想」，最終由神遊的極樂回到現實世界。《文選》卷十五李善注也論及了《思玄賦》的這一立場：「欲遊六合之外，勢既不能，義又不可。但思其玄遠之道而賦之，以申其志耳。」〔註97〕「勢既不能，義又

〔註93〕〔清〕嚴可均校輯：《全後漢文》卷二十四，中華書局 1958 年影印本，第 606頁。

〔註94〕同上。

〔註95〕《莊子‧達生》，見〔清〕郭慶藩：《莊子集釋》，中華書局 1961 年版，第 658頁。

〔註96〕《論語‧泰伯》。見〔清〕劉寶楠：《論語正義》，中華書局 1990 年版，第 303頁。

〔註97〕〔梁〕蕭統編〔唐〕李善注：《文選》，中華書局 1977 年版，第 213 頁。

不可」，可以說理性判斷對於難以捉摸、虛幻縹緲的遠遊之境進行「歸正」，使賦文最終抑止了神遊的縹緲之態。這一歸宿在其整個遊歷過程結束之後才顯現出來。主人公「遊六合之外」又不能，只好歸到「迴志朅來從玄謀諆，獲我所求夫何思」，去潛心學術理論的探討，這就使得整個精神歷程表現出「入世而又超世，超世還本入世」的迴旋。於是在《思玄賦》中出現了這樣的情境：既對超世絕俗的境界心馳神往，同時也保持立身現實中的姿態，以一種精神的自由超拔貫通了「輕舉與回歸」的衝突。《離騷》神遊描寫中「臨睨舊鄉」的行為已經被引申為「欲歸」的意願，並且拋棄了「猶疑」之態，直接「修眩眩兮反常閭」。當超塵絕俗之意由飛升遠舉歸落在現實，也就收卷了淫逸之勢：「收疇昔之逸豫兮，卷淫放之退心。」張衡《思玄賦》中最終選擇以閉門著述作為情志的依託，可以說雖然返歸常閭，但仍退而幽居，並不是完全的重新接納世俗，而是保持一個精神性自足的空間，「迴志朅來從玄謀諆，獲我所求夫何思」，去潛心學術理論的探討。這種源於道家的恬淡寂寞的人生態度，最終不是引導人遺世獨立，遊神於虛幻的神仙境界，而是在現實生活中避世幽居，自娛自適。

　　《思玄賦》中所謂「玄」，也正是指一種遺落世俗而遊神娛心的自由境界，作品中，作者與現實的衝突及其內心的劇烈衝突也在最後被淡化為一種自然自適、平靜和諧的心境，從而表現出了一種淡泊自甘的精神和遺世獨立的氣格。這些精神特質在《思玄賦》描寫「返歸常閭」的現實安頓中得到了充分的體現。首先在作品表現的情調方面，楚騷式的悲憤與哀怨消失了，代之以老莊的縱心物外，忘懷榮辱的生活態度。當然，張衡的「思玄」並非單一追求老莊玄遠之道，而是要「御六藝之珍駕兮，游道德之平林」，將儒道融合起來，以期達到一種既重修身養性，又重生命自由的儒道交融境界。于迎春先生曾論及《思玄賦》儒道融通的結尾：「這是一個具有時代代表性的人生結論：我們可以在俗世中不斷砥礪我們的道德學行，過著盡可能豐富、充實的智性生活；同時，通過凝神定志、清靜自守，人們不僅能夠不為吉凶禍福所困，而且可以在日常生活中體會遨遊、出世的的玄遠樂趣。概而言之，經過儒、道雙重經營的人生，既豐滿又不煩擾，既清寧又不枯寂。」〔註98〕

　　揚雄、班固、張衡他們最終沒有像屈原一樣以死抗爭，由於時代的不同，個人素養的不同，他們選擇了與屈原不同的路。他們在辭賦中淡化了失志不

〔註98〕于迎春：《秦漢士史》，北京大學出版社2000年版，第546頁。

遇的悲哀，突出了生命無常的人生本質，最終消解了屈原九死而不悔的執著，走向了淡泊與寧靜。這使得「神遊」之境更加恣肆曠達，也較接近莊子「遊心」的精神本質，這是對楚辭「神遊」抒志的發展，亦是對道家「遊」的精神的回歸。

小　結

錢穆在《讀〈文選〉》中曾論及《思玄賦》與《幽通賦》都是模仿《離騷》之作：「班張之作，雖曰思古懷舊，力追昔人之前軫，而實有其開新之一面。前漢諸賦，大體多在鋪張揄揚，題材取諸在外。至於班張，始有敘述自我私生活與描寫一己之內心情志者，如孟堅《幽通賦》、平子《思玄賦》，此皆體襲楚騷，義近靈均，此乃班張作賦之另一面也。」〔註99〕但通過上文討論，我們發現除了班固《幽通賦》、張衡《思玄賦》外，揚雄《太玄賦》同樣為「敘述自我私生活與描寫一己之內心情志者」，而且，他們三者抒寫情志的方式均為以神遊抒寫思路，明顯地是繼承《離騷》的神遊抒寫模式。

但三者在形式上還是有所不同的。相比之下，張衡《思玄賦》在體制上更接近《離騷》。張衡《思玄賦》模式亦襲《離騷》，從謀篇布局到句式安排，甚至情節次序皆如此。班固《幽通賦》與其他二者有所不同，《幽通賦》的遊歷發生在一個夢裏，涵攝大量命運問題上的哲理性思考。開篇仿《離騷》述自己的家世，稱讚祖先無論窮達都能保持高尚的節操，他為自己不能營謀先祖的事業而長歎。作者引用大量的歷史掌故，反映身處亂世的危懼之感，表達了無法建立功業的焦慮。全文幾乎沒有描述其遠遊的歷程，而僅是寫其「睹幽人之彷彿」與神相遇後的所思所感。另外，其他二者雖都有對遠遊的描述，但在學習《離騷》神遊思路的同時，在很大程度上還接受了《遠遊》的影響。

除了形式上的差異外，三者的旨趣還有不同。《太玄賦》道家思想較為濃厚。《太玄賦》裏「觀大《易》之損益兮，覽老氏之倚伏」，似是調和儒道兩家的思想；至於「聖作典以濟時兮，驅蒸民而入甲；張仁義以為網兮，懷忠貞以矯俗。指尊選以誘世兮，疾身歿而名滅。豈若師由聃兮，執玄靜於中谷」諸句，幾乎把老子的地位提到儒家之上。《幽通賦》中班固是從儒家傳承家世、身後留名的思想來立論，表達的是無法建立功業的焦慮。賦中偶有流露道家

〔註99〕錢穆：《中國學術思想史論叢‧卷三》，安徽教育出版社2004年版，第95頁。

情懷：「所貴聖人至論兮，順天性而斷誼」，並提出「保身」的思想，但班固基本精神是儒家的。張衡《思玄賦》在內容上與班固《幽通賦》有相似之處，作者引用大量的歷史掌故，反映身處亂世的危懼之感。張衡《思玄賦》流露出的是害怕讒言將至，自己蒙受罪過的抑鬱之情。於是在賦作裏，張衡在四方的遠遊中，尋求個體心靈的超脫，這與莊子「逍遙於無何有之鄉」有相似之處。但張衡最終從遠遊回到現實，又不離儒家的內容：「御六藝之珍駕兮，游道德之平林」。所以說《思玄賦》體現了協調儒道的思想內容。

　　三賦旨趣的不同，主要源於揚雄、班固、張衡三人所處時勢不同。揚雄與張衡有相似的地方，不同的是東漢中後期的道家思潮也比西漢後期流行。張衡其人，「通《五經》，貫六藝。雖才高於世，而無驕尚之情。常從容淡靜，不好交接俗人」，「善機巧，尤致思於天文、陰陽、曆算。常耽好《玄經》」〔註100〕，又通曉道家之學。《河間相張平子碑》稱讚張衡「體性溫良，聲氣芬芳，仁愛篤密，與世無傷」〔註101〕。其博學、恬淡與揚雄相似，由他對《太玄經》的耽溺與推崇也可見他對揚雄心有戚戚。但時代畢竟不同，人情也有差異，對於才識卓著的士人來說，更是難免各存面目、各有所長。張衡所處的時代，朝政日頹，儒家的地位不似漢章帝的時候，意識開始鬆動，張衡的人生經歷促使他思索如何協調儒道。所以張衡在積極關心朝政的同時，也不排斥對道家思想的接受，張衡身上體現了儒道和諧的心態。張衡擔任太史令十四年間，處於一種朝隱的狀態。與揚雄相比，張衡在作品中表現出來的儒道融合無疑更顯深入，在揚雄那裏，儒道的融合儘管呈現出比較和諧的狀態，但有時還是難免有些扞格，在現實人生、日常生活中，它們還沒得到和諧的安排，而在張衡這裏，儒道不僅在現實的、日常的層面上融通無礙，其內容也顯得細緻而豐富。尚學鋒先生曾拿張衡《思玄賦》與揚雄《太玄賦》作比較，指出《思玄賦》中「道家思想及遊仙境界和《太玄賦》大為不同，它不是作為現實人生的對立面，而只是作為一種絕對自由的理想境界顯示出無窮的魅力。對理想境界的嚮往並不否定現實生活中的價值追求，這是張衡和揚雄的明顯區別。」〔註102〕再者，揚雄的作品已表現出儒家思想對個體內在精神、對士

〔註100〕《後漢書‧張衡列傳》，見〔南朝‧宋〕范曄撰：《後漢書》，中華書局 1965年版，第 1897 頁。

〔註101〕〔漢〕崔瑗：《河間相張平子碑》，見〔清〕嚴可均校輯：《全後漢文》卷四十五，中華書局 1958 年影印本，第 719 頁。

〔註102〕尚學鋒：《道家思想與漢魏文學》，北京師範大學出版社 2000 年版，第 147 頁。

人自我的影響比之前加強，到張衡這裏，儒家在這方面的影響更為明顯。在揚雄那裏就已經成為個人內在精神的道家，更是深深地透入了張衡的日常生活，由獨守《太玄》的寂寞、清靜，轉為或融通儒道、或以道家的自然自由為精神背景下的悠然閱讀之，真正是道入性情的人生境界。與揚雄、張衡不同的是，班固處在東漢前中期，國力強盛，漢帝國正處於蒸蒸日上的黃金時期，儒家思想居正統地位，儒學在士人心態中佔據主導地位。建初四年，章帝在白虎觀召集當代名儒討論五經同異，並親自裁決。班固把討論結果整理成《白虎通義》。班固一生積極進取，他花 20 餘年的時間寫成《漢書》也是儒家思想的體現。所以班固的《幽通賦》相對立其他二賦，更多地體現了儒家色彩。《幽通賦》裏他不相信莊周、賈誼齊死生禍福的話語。他強調實踐仁義之道，認同人死後應聲名不朽，他還從大一統的角度出發，批評戰國秦時的蘇秦、張儀、李斯、商鞅等人的行為「以求一日之富貴，朝為榮華，夕為憔悴，福不盈眥，禍溢於世」，都是其儒家思想的體現。所以說，儘管兩漢神遊賦都是在《離騷》神遊抒情模式的啟發之下創作的，但由於創作主體及創作背景的不同，三者在體制形式上、思想旨趣上又有著明顯的不同。

第三章　兩漢遊仙詩賦研究

　　遊仙是中國文學的一個獨特主題，而所謂遊仙詩賦自然是指以遊仙爲題材而寫的詩賦作品。它借助於創造虛幻不實、神奇瑰麗的仙境，以抒情言志，遊仙詩賦作爲一種創作題材在中國文學史上佔有不可忽視的地位。遊仙文學雖然是在魏晉之後才得以興盛，但兩漢遊仙詩賦仍是遊仙文學發展過程中不容忽視的一環。兩漢遊仙詩賦是在遊仙詩之祖《遠遊》及兩漢盛行的神仙思想的基礎上發展起來的。

　　目前對遊仙文學較寬泛的看法，認爲「制題與內容只要與神仙傳說有關的即爲遊仙文學」〔註 1〕，唐代李善《文選》卷二十一注對遊仙文學做了如下定義：「凡遊仙之篇，皆所以滓穢塵網，錙銖纓紱，餐霞倒景，餌玉玄都。」〔註 2〕日本游佐昇《道教與文學》定義遊仙詩云：「所謂遊仙詩是遊覽仙境之詩的意思，是謳歌仙人居住的另一個神秘世界情景的詩。」〔註 3〕較狹義的看法，則突出強調「遊」的特點，認爲遊仙詩要表現與仙人交往、幻遊仙境的內容。顏進雄《唐代遊仙詩研究》對遊仙詩作了較爲全面的論述，他說遊仙詩「乃仙界遊行之想像物，其創作背景基於神秘仙遊幻境之宗教體驗，而『遊』之精神可以說是這類作品創作原動力。『遊』是中國文化中的主要精神，也是契道的境界顯示。」「神仙境界的構成要素，大體有三，即：『仙人』、『仙景』與『仙丹妙藥』，因此，遊仙詩中所『遊』的對象，其範圍也必廣延收容者三種要素，即與

〔註 1〕 李豐楙：《六朝道教與遊仙詩的發展》，《中華學苑》第 28 期。
〔註 2〕 〔梁〕蕭統編〔唐〕李善注：《文選》，中華書局 1977 年版，第 306 頁。
〔註 3〕 〔日〕福井康順等監修《道教》第二卷，上海古籍出版社 1992 年版，第 255頁。

仙人交往共遊、遊覽仙界景物、遊心於仙丹妙藥的服食，都屬於這範圍內。」
〔註4〕李永平先生對遊仙詩的特點做如下概括：（1）遊仙詩中包含著人類對「神仙」的渴望，試圖擺脫生命束縛，企求長生不死或者再生。（2）遊仙詩中有向仙界飛升，「生羽翼」、「逢羽人」、「蟬蛻」等意象，或者詩中有對「仙藥」的渴求。（3）遊仙詩中有大量關於「崑崙」、「泰山」、「五嶽」、「蓬萊」、「廬山」等仙山的描述。（4）遊仙詩中關於「龍」、「鳳」、「鹿」、「鶴」、「虎」等神奇動物的描寫，這些動物在協助人升仙中起到了媒介作用。〔註5〕本文作為遠遊文學研究中的一個章節，將採用較狹義的看法，強調「與仙人交遊」的特點，而並非將有關神仙傳說和神仙思想為題材的作品都納入研究對象。

第一節　漢代遊仙詩賦考述

一、漢代遊仙詩考述

　　兩漢現存遊仙詩主要是樂府詩，民間樂府詩有《王子喬》（相和吟歎曲）、《長歌行》（相和平調曲）、《董逃行》（相和清調曲）、《善哉行》（相和瑟調曲）、《步出夏門行》（相和瑟調曲）。另外，文人樂府遊仙詩是指曹操的七首遊仙詩：《氣出倡》三首、《秋胡行》二首、《精列》、《陌上桑》。漢樂府遊仙詩之外，還有淮南王劉安的《八公操》，一曰《淮南操》。

　　我們先來看民間樂府詩，大體可分為兩類。一類是主動求仙的詩歌。這些詩歌表達了濃厚的「列仙之趣」。如《王子喬》和《董逃行》描繪的都是神仙主動降臨度人成仙的場面。其中《王子喬》是以第三人稱的方式敘述仙人的降臨。作者勸誘天子求仙，把握住當前的時機。《董逃行》的主角是尋仙討藥者，表現了人對神的單向求訪、頂禮膜拜。神靈不會主動降臨在他的面前，而是要靠自己苦苦尋覓；而在討取神藥之後又不能自己服用，而要獻給天子。《八公操》是以被超度成仙者的口氣自述，採用的是第一人稱的寫法；《八公操》的原型可能為諸侯王淮南王。這些詩篇都反映了主人公對神仙的崇拜，或者不辭辛苦的求仙問藥，或者陶醉在神仙降臨的驚喜之中。另一類遊仙詩其求仙的動機是由於現實的壓抑，這類作品的主人公通常是在出世遨遊的過

〔註4〕顏進雄：《唐代遊仙詩研究》，文津出版社1996年版，第35～36頁。
〔註5〕李永平：《遊仙詩特點及分類》，《西安石油學院學報》，2001年第4期。

程中遇到仙人，並且得到仙人的幫助，雙方能夠友好相處。這類作品絕少見
到仙人主動降臨、超度作品主人公成仙的情節。《仙人騎白鹿》描述的大概是
主人公上下求索之際與仙人的不期而遇，表現了一般人生命永存的欲念，主
人公主動求仙的迹象不明顯，但也看不出仙人是有意為他而降臨，這類作品
在漢遊仙詩中不多見。《善哉行》的主人公是在經歷名山之後遇到仙人，是他
主動來到仙人居住的地方。從遇仙情節方面加以考察，這類遭受壓抑之士的
遇仙沒有天子王侯那麼容易，可是又不像為天子尋討仙藥的方士那樣艱難。
神仙不會主動降臨在這類失意之士面前，但是，當失意之士進入仙境時，仙
人會接納幫助他們。求仙是漢代社會的普遍風氣，上至天子王侯，下至平民
百姓，各種社會角色都捲入求仙的大潮中，由此而來，產生許多求仙詩。但
由於人們的社會地位不同，求仙的背景和動機也存在很大差異。

　　我們先來看幾首分合有爭議的詩歌。如《相和平調曲·長歌行》：

　　　仙人騎白鹿，髮短耳何長。導我上太華，攬芝獲赤幢。來到主人門，
　　　奉藥一玉箱。主人服此藥，身體日康彊。髮白復更黑，延年壽命長。
　　　岩岩山上亭，皎皎雲間星。遠望使心思，遊子戀所生。驅車出北門，
　　　遙觀洛陽城。凱風吹長棘，夭夭枝葉傾。黃鳥飛相追，咬咬弄音聲。
　　　佇立望西河，泣下沾羅纓。〔註6〕

關於這首詩的分合問題，一向爭議很大。郭茂倩《樂府詩集》通為一首，最
遲從南宋末年的嚴羽開始，對其分合問題出現不同看法。他在《滄浪詩話·
考證》中指出：「《仙人騎白鹿》之篇，予疑此詞『岩岩山上亭』以下，其義
不同，當又別是一首，郭茂倩不能辨也。」〔註7〕這個問題至今學術界仍未達
成共識。逯欽立先生輯校《先秦漢魏晉南北朝詩》，按照《樂府詩集》的編排
把它作為一首詩處理，但又同時把「岩岩山上亭」以下列入魏文帝曹丕集中，
採取的是折中做法。李炳海先生在其專著《漢代文學的情理世界》中對這一
問題做了專門研究，指出：

　　　從後人的審美習慣來看，把這首詩一分為二似乎有道理，因為前後
　　　所用的韻腳不同，內容也有較大差異。瞭解到漢代文人的仰觀俯瞰
　　　雙向視角，尤其是喜歡在神國仙鄉俯瞰人世的特殊興趣，就不會把

〔註6〕逯欽立輯校：《先秦漢魏晉南北朝詩》，中華書局1983年版，第262～263頁。
〔註7〕〔宋〕嚴羽：《滄浪詩話·考證》，見郭紹虞：《滄浪詩話校釋》，人民文學出
　　　版社1961年版，第210頁。

> 這篇作品攔腰斬斷，分成兩首詩，而應當作爲一首前後連貫的詩，
> 一篇有頭有尾的作品，一個有機的藝術整體加以解讀、欣賞。詩的
> 前半部分敍述主人公在仙人引導下登上華山，採集靈芝一類可以延
> 年益壽的藥草，又得到仙境主人贈送的仙藥。詩的下半部分則是主
> 人公徜徉於華山的所見所想。〔註8〕

結合李炳海先生的觀點我們再來看此詩，前半部分對仙人求藥作了生動有趣
的描寫，詩人幻想著自己與一位騎白鹿的仙人不期而遇，在仙人的幫助下來
到神仙居住的西嶽華山。在那裏，詩人採獲了靈芝和赤幢，還在仙人家中接
受了主人饋贈的返老還童的神藥。隨後，他走出太華仙山的北門。仙界固然
美好，可是這對方士來說夢寐以求的美事卻無法留住思歸的遊子，可是，家
對遊子來說，又是那麼遙遠，那麼可望而不可及。想回到現實又找不到出路，
失望使遊子倍加思念母愛和親情。於是，幻滅的痛苦、仕途的潦倒與濃重的
鄉關之思糾結在一起，形成一條無形的繩索，緊緊地束縛著遊子奮飛的翅膀。
所以說快樂是別人的，屬於主人公自己的卻是有家難回的他鄉客遊和懷才不
遇的坎坷仕途。求仙訪道本是方士們飛黃騰達的終南捷徑，而對兩漢士人來
說，當他們在現實世界裏到處碰壁、走投無路的時候，也會到幻想的神仙世
界尋求心靈的避難所，以求得到片刻的慰藉。《長歌行・仙人騎白鹿》即是反
映這一內容的詩篇。

再來看《相和瑟調曲・隴西行》：

> 邪徑過空廬，好人常獨居。卒得神仙道，上與天相扶。過謁王父母，
> 乃在太山隅。離天四五里，道逢赤松俱。攬轡爲我御，將吾天上遊。
> 天上何所有，歷歷種白榆。桂樹夾道生，青龍對伏趺。鳳凰鳴啾啾，
> 一母將九雛。顧視世間人，爲樂甚獨殊。〔註9〕

這首詩非常眞切地描寫了昇天過程和仙界景觀。題名東方朔的《十洲記》說：
「扶桑在碧海之中，地方萬里，上有太帝宮，太眞東王父所治。」〔註10〕《穆
天子傳》說：「天子觴西王母於瑤池之上。」〔註11〕這裏將東海扶桑上的東王

〔註8〕 李炳海：《漢代文學的情理世界》，東北師範大學出版社2000年版，第430～
431頁。

〔註9〕 逯欽立輯校：《先秦漢魏晉南北朝詩》，中華書局1983年版，第267頁。《隴
西行》又名《步出夏門行》。

〔註10〕〔漢〕東方朔：《十洲記》，上海古籍出版社1990年版，第6～7頁。

〔註11〕〔晉〕郭璞注：《穆天子傳》，上海古籍出版社1990年版，第10頁。

父和西方崑崙山上的西王母，都移到了人間泰山上。然後在離天四五里的地方，遇到仙人王子喬，由他幫著趕車，帶著去遊天上仙境，只見仙境裏，大道兩旁栽種著白榆和桂樹，還有青龍和鳳凰，帶著孩子們歡快地戲耍著。詩人站在天上，回頭看地上人間，感到遨遊天上仙境的快樂是多麼的獨特和別樣的滋味啊！

這裏將遇見仙人和遊歷仙境這種荒唐可笑的幻想，寫得如此眞實和確鑿，宛如日常生活中與朋友一道去遊玩觀光。葛曉音先生認爲「這首詩之所以會將荒誕的幻想寫得如此眞確，原因在於詩中所寫的環境是以甘泉泰畤、華陰集靈宮爲原型的。」〔註12〕漢代興建了很多候神迎仙的宮觀池臺。如漢武帝的時候，齊人「公孫卿候神河南，見仙人迹緱氏城上。有物若雉，往來城上。天子親幸緱氏城視迹。乃作建章宮。」並下令「郡國各除道，繕治宮觀名山神祠所」，要求全國各地都修寬闊的馳道，建築宮觀，在名山修建候神迎仙的祠觀處所。其中最有名、最重要的招仙、集仙之地要數華山和泰山。漢武帝曾拜欒大爲五利將軍，派他到泰山祠。據桓譚《仙賦》，漢武帝在華山建有華陰集靈宮，「欲以懷集仙者王喬、赤松子，故名殿爲存仙端門，南向山署曰望仙門。」並築有迎接神靈的仙道，兩側「桂木材雜而成行」，裝飾著龍馬、駬駒等靈物。可以說，漢樂府遊仙詩中的神仙世界，眞實地反映和再現了人間世界。

這首詩歌的分合也是有爭議的，目前學界一般將上段引文看作完整的《步出夏門行》。但據逯欽立先生輯校的《先秦漢魏晉南北朝詩》，在上段引文的基礎上又補充以下內容：

> 好婦出迎客，顏色正敷愉。伸腰再拜跪，問客平安不。請客北堂上，
> 坐客氈氍毹。清白各異樽，酒上玉華疏。酌酒持與客，客言主人持。
> 却略再拜跪，然後持一杯。談笑未及竟，左顧勅中廚。促令辦粗飯，
> 愼莫使稽留。廢禮送客出，盈盈府中趨。送客亦不遠，足不過門樞。
> 取婦得如此，齊姜亦不如。健婦持門戶，亦勝一丈夫。〔註13〕

漢人流傳下來的《步出夏門行》、《隴西行》爲兩首內容有所重疊的詩歌。逯先生將二者並爲一篇。理由大概有四個，如逯先生認爲題爲《步出夏門行》的這首詩「文義不完，且與《隴西行》之前段大同小異」。二是宋志、樂府皆言《隴西行》一曰《步出夏門行》。三是「鳳凰鳴啾啾。一母將九雛。」二句

〔註12〕葛曉音：《八代詩史》（修訂本），中華書局 2007 年版，第 14 頁。
〔註13〕逯欽立輯校：《先秦漢魏晉南北朝詩》，中華書局 1983 年版，第 267〜268 頁。

今屬《隴西行》語。四是九代樂章所載《步出夏門行》較今爲備，十四句後又有「鳳凰鳴啾啾。一母將九雛。顧視世間人。爲樂甚獨殊。」四句。亦證二者同屬一篇。節取又有所不同。〔註 14〕不過，我們細讀這首詩，還是認爲後面所加的這些句子與前文意義相悖。學界目前對《步出夏門行》的分合取捨還是較爲合理的。

再來看《相和瑟調曲・善哉行》：

> 來日大難，口燥唇乾。今日相樂，皆當喜歡。（一解）經歷名山，芝草翻翻。仙人王喬，奉藥一丸。（二解）自惜袖短，内手知寒。慚無靈輒，以報趙宣。（三解）月沒參橫，北斗闌干。親交在門，飢不及餐。（四解）歡日尚少，戚日苦多。何以忘憂，彈箏酒歌。（五解）淮南八公，要道不煩。參駕六龍，遊戲雲端。（六解）〔註 15〕

對於這首詩的理解，歷來爭議頗大。清人沈德潛《古詩源》認爲此詩「言來者難知，勸人及時行樂也。忽云雲求仙，忽云報恩，忽云結客，忽云飲酒，而仍終之以遊仙，無倫無次，杳渺恍惚。」〔註 16〕清人張玉穀《古詩賞析》則認爲「此寒士飲宴於富貴之家，有感而作。」並且認爲此詩「意境空靈」〔註 17〕。張玉穀對此詩的評價很高，但依然從富貴者宴請門客的角度來解，不免有些牽強。如果從遊仙詩的角度來看，以求仙動機、過程及結局來解，或許另有一些新意。第一解描述了主人公面臨的窘境：未來的日子說不定會有大難，到時候會餓得口幹舌燥的。但是雖然如此，也不必太煩惱。在第二解裏，作者爲了擺脫當下的不快和對未來的擔憂，開始神遊。他遊歷名山，看到芝草招展，幸遇仙人王喬，還送他一丸長生仙藥。第三解用了春秋時期晉國人靈輒報答趙宣子的典故。《左傳・宣公二年傳》說趙宣子有一次到首山去打獵，看到靈輒的病狀，得知他已餓了三天沒有飯吃，便給他飯吃。後來靈輒做了晉靈公的甲士。當晉靈公利用宴請趙宣子之際，暗中埋伏甲士要殺趙宣子的時候，靈輒倒戈抵禦殺手，使趙宣子免遭殺害，報答了趙宣子的一飯之恩。這裏描寫了主人公接受靈藥的內心感受，大概是說自己無法回報王子喬的送仙藥之恩。一位懂得「滴水之恩當以湧泉相報」的君子接受了如此貴重的饋

〔註 14〕 逯欽立輯校：《先秦漢魏晉南北朝詩》，中華書局 1983 年版，第 267 頁。

〔註 15〕 同上，第 266 頁。

〔註 16〕 〔清〕沈德潛：《古詩源》卷三，嶽麓書社 1998 版，第 51 頁。

〔註 17〕 〔清〕張玉穀：《古詩賞析》，上海古籍出版社 2000 年版，第 153 頁。

贈卻無以爲報的慚愧之情躍然紙上。第四解、第五解寫主人公在仙山，時間過的很快，轉眼間天色已晚，想到家中的親人，他們還在家中忍受著飢餓，不僅感慨人生歡樂的時光很少，而憂苦的日子居多。只有飲酒作樂，才能忘掉憂愁。第六解中淮南八公出現了，他們傳授丹經要訣給他，終而得道成仙，與八公們駕著六龍、遊戲雲端。淮南王和八公得道成仙的故事受到時人崇信，東漢人高誘的《淮南鴻烈解敘》、應劭《風俗通義》、王充《論衡・道虛篇》、酈道元《水經・肥水注》裏均記載有淮南王與門客八公的故事。

這首詩的主人公是普通士人。由於現實的壓抑而求仙，在出世遨遊的過程中遇到仙人，並且得到仙人的幫助，雙方能夠友好相處。這與《王子喬》中的與仙人不期遇、《董逃行》中的方士求仙是不同的，從另一面展現了漢代世俗生活。

我們再來看《豔歌》：

> 今日樂上樂，相從步雲衢。天公出美酒，河伯出鯉魚。青龍前鋪席，
> 白虎持榼壺。南斗工鼓瑟，北斗吹笙竽。姮娥垂明璫，織女奉瑛琚。
> 蒼霞揚東謳，清風流西歈。垂露成幃幄，奔星扶輪輿。〔註18〕

這首詩也應該被看作是遊仙詩。詩人幻想自己升仙後，在仙界過上了快樂的神仙生活，眾多神仙歡聚一堂，美酒、佳肴、音樂應有盡有。這樣的快樂生活實在是讓人羨慕，令人神往。當然詩中所繪的盛宴，不過是人間盛宴的折射。它實際上體現了人間享樂者們的欲求，他們並不滿足於人間的口耳之福，還要上天堂享樂，並讓天上的神仙也爲自己服務。總之，《豔歌》通過作品主人公在天界享受的待遇展示了其超凡脫俗的神性，詩歌寫得恢宏恣肆，顯得很有氣勢，意態不凡，因而在客觀上也從一個側面反映了漢代社會國力強盛時期人們的一種昂揚而又自信的心態。

最後來看《相和清調曲・董逃行》：

> 吾欲上謁從高山，山頭危險道路難。遙望五嶽端，黃金爲關班璘。
> 但見芝草葉落紛紛。（一解）百鳥集來如煙，山獸紛綸麟辟邪其端。
> 鶤雞聲鳴，但見山獸援戲相拘攀。（二解）小復前行，玉堂未心懷流
> 還。傳教出門來，門外人何求所言。欲從聖道，求一得命延。（三解）
> 教敕凡吏受言，採取神藥若木端。玉兔長跪搗藥蝦蟆丸，奉上陛下
> 一玉柈，服此藥可得神仙。（四解）服爾神藥，莫不歡喜。陛下長生

〔註18〕逯欽立輯校：《先秦漢魏晉南北朝詩》，中華書局 1983 年版，第 289 頁。

老壽，四面肅肅稽首。天神擁護左右，陛下長與天相保守。（五解）
〔註 19〕

《樂府解題》曰：「古詞『吾欲上謁從高山，山頭危險大難言。』五嶽之上，皆以黃金爲宮闕，而多靈獸仙草，可以求長生不死之術，令天神擁護君上以壽考也。」〔註 20〕這首詩有些字句已經支離破碎，難以索解，但整首詩的結構和主旨還是很明確的，主要表現「凡吏」去求仙問藥來獻給陛下的過程。一二解，寫遠尋五嶽去拜訪仙人，描寫高山上芝草翩翩、神獸紛紛的壯觀景象。三四解，以問答的對話形式，活靈活現地表現了在玉堂向仙人求仙問藥情景的圖畫：幾個人跪拜在西王母周圍，旁邊有玉兔和蟾蜍在搗藥。第五解描寫陛下服用神藥後長江生老壽、與天相守的威儀場面。

詩人主人公經過艱難的攀登，終於來到了想像中的仙境。詩人拜見了神仙，並爲皇帝求得長生不死的仙藥。可見，《董逃行》的主角是一位尋仙使者，主人公克服千難萬險，終於如願以償，得到了神藥。《董逃行》的獨特之處在於尋仙者尋仙求藥的真正目的不是爲了本人的長生，而是爲皇帝尋找不死之藥。把求仙尋藥作爲謀取功名利祿的手段，在漢代具有典型意義。《史記・封禪書》一記載了許多方士靠求仙而飛黃騰達的實例。《董逃行》的原型或許就是這些方士。

漢樂府遊仙詩之外，還有淮南王劉安的《八公操》，一曰《淮南操》。其詩曰：

煌煌上天照下土兮，知我好道公來下兮。公將與予生毛羽兮，騰青雲蹈梁甫兮。觀見瑤光過北斗兮，馳乘風雲使玉女兮。含精吐氣嚼芝草兮，悠悠將將天相保兮。〔註21〕

八公操，爲琴曲名，「一曰《淮南操》」〔註22〕。謝希逸《琴論》曰：「《八公操》，淮南王作也。」〔註 23〕認爲此詩爲淮南王劉安所作。劉安乃西漢思想家、文學家，爲漢高祖劉邦的孫子，漢武帝的從父。武帝元狩元年（前 122），爲人告發謀反下獄，自殺。劉安好神仙喜方術，招致賓客方術之士數千人，其中著名的，據東漢人高誘的《淮南鴻烈敘目》說，有「蘇飛、李尙、左吳、

〔註19〕 逯欽立輯校：《先秦漢魏晉南北朝詩》，中華書局 1983 年版，第 264 頁。
〔註20〕〔宋〕郭茂倩編撰：《樂府詩集》，上海古籍出版社 1998 年版，第 400 頁。
〔註21〕 逯欽立輯校：《先秦漢魏晉南北朝詩》，中華書局 1983 年版，第 99 頁。
〔註22〕〔宋〕郭茂倩編撰：《樂府詩集》，上海古籍出版社 1998 年版，第 654 頁。
〔註23〕 同上。

田由、雷被、毛被、伍被、晉昌等八人，及諸儒大山、小山之徒。」〔註24〕
史載淮南王因謀反不成而自殺，但因淮南王好神仙方術，所以時人疑其是與
方士八公成仙昇天了。他們的故事經方士們神化，成爲風行一時、影響深遠
的神仙故事。《藝文類聚》七十八引題名漢代劉向撰寫的《列仙傳》說：「漢
淮南王劉安，言神仙黃白事，名爲《鴻寶萬畢》三卷。論變化之道。於是八
公乃詣王，授丹經及三十六水方。俗傳安之臨仙去，餘藥器在庭中，雞犬舐
之，皆得飛升。」〔註25〕應劭《風俗通義》卷二記載：「俗說淮南王招致賓
客方術之士數千人，作《鴻寶》、《苑秘》、《枕中之書》。鑄成黃白，白日昇
天。」〔註26〕王充《論衡・道虛篇》也說：「世見其書深冥奇怪，又觀八公
之傳似若有效，則傳稱淮南王仙而昇天。」〔註27〕酈道元《水經注・淝水》
記述在淮南王的治所壽春有八公山，山上有祭祠淮南王劉安的廟，廟中畫有
劉安和八公的像。酈道元轉引崔琰的話：「餘下壽春，登北嶺淮南之道室，
八公山石井在焉。」〔註28〕由此可見淮南王和八公得道成仙的故事受到時人
崇信的情形。傳爲東晉葛洪編撰的《神仙傳》對淮南八公的故事有更生動的
描寫：說八公初到淮南王宮門前時，「容狀衰老，枯槁傴僂」，守門人不讓進
見。答道：「王之所好，神仙度世長生久視之道，必須有異於人，王乃禮接。
今公衰老如此，非王所宜見也。」求之數次，均遭拒絕。八公曰：「王以我
衰老，不欲相見，卻致年少，又何難哉？」於是振衣整容，立成童幼之狀。
閽者驚而引進。王倒屣而迎之，設禮稱弟子，曰：「高仙遠降，何以教寡人？」
八公稱他們的神仙道術極高：「各能吹噓風雨，震動雷電，傾天駭地，回日
駐流，役使鬼神，鞭撻魔魅，出入水火災，移易山川。變化之事，無所不能
也。」〔註29〕

〔註24〕〔漢〕高誘注：《淮南鴻烈・敘目》，見劉文典：《淮南鴻烈集解》，中華書局
　　　　1989年版，《敘目》第2頁。
〔註25〕〔唐〕歐陽詢等撰，汪紹楹校：《藝文類聚》，中華書局1965年版，第1328
　　　　頁。
〔註26〕見《水經注疏》，〔北魏〕酈道元注，陳橋驛復校：江蘇古籍出版社1989年版，
　　　　第2685頁。
〔註27〕〔漢〕王充：《論衡》，上海人民出版社，1974年版，第108頁。
〔註28〕〔北魏〕酈道元注，陳橋驛復校：《水經注疏》，江蘇古籍出版社1989年版，
　　　　第2685頁。
〔註29〕〔晉〕葛洪：《神仙傳》，（臺灣）商務印書館，1985年影印文淵閣四庫全書本，
　　　　第1059冊，第254頁。

《古今樂錄》曰：「淮南王好道，正月上辛，八公來降，王作此歌。」〔註30〕可見此「八公」可能爲八位神仙，他們爲淮南王的好道所感動，特降臨人間。這首詩所描繪和想像的淮南王成仙情節，和當時流傳的天子及公子王孫、金枝玉葉成仙的故事是一致的，都是神靈主動前來相助，使他們超越人世，實現成仙的願望。淮南王劉安像先前的天子王孫一樣，神靈對他給予特殊的照顧，使他輕而易舉地飛升成仙。這首詩不管是出自淮南王劉安之手，還是其他人所作，但主角以淮南王爲原型則是毫無疑問的。

我們再來看兩漢文人遊仙詩。兩漢文人遊仙詩僅存曹操的遊仙詩作。相對於曹操而言，曹植的遊仙詩有十四首之多，如《仙人篇》、《遊仙詩》等，但曹植的遊仙詩皆作於黃初、太和年間。此時的曹植，因建安時期所謂「爭爲太子」而屢遭曹丕父子的猜忌壓制，名爲侯王，實爲囚徒，抑鬱失志。因此創作大量遊仙詩以抒寫憂讒畏譏、憂生患害之情。本文研究範圍限定在公元 220 年前，漢獻帝劉協建安二十五年，曹魏建立之前，所以本文並沒有將曹植的遊仙詩置於研究視野之內。曹操（155～220），雖然一生戎馬倥傯，但馳騁疆場之餘，仍然創作了二十餘首詩歌。曹操的詩歌，都是樂府詩，其內容和寫作方法都與漢樂府「感於哀樂，緣事而發」〔註31〕的精神一脈相承。這二十餘首詩中，有七首可看作是遊仙詩，即《氣出倡》三首、《秋胡行》二首、《精列》、《陌上桑》。

曹操的遊仙作品大體上襲用漢樂府古題，承襲了漢樂府遊仙詩的傳統，有著對神仙境界極爲愜意暢快的神遊遐想，有著心靈和想像力極度張揚的馳騁浪漫的情思，表現出了對尋仙求藥、養生秘訣和長壽之道的希冀祈求。其中《氣出倡》三首和《陌上桑》四首爲列仙之趣較爲濃厚的遊仙詩。「《氣出倡》三首和《陌上桑》，從內容到表現方式全仿漢樂府遊仙詩，也反映了他思想中荒誕的一面。」〔註32〕它們模仿漢樂府遊仙詩，描寫詩人駕龍乘風，神遊名山仙境，與仙人往還，獲長生方藥等情事，表現了對神仙生活的審美幻想和對長壽幸福的祈禱祝頌。在這三首詩裏，詩人與神仙一道「乘駕雲車，驂駕白鹿」〔註33〕，

〔註30〕〔宋〕郭茂倩編撰：《樂府詩集》，上海古籍出版社 1998 年版，第 654 頁。

〔註31〕《漢書·藝文志》，見〔漢〕班固撰：《漢書》，中華書局 1962 年版，第 1756 頁。

〔註32〕葛曉音：《八代詩史》（修訂本），中華書局 2007 年版，第 43 頁。

〔註33〕《氣出倡》其一。見逯欽立輯校《先秦漢魏晉南北朝詩》，中華書局 1983 年版，第 345 頁。

「驂駕六龍飲玉漿」〔註34〕、「樂共飲食到黃昏」〔註35〕，更有女仙爲之「起舞」，果眞是「酒與歌戲，今日相樂誠爲樂」〔註36〕，他「駕虹霓，乘赤雲，登彼九嶷歷玉門。濟天漢，至崑崙。見西王母，謁東君。交赤松，及羨門，受要秘道愛精神。」〔註37〕總之，這些描寫反映了濃厚的列仙之趣。

　　但曹操的遊仙詩並非單純的吟詠「列仙之趣」之作，他的另外三首遊仙詩借遊仙之酒杯澆自己胸中之塊壘，盡情抒發人生感慨，直透人性，表白生命情懷，較之漢民間樂府詩在思想境界上有了較大提高。如《精列》：

> 厥初生，造化之陶物，莫不有終期。莫不有終期。聖賢不能免，何
> 爲懷此憂？（一解）願螭龍之駕，思想崑崙居。思想崑崙居。見欺
> 於迂怪，志意在蓬萊。志意在蓬萊。（二解）周禮聖徂落，會稽以墳
> 丘。會稽以墳丘。陶陶誰能度？君子以弗憂。（三解）年之暮，奈何
> 時過時來微！（四解）〔註38〕

精列，一般釋爲精神靈氣的分裂，指人的衰老死亡。一解說，開天闢地之際，天地自然化育萬物，都有生有死。這是不可抗拒的自然規律，連古代的聖賢也不能超越。那人爲什麼樣還要對死亡這一客觀規律憂思縈懷，難以排遣釋然呢？二解陳述了人們渴望用神仙思想排遣對死亡的憂慮。「思想崑崙居，志意在蓬萊」，非常簡潔的概括了戰國秦漢以來關於崑崙蓬萊的神仙迂怪之說。但詩人認爲神仙怪迂之說是一種虛幻的人生觀，是「見欺於迂怪」，不能解脫對死亡的憂慮。三解進一步從人類社會歷史的發展來看死亡問題。周公、孔子、大禹這些歷史上的聖賢，都不免一死，所以明達的君子不應該爲死亡而擔憂。最後一解，「列士暮年，壯心不已」的曹操，面對「時過時來微」的光陰，內心仍不免焦灼苦悶，悵然若失。雖然從理性上對死亡的客觀規律有了明智的達觀，但在感情上還是難以安然承受，詩人在反復排遣中，將肺腑心事付諸於詩歌。

　　綜觀全詩，詩人從「造化之陶物，莫不有終期」的自然規律，到「周孔聖徂落，會稽以墳丘」的社會歷史進程，明確否定了「思想崑崙居，志意在

〔註34〕《氣出倡》其一。見逯欽立輯校《先秦漢魏晉南北朝詩》，中華書局 1983 年版，第 345 頁。

〔註35〕《氣出倡》其二。同上，第 346 頁。

〔註36〕《氣出倡》其二。同上。

〔註37〕《陌上桑》。同上，第 348 頁。

〔註38〕同上，第 346 頁。

蓬萊」的虛無生死觀，更加清醒地感受到了人生短暫、光陰不再的現實人生，表現了壯士惜時、黯然神傷的悲劇情懷。

曹操還有一首《秋胡行‧晨上散關山》：

> 晨上散關山，此道當何難！晨上散關山，此道當何難！牛頓不起，車墮谷間。坐磐石之上，彈五弦之琴，作清角韻，意中迷煩。歌以言志，晨上散關山。（一解）有何三老公，卒來在我傍？有何三老公，卒來在我傍？負揜被裘，似非恒人。謂卿云何，困苦以自怨。徨徨（何）所欲，來到此間？歌以言志，有何三老公？（二解）我居崑崙山，所謂者真人。我居崑崙山，所謂者真人。道深有可得，名山歷觀，遨遊八極，枕石漱流。飲泉沉吟不決，遂上升天。歌以言志，我居崑崙山。（三解）去去不可追，長恨相牽攀。去去不可追，長恨相牽攀。夜夜安得寐，惆悵以自憐。正而不謫，乃賦依因，經傳所過，西來所傳。歌以言志，去去不可追。（四解）〔註39〕

《秋胡行》是樂府題，按題意，是寫魯國男子秋胡戲妻的故事，讚美秋胡妻堅貞的情操。但曹操只是利用《秋胡行》的樂調，內容卻是寫遊仙，借遊仙表達一種人生失落的情緒。第一解中提到散關山，當是指大散嶺，在今陝西寶雞市西南。嶺上有關，稱「散關」或「大散關」，當秦嶺咽喉，扼川陝交通要道，為古代軍事必爭之地。曹操曾於建安二十年（215）四月自陳倉出散關，時年六十一歲，一生功業，大體成就，但距他的死，也只有五年之的時間了。此詩應作於經歷散關以後，為曹操晚年的作品。開頭二句重複詠唱，大約是為了適應曲調的需要而有意拉長的。但從句意來看，這一重複，使詩歌表達的情緒格外沉重。牛困車墮，詩人借對道路之艱難的感歎表達其對人生艱難的感慨。從經歷散關的見聞中，詩人聯想到獨坐磐石之上，彈奏清角之韻的畫面。二、三解寫遇仙。正當主人公彈琴抒發內心煩苦之際，忽然有三位老人來到他的身旁。三位老人問主人公：「謂卿云何，困苦以自怨。徨徨所欲，來到此間？」接著仙人們向詩人陳述了仙人的生活：「我居崑崙山，所謂者真人。我居崑崙山，所謂者真人。道深有可得，名山歷觀行，遨遊八極，枕石漱流飲泉。」他們本來似乎也是常人，修道既深，乃能得道，於是擺脫了凡人所遭受的束縛，自由自在地遊歷名山，飄飄然行於天地之間，困了便睡在

〔註39〕逯欽立輯校：《先秦漢魏晉南北朝詩》，中華書局 1983 年版，第 349～350 頁。

石頭上，饑渴時只需喝一點泉水。但主人公聽了「真人」的陳述後，並沒有跟著走了，反而「沉吟不決」，而正在他猶豫之間，「真人」已棄他而去。第四解，主人公忽然驚覺「真人」已「遂上升天」，想要追上前去，卻又哪裏追趕得上？失去這樣一個機緣，從此抱恨不已，夜夜難寐，惆悵自憐。

《秋胡行‧願登泰華山》也是曹操探索生命規律和人生意義的遊仙詩。全詩共五解。第一解「願登泰華山，神人共遠遊。經歷崑崙山，到蓬萊。飄遙八極，與神人俱。思得神藥，萬歲爲期。」描寫了遊仙尋藥的長生夢想。曹操幻想與神人雲遊泰華山、崑崙山、蓬萊等仙境，得到神藥，萬壽無疆。但很快詩人在第二解中便擊破了前面所述的長生成仙之夢。「世言伯陽，殊不知老；赤松王喬，亦云得道。得之未聞，庶以壽考」，對當時流傳的兩則神仙故事做了理智的分析。認爲社會上傳說的老子（字伯陽）長生不老和赤松王喬得道成仙的故事都是不符合實際的，他們只不過比一般人長壽一些，得以終老天年而已。在摒棄了前解長生成仙的妄想後，詩人在第三解裏探討了現實的人生理想。認爲統一天下、制禮作樂的儒家理想，才是「明明日月光，何時不光昭」的真理，才是自己真正追求的夢想。再來看第四解。「不戚年往，憂世不治。存亡有命，慮之爲蚩」四句，「不特句法高邁，而識趣近於有道。」〔註40〕詩人非常豪邁地唱出了自己的濟世理想，並不爲年歲已高、壽命將盡、無望長生成仙而縈繞於懷，悲戚不已，而是爲社會不能長治久安而深深憂慮。「存亡有命，慮之爲蚩」，對求仙長生迷夢的愚昧無知和荒唐可笑，進行了無情地奚落、嘲諷。因此，同是一種憂戚，但詩人已不是長生求仙無望的悲歡，而是濟世理想難成的悲壯。第五解在更高層次上，提出了人生的憂樂問題。詩人生逢亂世艱苦征戰，滿心憂慮，彷彿人生的歡樂沒有了似的。然而詩人的天性是達觀的、積極的，因此他用「戚戚欲何念，歡笑意所之」來表明自己在生活態度上的樂觀向上和昂揚自信，表現了作者達觀的人生態度。

當然詩人對人生還是有隱憂深戚的。「壯盛智愚，殊不再來。愛時進趣，將以惠誰？泛泛放逸，亦同何爲！」個人的生命畢竟短暫而有限，「愛時進趣」的積極進取，又將爲誰呢？但如果不抓緊時間積極進取，而是逍遙隱逸，那同樣又是爲了什麼呢？詩人對比入世與出世這兩種人生態度，不禁迷惑茫然、悵然若失。正如陳祚明所評：「詩人入世出世，不能自割，累形歌詠，並出至情。」

〔註40〕〔明〕楊愼：《升菴詩語》卷十，見丁福保：《歷代詩話續編》，中華書局1983年版，第633頁。

〔註41〕然而同樣是疑畏，同樣是難以自割，詩人對「泛泛放逸」還是否定得明確些，對求仙長生之夢也是持明確的破滅態度，面對「愛時進趣」的建功立業與年壽有限的矛盾，則是歎惜的無奈之情。因此，《願登泰華山》篇的主旨是：破求仙之夢囈，立「愛時進趣」之時業理想，承認年壽不永的生死自然規律，慨歎壯志難酬的人生缺憾。所以葛曉音先生這樣評價《秋胡行》兩首詩的精神主旨：「兩首詩都在反復曲折地吐露內心苦悶後，以通過積極的態度戰勝了矛盾，從而使詩中健康的人生觀透過遊仙的迷幻放射出新鮮的光彩。」〔註42〕

　　曹操這三首遊仙詩已自覺地將神仙思想納入對人生哲理的思考之中。在經過人生痛苦的體悟和哲理的昇華之後，更加堅定了入世、奮發有爲的人生理想。這一思想境界較之漢民間樂府遊仙詩已有很大提高。相對於民間樂府詩的作者而言，這一方面與曹操本人較高的文化素養有關。曹操雖然一生戎馬倥傯，但仍然「手不捨書。晝則講武策，夜則思經傳。登高必賦，及造新詩，被之管絃，皆成樂章。」〔註43〕另一方面也與曹操一生叱吒風雲、不可一世的人生道路有關。愈是功業輝煌的人物，感覺到個人本質上的渺小、生命的短暫。所以人們常說英雄更深刻地體會到生命的孤獨。這些遊仙詩正反映了曹操對生命本身的留戀和迷惘。曹操的遊仙詩借用道教神仙爲媒介來謳歌生命，來化解處於生命困境的危機感，來寄託對於生命長壽的追求，與中國文人追求借助於形象化的媒介來表達生命情調是一致的。

　　以上我們解讀了曹操的七首遊仙詩，曹操的遊仙詩在繼承前人遊仙詩賦的基礎上，有著集大成的意義。同時部分詩作一反遊仙詩長生不老的傳統旨趣，否定了秦皇漢武以來追求長生不死的神仙迷夢，抒寫拯世濟時的願望，在思想境界上又有所突破，這爲遊仙詩的創作進一步擺脫生死迷茫的情感誤區，轉化爲具有深切寄託和鮮明個性的詠懷抒情詩體，奠定了理性的基石，對其子曹植遊仙詩的創作有著巨大的開啓之功。

二、漢代遊仙賦考述

　　司馬相如《大人賦》、桓譚《仙賦》、班彪《覽海賦》，這三篇漢賦作品表

〔註41〕〔清〕陳祚明：《採菽堂古詩選》，康熙四十五年（1706）蔣氏刻本。

〔註42〕葛曉音：《八代詩史》（修訂本），中華書局 2007 年版，第 43 頁。

〔註43〕《三國志‧魏志‧武帝紀》注引王沈：《魏書》。見〔晉〕陳壽撰，〔宋〕裴松之注：《三國志》，中華書局 1959 年版，第 54 頁。

現的是漢賦作家對神仙世界的嚮往。由於神仙方術思想在漢代的盛行，漢賦裏體現神仙思想或者對神仙境界有所描繪的作品有很多，如班固《終南山賦》、張衡《髑髏賦》等，它們雖然也有仙界的描繪，但必非以遊仙爲線索，所以並不能被看作爲純粹的遊仙賦。

（一）司馬相如《大人賦》

《大人賦》與《楚辭·遠遊》的關係曾經是《大人賦》研究的一個熱點。兩賦的內容、情節、結構很相似，有的辭句甚至雷同。如洪興祖就認爲：「司馬相如作《大人賦》，宏放高妙，讀者有淩雲之意，然其語多出於此（指《遠遊》）。至其妙處，相如莫能識也。」〔註44〕對比這兩篇辭賦，其語句確有遞嬗模擬之迹，「遊仙」的超越精神也有明顯的前後相承的迹象。兩位主人公遊仙的動機是一樣的，都是由於「悲世俗之迫隘」，才產生了遊仙的幻想。《遠遊》的抒情主人公在天界遨遊四方之後，最後在造化之神的引導下由北方進入道境，《大人賦》也是以幽都入道作爲抒情主人公的神遊歸宿。再如《遠遊》是最早利用陰陽五行學說，來安排主人公天界巡遊路徑的遊仙詩。《大人賦》也是依據五行理論，來具體設置「大人」的遊仙路線。兩文有如此眾多的相似處，一些學者便認爲《遠遊》爲後人仿《大人賦》所作，「此篇殆後人仿《大人賦》詫爲之，其文體格平緩，不類屈子，世乃謂相如襲此爲之，非也。」〔註45〕郭沫若先生則認爲《遠遊》一篇「可能即是《大人賦》的初稿。」《遠遊》結構與《大人賦》極相似，其中精粹語句甚至完全相同，基本上是一種神仙家言，與屈原思想不合。司馬相如獻《大人賦》的時候，曾對漢武帝說，他屬草稿未定。未定稿被保存下來，以其風格類似屈原，故被人誤會了。〔註46〕針對上述觀點，很多學者做過反駁，如湯炳正、郝志達、姜昆武等。陳子展先生論述最爲詳盡。他認爲：「辭賦家有摹仿或蹈襲這一惡習的『始作俑者』正是司馬相如」，從文體結構相似這一點來說，只可斷定是《大人賦》蹈襲了《遠遊》；《大人賦》除了首尾幾段抄襲《遠遊》的精粹語句外，幾乎全部都有奇字奧句，故意賣弄奇字奧句，不是屈原作品裏所曾有的。〔註47〕所以，

〔註44〕〔宋〕洪興祖：《楚辭補注》，中華書局1983年版，第50頁。
〔註45〕〔清〕吳汝綸：《古文辭類纂評點·遠遊》，見〔清〕姚鼐：《古文辭類纂》，中國書店1986年版，第1112頁。
〔註46〕郭沫若：《屈原賦今譯·後記》，作家出版社1953年版。
〔註47〕陳子展：《楚辭直解·〈遠遊〉解題》，江蘇古籍出版社1988年版。

現在一般認爲《大人賦》乃模仿《遠遊》所作。

　　雖然《大人賦》對《遠遊》有眾多模擬與繼承，但《大人賦》也是一篇完整的獨立的遊仙賦，並有眾多與《遠遊》不同的特點。全賦通篇描寫「大人」在天界的遊歷過程，是一篇完整的遊仙之作，也是最早表現「帝王之仙意」的漢賦作品。《大人賦》的主人公是帝王天子，正如《史記·司馬相如列傳》所言：「相如以爲列仙之傳居山澤間，形容甚耀，此非帝王之仙意也，乃遂就《大人賦》。」〔註48〕作者是有感於當時世人傳說的仙境不符合帝王的口味而創作《大人賦》，所以在展現大人神遊天地四方時，極力突出其超凡脫俗的神聖，不僅讓大人在仙境、天境縱橫馳騁，還讓他自由地出入鬼谷、雷室，它所傳達的帝王遊仙之意不同於普通世人爲尋求長生久視之道的四方遊歷，而是極力渲染其至高無上的權威和役使百神的力量。自司馬相如之後，在漢代京都、畋獵、郊祀、宮觀等賦作中，每當漢家天子出行時，也都出現了人間帝王役使天地眾神的場面描寫。所不同的是，《大人賦》中的「大人」是在遙遠的天界巡遊；而這些賦作所描寫的，實際上是將天界裏的眾位神仙移入到了現實世界之中，是另外一種更爲浪漫奇特的「遊仙」描寫。

　　《大人賦》雖然也是一篇遊仙之作，但與《遠遊》以求仙問道爲宗旨不同，它是針對漢武帝好仙而作的。武帝好神仙的情況在《史記·封禪書》、《史記·孝武本紀》中都有記載。但對武帝好仙，相如並不支持，尤其是在相如寫作《大人賦》時期，以齊爲中心的成千上萬方士，用各種手段欺騙漢武帝，慫恿他求仙果、不死藥，簡直把漢武帝搞得神魂顛倒。相如對此更不可能漠然置之。於是作《大人賦》以諷之。據《史記·司馬相如列傳》本傳記載：「天子既美《子虛》之事，相如見上好仙道，因曰：『《上林》之事未足美也，尚有靡者。臣嘗爲《大人賦》，未就，請具而奏之。』相如以爲列仙之傳居山澤間，形容甚臞，此非帝王之仙意也，乃遂就《大人賦》。」〔註49〕《漢書·揚雄傳》云：「雄以爲賦者，將以風也，必推類而言，極麗靡之辭，閎侈巨衍，競於使人不能加也，既乃歸之於正，然覽者已過矣。往時武帝好神仙，相如上《大人賦》，欲以風，帝反縹縹有陵雲之志。由是言之，賦勸而不止，明矣。」〔註50〕可以很清楚地看出，相如寫《大人賦》本是爲勸諫武帝好仙，不成想

〔註48〕〔漢〕司馬遷：《史記》，中華書局1982年版，第3056頁。

〔註49〕同上，第3056頁。

〔註50〕〔漢〕班固撰：《漢書》，中華書局1962年版，第3575頁。

漢武帝讀了這篇賦竟飄飄然欲仙了。可見作品並沒有收到預期的諷諫效果。有人認為《大人賦》裏也許根本就不存在揚雄所說的諷諫內容；司馬相如創作《大人賦》的目的，應該說完全為了迎合武帝的胃口，投漢武帝之所好。這種說法是沒有根據的。《大人賦》對神仙多有不敬之辭，一改所謂列仙「居山澤間，形容甚臞」，非「帝王之仙意」。賦最後一段，「大人」來到「下崢嶸而無地兮，上遼闊而無天；視眩眠而無見兮，聽惝恍而無聞」的境地，剝奪了「大人」的一切歡樂，把他推向孤獨虛無的深淵，而非「大人」之所希冀。這是對「大人」的警告，也是對「大人」的箴戒。所以，此賦諷諫的意向還是存在的。

正如前文所說，司馬相如作《大人賦》是由於「見上好仙道」，想勸諫武帝好仙的。針對這一點，學者們對《大人賦》的作年又有了一番討論。大約有四種觀點。第一種觀點，認為作於元光二年（前 133）。龔克昌先生《司馬相如傳》、康金聲先生《漢賦年表》持此觀點。理由是：「這一年，漢武帝開始了狂熱的尋仙活動。」〔註51〕「司馬相如因見武帝好仙，約於此年左右奏《大人賦》。」〔註52〕第二種觀點，認為作於元朔四年（前 125 年）。龔克昌先生《全漢賦評注》提出：「這是司馬相如晚年任孝文園令所作。」〔註53〕其近著《中國辭賦研究》收入的《司馬相如評傳》「司馬相如生平大事年表」一節又云：「公元前 125 年（漢武帝元朔四年）……司馬相如改拜文園令。」說明龔先生對《大人賦》作年的認識有變化。萬光治先生《司馬相如〈大人賦〉獻疑》與之同。第三種觀點，認為作於元狩四年（前 118 年）。莊春波先生《劉徹年譜》稱：「武帝元狩四年……方士文成將軍少翁作偽事泄，被殺。司馬相如以劉徹好神仙，作《大人賦》。」〔註54〕第四種觀點，認為作於元狩五年（前 119 年）。龍文玲《司馬相如〈上林賦〉、〈大人賦〉作年考辨》從《史記》本傳給出的「相如見上好仙道」的信息來考察。據《封禪書》載，元狩五年，武帝得了一場重病，從此沉迷於仙道方術。在此情況下，司馬相如進《大人賦》，因以諷諫。而司馬相如於元狩五年進賦諷勸是完全可能的。據《史記》本傳載，相如奏《大人賦》不久，即因病重免官居於茂陵，不久病死。而司

〔註51〕龔克昌：《漢賦研究》，山東文藝出版社 1990 年版，第 129 頁。
〔註52〕康金聲：《漢賦縱橫》，山西人民出版社 1992 年版，第 233～234 頁。
〔註53〕龔克昌：《全漢賦評注》，花山文藝出版社 2003 年版，第 174 頁。
〔註54〕莊春波：《漢武帝評傳》，南京大學出版社 2001 年版，第 545～546 頁。

馬相如卒於元狩六年（前117）那麼，在武帝元狩五年病鼎湖後，司馬相如作賦諷勸，之後病免家居，約一年後死，符合時間邏輯。〔註55〕

現在我們來簡單分析一下這四種觀點。龔先生與康先生將《大人賦》繫於此年的主要依據是：漢武帝於本年開始了狂熱的尋仙活動，相如敏感地抓住了這個問題，寫作《大人賦》加以諷諫。但其實際情況是，在元光二年，武帝的尋仙活動，尚處萌芽狀態，離他後來的「好仙道」、狂熱求仙還相差很遠。司馬相如在此時就因武帝好仙道而作《大人賦》以諷，於事實於情理似不合。而龔先生大概也覺得繫此賦於元光二年不太妥當，於是在《全漢賦評注》中修正了這一提法，把此賦繫於元朔四年。他和萬光治先生把《大人賦》繫於元朔四年，依據的是《史記·司馬相如列傳》的一段記載：

> 相如拜爲孝文園令。天子既美《子虛》之事，相如見上好仙道，因曰：「上林之事未足美也，尚有靡者。臣嘗爲《大人賦》，未就，請具而奏之。」相如以爲列仙之傳居山澤間，形容甚臞，此非帝王之仙意也，乃遂就《大人賦》。〔註56〕

根據這段記載的行文邏輯，司馬相如作《大人賦》在其任孝文園令之後。但司馬遷並未明確相如爲孝文園令的具體時間，根據上下文亦難對此作出判斷，而龔先生也只能說：「元朔四年前後，武帝又改拜相如爲孝文園令。」在無法明確相如爲孝文園令時間的前提下作出這樣的推斷，難以服人。況且，《史記》也未指明《大人賦》作於相如任孝文園令的當年。所以，本文認爲，把《大人賦》繫於元朔四年的觀點仍值得商榷。

再看第三種觀點。莊春波先生繫《大人賦》於元狩四年（前119年），認爲武帝信用文成將軍繼而誅之，相如以武帝好神仙而作賦以諷諫。但此觀點並不符合事實。據《史記》本傳，司馬相如的確是因武帝好仙道而作《大人賦》諷諫。那麼，武帝究竟於何時沉迷仙道呢？據《封禪書》記載，武帝在元光二年後再次頻繁與方士交往始於元狩三年。本年，齊人少翁以方術，被拜爲文成將軍，獲賞賜甚多。在文成遊說下，武帝作畫雲氣車，及各以勝日駕車辟惡鬼，又作甘泉宮，中爲臺室，畫天地泰一諸鬼神，而置祭具以致天神。元狩四年，少翁騙術敗露被誅。武帝與少翁交往前後僅歲餘。武帝誅殺

〔註55〕龍文玲：《司馬相如〈上林賦〉、〈大人賦〉作年考辨》，《江漢論壇》2007年第2期。

〔註56〕〔漢〕司馬遷：《史記》，中華書局1982年版，第3056頁。

少翁，則說明他此時雖嚮往神仙，但還留有幾分清醒。司馬相如若於此時進《大人賦》，恐為時尚早。當然，從相如對武帝所說的「臣嘗為《大人賦》，未就」一語看，不排除他此時已因武帝寵信少翁而萌發起作賦的念頭。最後來看第四種觀點，龍文玲考察了武帝好仙道經歷了的變化，由開始的留幾分清醒到後來的沉迷其中。從《史記》本傳給出的「相如見上好仙道」的信息來考察，而認為此賦當作於元狩五年，武帝得了一場重病，從此沉迷於仙道方術。

　　我們認為這一推論還是有一些不足。《大人賦》的確是「相如見上好仙道」，而作。但這個上好仙道到底如何理解？元光二年、元狩三年後的求仙雖然程度不同，但是都可視為求仙好道活動，沒有任何理由說，司馬相如是在漢武帝已經沉迷於神仙方術之中後才做次賦。另外，龍文玲據《史記·司馬相如列傳》中的這段話：

　　　　相如既奏《大人之頌》，天子大說，飄飄有凌雲之氣，似游天地之間意。
　　　　相如既病免，家居茂陵。天子曰：「司馬相如病甚，可往從悉取其書；
　　　　若不然，後失之矣。」使所忠往，而相如已死，家無書。〔註57〕

認定司馬相如作《大人賦》是在去世前一年，即元狩五年是不太合理的。在這段話裏，我們雖然能從其中看出「相如既奏《大人之頌》」、「相如既病免」、「而相如已死，家無書」的遞變，但是似不能確定他們就發生在這一兩年之內。關於《大人賦》的作年，據上引《史記·司馬相如列傳》那段話，我們只能認定《大人賦》作於相如為孝文園令時，具體年代還待新的材料來論證。

（二）桓譚《仙賦》

　　桓譚《仙賦》，是唯一一篇以「仙」字命名的漢賦作品。我們知道，桓譚是一位有名的無神論者。東漢光武帝時，桓譚因為反對讖緯迷信，差點兒招致了殺身之禍。不過此賦作於他為郎隨從漢成帝出祠甘泉河東時，桓譚其時還處於青年時代。龔克昌先生認為《仙賦》「從內容看，賦旨在頌美神仙，與其後來非議圖讖的思想有著極大差距，這大概反映了他少年為賦的模擬心理和追頌事功的時代心態。」〔註58〕

〔註57〕〔漢〕司馬遷：《史記》，中華書局 1982 年版，第 3063 頁。
〔註58〕龔克昌著：《中國辭賦研究》，山東大學出版社 2003 年版，第 865 頁。

作者在《仙賦》序中自陳「從孝成帝出祠甘泉河東，見郊先置華陰集靈宮」，宮殿是武帝所造，「欲以懷集仙者」，「余居此焉，竊有樂高妙之志，即書壁爲小賦」。桓譚在《仙賦》中描寫了自己「仙道既成」之後的遊仙場景。但其寫「出宇宙，與雲浮」的飛升浮游，寫飲食華芝、玉漿的長生修養，目的不外是藉此興發其高妙之志，在遊仙的想像中獲致精神的大解脫大愉悅。桓譚創作《仙賦》，是受到了時代風氣的影響。

《仙賦》篇幅不長，賦云：

> 夫王喬赤松，呼則出故，翕則納新。天矯經引，積氣關元。精神周洽，鬲塞流通。乘凌虛無，洞達幽明。諸物皆見，玉女在旁。仙道既成，神靈攸迎。乃驂駕青龍赤騰，爲歷躇玄屬之擢靠。有似乎鸞鳳之翔飛，集于膠葛之宇，泰山之臺。吸玉液，食花芝，漱玉漿，飲金醪。出宇宙，與雲浮，灑輕霧，濟傾崖。觀滄川而升天門，馳白鹿而從麒麟。周覽八極，還崦華壇。泛泛乎，濫濫乎，隨天轉琁，容容無爲，壽極乾坤。〔註59〕

《仙賦》前面有序文，序文簡單交代了《仙賦》的創作背景：

> 余少時爲郎，從孝成帝出祠甘泉、河東，見部先置華陰集靈宮。宮在華山下，武帝所造，欲以懷集仙者王喬、赤松子，故名殿爲存仙。端門南向山，署曰望仙門。余居此焉，竊有樂高眇之志，即書壁爲小賦，以頌美曰。〔註60〕

可見，桓譚是因爲隨天子出祠甘泉、河東，看到了漢武帝當年爲迎神候仙而建造的「存仙殿」、「望仙門」等建築，一時引發了自己的「仙道」幻想，於是就創作了《仙賦》。

桓譚先描述了仙人王喬赤松呼吸吐納、導引積氣的修煉成仙過程，然後又描寫了他們「仙道」修成後，「壽極乾坤」、快樂自由的神仙生活。桓氏筆下的神仙「馳白鹿而從麒麟，周覽八極，還崦華壇。泛泛乎，濫濫乎，隨天轉旋，容容無爲，壽極乾坤」，而且「吸玉液，食華芝；漱玉漿，飲金醪」，不食人間煙火。《仙賦》還鋪排描繪了神仙的威武氣勢：「使五帝先導兮，反磊壹而從陵陽；太玄冥而右黔雷兮，前長離而後矞皇。廝征伯僑而役羨門兮，

〔註59〕〔清〕嚴可均校輯：《全後漢文》卷十二，中華書局 1958 年影印本，第 535 頁。

〔註60〕同上。

詔岐伯使尚方；祝融警而蹕御兮，清氣氛而後行」。無疑，大肆渲染神仙的逍遙和威儀，是為了符合時宜，迎合皇帝喜好神仙的心理，而這裏的役使神仙也是對《離騷》、《遠遊》主人公役使眾神的威嚴的模仿。

桓譚《仙賦》通過羅列各種成仙之術來反映自己的志趣，在了各種仙術之後仍以飛升遠舉為最高境界，向望「出宇宙，與去雲浮」，「壽極乾坤」。《仙賦》所表現的，乃是文人對神仙世界的嚮往，屬於純粹的「列仙之趣」。桓譚的「仙道」幻想，是由漢武帝留下的「存仙殿」、「望仙門」這些求仙建築而引發的；桓譚《仙賦》的描寫對象主要是仙人，雖然沒有直接表現出自己對於升仙不死的渴望，但也流露出了賦作家對於神仙世界的羨慕和嚮往之情。

（三）班彪《覽海賦》

班彪《覽海賦》，約作於東漢光武帝建武十三年（37）赴任徐縣（治所在今江蘇泗洪縣南）縣令時。

班彪《覽海賦》載於《藝文類聚》卷八《水部上‧海水》，共 36 句，212字，結尾似欠完整，可能有殘缺。《文選》卷十潘岳《西征賦》李善注引班固《覽海賦》兩句，8 字。所以說，一般認為《覽海賦》為班彪、班固父子的同題之作。如嚴可均《全後漢文》、龔克昌先生《全漢賦評注》、費振剛先生《全漢賦校注》都將《覽海賦》一篇分屬班彪和班固父子兩人名下。但亦有學者有不同看法，趙逵夫教授考證認為，李善注所引「班固《覽海賦》」乃「班彪《覽海賦》」之訛，兩句應附於《藝文類聚》所載班彪《覽海賦》那一段文字之後。趙先生以為「運之修短，不豫期也」這兩句，是班彪《覽海賦》中結尾部分（相當於騷體賦亂辭）的文字。首先，班固未必寫同樣題目的賦以與乃父爭勝。其次，李善注中誤記引文作者姓名的情況，也是有的。再次，從《藝文類聚》所錄班彪《覽海賦》中文字看，其末尾言「乘虛風而體景，超太清以增逝。磨天閣以啓路，闢閶闔而望予。通王謁於紫宮，拜太乙而受符」，正表現超脫塵凡的意思。那麼，全賦的結尾中明確表現命運不可掌握的思想，說出「運之修短，不豫期也」這樣的話，也是很自然的。〔註 61〕趙先生的考據結合史料，但又不乏主觀猜測，所以在沒有確鑿的證據以前，我們依然將《覽海賦》作為班氏父子的同題之作。

〔註61〕趙逵夫：《班彪〈覽海賦〉》，《文學遺產》2002 年第 2 期。

　　班彪《覽海賦》名爲覽海，實則遊仙，表現了文人對神仙世界的嚮往。《覽海賦》採用遊覽賦體寫法，開篇便交待了覽海之緣起，「余有事於淮浦，覽滄海之茫茫。悟仲尼之乘桴，聊從容而遂行。」班彪目睹茫茫大海，於是借用孔子乘舟浮海的典故來表達內心的感慨。儒家學派的創始人孔子，是以平治天下爲己任的，爲何產生渡海避世之思呢？據《論語‧公冶長》篇記載：「子曰：『道不行，乘桴浮於海。』」〔註62〕孔子在行仁政不被時君採用時，萌生了浮海離世的念頭，似乎只有博大的滄海方可容納孔子博大的胸襟。

　　主人公在孔子乘桴浮海的感悟下，激情蕩志，「馳鴻瀨」，「翼飛風」，飛向蒼茫大海：

> 顧百川之分流，煥爛漫以成章。風波薄其覆褱，邈浩浩以湯湯。指日月以爲表，索方瀛與壺梁。曜金璆以爲闕，次玉石而爲堂。莫芝列於階路，湧醴漸於中唐。朱紫彩爛，明珠夜光。松喬坐於東序，王母處於西箱。命韓眾與岐伯，講神篇而校靈章。願結旅而自託，因離世而高遊。〔註63〕

賦文首先描寫了對海的總體印象，寫海水的面貌：近觀，分流的百川滾滾而來，從四面八方同奔大海；遠望，波濤激蕩湧起，浩浩湯湯，飛瀉而逝；極目，那一望無際的大海，一直延伸到日月升起的地方。這裏由近及遠的刻畫摹寫，給讀者留下體勢宏偉、氣象萬千的感覺。賦文接下來十句便轉換筆鋒，全從虛擬想像著墨，巧設神仙幻境，從側面對大海進行烘託。在班彪筆下，大海已成爲世俗之人企慕的理想境地。那裏富麗堂皇，以金玉爲堂，靈芝列於路，醴泉湧出，明珠夜光，原來是仙人們居住的地方：「松喬坐於東序，王母處於西箱。命韓眾與岐伯，講神篇而校靈章。」不僅得道升仙的赤松子、王子喬穿梭其間，連百神之祖的西王母也居住其中，還有韓眾與神醫岐伯傳授神仙之術。這樣的海上仙境哪個世人能不向望呢？大海的瑰麗神奇魅力，在這神話般的幻境中得到了具體而形象的顯現。「願結旅而自託，因離世而高遊」兩句，承上啓下，轉而抒情：

> 騁飛龍之驂駕，歷八極而回周。遂竦節而響應，勿輕舉以神浮。遵霓霧之掩蕩，登雲塗以凌厲。乘虛風而體景，超太清以增逝。麾天

〔註62〕〔清〕劉寶楠：《論語正義》，中華書局1990年版，第170頁。
〔註63〕〔清〕嚴可均校輯：《全後漢文》卷二十三，中華書局1958年影印本，第597頁。

閶以啓路，闢閶闔而望余。通王謁於紫宮，拜太一而受符。〔註64〕
駢駕飛龍，周遊八方，信步霓霧，輕舉雲塗，乘風觀景，超空遠逝，主人公
想像著自己和眾仙一道暢遊天宮，進入一種棄世忘我的神遊幻境，因爲天宮
是平等公正的境界，所以主人公的離世仙遊，暢通無阻，天閽主動爲他打開
天門，使者爲他積極地引見，他因而得以順利地拜見了天帝，並親耳聆聽了
他的教誨。

　　班彪《覽海賦》將狀描大海與遊仙抒情完美地結合在一起。但《覽海賦》
寫海、寫對海的遊思與暢想、寫海上仙境，卻並不被後人所取法。魏晉時期
作賦詠海，蔚然成風，王粲作《遊海賦》，曹丕有《滄海賦》，潘岳亦作《滄
海賦》，庚闡作《海賦》，他們多用誇張鋪陳，窮盡物態，卻不曾虛擬仙境。
所以說《覽海賦》是第一篇以江海賦名篇並以其爲描寫對象的賦作，同時又
是第一篇借助遊仙以寄託情志的山水作品。

三、《楚辭》漢人擬騷之作考述

　　漢代的辭賦作家摹仿屈原的楚辭體作品蔚爲風氣，出現了一批騷體賦作
品，東漢王逸的《楚辭章句》收錄了七篇，其中除了淮南小山的《招隱士》
外，其他六篇如賈誼的《惜誓》、東方朔的《七諫》、嚴忌的《哀時命》、王褒
的《九懷》、劉向的《九歎》和王逸的《九思》，都有遊仙場景的描寫。這六
篇作品中，除《惜誓》、《哀時命》外，其他幾篇七體和九體作品，都仿照《九
章》用組詩的形式來抒情，也分爲九個或七個章節，每篇都有一節或多節遊
仙描寫。不過，這些七體九體作者，並不知道《九章》實際上是由九篇各自
獨立的小賦組成，每篇都「隨時感觸」，內容豐富，含蘊深厚，所作擬騷之作，
融入大賦的鋪張敷衍手法，以宏大取勝，致使這些賦作表達的情感單一，洋
洋灑灑地演成宏篇巨製，章與章之間顯得重複，節奏顯得平緩、單調，讀起
來覺得冗長、拖沓。《七諫》長達四百多句，《九歎》長達六百多句，比《離
騷》（373 句）都長得多。本文研究這些七體、九體作品時，主要討論其中遊
仙的章節，探討這些遊仙描寫與楚辭遠遊主題的關係。這些遊仙章節主要指：
《七諫》中《自悲》、《九歎》中的《遠逝》，《九思》中《守志》，《遭厄》、《逢
尤》、《疾世》、《傷時》五節，《九懷》中《通路》、《危俊》、《昭世》、《思忠》、

〔註64〕〔清〕嚴可均校輯：《全後漢文》卷二十三，中華書局 1958 年影印本，第 597
　　　　頁。

《陶壅》五節。

（一）《惜誓》

　　《惜誓》一般認為是賈誼所作。東漢王逸《楚辭章句》說：「《惜誓》者不知誰所作也，或曰賈誼，疑不能明也。」〔註65〕最先提到了賈誼的名字。南宋洪興祖比較賈誼《弔屈原賦》與《惜誓》，認為二者「語意頗同」〔註66〕，應該同出一人手筆，即《惜誓》也是賈誼所作的。朱熹《楚辭集注》則云：「《惜誓》者，漢梁太傅賈誼之所作也。」並且說：「《史》、《漢》於《誼傳》獨載《弔屈原》、《鵩鳥》二賦，而無此篇，故王逸雖謂「或云誼作」，而疑不能明。獨洪興祖以為其間數語與《弔屈原賦》詞旨略同，意為誼作（〔宋〕洪興祖撰：《楚辭補注》，中華書局，1983年版，第227頁）亡疑者。今玩其辭，實亦瓌異奇偉，計非誼莫能及，故特據洪說，而並錄《傳》中二賦，以備一家之言云。」〔註67〕清王夫之《楚辭通釋》說得更明確肯定。他說：「今按賈誼渡湘水，為文以弔屈原（指《弔屈原賦》），其詞旨略與此（指《惜誓》）同。誼書若《陳時政疏》、《新書》，出入互見，而辭有詳略。蓋誼所著作，不嫌復出類如此，則其（指《惜誓》）為誼作審矣！」〔註68〕洪、王兩人的看法是值得考慮的。不過近年仍有學者持反對意見。如趙逵夫先生作《論〈惜誓〉的作者與作時》，認為古人之所以會有「賈誼作」的說法，就是因為其中有些句子其語意與賈誼的《弔屈原賦》相近。趙先生認為賈誼作賦好攝取、套用他人文字，並考察了《鵩鳥賦》與《鶡冠子》的語句雷同現象。於此推斷，他的《弔屈原賦》有所模仿套用，完全可以理解。賈誼讀《惜誓》而套用了其中一些文句，寫成《弔屈原賦》。《惜誓》非賈誼所作，它的作者要比賈誼早。趙先生隨後考察《惜誓》，認為其中的思想與賈誼不合，認定《惜誓》乃楚國遷陳之後楚人的作品。這和唐勒生活與創作的時代一致。再次，《惜誓》與趙先生早已考定為唐勒所作的《遠遊》和《論義御》在語言風格、表現手法，或思想、情緒和作品的風格方面有很多相似之處。所以《惜誓》的作者很可能為戰國末年的唐勒。〔註69〕力之先生《〈惜誓〉非唐勒所作辨——與趙逵夫

〔註65〕〔宋〕洪興祖撰：《楚辭補注》，中華書局1983年版，第227頁。
〔註66〕同上。
〔註67〕〔宋〕朱熹：《楚辭集注》，上海古籍出版社1979年版，第153頁。
〔註68〕〔清〕王夫之：《楚辭通釋》，中華書局1959年版，第159頁。
〔註69〕趙逵夫：《論〈惜誓〉的作者與作時》，《文獻》2000年第1期。

－134－

先生商榷》對趙先生的觀點作了辯駁。認爲《惜誓》有可能是賈誼所作，而
絕非出於唐勒之手。力之認爲趙先生沒有細辨《惜誓》之旨，而以這一代言
之作當爲自敍之作來研究，其所得出的「《惜誓》不是賈誼所作，而是楚國遷
陳以後楚人的作品」的結論，是斷不可信的。另外「拿《遠遊》和《惜誓》
與生平事迹在歷史上幾爲一片空白的唐勒的一篇殘文（且文中又有『人謂』
一節引語），以證明《遠遊》和《惜誓》與之同出唐勒之手，非有極大的勇氣
不可。」〔註70〕綜合古今學者所言，我們認爲否定王逸《惜誓序》中《惜誓》
「或曰賈誼」所作一說，無堅確的理由。關於《惜誓》作者，我們至今仍在
王逸《惜誓序》的域內「踏步」：既無新的材料證其必爲賈誼作，又沒有否定
或懷疑其不是賈誼所作的根據。所以在還沒有確鑿的反證以前，我們應該把
《惜誓》的著作權劃歸賈誼所有。

　　《惜誓》主人公感歎日月逾邁，老期將至，而欲遠遊。他遨遊天地之間，
並和王喬，赤松等神仙徜徉遊戲。其中「乃至少原之野兮，赤松、王喬皆在
旁。二子擁瑟而調均兮，余因稱乎清商。澹然而自樂兮，吸眾氣而翱翔」是
詩人想像中「長生而久仙」的幻想，寫得心曠神怡，情韻盎然，眞可謂是雅
士隱居的人間仙境圖。此時他的心境是恬淡安然的。然而，當他的視線投向
自己一直苦苦眷戀的故國時，「念我長生而久仙兮，不如反余之故鄉。」在長
生久仙和返回故鄉中，毅然選擇了後者。詩人最終在「黃鍾毀棄，瓦釜雷鳴。
饞人高張，賢士無名」的狀態下，「遠濁世而自藏」。

　　《惜誓》最大的特點是感情眞摯，王夫之曾給以很高的評價：「顧其文詞
瑰瑋激昂，得屈宋之遺風，異於東方朔、嚴夫子、王褒、劉向、王逸之茸闒
無情。且所以惜原者，珍重賢者而扳留之，亦有合於君子愛惜人才之道，故
今所存去：盡刪《七諫》、《九懷》以下諸篇，而獨存《惜誓》。」〔註71〕王夫
之以爲《惜誓》與他賦不同，就是因爲它富有感情，這是符合事實的。

（二）嚴忌《哀時命》

　　莊忌，漢會稽吳（今蘇州）人。東漢爲了避明帝諱，改「莊」爲「嚴」，
與鄒陽、枚乘等唱和，是梁孝王門下著名辭賦家。作品僅此一篇。

　　嚴忌爲梁孝王賓客，以文學著稱，頗爲孝王敬重，但在政治上卻不能一

〔註70〕力之：《〈惜誓〉非唐勒所作辨——與趙連夫先生商榷》，《內蒙古師大學報》
　　　　2001 年第 6 期。
〔註71〕〔清〕王夫之：《楚辭通釋》，中華書局 1959 年版，第 159 頁。

展才華。因此，《哀時命》中說：「哀時命之不及古人兮，夫何生之不遘時……志憾恨而不逞兮，抒中情而囑詩……身既不容於濁世兮，不知進退之宜當。」慨歎自己生不逢時，不能有所作爲。同賈誼一樣，他同樣也感受到了大一統政治帶給他的壓力，而在文中反復申述自己意志被壓抑而不得伸展之苦悶。「居愁處以隱約兮，志沉抑而不揚。道雍塞而不通兮，江河廣而無梁。」「爲風凰作鶉籠兮，雖翕翅其不容。」「騁騏驥於中庭兮，焉能極夫遠道。置猿狖於櫺檻兮，夫何以責其捷巧？」「負擔荷以丈尺兮，欲伸腰而不可得。外迫脅於機臂兮，上牽聯於蹭弋。肩傾側而不容兮，固狹腹而不得息。」這種個性被壓抑的痛苦深深地浸入了漢初士人的內心，嚴忌無力反抗，又不願屈意從人，「雖體解而不變兮，豈忠信之可化？」「形體白而質素兮，中皎潔而淑清。」要保持個體人格的獨立，只有「與赤松而結友兮，比王喬而爲耦」，退處山野，與神仙麋鹿爲友。

可見，《哀時命》和七體、九體作品相比，更多地體現了作者個人的思想感情。因此在《楚辭》漢人擬騷之作中，對《哀時命》是否爲屈原代言之作爭議較大，後面的七體和九體作品則一般無爭議。湯炳正等《楚辭今注》云：「本篇主旨，在於抒發賢者不遇於時的憤懣之情。漢人認爲是傷悼屈原之作，故編入《楚辭》專書之中。」〔註72〕鄭先生考證此文，認爲《哀時命》「很可能是嚴忌因遭羊勝、公孫詭這些人的詆毀而作的」〔註73〕，並非歎述屈原之作。筆者認爲，《哀時命》可能並非專弔屈原，但篇中多采屈辭意象和文句，經過改裝，且以深情出之。如「哀時命之不及古人兮，夫何予生之不遘時」等，這些話即可以看作嚴忌的夫子自道，也可看作是抒情主人公以屈原自況。另外，嚴忌《哀時命》還深得屈子旨意，云：「志憾恨而不逞兮，抒中情而屬詩。」正謂心中怨恨我總不能稱心，只有借詩歌抒發我的悲情。其文稱：「爲鳳凰作鶉籠兮，雖翕翅其不容，靈皇其不寤知兮，……固將愁苦而終窮。」這種對邪惡勢力猖獗的黑暗現實的揭露，是屈賦精神的直接繼承。當然文中體現的遁世遠引、明哲保身的思想，與《離騷》以死明志的願望自然不同。另外《哀時命》主人公遠禍而幽隱，爲仙遊而自慰，和屈原偉大的理想與愛國精神沒有一點兒相同。這說明，嚴忌與屈原雖然同樣遭遇社會的不公，卻

〔註72〕湯炳正等：《楚辭今注》，上海古籍出版社1996年版，第298頁。
〔註73〕鄭文：《〈楚辭·哀時命〉試論》，《甘肅師大學報》（哲學社會科學版），1980年第4期。

有不同的處世態度，這既是時代思想的反映也與作者自身的素養有關。

《哀時命》表達了作者本人的眞情實感，在這幾篇作品中算得上是較好的，但該篇在辭句上大量抄襲、摹擬屈原、宋玉辭句，在一定程度上影響了該篇的創造性。《哀時命》創作上有得有失，朱熹大概是取其得在《楚辭集注》中保留了《哀時命》，王夫之大概是惡其失在《楚辭通釋》中刪去了《哀時命》。

（三）《楚辭》漢人擬騷之作中的七體與九體之作

《七諫》、《九懷》、《九歎》、九思》這四篇皆組詩，《楚辭章句》在序中分別注明它們是東方朔、王褒、劉向等「追憫屈原」，「追念屈原忠信之節」而作。王逸「與原同土共國，悼傷之情與凡有異。竊慕向、褒之風」〔註74〕，故作《九思》。這四篇作品，都是以第一人稱敘「屈原」之事，抒「屈原」之情，都是代屈原立言的代言體，傷屈悼屈非常典型。「這類作品既然是代屈原設言，因各人的遭遇、學識、氣質等諸方面的不同，故所代設的屈原就自然同中有異。如東方朔之『屈語』過謙，而劉向之『屈原』則多『自我稱揚』」。〔註75〕總之，四位作者都很進入「角色」，他們用不同風格的語言塑造和描述各自心中的「屈原」。

東方朔《七諫》在文體上完全摹仿屈原的《九章》和宋玉的《九辯》，甚至有不少句子亦直接取自屈、宋原作；其「亂曰」部分似乎還有模仿賈誼《弔屈原賦》的痕迹。《九懷》，西漢王褒所作。王褒，西漢宣帝時被任爲諫議大夫。王逸以爲「褒讀屈原之文，嘉其文雅，藻採敷衍，執握金玉，委之污瀆，遭世混濁，莫之能識，追而愍之，故作《九懷》，以裨其詞」〔註76〕。《九懷》，九個小節的寫作基本上都是一個模式：先寫一段現實的黑暗，再寫一段遠遊，最後寫一段思念君國的感情，並惆悵憂傷自憐。這三段式大多是首尾兩段很短，中間寫遠遊一段較長，遠遊題旨亦是來自《離騷》、《遠遊》。如《九懷》模仿《離騷》、《遠遊》周遊求女的情節，通過遊仙幻境，寓託屈子式的賢士求友、思君不得的哀怨主題。每章都描寫了一種神遊幻境，來表現屈原索友、思君、問道等心靈活動和入世思緒。這些思緒都不免王褒個人情感的抒發。湯炳正先生認

〔註74〕　〔宋〕洪興祖：《楚辭補注》，中華書局1983年版，第314頁。

〔註75〕　參見力之：《從〈楚辭〉成書體例看其各非屈原作品之旨》，《四川大學學報》2002年2期。

〔註76〕　〔宋〕洪興祖：《楚辭補注》，中華書局1983年版，第269頁。

爲《九懷》，似非專爲憫屈，乃是讀屈賦而「赴曲相和」，以表個人愴愴自憐之情。〔註77〕觀文中「伊思兮往古，亦多兮遭殃。伍胥兮浮江，屈子兮沉湘」等語，可見王褒感懷的不僅僅是一個屈原，而是古往今來忠而被謗的仁人志士及失意的知識分子。從總體上來看，與《惜誓》《哀時命》《九歎》相比，《九懷》結構單一呆板，沒有創造性，雖堆砌了不少華麗辭藻，但內容空泛，缺少眞情實感，所以朱熹說：「《七諫》以下，無足觀者，而王褒爲最下。」〔註78〕

　　稍後於王褒的劉向（前77～前6），他的辭賦據《漢書‧藝文志》著錄有三十三篇。但僅存的賦作只有《楚辭》中的《九歎》。和東方朔《七諫》、王褒《九懷》一樣，《九歎》也是模擬屈宋作品爲主。王逸在《九歎‧章句序》中說：「向以博古敏達，典校經書，辯章舊文，追念屈原忠信之節，故作《九歎》。歎者，傷也，息也。言屈原放在山澤，猶傷念君，歎息無已。所謂贊賢以輔志，騁詞以曜德者也。」〔註79〕《九歎》亦是代屈原抒情之作，但由於劉向的遭遇與屈原有相似之處，故他代屈原抒情的同時，亦多有自己的感受，但從全詩來看，摹擬的痕迹還是較重，只是比《七諫》、《九懷》、《九思》多一些眞情實感而已。

　　劉向與屈原有相類的遭遇，而且其《九歎》的創作背景與屈作亦頗相似。劉向、劉歆父子雖是漢宗室，但仕途上亦遭排擯。劉向具忠貞之質，以維護漢室爲己任，一生與外戚宦官作鬥爭，屢屢入獄，而不思改。前48年元帝即位，劉向被擢爲散騎宗正給事中，與蕭望之、周堪共輔朝政。劉向多次上疏元帝，論時政得失，深中時弊。第二年，劉向等欲削壓外戚、宦官權勢，加強皇權。不料事泄，劉向再次入獄，蕭望之、周堪被免爲庶人。後春，宣帝欲徵劉向、周堪爲諫大夫，宦官弘恭、石顯從中作梗，二人降爲中郎。劉向領護三輔都水，遷光祿大夫。十二月，蕭望之被逼自殺。劉向第三次下獄，不久廢爲庶人。前40年，漢元帝永光四年，宦官石顯逼死周堪、張猛，劉向傷之，乃著《疾讒》、《救危》、《世頌》等8篇，《九歎》當作於是年。〔註80〕劉向身爲漢宗室，對漢有忠貞之志，卻多次遭到獲罪甚至丟命的打擊，於是想到了和他遭遇相似的屈原，作出了這篇弔古傷今之賦。所以他的《九歎》

〔註77〕湯炳正等：《楚辭今注》，上海古籍出版社1996年版，第312頁。
〔註78〕〔宋〕朱熹：《楚辭辯證》（下），《楚辭集注》，上海古籍出版社1979年版，第206頁。
〔註79〕〔宋〕洪興祖：《楚辭補注》，中華書局1983年版，第282頁。
〔註80〕張永山：《西漢目錄學家劉向、劉歆年譜》，《圖書館雜誌》2002年第4期。

似有借屈原以自歎身世之意。如第一篇《逢紛》首稱「伊伯庸之末冑兮，諒
皇直之屈原」，這與《七諫》之託於屈原口吻，說屈原「言語訥澀」、「淺智褊
能」、「聞見又寡」等作為自謙之辭很不相同。《惜賢》中說到「登長陵而四望
兮，覽芝囿之蠢蠢」。「長陵」二字舊注釋為「高大之陵」，但漢高祖的陵墓正
好叫「長陵」，也許暗寓他對劉氏政權的憂慮。

　　《楚辭章句・九思》題解裏說：「自屈原終沒之後，忠臣介士遊覽學者讀
《離騷》、《九章》之文，莫不愴然，心為悲感，高其節行，妙其麗雅。至劉
向、王褒之徒，咸嘉其義，作賦騁辭，以贊其志。」而王逸自己：「逸與屈原
同土共國，悼傷之情與凡有異。竊慕向、褒之風，作頌一篇，號曰《九思》，
以禪其辭。」〔註81〕可見王逸是效法王褒《九懷》、劉向《九歎》而作《九思》。
《九思》體制上學《九懷》全篇為一整體，全篇未加一「亂曰」。《九思》是
王逸於漢順帝時，代屈原抒發憂憤之作，內容風格上摹擬《離騷》和《九章》，
但與屈作所表現出的精神相去甚遠，故朱熹認為在《七諫》、《九懷》、《九歎》、
《九思》四篇漢代擬騷之作中，「《諫》《歎》猶或粗有可觀，兩王則卑已甚矣。」
〔註82〕就《九思》內容和形式的價值上看，朱熹的評語是有一定道理的。

　　賈誼的《惜誓》、嚴忌的《哀時命》、東方朔的《七諫》、王褒的《九懷》、
劉向的《九歎》等六篇漢人楚辭作品，大多是以屈原及其作品為創作對象和
素材，加以想像，模仿而成的。因此，其創作特色，大致不出《離騷》、《九
章》和《九歌》的牢籠。但是他們卻很少能真正地體現出屈原的精神，於是
概歎「屈宋逸步，莫之能追」〔註83〕者有之，認為那些擬騷之作「詞氣平緩，
意不深切，若無所疾痛而強為呻吟」〔註84〕者亦有之，甚至稱「蹇澀膚鄙之
篇，雖託屈子為言，其漠不相知，徒勞學步，正使湘累有靈，實應且憎」〔註
85〕。批評指責之聲，代甚一代，我們不能說這些批評毫無道理，這些作品
在形式上東施效顰，在內容上企圖再現屈作的思想意境，已經失去了創造力

〔註81〕〔宋〕洪興祖：《楚辭補注》，中華書局 1983 年版，第 314 頁。

〔註82〕〔宋〕朱熹：《楚辭集注・楚辭辯證上》，上海古籍出版社 1979 年版，第 172
　　　　頁。

〔註83〕《文心雕龍・辨騷》，見〔梁〕劉勰撰，吳林伯注：《〈文心雕龍〉義疏》，武
　　　　漢大學出版社 2002 年版，第 72 頁。

〔註84〕〔宋〕朱熹：《楚辭集注・楚辭辯證上》，上海古籍出版社 1979 年版，第 172
　　　　頁。

〔註85〕〔清〕王夫之：《楚辭通釋》，中華書局 1959 年版，第 165 頁。

與生命力，但我們也不能否認這些作品在一定程度上還是表現了作家自己特有的內心感受。當然，因各人的遭遇、學識、氣質等諸方面的不同，他們其中所體現的個人情感的深度、廣度又有所不同。

第二節　兩漢遊仙詩賦對《遠遊》的繼承

　　兩漢遊仙詩賦是在先秦遊仙文學的基礎上發展起來的。談到先秦遊仙文學，映入我們眼簾的或許就是《莊子》、《山海經》裏對仙人遊仙的描寫。「乘雲氣，御飛龍，而遊乎四海之外。」「千歲厭世，去而上仙；乘彼白雲，至於帝鄉。」〔註86〕但這僅限於簡單的描寫，真正的遊仙作品始於《楚辭・遠遊》。清人朱乾《樂府正義》卷十二云：「屈子《遠遊》乃後世遊仙之祖。」清人陳本禮認為《遠遊》「截《離騷》遠逝以下諸章，衍為此詞，為後世遊仙之祖。」〔註87〕《遠遊》以神仙思想為主導，主人公遊仙的動機、準備工作、遊仙的過程三者連綴構成了《遠遊》的結構。所以說，儘管《遠遊》不乏道家思想、五行思想，但由於以神仙思想為主線，《遠遊》為遊仙詩無疑。《楚辭・遠遊》第一次將遊仙寫入文學，開創了一種新的詩歌題材，豐富了文學作品的種類，為後世文人找到一條新的抒情言志的方式——借遊仙以抒情，或者抒發自己對神仙生活的熱切渴望，或者借遊仙以舒散心中的憂愁。另外，《遠遊》作為第一篇遊仙作品，對兩漢遊仙詩賦的創作有著模本的作用。

一、遊仙詩賦之祖——《遠遊》

（一）《遠遊》以神仙思想為主導

　　《遠遊》是一篇獨具特色的楚辭作品，蘊含著豐富的思想內容，梁啓超先生曾言「《遠遊》一篇……是當時南方哲學思想之現於文學者。」〔註88〕《遠遊》主人公迫於現實生活中的困厄轉向了神仙世界，他以憤世嫉俗思想為遊仙契機，以仙遊為主幹，以道家思想為補充，以五行思想作為遠遊的時空框架，構成了一篇體系完整的遊仙詩作。當然從整體而言，《遠遊》仍是以神仙

〔註86〕《逍遙遊》、《天地》，見〔清〕郭慶藩：《莊子集釋》，中華書局1961年版，第28、421頁。

〔註87〕選自清嘉慶十七年（1812年）裒露軒刊本《屈辭精義》。

〔註88〕梁啓超：《屈原研究》，《飲冰室合集》文集之三十九，中華書局1983年版，第55頁。

思想爲主導。〔註89〕

　　《遠遊》一文圍繞「遠遊」這一主線展開，先交待了主人公遠遊的動機，然後介紹遠遊前的準備工作，最後寫遠遊的過程。「動機」、「準備」、「遠遊」三者連綴完成了主人公成仙過程的詩化介紹。其實這一過程不僅是主人公一人成仙過程的形象化描寫，也是對早期神仙信仰成仙過程的藝術化濃縮：遠遊的動機體現的是神仙信仰產生的契機之一，遠遊的準備工作爲早期神仙家的修仙煉道之術，遠遊過程中的自由歡樂爲神仙信仰的理想境界。所以，在此種意義上說，後世神仙思想體系，在《遠遊》中都已萌芽。

　　首先，遠遊動機與求仙動機相吻合。《遠遊》主人公「悲時俗之迫厄兮，願輕舉而遠遊」、「惟天地之無窮兮，哀人生之長勤」，厭惡了世俗的困厄與污濁，希望到另一個世界去尋找歡樂。這與神仙思想誕生的契機相吻合。生死的玄機使人們追尋不死的理想，現實的困苦使人們嚮往自由無拘的樂境，加上中國人的貴生傾向，很自然地構成了神仙信仰的基石。嚮往神仙世界的美好與現實生活的困苦有直接聯繫，如果現實生活中每一個人都很快樂，又何必去修煉成仙呢？作者描寫了自己在現實世界的痛苦之後，又不惜筆墨寫了自己嚮往的神仙與神仙世界。主人公十分羨慕「赤松」、「傅說」、「韓眾」等仙人，在他們生活的神仙世界裏可以「與化去而不見兮，名聲著而日延」、「形穆穆以浸遠兮，離人群而遁逸」、「免眾患而不懼兮，世莫知其所如」，不再有世俗社會之「污濁」、「污穢」、「人生之長勤」等困擾。這對於「悲時俗之迫厄」的主人公是多麼大的誘惑！所以，與現實世界反差如此之大的神仙世界，很自然成爲主人公嚮往的地方。

　　其次，主人公遠遊前的修煉方法與早期神仙家修煉術相吻合。《遠遊》表現出濃厚的神仙色彩，主人公不僅羨慕神仙，更採取了修仙煉道的方法，使自己最終得以成仙。《遠遊》云：

　　　　餐六氣而飲沆瀣兮，漱正陽而含朝霞。保神明之清澄兮，精氣入而粗穢除。〔註90〕

六氣指天地四時之氣。王逸注引《陵陽子明經》言：「春食朝霞。朝霞者，日始欲出赤黃氣也。秋食淪陰。淪陰者，日沒以後赤黃氣也。冬飲沆瀣。沆瀣者，北方夜半氣也。夏食正陽。正陽者，南方日中氣也。並天地玄黃之氣，

〔註89〕　參看唐景珏：《〈楚辭‧遠遊〉思想內容探析》，《濟南大學學報》2008年第5期。
〔註90〕　〔宋〕洪興祖撰：《楚辭補注》，中華書局1983年版，第166頁。

是爲六氣也。」〔註91〕精氣指前面的六種精英之氣。汪瑗認爲此爲「修養家所謂吐故納新之術也」〔註92〕，汪瑗所說極是。除了吐納導引之術外，《遠遊》主人公還有另一種修煉之術，即服食法，食氣也稱服氣，或辟穀。《遠遊》曰：

> 吸飛泉之微液兮，懷琬琰之華英。〔註93〕

飛泉指六氣，琬琰指美玉，總之主人公喝的是飛泉細微的汁液，吃的是美玉的精英，而不再是世俗之人吃的五穀雜糧。講究導引的人，首先要學辟穀，想辟穀，一定要學會餐風飲露；能夠餐風飲露，便可以輕舉，以至長生不死；長生不死，便是快樂逍遙的活神仙。古人認爲人和自然之間存在著某些對應的聯繫：

> 食水者善遊能寒，食土者無心而不息，食木者多力而拂，食草者善走而愚，食桑者有絲而蛾，食肉者勇敢而捍，食穀者智惠而巧，食氣者神明而壽，不食者不死而神。〔註94〕

在古人看來，五穀雜糧，在腸中經過消化變成糞便等污穢之物，會使身體污濁，很難得到長生；而服食芝、玉、菊等稀有的清香藥物則能使人清淨無穢，有助於長生。《遠遊》主人公經過如此修煉之後，「玉色頳以脫顏兮，精醇粹而始壯。質銷鑠以汋約兮，神要眇以淫放」，而不再是「神倏忽而不反兮，形枯槁而獨留」的落魂之相了，修煉成了「肌膚若冰雪，綽約若處子」〔註95〕的仙人了。

再次，文中遠遊的自由歡樂符合神仙家的理想境界。《遠遊》主人公遊仙過程中自由地呼風喚雨，乘雲駕霧，吐納天地之精華，吮吸宇宙之甘露，漠然虛靜而恬適歡愉，澹泊無爲而自得其樂。主人公不僅「從王喬而娛戲」，而且「排閶闔」、「觀清都」、「過句芒」、「遇蓐收」、「迎宓妃」、「從顓頊」等，無往而不遇，並且在這其間，他還欣賞著美妙的音樂與舞蹈，可謂幸福至極，真的要「度世忘歸」、「媮娛淫樂」，長久留在「不死之舊鄉」了。《遠遊》作

〔註91〕同上。

〔註92〕〔明〕汪瑗：《楚辭集解》，北京古籍出版社 1994 年版，第 262 頁。

〔註93〕〔宋〕洪興祖撰：《楚辭補注》，中華書局 1983 年版，第 168 頁。

〔註94〕《大戴禮記·易本命》。見方向東：《大戴禮記彙校集解》，中華書局 2008 年版，第 1324 頁。

〔註95〕《莊子·逍遙遊》，見〔清〕郭慶藩：《莊子集釋》，中華書局 1961 年版，第 28 頁。

者生動地描述了他想像中的神仙世界，而這一想像的神仙世界無疑完全符合早期神仙家對神仙境界的認識。

最後，《遠遊》包含有一群神仙意象。《遠遊》中的赤松、韓眾、王喬等，都是《列仙傳》中的古仙人：

> 赤松子者，神農時雨師也，服水玉以教神農，能入火不燒。往往至崑崙山上，常止西王母石室中，隨風雨上下。炎帝少女追之，亦得仙俱去。〔註96〕

> 王子喬者，周靈王太子晉也。好吹笙作鳳鳴，遊伊洛之間。道士浮丘公接以上嵩高山。三十餘年後，求之於山上，見柏良曰：「告我家，七月七日待我於緱氏山巔。」至時果乘白鶴駐山頭，望之不得到。舉手謝時人，數日而去。後立祠於緱氏山下及嵩高首焉。〔註97〕

> 齊人韓終，為王採藥，王不肯服，終自服之，遂得仙也。〔註98〕

傳說，《列仙傳》雖無記載，可據王逸、洪興祖注解，他的精神能著於房星之尾，可知其絕非凡人。赤松、韓眾、王喬、傳說四人都是《遠遊》主人公羨慕的古仙人。

綜合上述四點，神仙思想貫穿於《遠遊》全文，主人公遊仙的動機、準備工作、遊仙的過程三者連綴構成了《遠遊》的結構。神仙思想成為《遠遊》整篇文章的主線。

（二）借遊仙以抒情──《遠遊》開創一種新的抒情言志的方式

先秦時期社會的主流思想往往將個體私欲置於道德義務感、社會責任感、救世使命感之下，體現在文學作品中的思想情感自然也是極其合乎儒、墨、道，特別是儒家的倫理規範。除《楚辭·九歌》及《詩經》中的一部分愛情婚姻之作外，先秦詩歌尚少有表達個體欲望的作品，《詩經·唐風》中的《山有樞》可能是較早表達「及時享樂」思想情感的詩作。但真正用大量篇幅旗幟鮮明地抒寫個人世俗欲望需求的作品，從目前看，是《遠遊》，《遠遊》充分體現了主人公對生命無限延長的渴望，對快樂、自由生活的無限憧憬，

〔註96〕〔漢〕劉向：《列仙傳》，（臺灣）商務印書館，1985 年影印文淵閣四庫全書本，第 1058 冊，第 489 頁。

〔註97〕同上，第 495 頁。

〔註98〕〔宋〕洪興祖：《楚辭補注》引《列仙傳》，中華書局，1983 年 3 月版，第 164～165 頁。

並且用詩化的語言描繪了自己想像中的理想境界。

　　《遠遊》主人公面對困厄的社會現實，被黑暗的社會壓得透不過氣來時，沒有像儒家那樣「知其不可而為之」〔註99〕，雖似道家一樣逃避現實，但《遠遊》主人公逃避的處所既不是山澗也不是溪谷，而是幻想中的神仙世界，他們不辭辛苦地吹呴呼吸、服氣辟穀，因為他們堅信真的存在這麼一個超然的神仙世界，在那裏，充斥著他在現實生活中得不到的個體私欲的享受與滿足，從而徹底擺脫人世的重壓。這對後來在封建皇權專制下無法見容於世的詩人們來說，無疑是巨大的誘惑！不管這些士子文人是否是神仙信仰的篤信者，他們都可以藉此形式來抒寫他們心底深處的情感欲望——對長生不老、無限歡樂、美女侍御之類個體私欲的向望與追求，而這些情感由於受傳統價值觀的束縛，很難運用傳統文學形式盡情抒寫。而遊仙詩，由於採用一種超現實的意象系統，寫作起來較少理性的桎梏，可以使他們有可能將自己的世俗之情寫入其中，所以很快受到文人的青睞，成為他們一種新的抒情言志的方式。在此意義上說，《遠遊》在詩歌領域開創了與現實社會相對立的意在給人的精神與欲望以最大滿足的神仙世界，為士人世俗情感的寄託尋找到了新的棲息地。

　　總之，遊仙詩始祖《遠遊》啟發了後代文人在落魄失意之時借助遊仙文學表達其世俗欲望，在文學史上有著巨大的開創性意義。在詩歌史甚至文學史上，《遠遊》第一次將遊仙精神植入其中，並採用了與遊仙精神相對應的方術、神仙意象。由於採用方術、神仙等超現實的意象系統，詩人可以將自己在傳統詩歌中不敢或羞於表達的憤懣之情、世俗之情淋漓盡致的表達出來。於是，這種借遊仙以抒情寫志的方式遂被後世文人所青睞，當然也包括漢代文人。遊仙詩自《遠遊》後，崛起於漢魏，興盛於兩晉六朝，綿延於唐宋，成為後世文人青睞的一種抒情言志的方式。

二、兩漢遊仙詩賦對《遠遊》之繼承

（一）兩漢坎壈詠懷類遊仙詩賦對《遠遊》憤世嫉俗遊仙動機的繼承

　　《遠遊》第一部分用較長篇幅交待了自己在世俗社會中的困頓，「悲時俗

〔註99〕　《論語・憲問》，〔清〕劉寶楠：《論語正義》，中華書局 1990 年版，第 597頁。

之迫厄」、「遭沉濁而污穢」，並抒寫了自己在這種情形下的鬱悶心情：「獨鬱
結其誰語」、「怊惝怳而乖懷」、「心愁悽而增悲」、「形枯槁而獨留」，以及自己
對時光流逝的無限傷感：「惟天地之無窮兮，哀人生之長勤」、「往者余弗及兮，
來者吾不聞」。詩人登天遠遊的目的，就是要避開讓自己痛苦的現實世界，以
求得到心靈的安慰和解脫。「悲時俗之迫厄兮，願輕舉而遠遊」就是「駕言出
遊，以泄我憂」的模式。《遠遊》以遊仙爲題材，並表示對神仙的企慕，不過
是詩人掙脫現實苦悶而採取的一種特殊方式罷了。大概自鍾嶸用「坎壈詠懷，
非列仙之趣也」〔註100〕來評價郭璞的遊仙詩後，人們常用「坎壈詠懷」、「列
仙之趣」兩個詞來概括遊仙詩的旨趣。〔註101〕《遠遊》作爲遊仙詩之祖正是
開啓了坎壈詠懷類遊仙詩賦的創作。漢代詩賦中就存在著這樣一類以失意之
士爲主角的求仙詩賦，它們反映的是古代社會普遍存在的士人懷才不遇的現
實。這些人由於積極入世的理想在現實世界遇到挫折，轉而到神仙世界去尋
找心靈的慰藉，形成逃避現實而又無法脫離現實的矛盾。

　　我們先來看《楚辭》漢人擬騷之作。在王逸看來，這些作品都是傷悼屈
原而作。我們不管這些作品的創作是否眞的只是爲了傷悼屈原，但有一點很
清楚，這些士人之所以傷悼屈原，是因爲他們普遍處於人生坎坷境況，與屈
原有相類似的人生遭遇。所以，這些作品在主題旨趣上，都在不同程度上繼
承了楚辭的憤世嫉俗之志，抒發了屈原式的失志不遇之歎。我們來看嚴忌《哀
時命》，王逸《楚辭章句》曰：「忌哀屈原受性忠貞，不遭明君而遇暗世，斐
然作辭，歎而述之，故曰《哀時命》也。」〔註102〕再從《哀時命》一篇來看，
提到屈原投汨羅而死，雖然身體腐敗，但是屈原的志節卻不改變，可見《哀
時命》確實乃莊忌哀屈原之忠貞而寫。但此篇並非代屈原設言，爲屈原鳴不
平，更多的是抒發自己懷才不遇之感。從全文來看，嚴忌雖然是「歎而述之」，
但沒有提及屈原的各種生平遭遇，再加上文中又將屈原和子胥的忠信作爲例
子，因此可能不是歎述屈原的遭遇，另外文中多提及赤松、王喬等得道仙人，

〔註100〕鍾嶸：《詩品》卷中《晉弘農太守郭璞》，見陳延傑：《詩品注》，人民文學出
　　　　版社 1961 年版，第 38～39 頁。
〔註101〕也有學者分得更爲細緻，從列仙之趣之中分出豔情一類來，如程千帆先生認
　　　　爲：遊仙詩就其旨趣而言，大致可以分爲坎壈詠懷、列仙之趣與隱喻豔情三
　　　　類。（程千帆：《郭景純曹堯賓〈遊仙〉詩辯異》，《古詩考索》，上海古籍出版
　　　　社 1984 年版。）
〔註102〕〔宋〕洪興祖：《楚辭補注》，中華書局 1983 年版，第 259 頁。

詩中表現出強烈的追求功名和遠離禍患以保全身的思想，與屈原的高潔人格
有所不同，因此，極有可能是莊忌對自身的遭遇而有所抒發，抒發生不逢時、
懷才不遇的感慨，強烈表現出憤世嫉俗的的思想。再如《九懷》主人公再再
感慨的是「極運兮不中，來將屈兮困窮」；「林不容兮鳴蜩，余何留兮中州」；
「世溷兮冥昏，違君兮歸眞」；「傷時俗兮溷亂，將奮翼而高飛」；「悲九州兮
靡君，撫軾歎兮作詩」，這樣的命運豈只是屈原所有，也是王褒自己的遭遇。
不同的是屈原在求索無門的時候，可以發而爲詩，可以憤而沉江，漢代知識
分子在政治與思想大一統的時代，則只能曲折含蓄地借他人的酒杯，銷自己
胸中的塊壘。他們上天入地，幾番掙扎，最終回到原處，把希望寄託於天命
垂顧，皇帝聖明：「皇門開兮照下土，株穢除兮蘭芷覩。四佞放兮後得禹，聖
舜攝兮昭堯緒，孰能若兮願爲輔。」天門大開，「四佞」被放逐，繼承堯舜仁
德的明君應時而生，君臨天下。如果眞有這樣的君王，我願誠心實意地作他
的輔佐。與屈原比較，一個是不肯同流合污，寧爲玉碎；一個含垢忍辱，期
待未來，《九懷》抒發的雖有對屈原的追思，更多的卻是王褒一代人的情懷。
再如劉向《九歎》，雖是一篇擬騷悼屈之作，但其間不乏有自我身世的感慨。
劉向是漢代宗室，以維護漢室爲己任，一生與外戚宦官作鬥爭，屢屢入獄，
而不思改，與戰國時楚宗室屈原頗爲相似，身逢國勢衰微之時，他屢次上書
反對外戚干政、宦官弄權，但卻遭到多次獲罪甚至丟命的打擊，他不滿於此，
也並不屈服，於是想到了和他遭遇相似的屈原，作出了這篇弔古傷今之賦。
故其《九歎》並不是如朱熹所說的「詞氣平緩，意不深切，如無所疾痛而強
爲呻吟者」〔註103〕，在模擬之中，亦頗顯身世之感。如《愍命》云：「惜今世
其何殊兮，遠近思而不同。或沉淪其無所達兮，或清激其無所通。哀餘生之
不當兮，獨蒙毒而連憂。雖謇謇以申志兮，君乖差而屏之。誠惜芳之菲菲兮，
反以茲爲腐也；懷椒聊之筬筬兮，乃逢紛以罹詬也！」其批判讒人之旨，與
屈原《離騷》何其相似。

　　《楚辭》漢人擬騷之作，其創作動機大多是由自身的處境聯想到屈原，
因而借擬騷來表達自己對現實的不滿。但是，他們的著眼點與屈原又有很大
不同。屈原身爲楚王室的大臣，面臨著諸侯間的競爭，因而以忠君愛國、承
受著時代歷史的使命感爲其內在精神，較少地爲個人之榮辱得失考慮。漢代
的士大夫則不然，他們多半地位卑微，又處在大一統的社會環境之下，他們

〔註103〕〔宋〕朱熹：《楚辭集注》，上海古籍出版社 1979 年版，第 172 頁。

躋身官場，面臨的是政治集團內部的爾虞我詐，你爭我奪，眞正是自顧不暇，豈遑其他。因而他們的作品，表現的更多地是個人人生的憂患，抒發的是那種沒有出路的苦悶和憤懣。漢人擬騷之作中的情感更類似於屈原之後宋玉的《九辯》。《九辯》抒發的就是宋玉個人的牢落之情，《九辯》創作的時代，昂揚的戰國士文化已經落下了帷幕，一種新的時代精神漸漸興起。而《九辯》末尾正好也有一段遊仙的描寫，雖然字數不多，但從中也可以看出其對借遊仙以抒懷手法的應用。前面提到的《哀時命》，其文章主旨是「哀時命之不及古人兮，夫何予生之不遘時」。從全文來看，作者於文中提及：「時曖曖其將罷兮，遂悶歎而無名。」表達出作者認爲時光已漸漸離去，但是我的聲名卻還沒有建立，此種心志和古代的知識分子期待國君的選賢與能，能夠一舉發揮長處，實現自己的理想，因此和屈原的忠貞愛國心志有所不同，抒發的是似《九辯》一樣的「貧士失職而志不平」的感慨。所以說，這些漢人擬騷之作，雖都是祖述屈原之作，借屈原以自擬，但他們抒發的感情卻並非全是屈原的，或許其中有些是以屈原的思想作爲引申的出發點，但作品表現出的思想感情卻是他們自己的，他們所處時代的。

漢代擬騷之作的主人公，在現實生活中遭遇挫折之後，像屈原一樣選擇了遠遊以抒憂。但他們遠遊的方式卻不一樣。漢人擬騷之作將屈原作品中遠離郢都，放逐在外的生活改寫成了全身遠遊，周流四方的自我娛樂。作品中有大量的段落描寫了遠遊的歷程，而其目的則是求仙，形成了與原作大異旨趣的遠遊求仙主題。這裏顯然是繼承了遊仙詩之祖《遠遊》。屈原《離騷》，有昇天入地的追求和求索，有餐玉飲露以表示品格高潔，有尋宓妃探玉女的尋覓，也有從彭咸遺則的死義決心，但作品主人公絕對沒有超脫人生、求仙訪道、自我解脫以逃避現實。《遠遊》在文學史上第一次將遊仙精神輸入文學，漢人擬騷之作受其直接影響。

漢人擬騷之作外，兩漢遊仙詩賦雖以抒寫「列仙之趣」居多，但也有借遊仙抒寫個人情懷的作品，如《相和瑟調曲‧隴西行》：

> 邪徑過空盧，好人常獨居。卒得神仙道，上與天相扶。過謁王父母，
> 乃在太山隅。離天四五里，道逢赤松俱。攬轡爲我御，將吾天上遊。
> 天上何所有，歷歷種白榆。桂樹夾道生，青龍對伏趺。鳳凰鳴啾啾，
> 一母將九雛。顧視世間人，爲樂甚獨殊。〔註104〕

〔註104〕逯欽立輯校：《先秦漢魏晉南北朝詩》，中華書局 1983 年版，第 267 頁。《隴

詩歌中一個「卒」字道出了主人公求仙的渴望與艱難。作者希望擺脫艱難處境，不受窮困孤獨的束縛而自由生活。詩人先寫自己的得道升仙過程，然後具體描繪了自己在天上所見到的仙界景象。白榆歷歷可見，桂樹夾道而生；青龍對伏，鳳凰將雛。多麼美麗奇幻的仙界景象啊！主人公在詩篇中勾畫出他所盼望超脫的境界：仙遊。仙人，仙境，是他願望的載體，是與他的現實生活相對立的，是他自由安適的歸宿，是獲得精神慰籍的境界。這正是漢代士人在處境艱危困苦、精神苦悶的情況下，通過對楚辭神遊描寫的改造而創造的精神樂園，藉此超脫塵世，獲得心靈的愉悅和安適。如果說隱遁棲遲是士人現實生活中的超脫之所，那麼仙遊則成為士人在藝術境界中的精神港灣。漢代社會自建立之初，到東漢王朝滅亡，士人大都懷抱宏偉之志，身具才能學識，渴望建立卓絕功績，但現實生活中他們往往處境困厄、形單影只、孤苦艱辛。於是感歎生不逢時，才能無法施展，空懷報國之志，人生坎坷的作品也應運而生，甚至可以用連篇累牘來形容，這些作品都顯示著封建專制社會下被壓抑乃至被迫害的士人之窮獨處境。詩中這位空廬獨處的好人，或許正是面臨這種處境因而內心抑鬱不平。《相和瑟調曲·步出夏門行》的作者希望擺脫這樣的處境，不受窮困孤獨束縛而自由地生活。

再如《相和瑟調曲·善哉行》：

> 來日大難，口燥唇乾。今日相樂，皆當喜歡。（一解）經歷名山，芝草飜飜。仙人王喬，奉藥一丸。（二解）自惜袖短，內手知寒。慚無靈輒，以報趙宣。（三解）月沒參橫，北斗闌干。親交在門，饑不及餐。（四解）歡日尚少，戚日苦多。何以忘憂，彈箏酒歌。（五解）淮南八公，要道不煩。參駕六龍，遊戲雲端。（六解）

詩作開篇即著眼來日的苦難，接著提出應珍惜今日。「皆當喜歡」則是針對不喜歡的現狀提出，倘若正在興高采烈之際，則無須這類勸慰之語。為了擺脫當下的不快和對未來的恐懼，主人公開始神遊。他來到仙山，並與仙人王喬相遇，而且還主動送他一丸仙藥。可是，天色已晚，對親人的眷戀使他俯瞰人間，發現家中的親友正忍受著飢餓，這種「饑不及餐」的生活實在是苦多樂少，只好靠「彈箏酒歌」來借酒澆愁。這時，淮南八公出現了，授他丹經要訣，與他白日昇天，乘坐六龍駕駛的車，在雲端遊戲。總之，不滿現實，又眷戀現實，在現實中找不到出路，於是又繼續神遊，構成了這首詩的內在

西行》又名《步出夏門行》。

結構。這首詩的主人公是普通士人，由於現實的壓抑而求仙，在出世遨遊的過程中遇到仙人，並且得到仙人的幫助，雙方能夠友好相處。

曹操《秋胡行》（晨上散關山），爲曹操晚年的作品，這首遊仙詩，是借遊仙表達一種人生失落的情緒，顯得格外沉重。詩歌寫主人公在征途過程中，牛困車墮，獨坐磐石之上，彈琴奏清角之韻，有三位老人來到他的身旁。三位仙人向主人公講述他的仙界美好生活，「名山歷觀行，遨遊八極，枕石漱流飲泉」。但主人公聽了「眞人」的陳述後，並沒有跟著走了，反而「沉吟不決」，而正在他猶豫之間，「眞人」已棄他而去，「遂上升天」。當主人公忽然驚覺「眞人」已「遂上升天」，「去去不可追，長恨相牽攀。夜夜安得寐，惆悵以自憐」，想要追上前去，卻又哪裏追趕得上？失去這樣一個機緣，從此抱恨不已，夜夜難寐，惆悵自憐。曹操一生叱吒風雲、不可一世。但其中艱辛、危險只有他自己知道。愈是功業輝煌的人物，愈感覺到個人本質上的渺小、生命的短暫。所以人們常說英雄能更深刻地體會到生命的孤獨。曹操這首詩就是借對道路艱難的感歎來表達他對坎坷人生的感慨。

再如《大人賦》開篇即云：「世有大人兮，在乎中州。宅彌萬里兮，曾不足以少留。悲世俗之迫隘兮，朅輕舉而遠遊。乘絳幡之素蜺兮，載雲氣而上浮。」與《遠遊》主人公一樣，《大人賦》中的「大人」，也是由於「悲世俗之迫隘」，才產生了遊仙的幻想。《大人賦》中的「大人」，是人世間的最高統治者，是漢武帝的投影。「大人」，司馬貞《史記索隱》引張揖語云：「喻天子。」〔註105〕人間帝王「悲世俗之迫隘」，乃是有感於現世人生的局限。《大人賦》中的「大人」，雖然已經是「宅彌萬里」，擁有疆域廣大的天下，但仍然感到生存空間的狹小，有一種壓抑感。他要超越生存空間的局限，開始自己的遠遊，追求比現世更美好、更長久的仙界生活。當然由於抒情主人公的不同，兩文還是有不少差異。姚鼐評《大人賦》說：「末六句與《遠遊》語同，然屈子意在遠去世之沉濁，故云至清而與太初爲鄰。長卿則謂帝若果能爲仙人，即居此無間無見無友之地，亦胡樂乎此邪？此屈子語同而意別矣！」〔註106〕《遠遊》和《大人賦》離世遠遊的直接動因都是源於生存空間的有限，源於一種空間壓抑感。《大人賦》在抒發這種壓抑感時，較之《遠遊》更加具體，

〔註105〕〔漢〕司馬遷：《史記》，中華書局1982年版，第3057頁。

〔註106〕《古文辭類纂》卷六十六，〔清〕姚鼐：《古文辭類纂》，中國書店1986年版，第1182頁。

更加充分，體現出這位「大人」的特有屬性，即雖然「宅彌萬里」仍然感到有局限，和普通人的感覺有所不同。

《長歌行・仙人騎白鹿》的主人公採獲了靈芝和赤幢，還在仙人家中接受了主人饋贈的返老還童的神藥，這可以說是夢寐以求的事情，但主人公最終「遊之戀所生」，無法阻擋對家鄉的思念，整首詩歌表達了主人公有家難回的他鄉客遊之思和仕途坎坷的懷才不遇之感。

（二）兩漢遊仙詩賦對《遠遊》意象類型的傳承

漢代遊仙詩賦中保留有大量的《遠遊》中使用的意象類型，神話意象、方術意象、與仙人交友的意象、美女侍御意象。

先來看神話意象。儘管漢代遊仙詩賦仙話色彩愈來愈濃，但神話意象依然出現在大多數遊仙詩賦中：如《大人賦》：「排閶闔而入帝宮兮，載玉女而與之歸。」「祝融警而蹕御兮，……使句芒其將行兮。」「麾天閽以啓路，闢閶闔而望余。」這其中的閶闔、祝融、句芒、天閽等都是神話意象，這無疑是對《離騷》、《遠遊》的繼承。

再來看方術意象。《遠遊》中服食導引的修仙煉道之術在後世遊仙詩中也有體現，並得以發展。司馬相如的《大人賦》是模仿《遠遊》而作，其中「呼吸沆瀣兮餐朝霞，咀噍芝英兮嘰瓊華」之語，就是從《遠遊》脫胎而來。《八公操》寫道：「含精吐氣嚼芝草兮，悠悠將將天相保兮。」將「含精吐氣」同食用芝草相提並論，所謂「含精吐氣」就是吸納精氣，吐出穢氣。而芝草則被看作是使人長生的神藥。食用芝草與服氣一樣，是戰國到漢代重要的成仙方術，人們對它的神奇功能深信不移。這種服食辟穀之術在曹操的詩中也有體現，如曹操《陌上桑》：「食芝英，飲醴泉。拄杖桂枝，佩秋蘭。」桓譚《仙賦》在談到王子喬、赤松子的成仙術時寫道：「夫王喬赤松，呼則出故，翕則納新。夭矯經引，積氣關元。精神周洽，鬲塞流通。」也是把服氣作為長生久視的一種重要方法。《仙賦》：「吸玉液，食花芝，漱玉漿，飲金醪。」王逸是《楚辭章句》的編纂者，他對戰國楚辭作家服氣餐霞的求仙術理解得更為透徹，並在《九思》中寫道：「隨真人兮翱翔，食元氣兮長存。」他用元氣概括先前詩騷作家提到的各種名稱的氣，帶有較大的抽象性，也更有哲理色彩。將芝草當作仙藥來看，也多被兩漢文人沿用。如東方朔《七諫》：「拔搴玄芝兮，列樹芋荷。」馮衍的《顯志賦》也有「食五芝之茂英」這樣的情節。揚雄《太玄賦》：「菇芝英以禦餓兮，飲玉醴以解渴。」張衡《思玄

賦》：「留瀛洲而採芝兮，聊且以乎長生。」「嗡青岑之玉體兮，餐流靡而爲糧。」〔註107〕這些作品都像屈原一樣把芝草作爲仙藥看待。總而言之，由《遠遊》所奠定的以餐霞飲氣方式延年益壽的文學傳統，在漢代遊仙文學中得到進一步繼承和發揚。

《遠遊》云「仍羽人於丹丘」，《山海經·南山經》有丹穴之山，也就是丹丘，穴、丘都是空虛、洞穴之義。其中出現的是鳳鳥，暗示那裏是長生之鄉，但沒有明言。古代先民認爲如果人能夠像鳥類那樣長出羽毛翅膀，就可以成爲長壽的仙人。王充《論衡·無形》寫道：「圖仙人之形，體生毛，臂變爲翼，行於雲則年增矣，千歲不死。」〔註108〕先民想像中的仙人是經過形體蛻變之人，由人體變成鳥形，因此實現了個體生命的永恆。相傳爲淮南王所作的《八公操》也反映了這種羽化成仙的思想，詩的前半部分寫道：「煌煌上天照下土兮，知我好道公來下兮。公將與余生毛羽兮，超騰青雲蹈梁甫兮。」主人公幻想自己在八公的幫助下，將長出毛羽，能夠騰雲駕霧，從而超越個體生命的有限，實現生命的永恆。

最後我們來看與仙人交友意象及女樂意象，《遠遊》裏這樣寫道：

軒轅不可攀援兮，吾將從王喬而娛戲！〔註109〕

祝融戒而還衡兮，騰告鸞鳥迎宓妃。張《咸池》奏《承雲》兮，二女御《九韶》歌。使湘靈鼓瑟兮，令海若舞馮夷。〔註110〕

《遠遊》這一繼承《離騷》香草美人傳統的求女意象在兩漢遊仙詩賦中也有體現。如《大人賦》：「奄息蔥極泛濫水娛兮，使靈娲鼓琴而舞馮夷。」《仙賦》：「諸物皆見，玉女在旁。」《八公操》：「馳乘風雲使玉女兮，含精吐氣嚼芝草兮。」《王子喬》（吟歎曲）：「玉女羅坐吹笛簫。」《氣出倡》其一：「仙人玉女下來翱遊。驂駕六龍飲玉漿。」《氣出倡》其二更有女仙爲之「起舞」，果眞是「酒與歌戲，今日相樂誠爲樂」。這些詩賦的主人公在仙界裏盡情享受歡樂，享受仙人玉女的陪伴及美妙的音樂。曹操《陌上桑》裏主人公與道教古仙人赤松子、羨門高相識結交：「交赤松，及羨門，受要秘道愛精神」，學到了道教的神秘之道。

〔註107〕鄭明璋：《漢賦與神仙鬼怪》，《臨沂師範學院學報》，2002年第8期。

〔註108〕〔漢〕王充：《論衡》，上海人民出版社1974年版，第24頁。

〔註109〕〔宋〕洪興祖撰：《楚辭補注》，中華書局1983年版，第166頁。

〔註110〕同上，第172～173頁。

（三）《離騷》、《遠遊》中「忽臨睨夫故鄉」情節的傳承

《遠遊》開篇寫道：「悲時俗之迫阨兮，願輕舉而遠遊。」作品主人公是迫於現實的壓力而決心出世遠遊，尋找長生不死的仙鄉。在遠遊的過程中，「涉青雲而泛濫遊兮，忽臨睨夫故鄉。僕夫懷餘心悲兮，邊馬顧而不行。思舊故以想像兮，長太息而掩涕。」作品主人公在經過故鄉上空時，思鄉之情無法抑制，涕淚交加，無法繼續前行。他徘徊於人世和仙境、現實和理想之間，和《離騷》「陟升皇之赫戲兮，忽臨睨夫舊鄉」的結尾一段極其相似。兩漢擬騷之作常有這種情節的設置。如賈誼《惜誓》：

> 乃至少原之野兮，赤松、王喬皆在旁。二子擁瑟而調均兮，余因稱乎清商。澹然而自樂兮，吸眾氣而翱翔。念我長生而久僊兮，不如反余之故鄉。〔註111〕

主人公感歎日月逾邁，老期將至，而欲遠遊。他遨遊天地之間，並和王喬，赤松等神仙徜徉遊戲。此時他的心境是恬淡安然的。然而，當他的視線投向自己一直苦苦眷戀的故國時，在長生久仙和返回故鄉中，毅然選擇了後者。再如《九思・疾世》：

> 踰隴堆兮渡漠，過桂車兮合黎。赴崑山兮矞崴，從邛遨兮棲遲。吮玉液兮止渴，醬芝華兮療飢。居嵺廓兮尠疇，遠梁昌兮幾迷。望江漢兮漫漶，心緊縈兮傷懷。〔註112〕

王逸在這裏寫詩人遠赴崑崙，渴啜玉精，饑食芝華，居住在空洞而無人的嵺廓之地，但內心仍然眷戀江漢舊土，感傷不已。這裏明顯是模仿《離騷》、《遠遊》設置的戲劇高潮，以遊仙長生之樂，反襯眷戀故土之悲，強化理想與現實的衝突對立，表現主人公內心掙扎幻滅的悲劇主題。另外《九思・遭厄》篇也描寫了一幅在仙境俯視人間的圖畫：

> 載青雲兮上昇，適昭明兮所處。蹈天衢兮長驅，踵九陽兮戲蕩。……攀天階兮下視，見鄹邾兮舊宇。意逍遙兮欲歸，眾穢盛兮杳杳。思哽饐兮詰詘，涕流瀾兮如雨。〔註113〕

再如王逸的《九思・傷時》寫主人公在神遊之中得到暫時的歡娛，最終卻又

〔註111〕〔宋〕洪興祖撰：《楚辭補注》，中華書局1983年版，第228～229頁。
〔註112〕同上，第319頁。
〔註113〕同上，第321～322頁。

無法放棄理想與現實的衝突，內心形成巨大的悲戚：

> 蹠飛杭兮越海，從安期兮蓬萊。緣天梯兮北上，登太一兮玉臺。使
> 素女兮鼓簧，乘戈穌兮謳謠。聲噭誂兮清和，音晏衍兮要婬。咸欣
> 欣兮酣樂，余眷眷兮獨悲。顧章華兮太息，志戀戀兮依依。〔註114〕

王逸一方面寫主人公「從安期兮蓬萊」，和仙人安期生一道遨遊蓬萊仙境，另
一方面「顧章華兮太息，志戀戀兮依依」。章華臺是楚地名勝景觀，用它來指
代故鄉舊國，此詩句明顯表現了主人公與仙人遊歷的同時對舊鄉捨棄不掉的
依戀。再如王褒《九懷‧株昭》，也模仿了《離騷》設置的「陟升皇之赫戲兮，
忽臨睨夫舊鄉」的情節：

> 乘虹驂蜺兮，載雲變化。鷦鴟開路兮，後屬青蛇。步驟桂林兮，超
> 驤卷阿。丘陵翔舞兮，溪谷悲歌。神章靈篇兮，赴曲相和。余私娛
> 茲兮，孰哉復加加。還顧世俗兮，壞敗周羅。卷佩將逝兮，涕流滂
> 沱。〔註115〕

王褒在這裏用神來之筆，將仙境刻化得奇妙壯觀：「丘陵翔舞兮，谿谷悲歌」，
王逸注為：「山丘踴躍而歡喜也。川瀆作樂，進五音也。」洪興祖補注曰：「翔
舞，亦丘陵之勢也。」「悲歌，亦謂水聲。」〔註116〕詩人想像中的仙境裏，山
川都在歡歌跳舞，彷彿「神章靈篇」，如琴瑟唱和一般。就在詩人「余私娛茲
兮，孰哉復加」之時，「還顧世欲，壞敗網羅」，污濁的現世彷彿羅網一般，
羈縛住詩人，令詩人無處逃逸，只得「卷佩將逝兮，涕流滂沱」。詩人由大喜
到大悲，內心情感矛盾的激烈衝突展露無遺；同時，這裏以喜襯悲的手法，
更容易將詩人從天上俯視濁世的悲苦情懷烘托出來。

從戰國到兩漢，騷體作品主人公迫於現實社會的壓力而被迫去尋找仙境，
在求仙的同時總是懷念故鄉舊國，內心充滿矛盾，難以擺脫煩惱。所以，這些
求仙作品，往往在故事情節的設置上突出表現主人公內心的矛盾、行動的徬徨。
漢人將《離騷》、《遠遊》開創的這一情節普遍的運用於擬騷之作中，並不斷地
精雕細刻，踵事增華，使之日益經典化、模式化，即在藝術構思和寓託主旨上，
都與《惜誓》「念我長生而久仙兮，不如反余之故鄉」如出一轍。其遠遊仙境，
總是相對於濁世故鄉而設置，形象地展示了黑暗現實與詩人理想追求之間的天

〔註114〕〔宋〕洪興祖撰：《楚辭補注》，中華書局 1983 年版，第 324～325 頁。
〔註115〕同上，第 279～280 頁。
〔註116〕同上，第 280 頁。

壤之別，明顯是借遊仙出世的手法，來表現失志不遇的悲劇情結。

（四）《大人賦》對《遠遊》空間建構方式的運用

《遠遊》是最早利用陰陽五行學說，來安排主人公天界巡遊路徑的遊仙詩。《遠遊》仙遊路線十分清晰，按照中、東、西、南、北順序進行，這種明確的五方思想，是《離騷》乃至《九辯》所沒有的，更重要的是主人公在遊歷四方時，在東、西、南、北遇到的神靈與五行說中的東西南北四方之神幾乎一致，即東方：其帝太皓，其神句芒；西方：其帝西皇〔註117〕，其神蓐收；南方：其帝炎帝，其神祝融；北方：其帝顓頊，其神玄冥。這與《呂氏春秋·十二紀》保留的先秦時期五行家的五方帝觀念極爲相似：

> 孟春之月……其帝太皥，其神句芒……盛德在木。
>
> 孟夏之月……其帝炎帝，其神祝融……盛德在火。
>
> 中央土……其帝黃帝。其神后土。
>
> 孟秋之月……其帝少皥，其神蓐收……盛德在金。
>
> 孟冬之月……其帝顓頊，其神玄冥……盛德在水。〔註118〕

《遠遊》中不僅五方帝觀念與五行思想相似，《遠遊》作者還利用五行說對事物賦予的象徵意義來描寫五方世界。《呂氏春秋》十二紀紀首「顯係春言生，夏言長，秋言收，冬言藏。每紀所繫之文，亦皆配合春生、夏長、秋收、冬藏之義。」〔註119〕《遠遊》在描寫主人公四方遊歷過程時，利用《呂氏春秋》裏所體現的五行思想來描述五方世界。《大人賦》繼承了《遠遊》對五行思想的借鑒，在具體設置「大人」的遊仙路線時，也是依據五行理論。

《大人賦》中的「大人」，基本上就是按照東、南、西、北這一空間順序，在神仙世界裏遨遊的。我們先來看「大人」遊歷東方時的情形：

> 邪絕少陽而登太陰兮，與眞人乎相求。互折窈窕以右轉兮，橫厲飛泉以正東。悉徵靈圉而選之兮，部署眾神於于搖光。使五帝先導兮，反大壹而從陵陽。左玄冥而右黔雷兮，前長離而後矞皇。厮征伯僑

〔註117〕 王逸：《楚辭章句》認爲西皇即西方之帝少昊。見〔宋〕洪興祖：《楚辭補注》，中華書局1983年版，第170頁。

〔註118〕 《禮記·月令》亦有收錄。需要指出的是，《遠遊》雖記有主人公在天庭中的壯遊，卻沒有提到黃帝與后土。這可能是因爲主人公雖到了天庭但沒有見到中央大帝，也可能與前文所述的「軒轅不可攀援兮」有關。

〔註119〕 陳奇猷：《呂氏春秋校釋》，學林出版社1984年版，第3頁。

而役羨門兮，詔岐伯使尚方。祝融警而蹕御兮，清氣氛而後行。屯
余車而萬乘兮，綷雲蓋而樹華旗。使句芒其將行兮，吾欲往乎南娭。
〔註120〕

大人旅行的第一站即是太陰。「少陽」、「太陰」，裴駰《史記集解》引《漢書
音義》曰：「少陽，東極；太陰，北極。」〔註121〕道家尙玄尙北，把北方視爲
神仙境界。大人到北極的目的是與居住在那裏的眞人相聚，眞人即道家所稱
揚的存養本性的得道之人。《莊子·大宗師》：「何謂眞人？古之眞人，不逆寡，
不雄成，不謨士。若然者，過而弗悔，當而不自得也。若然者，登高不慄，
入水不濡，入火不熱。是知之能登假於道者也若此。」〔註122〕眞人由於體悟
道性，超越了個體生命的有限性，成爲長生久視之人。《大人賦》的主人公前
往太陰與眞人相聚，他自身起碼也是超越世俗生死的慕道者。

　　「大人」從東極出發後，先來到了北極；緊接著，「大人」又橫渡飛泉，
奔向了東方。一路上，各路神仙都被「大人」徵集到了一起，經過篩選後供自
己差遣使用。「陵陽」、「玄冥」、「黔雷」、「長離」、「矞皇」、「征伯僑」、「羨門」、
「岐伯」、「祝融」，據裴駰《史記集解》引《漢書音義》及張守節正義，這些
都是仙或神的名稱。〔註123〕《大人賦》裏「大人」可以任意指使眾神仙爲自
己服務，其中也包括像「五帝」這樣地位尊貴的天神；而仙人陵陽子明、征伯
僑和羨門高等，竟然都成了「大人」身旁的小廝和奴僕。這主要是由於漢武帝
時期神仙思想神學化的原因。根據董仲舒的天人感應理論，人間帝王號稱「天
子」，乃是「天帝」之子。因而，除了宇宙之主「天帝」之外，其他眾神自然
也都應該爲「天子」服務。在漢人的天人感應理論體系之中，仙人的地位處於
人神之間，在普通人之上，而又在神人之下。正因爲如此，《大人賦》在描寫
「大人」遊仙場面時，才會出現「大人」役使各路神仙的情景。另外，《大人
賦》在遊歷東方時，遇到這些仙人也與五行思想有關。《遠遊》作者將修仙得
道的描寫放在東方。「仍羽人於丹丘兮，留不死之舊鄉。朝濯髮於湯谷兮，夕
晞余身兮九陽。」羽人國、丹丘、湯谷、九陽都指東方之地。〔註124〕作者將

〔註120〕〔清〕嚴可均校輯：《全漢文》卷二十一，中華書局 1958 年影印本，第 244
　　　　頁。
〔註121〕〔漢〕司馬遷：《史記》，中華書局 1982 年版，第 3059 頁。
〔註122〕〔清〕郭慶藩：《莊子集釋》，中華書局 1961 年版，第 226 頁。
〔註123〕〔漢〕司馬遷：《史記》，中華書局 1982 年版，第 3059 頁。
〔註124〕詳參唐景珏：《〈楚辭·遠遊〉思想內容探析》，《濟南大學學報》2008 年第 5

東方作爲修仙煉道之地，是完全符合保留著先秦五行思想的《呂氏春秋》十二紀的「春生」〔註125〕之意。與東方相對應的季節是春天，春天是生命的象徵，《呂氏春秋》在《孟春紀》、《仲春紀》、《季春紀》編排了和養生、長壽有關的文章如《本生》、《重己》、《貴生》等，《遠遊》將煉仙活動寫在東方，《大人賦》在東方遊歷時遇到眾多仙人應該都是從五行說中得到的啓發和產生的聯想。

　　《大人賦》對於「大人」在南方的遊歷過程，沒有作過多的描寫，僅有「歷唐堯於崇山兮，過虞舜於九疑」這一句簡單的交代。這一點與《遠遊》描寫南方時突出歌舞之樂有所不同。緊接著，「大人」又來到了西方的崑崙仙境。崑崙山是神話中著名的仙山，是百神聚居的極樂世界，《大人賦》把崑崙山作爲主人公遊仙的重要地點：

> 經營炎火而浮弱水兮，杭絕浮渚涉流沙。奄息蔥極泛濫水娭兮，使靈媧鼓琴而舞馮夷。時若曖曖將混濁兮，召屏翳誅風伯刑雨師。西望崑崙之軋沕荒忽兮，直徑馳乎三危。排閶闔而入帝宮兮，載玉女而與之歸。登閬風而遙集兮，亢烏騰而壹止。低佪陰山翔以紆曲兮，吾乃今日覩西王母曬然白首。戴勝而穴處兮，亦幸有三足烏爲之使。必長生若此而不死兮，雖濟萬世不足以喜。〔註126〕

「屏翳」，張守節《史記正義》引應劭語云：「屏翳，天神使也。」〔註127〕董仲舒《春秋繁露·五行順逆》云：「金者秋，殺氣之始也。建立旗鼓，杖把旄鉞，以誅賊殘，禁暴虐，⋯⋯警百官，誅不法。恩及於金石，則涼風出；恩及於毛蟲，則走獸大爲，麒麟至。」〔註128〕陳奇猷先生言：《呂氏春秋》「秋紀十二篇言兵，兵者肅殺，而秋季之天氣亦肅殺，萬物收斂，故秋紀十二篇係配合秋收之義」〔註129〕《呂氏春秋》秋紀十二篇要旨爲「言兵之仁義禮讓，誅暴振民」〔註130〕，可見西方、秋季給人的肅殺之感並非是消極的，它實質上強調的是掃除前進過程中的障礙，爲下一步工作鋪平道路。所以根據上述

　　　　期。
〔註125〕陳奇猷：《呂氏春秋校釋》，學林出版社1984年版，第3頁。
〔註126〕〔清〕嚴可均校輯：《全漢文》卷二十一，中華書局1958年影印本，第244頁。
〔註127〕〔漢〕司馬遷：《史記》，中華書局1982年版，第3061頁。
〔註128〕〔漢〕董仲舒：《春秋繁露》，上海古籍出版社1989年版，第79頁。
〔註129〕陳奇猷：《呂氏春秋校釋》，學林出版社1984年版，第3頁。
〔註130〕同上，第385頁。

五行理論，與西方對應的季節是秋天，而秋天乃是刑殺的季節。與《遠遊》
一樣，《大人賦》在描寫「大人」在西方遊歷時，著重突出了「大人」所具有
的殺罰權力。「大人」不僅能夠隨意使喚天神使者，而且還可以誅殺風伯、懲
罰雨師。隨後「大人」直馳崑崙山。三危，就是神話中的三危山，《山海經·
西山經》：「又西二百二十里，曰三危之山，三青鳥居之。」〔註131〕閬風，亦
是山名，傳說中的仙山，顏師古《漢書》注引張揖說：「閬風山在崑崙閶闔之
中。」〔註132〕閬風，又稱涼風。《淮南子·地形訓》所述崑崙神境，閬風確實
在崑崙閶闔之中。陰山，傳說中的山名，在崑崙西，《山海經·西山經》：「又西
三百里，曰陰山。」〔註133〕可見，這三座山是崑崙神境的重要組成部分，西王
母則是崑崙神境中的主人，她不僅超越了生死，而且掌管瘟疫、刑罰大權，擁
有不死之藥。但《大人賦》的主人公竟然覺得像西王母這種「曤然白首，載勝
而穴處」的仙界生活是不值得羨慕的，反而對她這種只有「三足烏為之使」的
淒涼生活有著無限的同情，從而發出「必長生若此而不死兮，雖濟萬世不足以
喜」的慨歎。《漢書》顏師古注：「昔之談者，咸以西王母為仙靈之最，故相如
言大人之仙，娛遊之盛，顧視王母，鄙而陋之，不足羨慕也。」〔註134〕在西方
遊歷時，「大人」還入天門，進帝宮，並從帝宮中帶走了「玉女」。《大人賦》所
反映的，正是漢人神仙信仰中追求享樂的特點。正是因為司馬相如把「大人」
的遊仙過程描繪得如此地美妙誘人，所以漢武帝看後才會「飄飄有陵雲之志」。

　　「大人」遊歷了西方之後，又來到了北方，以幽都入道作為抒情主人公
的神遊歸宿：

> 回車朅來兮，絕道不周，會食幽都。呼吸沆瀣兮餐朝霞，咀噍芝英
> 兮嘰瓊華。僸祲尋而高縱兮，紛鴻溶而上厲。貫列缺之倒景兮，涉
> 豐隆之滂濞。騁游道而脩降兮，騖遺霧而遠逝。迫區中之隘陝兮，
> 舒節出乎北垠。遺屯騎於玄闕兮，軼先驅於寒門。下崢嶸而無地兮，
> 上嶟廓而無天。視眩泯而亡見兮，聽敞恍而亡聞。乘虛亡而上遐兮，
> 超無友而獨存。〔註135〕

〔註131〕〔晉〕郭璞注：《山海經》，上海古籍出版社1989年版，第29頁。
〔註132〕〔漢〕班固：《漢書》，中華書局1962年版，第2598頁。
〔註133〕〔晉〕郭璞注：《山海經》，上海古籍出版社1989年版，第29頁。
〔註134〕〔漢〕班固：《漢書》，中華書局1962年版，第2598頁。
〔註135〕〔清〕嚴可均校輯：《全漢文》卷二十一，中華書局1958年影印本，第244
　　　　頁。

在北方，「大人」通過「呼吸沆瀣兮餐朝霞」、「咀噍芝英兮嘰瓊華」，身體變得更加輕飄，最後從北方升入了理想中的道境。《漢書·五行志》云：「水，北方，終臧萬物者也。」〔註136〕陳奇猷先生在《呂氏春秋校釋》中所言「冬言藏」，《呂氏春秋》「冬紀十二篇言死、言葬、言安死、言死之得當、言死而有價值，明是配合冬藏之義。」〔註137〕所以說根據五行理論，北方是萬物的終臧地，也是人的最後歸宿。所以，《遠遊》和《大人賦》都是把北方作爲主人公昇天遠遊的最後一站，最終經由北方進入理想中的道境。虛無，指道的本體，謂其無所不在，但又無形可見。上假，亦即登假、登遐，上乃上升、登上之意。主人公登遐於空曠深邃、無聞無見的虛無道境，超脫塵世而獨存，道境的上無天、下無地的寥廓無際，正是空間無限延展的極致。這裏是迥異於世俗空間的獨特地帶，生命在此實現了與道合一、不生不滅的永恒，徹底超越了空間的局限和生死的困擾。

（五）附論：《楚辭》漢人擬騷之作對《離騷》的傳承

《楚辭》漢人擬騷之作中的遊仙描寫雖受《遠遊》影響，但另一方面，它們並未完全脫離《離騷》的影子。這些作品大部分都是模擬屈原作品而來，雖然他們抒發的感情並非全是屈原的，而是包含有自己及自己時代的感情，但畢竟它們都是祖述屈原之作，借屈原以自擬，甚至有些作品是以屈原的思想作爲引申的出發點。所以說這些作品不可避免地對屈原及《離騷》有很多傳承。

《遠遊》中天國遊歷的描寫充滿了對自由美好生活的嚮往，而《離騷》壯麗的天國遊歷中不乏對社會現實的反思。如同《離騷》一樣，《楚辭》漢人擬騷之作的遊仙描寫並沒有脫離社會現實的影子，而是深深打上了現實社會的政治痕迹。如王逸《九思·疾世》曰：

> 周徘徊兮漢渚，求水神兮靈女。嗟此國兮無良，媒女詘兮謏讒。……言旋邁兮北徂，叫我友兮配耦。日陰曀兮未光，闇昧窈兮靡睹。紛載驅兮高馳，將諮詢兮皇羲。遵河皋兮周流，路變易兮時乖。漓滄海兮東遊，沐盥浴兮天池。訪太昊兮道要，云靡貴兮仁義。志欣樂兮反征，就周文兮邠岐。〔註138〕

〔註136〕〔漢〕班固：《漢書》，中華書局1962年版，第1342頁。
〔註137〕陳奇猷：《呂氏春秋校釋》，學林出版社1984年版，第3頁。
〔註138〕〔宋〕洪興祖撰：《楚辭補注》，中華書局1983年版，第317～318頁。

王逸將歷史人物與神仙帝王糅合在一起，打通歷史與仙境的界限，藝術化地展現了詩人追求政治理想的心路歷程。再如王逸《九思》第九章《守志》，寫屈原在社會現實中蒙冤遭疏，只得振翅騰雲仙遊：

> 攄羽翮兮超俗，遊陶遨兮養神。乘六蛟兮蜿蟬，遂馳騁兮陞雲。揚彗光兮爲旗，秉電策兮爲鞭。朝晨發兮鄢郢，食時至兮增泉。繞曲阿兮北次，造我車兮南端。謁玄黃兮納贄，崇忠貞兮彌堅。歷九宮兮徧觀，睹祕藏兮寶珍。就傳説兮騎龍，與織女兮合婚。舉天罼兮掩邪，彀天弧兮射姦。隨眞人兮翱翔，食元氣兮長存。望太微兮穆穆，睨三階兮炳兮。相輔政兮成化，建烈業兮垂勳。〔註139〕

這裏雖然有歷九宮，玩寶珍，與織女合婚，隨眞人長存等神仙世界的享樂，但詩人仍然「崇忠貞兮彌堅」，對「相輔政兮成化，建烈業兮垂勳」的美政理想念念不忘。這裏的仙境，儼然就是天上的人間朝廷。從這可以看出，由於儒學思想佔據著漢代士人主要的思想觀念，神仙思想雖然滲透進了《楚辭》漢人擬騷之作中，但並沒有成爲詩人尋求精神解脫的手段，這一點與《遠遊》以神仙思想爲主導完全不同。經過漢代文人的心理轉換，神仙思想在《楚辭》漢人擬騷之作中牢牢地落實於現實政治生活中，從某種意義上說強化了儒家志士式的政治情懷，賦予了作品強烈的主觀感情色彩。

《楚辭》漢人擬騷之作還將《九歌》、《離騷》中常用的香草意象引入自己的作品中。如《九懷·匡機》：

> 乘日月兮上征，顧遊心兮鄗酆。彌覽兮九隅，彷徨兮蘭宮。芷閭兮藥房，奮搖兮眾芳。菌閣兮蕙樓，觀道兮從橫。寶金兮委積，美玉兮盈堂。桂水兮潺湲，揚流兮洋洋。著蔡兮踊躍，孔鶴兮同翔。

〔註140〕

再如東方朔的《七諫》也這樣描寫遊仙幻境：

> 引八維以自道兮，含沆瀣以長生。居不樂以時思兮，食草木之秋實。飲菌若之朝露兮，構桂木而爲室。雜橘柚以爲圃兮，列新夷與椒楨。

〔註141〕

這裏，王褒、東方朔是將《九歌》、《離騷》中的蘭芷、蕙蘭、桂樹、橘柚、

〔註139〕〔宋〕洪興祖撰：《楚辭補注》，中華書局 1983 年版，第 326～327 頁。
〔註140〕同上，第 269 頁。
〔註141〕同上，第 250 頁。

新夷、椒楨等，移置到了天上仙境。仙人生活在蘭宮、芷閭、藥房、菌閣、
蕙樓、桂室之中，他們的飲食是「沆瀣」、「秋實」、「朝露」等能使人延年益
壽的精華。四周又是桂水潺湲，揚流洋洋，神龜踴躍，孔鶴翱翔，一派生機
盎然。這裏需要注意的是，漢人擬騷之作中香草意象已經捨棄了《九歌》、《離
騷》中所蘊含的南楚巫文化的「以性娛神」的含義，更多是繼承《離騷》從
南楚巫文化傳統中昇華出來的意義。《離騷》主人公一方面繼承南楚巫文化傳
統，主人公不僅要佩飾香草而且吃香草，以一個芳香四溢的美麗形象去取悅
於神靈。另一方面，由於主人公受到戰國士文化的浸染，由於主人公對自身
價值的覺醒，由於主人公像戰國士林那樣刻意修身培養美好品質，因而他開
始有意識地借助於花草作為自身美好品質、人格、才能的比喻或象徵。〔註142〕
漢人擬騷之作很明顯汲取了《離騷》中的這層含義，將遊仙與修德結合起來，
浸染上了楚辭「善鳥香草，以配忠貞」的象徵寓意色彩，「積聚眾芳以為殿堂，
修飾彌盛，行善彌高」〔註143〕，散發出屈子養性修德的精神氣息。

　　綜上所述，《楚辭》漢人擬騷之作，承襲楚辭《遠遊》這一主題，將《離
騷》中的神話世界改成了神仙世界，作品中更多地運用吸氣、含沆瀣、騎白
鹿、赤松、王喬等仙話中的詞彙，繼承遊仙詩之祖《遠遊》，形成文學作品中
的遊仙題材。但是讀漢人擬騷之作，他們的遊仙描寫對《遠遊》並沒有大的
改進，成仙方術、所遇仙人、仙境的創造等都鮮有新的內容，這與「兩漢時
期兩漢時期大造神仙，廣求仙藥的運動是極不相稱的。這可能與楚辭系統本
身的內在制約傳統有關。」〔註144〕與此相反，《楚辭》漢人擬騷之作雖然捨棄
了《離騷》壯麗的天國神遊，然而在很多方面卻依然以《離騷》為模本。《楚
辭》漢人擬騷之作的作者普遍處於人生坎坷境況，與屈原有相類似的人生遭
遇。漢人擬騷之作的創作多與作者們對屈騷憤世嫉俗之志的繼承有關。另外，
漢人擬騷之作的主人公多徘徊於人世和仙境、現實和理想之間，和《離騷》「陟
升皇之赫戲兮，忽臨睨夫舊鄉」的結尾一段極其相似。《楚辭》漢人擬騷之作
還將《九歌》、《離騷》中常用的香草意象引入自己的作品中，並汲取《離騷》
借助花草作為自身美好品質、人格、才能的比喻或象徵這層含義，明顯是將

〔註142〕參考陳桐生：《論離騷比興形態早於詩經》，見陳桐生：《楚辭與中國文化》，
　　　　　陝西人民教育出版社 1997 年版。
〔註143〕王逸注：《九歌‧湘夫人》，見〔宋〕洪興祖：《楚辭補注》，中華書局 1983
　　　　　年版，第 67 頁。
〔註144〕陳洪：《論〈楚辭〉的神遊與遊仙》，《文學遺產》，2007 年第 6 期。

遊仙與修德結合起來。

　　總之，兩漢遊仙詩賦隨著遊仙思想的興盛而大大成熟，但細細研讀，我們依然可以從這些遊仙詩中發現遊仙詩之祖《遠遊》的影子。《遠遊》作為遊仙詩之祖，整首詩的結構完全是按照遊仙的動機、準備，過程及最後的歸宿幾個部分來寫。後世遊仙詩雖然已愈來愈重視對遊仙過程的渲染，省略對遊仙動機、準備及歸宿的描寫，但從總體上看，沒有拋開這四項內容，《遠遊》奠定了後世遊仙詩的基本模式。兩漢遊仙賦作與《遠遊》還有一個共同特點，即兩漢神仙題材的辭賦顯然都受到了老莊思想的影響，《莊子》書中「不敖倪萬物獨與天地精神往來」〔註145〕的思想，「乘天地之正，而御六氣之辯，以遊無窮」〔註146〕的神人至人形象，以及《老子》書中對道境「視之不見，聽之不聞」、「恍兮惚兮」的體悟都對漢代神仙題材的辭賦產生了深刻的影響，使這類作品不自覺地運用了道家式的話語，創造了道家式的境界。除此之外，《遠遊》運用五行學說來建構空間的方式，被漢代辭賦家司馬相如、張衡等成功運用，為《大人賦》、《思玄賦》等漢賦的空間建構提供了一種新的模式。

第三節　兩漢遊仙詩賦對《遠遊》的發展

　　先秦兩漢是中國遊仙文學孕育、產生和發展的一個重要階段。神仙思想產生後，最先在楚辭《遠遊》中得以較為系統全面的體現。到了漢代，由於神仙思想的迅速發展及文學創作的空前繁榮，漢代遊仙詩賦在《遠遊》的基礎上又得到了長足的發展，兩漢遊仙詩賦中出現了較多的富含「列仙之趣」的詩賦作品，遊仙詩賦中仙境的描寫大大擴大，且出現了許多新的意象類型，總之較之先秦遊仙文學有了許多創新與發展。

一、兩漢神仙思想的盛行

　　漢代是神仙思想迅速發展、神仙信仰全面普及的重要時期。如錢志熙先生所說：「漢代社會是非理性生命思想占主導傾向的時代。其時非理性生命思

〔註145〕《莊子·天下》，見〔清〕郭慶藩：《莊子集釋》，中華書局1961年版，第1098頁。
〔註146〕《莊子·逍遙遊》，見〔清〕郭慶藩：《莊子集釋》，中華書局1961年版，第17頁。

想的核心觀念就是深信神仙可求、長生可得和死後靈魂的永生。」〔註147〕

提到漢代的求仙風氣，人們自然想到那位好大喜功，同時又千方百計追求長生不老的漢武帝。其實，天子王侯求仙，並非自武帝始，而是有著更爲久遠的歷史，從最直接的淵源來說，在他之前就有戰國時的齊燕之君及後來的秦始皇，他們相繼派人到東海尋求三神山，秦始皇還兩次親自巡遊東海，對此，《史記‧封禪書》有明確記載。漢武帝的求仙活動較之齊燕之君、秦始皇有過之而無不及，《史記》的《孝武本紀》和《封禪書》主要就是記載他在這方面的各種舉措。漢武帝時，漢武帝寵信神仙方士、追求長生不死，在神仙方士的慫恿和指導下，漢武帝舉行了一系列大規模的求仙活動，其求仙活動，持續時間長，涉及範圍廣，參與人數多，其規模已經遠遠地超過了秦始皇。漢武帝大規模的求仙活動，擴大了「方仙道」在社會上的影響。

漢代盛行求仙風氣，有很多方士推波助瀾。以漢武帝時期而言，方士在天子的求仙活動中扮演的是呼風喚雨、出謀劃策的角色，有的因此成爲朝廷命官，齊人少翁爲文成將軍；膠東架大爲五利將軍，相繼娶兩位公主爲妻，數月之間佩六印，貴震天下。武帝朝的求仙之風甚囂塵上，這批方士是重要的推動力量。漢武帝對方士李少君、欒大和公孫卿等的受寵，更使得「方仙道」在漢武帝時期得到了極大的發展，出現了空前興盛的局面。《史記》記載了漢武帝時期方士爭獻「奇方」、萬民求仙的盛況：

> 居久之，李少君病死。天子以爲化去不死也，而使黃錘史寬舒受其方。求蓬萊安期生莫能得，而海上燕齊怪迂之方士多相效，更言神事矣。〔註148〕

> （欒）大見數月，佩六印，貴振天下，而海上燕齊之間，莫不搤捥而自言有禁方，能神僊矣。〔註149〕

> 上遂東巡海上，行禮祠八神。齊人之上疏言神怪奇方者以萬數，然無驗者。乃益發船，令言海中神山者數千人求蓬萊神人。公孫卿持節常先行候名山，至東萊，言夜見一人，長數丈，就之則不見，見其跡甚大，類禽獸云。群臣有言見一老父牽狗，言「吾欲見巨公」，

〔註147〕錢志熙：《唐前生命觀和文學生命主題》，東方出版社 1997 年版，第 135 頁。

〔註148〕《史記‧孝武本紀》，見〔漢〕司馬遷：《史記》，中華書局 1982 年版，第 455 頁。

〔註149〕同上，第 463～464 頁。

已忽不見。上既見大跡，未信，及群臣有言老父，則大以爲僊人也。
宿留海上，與方士傳車及閒使求僊人以千數。〔註150〕

公孫卿言見神人東萊山，若云「見天子」。天子於是幸緱氏城，拜卿
爲中大夫，遂至東萊，宿留之數日，毋所見，見大人跡。復遣方士
求神怪采芝藥以千數。〔註151〕

漢武帝所派遣的「求仙人」、「採芝藥」的方士，常常是「以千數」；而漢武帝
東巡海上之時，「齊人之上疏言神怪奇方者」竟然是「以萬數」，這簡直可以
稱得上是一場轟轟烈烈的萬民造神、造仙運動。通過這場萬民造神、造仙運
動，「方仙道」在漢武帝時期出現了空前興盛的局面。

再者，爲了迎神候仙，漢武帝還多次採納了神仙方士們的建議，建造了
大量的宮觀樓臺。這些宮觀樓臺的大量出現，擴大了神仙說的影響，對於「方
仙道」的發展也產生了直接的推動作用。漢武帝「作甘泉宮，中爲臺室，畫
天、地、太一諸鬼神，而置祭具以致天神」，是聽從方士齊人少翁的建議。漢
武帝在長安建造「蜚廉桂觀」，在甘泉宮建造「益延壽觀」與「通天台」，是
聽信了方士公孫卿「仙人好樓居」的話。〔註152〕長安城內有名的柏梁臺、銅
柱及承露仙人掌等，也都是漢武帝在神仙方士的慫恿下建造的。當漢武帝東
巡海上時，方士有言「黃帝時爲五城十二樓，以候神人於執期，命曰迎年」，
於是漢武帝就依方士之言，建造了「五城十二樓」，取名曰「明年」。〔註153〕
後來，柏梁臺毀於一場大火，漢武帝又聽從方士們的建議，建造了著名的建
章宮，《史記・孝武本紀》載：

上還，以柏梁災故，朝受計甘泉。公孫卿曰：「黃帝就青靈臺，十二
日燒，黃帝乃治明庭。明庭，甘泉也。」方士多言古帝王有都甘泉
者。……勇之乃曰：「越俗有火災，復起屋必以大，用勝服之。」於
是作建章宮，度爲千門萬戶。前殿度高未央，其東則鳳闕，高二十
餘丈。其西則唐中，數十里虎圈。其北治大池，漸臺高二十餘丈，
名曰泰液池，中有蓬萊、方丈、瀛洲、壺梁，象海中神山龜魚之屬。
其南有玉堂、璧門、大鳥之屬。乃立神明臺、井幹樓，度五十餘丈，

〔註150〕《史記・孝武本紀》，見〔漢〕司馬遷：《史記》，中華書局1982年版，第474
　　　　～475頁。
〔註151〕同上，第477頁。
〔註152〕同上，第478～479頁。
〔註153〕同上，第484頁。

輦道相屬焉。〔註154〕

在漢武帝的影響下，郡國各地也都開始大量修建宮觀樓臺等迎神候仙之所。《史記・孝武本紀》云：「（公孫）卿曰：『仙者非有求人主，人主求之。其道非少寬假，神不來。言神事，事如迂誕，積以歲乃可致。』於是郡國各除道，繕治宮觀名山神祠所，以望幸矣。」〔註155〕漢武帝時期，用於迎神候仙的宮觀樓臺，幾乎遍及全國各地；這對於「方仙道」的發展及神仙信仰的普及都產生了非常重要的影響。

漢武帝以求仙著名，作為武帝叔輩的淮南王劉安亦執著於求仙。歷史上有許多關於淮南王求仙的傳說。現存的《八公操》據說就是淮南王劉安所作。再從王公貴族來看，從西漢初年開始就有人幻想成仙，並且身體力行，付諸實踐，張良就是其中的一位。留侯張良是劉邦的謀士，曾得到半人半神黃石公傳授的兵書，輔佐劉邦打天下，建立了汗馬功勞，是西漢重要的開國元勳。《史記・留侯世家》記載，張良在談及自己辟穀導引以求成仙一事時說道：

> 家世相韓，及韓滅，不愛萬金之資，為韓報仇強秦，天下振動。今以三寸舌為帝者師，封萬戶，位列侯，此布衣之極，於良足矣，願棄人間事，欲從赤松子游耳。〔註156〕

張良把自己求仙的理由和動機說得很明確，也很坦率。他對自己的現實人生極其滿意，功成名就，位極人臣，榮華富貴無以復加，對功名利祿已經不再存任何追求。但是，他還要體驗另一種人生，要成為長生久視之人，而這種仙人的生存狀態在現實世界是找不到的。必須超越、拋棄已經得到的一切，才能真正進入仙境。張良是出於對現實的滿足而求仙，他的話語道出了天子王公求仙的普遍心理。他們在現實世界已經得到最大的滿足，他們所要追求的長生久視是現實世界無法提供的，所以，為了求仙而拋棄現實所得也心甘情願。《史記・孝武本紀》記載，漢武帝聽人講述黃帝升仙傳說後感慨道：「嗟乎！吾誠得如黃帝，吾視去妻子如脫躧耳。」〔註157〕漢武帝把成仙視為人生最大的樂事，寧肯捨棄妻子也在所不惜。天子王侯求仙是基於現實人生的滿足，是在享受了人間的榮華富貴之後產生的幻想，因此不存在對現實的留戀。

〔註154《史記・孝武本紀》，見〔漢〕司馬遷：《史記》，中華書局 1982 年版，第 482 頁。
〔註155〕同上，第 472 頁。
〔註156〕同上，第 2048 頁。
〔註157〕同上，第 468 頁。

有漢一代神仙思想的盛行我們還可以從《漢書・藝文志》中著錄的大量神仙、房中之術的著作，窺見神仙方術在漢代社會的的興盛。《漢書・藝文志》列房中八家，一百八十六卷之多，如《容成陰道》，《務成子陰道》，《堯舜陰道》等。另著錄神仙十家，二百零五卷如《宓戲雜子道》、《上聖雜子道》、《道要雜子》等。〔註158〕這些著作多爲漢人僞託古人所作。除了文獻資料外，我們還可以從近年的出土文物中一窺漢代神仙思想的盛行。從現存的漢代畫像石、畫像磚，以及銅鏡、漆器等日常器物的鏤刻圖案中，可看到大量的神仙人物故事和活動情形，各種乘雲駕飛龍的仙人、鬼怪、奇禽異獸、星辰天象、求仙問藥的圖畫等反映出漢人海闊天空般的奇思異想。再如，漢人認爲能通過「羽化升仙」，成爲「神仙」，漢代大量流行的羽人形象就是明證。漢代升仙畫像石中大都有這類羽人的視覺形象，尤以山東嘉祥武梁祠畫像中的羽人爲最多。武氏祠興建於公元 147 年，是東漢晚期畫像石的寶庫，前後左右石室畫像中有許多有翼羽人，形象生動，姿態各異。祠中左右石室頂部前坡東段有一祠主升仙圖，畫面下部是祠主墓地，右面有闕，闕左側爲三座饅頭狀墳丘，墳丘中墓主人正準備隨雲氣飛升到上部仙人世界。從墳丘升起的雲氣充滿整個天空，雲氣中有眾多羽人，還有準備讓墓主人乘坐的兩架仙車；上部爲駕臨墓地上空迎接墓主人升仙的東王公和西王母。畫面生動地表現了漢代人期盼死後升仙的觀念。總之，從出土的文物來看，長生快樂的神仙形象，已成爲漢人喜聞樂見的一種審美素材和娛樂主題，這也從側面反映了漢代神仙思想的盛行。

二、兩漢遊仙詩賦對《遠遊》的創新

《遠遊》作爲遊仙詩之祖，由於受《離騷》的影響，同時也受當時神仙思想功利色彩不濃等特點的影響，它的仙話色彩遠不如後世遊仙詩濃厚。如《遠遊》中的神仙意象在全文僅僅出現於遠遊的準備階段，即主人公羨慕仙人階段，表達了主人公對古仙人如赤松、傅說、韓眾等的向望；再如《遠遊》作爲遊仙詩，對主體部分即天國遊歷部分的描寫，使用的全是神話意象，不管是拜訪的神靈還是乘駕侍御之類，與《離騷》神遊中的意象同屬一類，這些都可以看作《遠遊》仙話色彩不夠濃厚的表現。那麼造成這一現象的原因

〔註158〕《漢書・藝文志》，見〔漢〕班固：《漢書》，中華書局 1982 年版，第 1778～1780 頁。

是什麼？陳洪《論〈楚辭〉的神遊與遊仙》有著的較爲透徹的分析：「在後世遊仙之作裏，對仙境部分的描寫通常是很豐滿的，但在《遠遊》中卻很微弱，只有寥寥『順凱風以從遊兮』等幾句。這與全文用大半篇幅描寫神境，形成極大的反差。個中原因，恐怕不出以下兩端：一是如仙話衍化於神話一樣，此時的仙境還剛剛從神境中脫胎出來，還沒有來得及發育成長，因此它還很嫩，無法與早已成熟的神境相比。二是作者雖然想寫仙境，但他一時還擺脫不了《離騷》那種寫神境的套路束縛。」〔註 159〕陳洪先生的論述較深入。另外，《遠遊》中的古仙人意象與後世道教徒們爲了宣揚道教教義而編造的仙話不同，袁珂先生曾言：「《列仙傳》以其記敘的大都是古仙話，不同流俗，和神話的某些格調、性質能夠互相溝通……」「古仙話中仙人生羽翼的設想，就是古仙話的原始性，它和神話的原始性是相通的，因而仙話得以進入神話的領域。」〔註 160〕也就是說這些古仙人更多來自神話傳說，與後世道教方士的編造的仙話相比，顯得稚嫩，這也是造成《遠遊》仙話色彩不濃的重要原因。

兩漢遊仙詩繼承《遠遊》的遊仙精神，將遊仙寫入文學，而伴隨著神仙思想的盛行，兩漢遊仙詩繼承《遠遊》的方術、仙話系統而趨向成熟，仙話色彩愈來愈濃厚，神仙、方術意象已大量出現在主人公遠遊階段，成爲名副其實的遊仙詩。至此，《遠遊》中還很微弱的仙境終於眞正遼闊了起來。

（一）兩漢遊仙詩賦中「列仙之趣」作品的出現

《楚辭·遠遊》雖然也表現了作者對神仙世界的美好嚮往，但由於其最終進入的是寂寥的道家，所以並非純粹的「列仙之趣」。秦始皇使博士做的《仙眞人詩》，原詩已佚，其內容當不出於求仙訪藥、追求長生之類，當爲體現純粹列仙之趣的遊仙詩。謝无量先生稱《仙眞人詩》爲「遊仙詩之祖」〔註 161〕，魯迅先生也稱《仙眞人詩》爲「後世遊仙詩之祖」〔註 162〕。不過，朱乾也將《仙眞人詩》視爲早期兩類遊仙詩的起始者之一。清朱乾認爲，最早的遊仙詩蓋爲《遠遊》，但《遠遊》只是開創了「騷人才士不得志於時，藉此以寫胸中之牢落」這一類詩，而後一類起於《仙眞人詩》。謝无量先生大概認爲遊仙

〔註 159〕陳洪：《論〈楚辭〉的神遊與遊仙》，《文學遺產》，2007 年第 6 期。
〔註 160〕袁珂：《中國神話史》，上海文藝出版社 1988 年版，第 131、132 頁。
〔註 161〕謝无量：《中國大文學史》，中州古籍出版社 1992 年據 1918 年中華書局本影印，卷二第 83 頁。
〔註 162〕魯迅：《漢文學史綱要》，見《魯迅全集》第 9 卷，人民文學出版社 1981 年版，第 383 頁。

詩只能是像《仙眞人詩》那樣，而絕不可能包含如「悲世俗之迫厄兮」這樣的詩句，於是將《遠遊》斥之於遊仙詩之外。朱乾《樂府正義》卷十二將《遠遊》定爲「後世遊仙之祖」，但並不否認求仙訪藥、追求長生之類起於《仙眞人詩》。所以說，是《仙眞人詩》開了純粹歌詠「列仙之趣」這一類遊仙詩的先河。這一類遊仙詩，到了漢代，隨著道教思想的興盛，有了更大的發展。漢樂府遊仙詩中天子及方士的求仙訪藥詩即屬於此類，如《王子喬》、《長歌行》、《董逃行》、《八公操》等。先來看《八公操》：

> 煌煌上天照下土兮，知我好道公來下兮。公將與予生毛羽兮，騰青
> 雲蹈梁甫兮。觀見瑤光過北斗兮，馳乘風雲使玉女兮。含精吐氣嚼
> 芝草兮，悠悠將將天相保兮。〔註163〕

此詩記載了神仙八公降臨助自己成仙得道的過程。正像輝煌明亮的太陽照耀著大地一樣，神仙八公也明察人的內心世界，他們得知作者喜愛神仙道術，便主動來到人間。作者認爲，八公的降臨能夠使自己羽化成仙，超越死亡。詩人想像自己羽化成仙之後進入神仙聖地，風雲是自己出行的車乘，神女爲自己殷勤服務。自己不再是飲食人間煙火的凡人，而是深諳吐故納新之法、以芝草爲食，安享天命相保、無疆之壽的神仙了。詩人對長生的渴望是那樣強烈，而這一願望的實現又是那麼輕而易舉，詩人由人到神之間的轉變、人境與仙境的溝通竟然不費吹灰之力。這首詩所形成的藝術氛圍是熱烈的、歡快的，詩的主人公作爲一方諸侯王已經享盡人間的榮華富貴，又要到另一個世界去歡度永無窮盡的仙人生活，有的只是對神國仙鄉的企盼和成爲仙人的喜悅，見不到現實世界投射的任何陰影。

再來看曹操《氣出倡》：

> 從西北來時，僊道多駕煙，乘雲駕龍，鬱何蓩蓩。遨遊八極，乃到
> 崑崙之山，西王母側，神仙金止玉亭。來者爲誰？赤松王喬乃德旋
> 之門。樂共飲食到黃昏。多駕合坐，萬歲長，宜子孫。〔註164〕

這是一幅諸神朝拜西王母的恢宏畫卷。其盛大的場面，華貴的車輦，繽紛的色採，不禁讓人懷疑爲人間皇帝在宮中大宴文武。特別是針對群仙列坐，祝西王母萬壽無疆的描寫，更使人想見諸侯朝拜天子的景象。

（二）仙界描寫的擴大與創新

〔註163〕 逯欽立輯校：《先秦漢魏晉南北朝詩》，中華書局1983年版，第98～99頁。
〔註164〕 同上，第346頁。

　　《遠遊》作爲第一首遊仙詩，雖然運用了神仙與方術意象，但都是在遠遊的準備階段，天國遊歷描寫運用的完全是神話意象，如充當先頭部隊的豐隆爲神話中的雲神，路上的隨從玄武爲北方之神，宓妃、二女（唐堯的兩個女兒娥皇、女英）、湘靈、海若也都是神話中的神靈。主人公拜訪的居所也爲神話傳說中的天帝之宮，四方大帝太暤、炎帝、西皇、顓頊的宮殿。可見，《遠遊》雖爲遊仙作品，描繪的卻是神境，而非仙境，雖然也出現了一些仙人的名字及方術的運用，但並沒有構成一個具體可感的神仙世界。兩漢遊仙詩賦在繼承《遠遊》的基礎，雖然在神遊描寫時不乏神話意象，但更重要的是在仙境的塑造方面所作的創新。兩漢遊仙詩賦中，出現了一些新的仙人，同時，仙人活動的場所也有所擴大，並且仙界裏也出現了新的意象。

　　漢代遊仙作品，仙話色彩愈來愈濃厚，雖然在繼承《遠遊》的基礎上仍保留有神話意象類型，但神仙、方術意象的運用較《遠遊》更爲普遍，神仙意象已經出現在主人公遊仙階段，這其中的仙人不僅有王子喬、韓眾等古仙人，更有一些新近仙化的意象。《大人賦》裏的仙人都是新面孔，在「與眞人乎相求」一句的引領下，出現了陵陽子明、征伯僑、羨門子高、岐伯、玉女和西王母等仙人。王逸《九思・傷時》「蹠飛杭兮越海，從安期兮蓬萊」、「使素女兮鼓簧，乘戈龢兮謳謠」，提到兩位新的仙人，即安期生、乘戈。較之《楚辭》，兩漢遊仙詩賦新出現的仙人裏更常用的是西王母。如司馬相如《大人賦》云：「低佪陰山翔以紆曲兮，吾乃今日睹西王母。暠然白首戴勝而穴處兮，亦幸有三足鳥爲之使。」曹操《氣出倡》其二云：「遨遊八極。乃到崑崙之山西王母側。神仙金止玉亭。」《氣出倡》其三：「乃到王母臺，金階玉爲堂，芝草生殿旁。東西廂，客滿堂。金階玉爲堂，芝草生殿旁。」班彪《覽海賦》：「松喬坐於東序，王母處於西箱。」可見西王母在漢代社會已經成爲一名重要的神仙，近年來出土的西漢末期的漢畫像石、畫像磚上有很多西王母畫像，也證明了西王母在漢代社會的仙化。如成都市郊出土的《西王母》畫像磚：「上方正中一圓形有蓋之穴，左右雲氣圍繞，爲西王母所居『石室』。……畫像磚上的『石室』之中，西王母坐於龍虎座上。……圖中的西王母，身著女裝，頭上有飾，左右仙氣縈繞，道貌威嚴。」﹝註165﹞再如山東沂南出土的漢代石墓，墓門西側的支柱上有一石刻畫，畫上有三張相連的幾，一虎立於幾間，

﹝註165﹞劉志遠、余德章、劉文傑編著：《四川漢代畫像磚與漢代社會》，文物出版社1983年版，第131～132頁。

端坐在中間一几上的即西王母。西王母的背後生有一對翅膀，頭上橫插一笄。
〔註166〕另外，西王母與崑崙山及三足烏的結合也在漢畫像石中得以體現。信
立祥《漢代畫像石綜合研究》說：「早期西王母圖像中，戴勝的西王母周圍都
有九尾狐、三足烏、擁臼搗藥的玉兔等仙禽神獸，少數圖像還在西王母周圍
畫出綿延的崑崙山，表明西王母圖像的構圖格局已經初步形成。」〔註167〕可
見西王母是漢代神仙信仰中極為重要的一位神仙，也是漢代文學作品中出現
最多的神仙之一。漢代遊仙作品不僅提到西王母，而且還將其與東王公相提。
如《相和瑟調曲・隴西行》：「上與天相扶。過謁王父母，乃在泰山隅。」這
裏的「王父母」是指東王公和西王母。先秦時期人們就把東王公和西王母聯
繫在一起，變成一對配偶神。《吳越春秋》記載，越王句踐「立東郊以祭陽，
名曰東皇公。立西郊以祭陰，名曰西王母」。〔註168〕顯然，東王公、西王母掌
握著男女得道者的名籍，並作為一對夫妻神出現。所以《隴西行》中的主人
公要想成仙，事先要拜見東王公和西王母。

　　除了增加了一些新的仙人之外，《大人賦》還把遊仙與神遊混起來寫，將
上文提到的仙人與含雷、陸離、潏湟、祝融和句芒等天神混同起來，於是，
以往仙與神之間的區別被泯滅了，都是「神仙」了，仙境與境界的差別也被
打掉了，都是「神仙境界」了。這樣，世俗的神聖化和天神的世俗化，大大
拉長了漢賦中的神仙隊伍。

　　兩漢遊仙詩賦裏不僅仙人的範圍擴大了，仙人的活動領域也擴大了。最
為顯著的變化即是海上仙境進入了遊仙詩賦的創作視野裏。可以說賦作狀描
滄海，首見於班彪。班彪《覽海賦》約作於東漢光武帝十三年，赴任徐縣（治
所在今江蘇泗洪縣南）縣令時。《覽海賦》從海上景致聯想到海上的仙山。對
大海的描寫，《覽海賦》採用虛實結合的寫法，實寫，「顧百川之分流，煥爛
漫以成章。風波薄其裔裔，邈浩浩以湯湯。指日月以為表，索方瀛與壺梁。」
寥寥幾筆便勾勒出大海的宏闊與博大。虛寫，「曜金璆以為闕，次玉石而為堂。
蓂芝列於階路，湧醴漸於中唐。朱紫採爛，明珠夜光。松喬坐於東序，王母
處於西箱。命韓眾與岐伯，講神篇而校靈章。」巧設神仙幻境，從側面對大

〔註166〕吳曾德：《漢代畫像石》，文物出版社1984年版，第112頁。
〔註167〕信立祥：《漢代畫像石綜合研究》，文物出版社2000年版，第148頁。
〔註168〕《吳越春秋・句踐陰謀外傳第九》，見〔東漢〕趙曄撰，張覺校注：《吳越春秋校注》，嶽麓書社2006年版，第230頁。

海進行烘託，在班彪筆下，大海已成為世俗之人企慕的理想境地。不僅住所富麗堂皇，而且還有眾多仙人為伴，大海無窮的魅力，在這神話般的幻境中得到了具體而形象的顯現。

自戰國以來，最令人神往的仙境，還是東海之上的蓬萊仙境和遠在西邊的崑崙仙境。詩歌史上第一個將蓬萊仙境描寫得如此燦爛輝煌而又蒼茫窈冥的，當數曹操的《氣出倡》：

> 東到蓬萊山，上之天之門。玉闕下，引見得入，赤松相對，四面顧望，視正焜煌。開玉心正興其氣，百道至。傳告無窮，閉其口但當愛氣，壽萬年。東到海與天連。神仙之道，出窈入冥。〔註169〕

詩人幻想從蓬萊山上到天門宮闕內，與仙人赤松子相對而坐，四周則是一派群星璀璨、神氣盎然的壯觀景象！詩人借星象渲染出了一片流光溢彩的神秘仙境。這與漢代天文星象學的發展和方士們占星望氣的活動密切相關。《漢書‧禮樂志》記載了漢武帝率領文武百官舉行郊祀大典時的情形，《史記‧封禪書》記載了漢武帝時著名的望氣占星家王朔的占望活動等。漢人常在這種神光離合的神秘氛圍中，對神仙頂禮膜拜，從而求得天人感應，曹操這首詩正是運用這些占星望氣、候神迎仙的方術素材，創造出了一個神光四溢的天上仙境。面對東海之境，曹操只一句：「東到海，與天連」，大筆勾貌，就揮灑出「神仙之道，出窈入冥」的神韻來，這不禁讓人聯想到漢武帝望祠蓬萊時創作的《郊祀歌‧朱雁之歌》，其結尾「登蓬萊，結無級」，也蘊含著相似的蒼茫寥闊之意。另外，樂府遊仙詩《相和吟歎曲‧王子喬》「東遊四海五嶽上。過蓬萊紫雲臺」，王逸《九思‧傷時》「蹠飛杭兮越海，從安期兮蓬萊」，張衡《思玄賦》「登蓬萊而容與兮」均提到蓬萊，以往《楚辭》中很少表現的方丈、瀛洲和壺梁等海上三仙山也被拉了進來，形成了與崑崙神山東西相映的仙鄉格局。

除海上仙境融入遊仙文學外，兩漢遊仙作品裏仙境的創造還有一個特點，即很多作品中的仙境本是封建帝王所造。如果說秦始皇心目中的仙界還遠在東瀛的海外神山，那麼漢武帝則把神仙請到了華山和泰山。據《漢書‧郊祀志》記載，漢武帝為了「招來神仙之屬」，在長安建飛廉桂館、建章宮，在甘泉建益壽延壽館、通天台等，「置祠具其下」；又仿照黃帝封禪以求不死，五次封禪泰山，其餘五嶽也都設置了豪華的祠祀。甘泉泰時「紫壇有文章採

〔註169〕逯欽立輯校：《先秦漢魏晉南北朝詩》，中華書局1983年版，第345頁。

縷繡黻之飾及玉、女樂，石壇、仙人祠，瘞鸞路、駹駒，寓龍馬」。〔註170〕劉歆《甘泉宮賦》形容此地「冠高山而爲居，乘崑崙而爲宮」，「桂樹雜而成行」，「孔雀翡翠，飛而翱翔」，「鳳凰止而集棲」，「黃龍遊而婉蟺」，「神龜沉於玉泥」〔註171〕。桓譚《仙賦》說華陰集靈宮在華山下，「武帝所造，欲以懷集仙人王喬、赤松子」，「仙道既成，神靈所迎，乃駿駕青龍赤騰」，「集於膠葛之宇，泰山之臺，馳白鹿而從麒麟」。看過這些記載，再來讀漢樂府中的一些遊仙詩，便可悟出詩裏所寫的仙境，原來都是漢武帝造出來的。

另外，泰山與梁甫兩個意象是漢代遊仙作品中新出現的。《相和瑟調曲·步出夏門行》：「邪徑過空廬。好人常獨居。卒得神仙道。上與天相扶。過謁王父母。乃在太山隅。離天四五里。道逢赤松俱。攬轡爲我御。將吾天上游。」寫一個人在人迹罕至之處獨居修行，終於得道成仙。他到泰山拜謁東王公和西王母，並與赤松子結伴同往天上遊歷。主人公選擇泰山作爲得道昇天之所，是與泰山在五嶽中的獨尊地位緊密聯繫在一起的。古時傳說泰山是人死後靈魂歸宿之地，陰間的司命神就在泰山。張華《博物志》曰：「太山，天帝孫也，主召人魂。」〔註172〕既然泰山是司命神，自然掌握著人的生死，傳說中藏於泰山的金篋玉策即是生死簿的代名詞。《初學記》卷五引《風俗通》曰：「古封泰山，禪梁甫，說岱宗上有金篋玉策，能知人年壽修短。」〔註173〕由於泰山是司命神的居住地，又是金篋玉策的收藏之地，所以，主人公在得道成仙、實現了長生久視的願望之後，到泰山那裏去拜訪司命神，應該是履行必要的手續，再加上泰山與天帝之間爲祖孫親緣的關係，主人公選擇在泰山昇天更是情理之中的事了。

《八公操》裏主人公在羽化成仙之後，「騰青雲蹈梁甫兮」，首先超越的是梁甫，並由此升入天庭。梁甫是位於泰山下的一座小山，作品主人公爲什麼要選擇這裏作爲超越的對象，並作爲昇天的出發點呢？這是和梁甫所處的特殊地位分不開的。古代有封禪祭祀的禮儀，封和禪是同一祭祀的兩個部分，在不同地點進行。《史記·封禪書》列舉的古代封禪地點表明，從秦始皇開始至漢代，封祭的地點始終是在泰山，梁甫是禪祭的主要地點。〔註174〕《管子·

〔註170〕〔南朝·宋〕范曄撰：《後漢書》，中華書局1965年版，第1241～1256頁。
〔註171〕〔清〕嚴可均輯校：《全漢文》卷四十，中華書局1958年影印本，第346頁。
〔註172〕〔晉〕張華撰，范寧校證：《博物志校證》，中華書局1980年版，第12頁。
〔註173〕〔唐〕徐堅等輯：《初學記》卷五，中華書局1962年版，第95頁。
〔註174〕〔漢〕司馬遷：《史記》，中華書局1982年版，第1361頁。

封禪》一文，假託管子立言，也對古代的封禪作了總結：「古者封泰山禪梁父者七十二家，而夷吾所記者十有二焉。」〔註175〕古代的封禪儀式在兩個地點舉行，與東夷族的靈魂歸宿觀念有關，他們不僅認為人死後靈魂歸山，而且認為有大小兩個司命神，梁甫就扮演小司命神的角色，它既是古人想像中的靈魂歸宿地，又是小司命神的居所。所以，《八公操》的主人公將梁甫作為超越的對象，不是一般的空間位置上的超越，而是對死亡的超越，作品主人公羽化成仙後，不僅超越了死亡，實現了長生久視的願望，而且升入天庭，「馳乘風雲使玉女兮」，以風雲為車乘，役使神女，賦予生命以神性，提升了生命的品位。

兩漢遊仙詩賦不僅將海上仙境引入了詩賦創作，而且隨著神仙道教思想的發展，到曹操時，其詩歌幾乎囊括了當時流傳的所有仙境。除了前文提到的東海蓬萊仙境外，曹操遊仙詩中還提到了泰山仙境、華山仙境，君山仙境及崑崙仙境。

如《氣出倡》，寫泰山仙境：

> 東到泰山。仙人玉女，下來翱遊。驂駕六龍，飲玉漿。河水盡，不東流。解愁腹，飲玉漿，奉持行。〔註176〕

《氣出倡》還描寫了華山仙境：

> 華陰山，自以為大。高百丈，浮雲為之蓋。仙人欲來，出隨風，列之雨。吹我洞簫，鼓瑟琴，何闇闇！酒與歌戲，今日相樂誠為樂。
> 玉女起，起儛移數時。鼓吹一何嘈嘈！〔註177〕

前面我們談到漢樂府遊仙詩時，曾說到漢人在泰山、華山上修建了大量祠神迎仙的宮觀樓臺，因此漢人思想觀念中的仙境多以泰山、華山為模型。曹操在這裏幻想的泰山、華山仙境，也是一派人間帝王宮殿內酣歌曼舞的情景，正與漢樂府遊仙詩中的人間仙境相彷彿。

文學作品中描寫君山仙境則首見於曹操的《氣出倡》：

> 遊君山，甚為真。磪䰟砟硌，爾自為神。乃到王母臺，金階玉為堂，芝草生殿傍。東西廂，客滿堂。主人當行觴，坐者長壽遽何央。長

〔註175〕《管子·封禪》，見〔唐〕房玄齡注：《管子》，上海古籍出版社1989年版，第154頁。
〔註176〕逯欽立輯校：《先秦漢魏晉南北朝詩》，中華書局1983年版，第345頁。
〔註177〕同上，第345～346頁。

樂甫始宜孫子。常願主人增年，與天相守。〔註178〕

君山在古人心目中是一個不同凡響的仙境之所在。如《山海經・中山經》說：「洞庭之山，……帝之二女居之。」〔註179〕《水經注》裏說：「是山湘君之所遊處，故曰君山矣。」〔註180〕張華《博物志》裏載：「君山有道與吳包山潛通，上有美酒數斗，得飲者不死。」〔註181〕可見，君山自古就是神人樂居之所，與神人、仙人有密不可分的關聯。曹操在詩中開篇就稱讚君山崔巍險峻，本身就是一座神仙洞府。接著作者又來到了西王母的玉堂金階，在那裏，靈芝仙藥生於殿旁！而接下去，「東西廂，客滿堂。主人當行觴」，彷彿是在描寫一場祝壽的喜慶宴席，並借王母臺、金階玉堂和芝草等超現實的神仙意象作為起興之物，有力地渲染了世俗生活的歡樂祥和，詩人的這一描繪散發出濃烈真切的現實生活氣息，令讀者感覺不到是自己是在神仙世界還是在現實世界，似幻似真，難以分辨。

再來看曹操對崑崙仙境的描寫：

> 駕虹蜺，乘赤雲，登彼九疑歷玉門。濟天漢，至崑崙。見西王母，謁東君。交赤松，及羨門，受要秘道愛精神。食芝英，飲醴泉。拄杖桂枝佩秋蘭。絕人事，遊渾元，若疾風遊欻飄翩。景未移，行數千。壽如南山不忘愆。〔註182〕

崑崙仙境是仙界的最高統治機構所在地，所以曹操《陌上桑》中描寫了崑崙山上仙界名流聚會的熱鬧景象：詩人在崑崙仙境忙著拜見西王母和東王公，結交赤松、羨門等仙人，從他們那裏學習修身煉道之術。「食芝英，飲醴泉」，詩人也像仙人們一樣進行服食修煉，「拄杖桂枝佩秋蘭花」也像屈原楚辭的主人公一樣以香草來裝扮自己。同時詩人還幻想著在忘掉塵世人事的「渾元」境界中，進行超越時空的浪漫遨遊。「若疾風遊欻飄翩。景未移，行數千！」將主人公輕捷迅疾、豪邁縱橫的神遊情景，「精騖八極，心遊萬仞」自由遨翔的狀態刻畫出來。這一壯闊深邃的神遊仙境的描繪，充分展現了詩人豐富的

〔註178〕逯欽立輯校：《先秦漢魏晉南北朝詩》，中華書局 1983 年版，第 346 頁。

〔註179〕〔晉〕郭璞注：《山海經》，上海古籍出版社 1989 年版，第 77 頁。

〔註180〕《水經注・湘水》，見〔北魏〕酈道元注，陳橋驛復校：《水經注疏》，江蘇古籍出版社 1989 年版，第 3160 頁。

〔註181〕〔晉〕張華撰，范甯校證：《博物志校證》，中華書局 1980 年版，第 289 頁。

〔註182〕《陌上桑》，見逯欽立校輯：《先秦漢魏晉南北朝詩》，中華書局 1983 年版，第 348 頁。

藝術想像力，也給我們帶來強烈的審美衝擊力。

《遠遊》主人公天國遊歷時，不管是拜訪的神靈還是乘駕侍御之類，沒有使用神仙意象，如充當先頭部隊的豐隆爲神話中的雲神，路上的隨從玄武爲北方之神。這一現象在兩漢遊仙詩賦中得到改變。漢代遊仙詩賦中出現了以白鹿、麒麟、天馬爲坐騎的意象。如漢樂府中有《相和平調曲・長歌行》：「仙人騎白鹿，髮短耳何長。導我上太行，攬芝獲赤幢」，嚴忌《哀時命》中，主人公也是以白鹿爲坐騎：「浮雲霧而入冥兮，騎白鹿而容與。」王逸注：「乘雲霧、騎白鹿而遊戲也。」〔註183〕桓譚《仙賦》寫道：「觀倉川而昇天門，馳白鹿而從麒麟。」則是把白鹿和麒麟同時作爲坐騎。那麼，什麼原因使得白鹿、麒麟在漢代成爲仙人和遊仙者的坐騎呢？白鹿是壽命很長的動物，《初學記》卷二十九引《抱朴子》曰：「鹿壽千歲，滿五百歲則色白。」〔註184〕按照同類相從的原則，讓白鹿與遊仙者爲伴，所傳達出來的長生久視的願望也就不難理解了。另外，麒麟也是漢代社會崇尚的符瑞。《漢書・武帝紀》載：「元狩元年冬十月，行幸雍，祠五畤，獲白麟，作《白麟之歌》。」〔註185〕至於白鹿，在漢代社會被看作君主政治清明的象徵，《初學記》卷二十九引《瑞應圖》曰：「王者承先聖法度，無所遺失，則白鹿來。」〔註186〕漢代遊仙詩賦中主人公的車駕安排，還受到當時盛行的五行思想的影響。這在賈誼《惜誓》中有最鮮明的體現：

> 飛朱鳥使先驅兮，駕太一之象輿。蒼龍蚴虯於左驂兮，白虎騁而爲
> 右騑。建日月以爲蓋兮，載玉女於後車。〔註187〕

這裏，主人公的車駕是按照五行思想體系安排設計的。洪興祖引《淮南子》云：「左青龍，右白虎，前朱鳥，後玄武。」除了「駕玉女於後車」外，其他幾個方位的安排完全與五行思想符合，王逸對於「載玉女於後車」的注解是「以侍棲宿也。」〔註188〕它是神仙思想世俗化在遊仙作品中的反映，反映了世俗生活對遊仙作品的滲透，也可以說是遊仙作品對世俗享樂生活的延續。總而言之，由於五行思想在漢代的完善、漢代社會符瑞風習的影響及漢代神仙思想的日益盛行及世俗化，漢代遊仙詩賦裏主人公的坐騎較之先秦時期的

〔註183〕〔宋〕洪興祖：《楚辭補注》，中華書局1983年版，第265頁。
〔註184〕〔唐〕徐堅等輯：《初學記》卷二十九，中華書局1962年版，第714頁。
〔註185〕〔漢〕班固撰〔唐〕顏師古注：《漢書》，中華書局1962年版，第174頁。
〔註186〕〔唐〕徐堅等輯：《初學記》卷二十九，中華書局1962年版，第714頁。
〔註187〕〔宋〕洪興祖撰：《楚辭補注》，中華書局1983年版，第228頁。
〔註188〕同上。

坐騎出現新的變化，仙話色彩較爲濃厚，且更富有神秘色彩。

（三）遊仙過程的渲染

　　《遠遊》作爲遊仙詩之祖，整首詩的結構完全是按照遊仙的動機、遊仙的準備，遊仙的過程及最後的歸宿幾個部分來寫，兩漢遊仙詩賦從總體上沿用了《遠遊》所奠定的遊仙詩寫作的基本模式。如《相和瑟調曲・善哉行》，這首詩除了歸宿之外，其他三個過程都具備。主人公爲了擺脫當前的困窘而開始仙遊，並與仙人相遇，仙人主動送他一丸仙藥，可是對親人的眷戀使他俯瞰人間，這時淮南八公出現了，最終與他白日昇天，遊戲雲端。總之，遊仙的動機、準備工作，遊仙的過程都很完備。但兩漢遊仙詩賦中這四部分都完備的作品已很少見，出現了對遊仙動機及準備階段的簡略甚至略而不寫的情況。如漢樂府《相和清調曲・董逃行》：「採取神花若木端。玉兔長跪擣藥蝦蟆丸。奉陛下一玉柈，服此藥可得神仙。」如曹操《陌上桑》：「食其芝英，飲醴泉。」《秋胡行》：「枕石漱流飲泉」等。這些詩賦同《遠遊》相比，對遊仙動機及羽化成仙的修煉過程都未交待或很簡化，這一現象可能與兩漢神仙思想的發展成熟有關，漢代神仙思想的修煉之術不再像早期神仙家那樣費時費力，它們更爲功利，往往只需服幾粒仙丹即可，所以這一過程常被省略。相反，對遊仙過程的描寫，後世遊仙詩卻有了較大改進，這種改變一方面緣於遊仙詩本身發展的成熟，另一方面也與時人對神仙世界的渴望有關。遊仙詩賦對遊仙過程的大力刻畫描寫，凸現對遊仙歡樂的描寫，袒露出了對長生不死的渴求，以及神仙世界的美好，從某種意義上說滿足了士人對神仙世界的企慕。

　　《遠遊》的主旨思想爲神仙出世思想，《遠遊》更主要的內容在抒寫主人公遊仙的歡樂，後世遊仙詩賦不論是具有濃厚列仙之趣的詩賦，還是坎壈詠懷類遊仙詩賦，都在《遠遊》自由歡樂遊仙描寫的基礎上，對遊仙過程盡力渲染。如《吟歎曲・王子喬》：

> 王子喬，參駕白鹿雲中遨，參駕白鹿雲中遨。下游來，王子喬，參駕白鹿上至雲戲遨遊。上建逋陰廣里踐近高，結仙宮過謁三臺。東遊四海五嶽上，過蓬萊紫雲臺。三王五帝不足令，令我聖朝應太平。養民若子事父明，當究天祿永康寧。玉女羅坐吹笛簫，嗟行聖人遊八極。鳴吐銜福翔殿側，聖主享萬年，悲今皇帝延壽命。〔註189〕

〔註189〕逯欽立輯校：《先秦漢魏晉南北朝詩》，中華書局 1983 年版，第 261～262 頁。

這首詩前部分描寫仙人王子喬騎著白鹿雲遊仙境的情形，王子喬「下游來」，從仙界來到人間。王子喬遨遊的範圍極其廣大，可以上天入地，還能「過蓬萊紫雲臺」，詩中提到逎陰、廣里、嵩山、仙宮、三臺、四海五嶽、蓬萊紫雲臺等地名和神仙宮殿的名字。詩的後半部分渲染仙人王子喬無比廣大的神通，他能使天下太平，君民親密如父子。還能「行聖人遊八極」，把聖人帶到四面八方遨遊。還能使人長壽，「聖主享萬年」。這是多麼誘人的通靈大仙，怎能不令天子心動！詩的最後一句「悲吟皇帝延壽命」，道出了自己的意圖：勸誘天子求仙，以此延年益壽、長生久視。這首詩完全就是對遊仙過程的渲染。

再如曹操《陌上桑》表達了作者對神仙逍遙自的羨慕：

> 駕虹霓，乘赤雲，登彼九嶷歷玉門。濟天漢，至崑崙。見西王母，謁東君。交赤松，及羨門，受要秘道愛精神。食芝英，飲醴泉。柱杖桂枝佩秋蘭。絕人事，遊渾元，若疾風遊欻飄翩。景未移，行數千。壽如南山不忘愆。〔註190〕

曹操的這首遊仙詩以詩人的幻想展開，他騰雲駕霧，到了神仙居處九疑山，又到了銀河（天漢）、崑崙，見到了道教女仙的領導者西王母，隨之與道教古仙人赤松子、羨門高相識結交，學習到了道教的神秘之道。曹操採集到了神仙家理想的食物：靈芝；吸飲到了神仙家理想的飲料：醴地甘美的泉水。此時，他忽然不自己地進入了渾沌之天地，吸取了天地之元氣，達到了神仙家修煉之理想的境界，在飄飄渺渺的「渾元」之中，作者逍遙遊覽，翩翩飛翔，此時的曹操想像到自己已經成仙，已不滿足於南山之壽了。魏武帝雖為一代梟雄，可仍不免有長生久視與神仙為伍的思想，或許是生的憂患不能滿足他永遠享受世間美好的一切，促使他嚮往像神仙一樣可以永遠活在世間，永遠享受人生的歡樂吧。

再如《大人賦》，賦的主角「大人」是一個追慕仙人的信徒，想著要「與真人乎相求」，當他發現凡世過於狹小時，就決定飛向天際。賦作對他的遊仙過程極力渲染，相當詳盡，他的隨從是天界眾多的神靈，包括地位顯赫的五帝和太一，他的車馬儀仗也籠罩著飄飄欲仙的神氣。他「駕應龍象輿之蠖略委麗兮，驂赤螭青虬之蚴蟉宛蜒」，「建格澤之修竿兮，總光耀之採旄。垂旬始以為幓兮，曳彗星而為髾」，令五帝先導，諸位神仙跟從，最終在神仙世界裏找到了歡樂。

〔註190〕逯欽立輯校：《先秦漢魏晉南北朝詩》，中華書局1983年版，第348頁。

　　《相和瑟調曲・善哉行》的主人公沒有經過仙境的過渡而直接升入天庭，在天庭上如同信步自家的庭院。這裏，普通士人受到了天神主動熱情的招待和殷勤的服務。天神的好客不僅表現在物質上供給豐盛富足的美味佳肴，而且還在精神上提供高雅的享受。南斗、北斗的鼓瑟笙竽是在人間絕對無法享受到的仙樂神麴，蒼霞和清風所吟唱的東謳、西歈也定是人間不會聽到的絕唱。作品將主人公的活動領域拓展到天界，極大地滿足了士人對神仙生活的嚮往。

　　兩漢遊仙詩賦對《遠遊》的創新其實可以用一句話來概括，即列仙之趣、仙話色彩愈來愈濃厚。《遠遊》作為一首「體格平緩」〔註191〕的遊仙詩，由於受道家思想的影響，講究自然恬淡，少私寡欲，讀過之後給人一種寧靜的心靈感受，進入一種「視之不見，聽之不聞，不可為狀」〔註192〕的道境。兩漢遊仙詩賦的作者突破了《遠遊》主人公遊仙過程中較為平和的心態，較之《遠遊》更加富有激情。如《八公操》這首詩的主人公作為一方諸侯王已經享盡人間的榮華富貴，又要到另一個世界去歡度永無窮盡的仙人生活，詩歌抒發的盡是對神國仙鄉的企盼和成為仙人的喜悅，見不到現實世界投射的任何陰影。《相和清調曲・董逃行》在方術之士神仙說的改造下，詩中所繪完全是方士和仙人共遊，徜徉蓬萊、嵩高、泰山、崑崙之類仙境的景象，《遠遊》乃至《大人賦》中光怪陸離、雄奇壯偉的神遊杳無蹤迹，詩歌思想內容集中表現在皇帝的長生欲望和熱衷追求的心理上。總之，較之《遠遊》，漢人遊仙詩賦體現出較多的列仙之趣，真切地表現了主人公們對神仙世界的渴望。

第四節　道家思想與兩漢遊仙賦

一、遊仙賦中的道家思想

　　兩漢遊仙詩賦在神仙思想的催發之下有了新的發展，但兩漢遊仙賦顯然還受到了老莊思想的影響，《莊子》書中「不傲睨萬物，獨與天地精神往來」的思想，「乘天地之正，而御六氣之辯，以遊無窮」〔註193〕的神人至人形象，

〔註191〕〔清〕姚鼐：《古文辭類纂》，中國書店1986年版，第1112頁。

〔註192〕《呂氏春秋・仲夏季・大樂》，見陳奇猷：《呂氏春秋校釋》，學林出版社1984年版，第256頁。

〔註193〕《莊子・逍遙遊》，見〔清〕郭慶藩：《莊子集釋》，中華書局1961年版，第17頁。

以及《老子》書中對道境「視之不見，聽之不聞」、「恍兮惚兮」的體悟都對漢代遊仙賦產生了深刻的影響，使這類作品不自覺地運用了道家式的話語，創造了道家式的境界。

遊仙賦接受道家思想源於《遠遊》。《遠遊》雖然以神仙思想爲主導，但同時還蘊含著道家思想。《遠遊》最早將虛無縹緲的神仙傳說與道家學派玄妙杳冥的道論融爲一體，創造了一個徹底超越現實時空、荒幻莫測的神秘道境，並將其作爲主人公昇天遠遊的最後歸宿。《遠遊》的這一結尾，對遊仙詩的發展產生了極其深遠的影響。如《大人賦》主人公遍遊天上地下的遠遊，最後在北方進入了虛無寂靜、超越現實有限性的道境：

> 下崢嶸而無地兮，上嶚廓而無天。視眩泯而亡見兮，聽敞怳而亡聞。
> 乘虛亡而上遐兮，超無友而獨存。〔註194〕

《莊子》、《呂氏春秋》對此種道境都做過較爲細緻的描述：

> 道也者，視之不見，聽之不聞，不可爲狀。有知不見之見、不聞之
> 聞、無狀之狀者，則幾於知之矣。道也者，至精也，不可爲形，不
> 可爲名，強爲之謂之太一。〔註195〕

《莊子·在宥》有一個黃帝見廣成子的故事，廣成子是體性悟道之人，他在向黃帝傳授治身之道時說：

> 至道之精，窈窈冥冥；至道之極，昏昏默默。無視無聽，抱神以靜，
> 形將自正。必靜必清，無勞女形，無搖女精，乃可以長生。目無所
> 見，耳無所聞，心無所知，女神將守形，形乃長生。慎女內，閉女
> 外，多知爲敗。我爲女遂於大明之上矣，至彼至陽之原也。
>
> 故余將去女，入無窮之門，以遊無極之野。吾與日月參光，吾與天地
> 爲常。當我，緡乎！遠我，昬乎！人其盡死，而我獨存乎！」〔註196〕

《大人賦》中「超無友而獨存」的大人也同《遠遊》一樣達到了莊子筆下「獨與天地精神往來」〔註197〕的境界。兩漢遊仙詩賦對道家思想的借鑒不僅體現在《大人賦》在道境的創造方面，對《莊子》後學、《呂氏春秋》的繼承上，

〔註194〕〔清〕嚴可均校輯：《全漢文》卷二十一，中華書局 1958 年影印本，第 244 頁。

〔註195〕《呂氏春秋·仲夏季·大樂》。《呂氏春秋》含儒、道、墨、法、陰陽等家的觀點，引文反映了道家思想。見《呂氏春秋校釋》，學林出版社 1984 年版。

〔註196〕〔清〕郭慶藩：《莊子集釋》，中華書局 1961 年版，第 381、384 頁。

〔註197〕同上，第 1098 頁。

還體現在對「仙人」、「眞人」等的刻畫上。漢代遊仙賦在對神仙的刻畫時，吸取了《莊子》里長生不老、超脫於自然約束的眞人的特點。《莊子》中有關神人、眞人、至人的形象有如下描述：

> 列子御風而行，泠然善也，旬有五日而後反。
>
> 藐姑射之山，有神人居焉，肌膚若冰雪，綽約若處子。不食五穀，吸風飲露。乘雲氣，御飛龍，而遊乎四海之外。其神凝，使物不疵癘而年穀熟。
>
> 至人神矣，大澤焚而不能熱，河漢沍而不能寒。
>
> 古之眞人，其寢不夢，其覺無憂，其食不甘，其息深深，眞人之息以踵，眾人之息以喉。
>
> 聖人休休焉則平易矣，平易則恬惔矣。平易恬惔，則憂患不能入，邪氣不能襲，故其德全而神不虧。〔註198〕

兩漢遊仙詩賦幾乎無一不描寫神人仙人天上地下遊覽翱翔、逍遙算得的情形，與道家作品對神人仙人的描寫極爲相似。如《大人賦》中的大人「宅彌萬里兮，曾不足以少留，悲世俗之迫隘兮，朅輕舉而遠遊。乘絳幡之素蜺兮，載雲氣而上浮」，其縱橫於宇宙間的形象儼然是「乘雲氣，御飛龍，而遊乎四海之外」的神人的翻版，他「呼吸沆瀣兮餐朝霞，咀嚼芝英兮嘰瓊華」，和莊子筆下「不食五穀，吸風飲露」的神人一樣不食人間煙火，只飲天地精氣，這與當時流行的黃老養生法是一致的。這種以眞人爲原型的藝術形象在《仙賦》中更爲具體，《仙賦》中的仙人王喬、赤松子等過的仙家生活是：

> 呼則出故，翕則納新。天矯經引，積氣關元。精神周洽，骨塞流通。乘凌虛無，洞達幽明。……吸玉液，食華芝，漱玉漿，飲金醪。出宇宙，與雲浮，灑輕霧，濟傾崖，觀倉川而升天門，馳白鹿而從麒麟。周覽八極，還崦華壇。氾氾乎，濫濫乎。隨天轉旋，容容無爲，壽極乾坤。〔註199〕

這裏的仙人，遵循的是道家的無爲原則，因此能與天地宇宙並存，完全擺脫了時空的限制，這樣一種形象，完全是在《莊子》眞人形象的基礎上再塑造

〔註198〕《逍遙遊》、《逍遙遊》、《齊物論》、《大宗師》、《刻意》，分見〔清〕郭慶藩：《莊子集釋》，中華書局1961年版，第17、28、96、228、538頁。

〔註199〕嚴可均校輯：《全後漢文》卷十二，中華書局1958年影印本，第535頁。

而成的。這裏的大人、仙人不受物質之限，同時又擺脫功名利祿，在萬物一齊的幻想中獲得心靈的自由。總而言之，《大人賦》中「超無友而獨存」的「大人」形象、《仙賦》中神仙形象與《莊子》中神人、真人、至人的形象有相似之處，後者對前者有啓發之功。

司馬相如的《大人賦》典型地體現了道家與楚辭相結合的「遊仙」狀態，其超越性的精神更與道家相通。依《史記・司馬相如列傳》所載，《大人賦》寫作的本意是爲了勸止漢武帝的求仙熱情〔註200〕，但是，它的客觀效果卻剛好相反，漢武帝看後大爲歡喜，「飄飄有陵雲之氣，似遊天地之間意」。〔註201〕從實際的寫作情況來看，賦中除了「低回陰山翔以纖曲兮，吾乃今目睹西王母。罐然白首戴勝而穴處兮，亦幸有三足烏爲之使。必長生若此而不死兮，雖濟萬世不足以喜」一處比較明顯的具有諷諫意味之外，基本上描述的都是遊仙的飄然超邁，不但看不出諷諫的意思，反倒流露出近於欣賞的神情。賦的開頭寫道：「世有大人兮，在乎中州。宅彌萬里兮，曾不足以少留。悲世俗之迫隘兮，揭輕舉而遠遊。乘絳幅之素蜺兮，載雲氣而上浮。」結尾說：「下崢嶸而無地兮，上寥廓而無天。視眩眠而無見兮，聽倘恍而無聞。乘虛無而上假兮，超無友而獨存。」雖只是首尾，但基本上也代表了全賦的大致內容，「大人」因有感於世俗的迫隘，於是周流四方、上下浮游，展開的是超塵離世的仙遊之旅，諷諫的意圖淹沒在「遊」的超脫之中，局促於世俗的「悲」也在寥廓的「遊」中得到消解。在這樣的境界裏，作者難免也有「遊天地之間」的快意吧。如前所述，《遠遊》既是楚辭類作品，其遊仙又特別受到道家的影響，本身就是楚辭與道家結合的產物。《大人賦》是在模仿《遠遊》的基礎上創造出來的，《大人賦》的遊仙也受到了道家「遊」的精神的深刻影響。桓譚在《仙賦》中描寫了自己「仙道既成」之後的遊仙場景。其寫「出宇宙，與雲浮」的飛升浮游，寫飲食華芝、玉漿的長生修養，目的不外是藉此興發其高妙之志，在遊仙的想像中獲得精神上的解脫與愉悅。這與《大人賦》一樣，是受道家思想的影響，同時又是士人隱處、自由心態在文學領域的一種展現。

另外，班彪《覽海賦》雖名爲覽海，實際也是一篇在想像中遊仙的作品，作者由觀覽大海，進而進入遊仙的狀態，由覽海，進而精神飛舉，也有受道

〔註200〕〔漢〕司馬遷：《史記》，中華書局 1982 年版，第 3056 頁。
〔註201〕同上，第 3063 頁。

家思想影響的傾向。作者面對蒼茫浩瀚的大海，產生了道家「遊心於物外，不爲世俗所累」的心態，因此他在精神世界裏離世高遊，進入仙境。遊歷仙境之後，主人公又周遊八極，並且「乘虛風而體景，超太清以增逝。」實際上是以體道的方式去體景，並進入神仙世界。《老子》第四章曰：「道沖而用之或不盈」〔註202〕，沖即虛之義。如《老子》四十五章曰「大盈若沖」〔註203〕，意即最盈滿的東西就像空虛一樣。《莊子・人間世》則稱「唯道集虛」〔註204〕，在老莊思想中道的特點是「唯恍唯惚」的，正與海上境界相似，因此在班彪筆下就出現了這篇名爲詠海、實爲詠仙卻又同時受道家思想影響的賦作。班彪在賦作中想像著和赤松子、王喬、西王母、韓眾、岐伯等眾神仙一起輕舉神浮，周流八極，脫離世俗的世界，自由地遨遊於上下四方，登入天庭。究其眞正用心，其實在於想「離世而高遊」，遊仙的狀態只是對現實人生的一種超越，它使得作者擺脫了凡俗的種種束縛，暫時進入無所拘束的「遊」的狀態。對於在現實世界中受到種種束縛的士人來說，神仙的存在與否反倒不是主要的，重要的在於，通過遊仙的想像，他們超越了凡俗的人生，精神和心靈暫時得到解放。

班彪這裏所寫的神遊幻境，是上段仙島境界的延伸，仍然緊扣大海，它實際上是由觀滄海的博大宏麗之景，而引發對人生的領悟啓示，是他人生境況的一種反襯，折射出他對自由人生的強烈渴求。班彪一生處在兩漢交替的動亂之際，目睹了「舊室以丘墟」的現狀，飽受著社會戰亂之痛苦，造就了他那「既才高而好述作，遂專心史籍之間」的志趣，不慕仕途，既稱病辭去徐縣令，又屢次辭謝「三公之命」。由此不難看出，賦文所展示的神遊幻境，正是作者對自由、公正理想追求的形象再現。可見，雖然所處時代的主要意識形態是儒家思想，官僚政體也造成了對個體人格的極大壓抑，但是那些具有獨立精神的文人士子，並沒有停止對人生價值和個體自由的追求。

二、楚辭漢人擬騷之作中的道家隱逸思想

漢代士人擬騷賦《惜誓》、《哀時命》、《九懷》、《九歎》之類，由於因襲屈賦的痕迹很重，似乎無甚新意，而且缺乏屈賦高遠的精神境界及深摯的情

〔註202〕陳鼓應：《老子注釋及評介》，中華書局1984年版，第75頁。
〔註203〕同上，第241頁。
〔註204〕〔清〕郭慶藩：《莊子集釋》，中華書局1961年版，第147頁。

感強度，往往不受重視。但是，它們也並非毫無自身生命力的複製品，以遊仙內容而論，它們一方面主要繼承了屈賦的遊以抒憤、求道的精神超越之遊，另一方面則減少了「遊」背後的徘惻、悲憤，增加了更多理性思考的成分，道家的隱處與自由的精神也有所體現。

東方朔《七諫》云：「苦眾人之皆然兮，乘回風而遠遊。凌恒山其若陋兮，聊愉娛以忘憂。」〔註205〕明確地直陳賦中的遊仙抒寫是爲了忘憂，秉承的正是屈原的遊仙精神。遊仙中又時時縈繞著隱處的思想傾向，《七諫》又說：「苦眾人之難信兮，願離群而遠舉。」「夫方圓之異形兮，勢不可以相錯。列子隱身而窮處兮，世莫可以寄託。眾鳥皆有行列兮，鳳獨翔翔而無所薄。經濁世而不得志兮，願側身岩穴而自託。」〔註206〕這裏的列子者，正是道家之主要代表人物。王褒《九懷》有云：「世混兮冥昏，違君兮歸眞。乘龍兮堰蹇，高同翔兮上臻。襲英衣兮堤婕，披華裳兮芳芬。登羊角兮扶輿，浮雲漠兮自娛。握神精兮雍容，與神人兮相肯。」又說：「道莫貴兮歸眞，羨餘術兮可夷。」王逸《九思》也有：「濾羽翩兮超俗，遊陶遨兮養神。」「隨眞人兮翱翔，食元氣兮長存。」〔註207〕遊仙中的歸眞、自娛、超俗、養神等，既含有屈原借遊仙以擺脫現實的苦悶、追求理想的精神，也與莊子「神人之遊」的超越品格、自由自在的優遊精神相通，其「養神」的說法更是與道家的養生思想有關。也就是說，擬騷賦中的遊仙主要繼承了屈賦的遊仙思想，又不乏道家的隱處及遊的自由精神的介入。

漢人擬騷之作中隱逸思想表現的最爲顯著的是《哀時命》。嚴忌《哀時命》可分爲前後兩部分，在前半部分裏，我們看到一個忠貞愛國的志士，他本想爲國效勞，但卻遇到昏君，致使自己的才能得不到發揮。在生不逢時的現實抒歎中，主人公的失落感和歷史感十分濃郁。「道壅塞而不通」、「江河廣而無梁」體現了其明顯的英雄落魄心態。同時他又爲群小所不容，長期受到排擠和迫害，寸步難行。可見這部分，作者歎命不及古人，生不逢盛時，內容並無新意。但其下又云：

> 執魁攉之可久兮，願退身而窮處。鑿山楹而爲室兮，下被衣於水渚。霧露濛濛其晨降兮，雲依斐而承宇。虹霓紛其朝霞兮，夕淫淫而淋雨。怊茫茫而無歸兮，悵遠望此曠野。下垂釣於溪谷兮，上要求於

〔註205〕〔宋〕洪興祖：《楚辭補注》，中華書局1983年版，第249頁。

〔註206〕同上，第250、256頁。

〔註207〕同上，第273、278、326、327頁。

儻者。與赤松而結友兮，比王僑而為耦。使梟楊先導兮，白虎為之
前後。浮雲霧而入冥兮，騎白鹿而容與。魂眐眐以寄獨兮，泊徂往
而不歸。處卓卓而日遠兮，志浩蕩而傷懷。鸞鳳翔於蒼雲兮，故矰
繳而不能加。蛟龍潛於旋淵兮，身不掛於罔羅。知貪餌而近死兮，
不如下游乎清波。寧幽隱以遠禍兮，孰侵辱之可為？〔註208〕

可見天下一統，專制日甚，文人無處逃遁，於是借遊仙聊以自慰。《哀時命》
以屈原口吻敘述，訴說自己不容於世、老之將至而功名未建之苦惱，於是作
者決定從仙遠遊，然而，在遠遊中，感傷抑鬱並未稍離，「超永思乎故鄉」的
感情，使他的這一解決途徑趨於無效。既然不能逃避，那就勇敢面對吧！他
的情緒開始激烈，展開了對現實尖銳的批判，同時也抒發了自己生存於這種
世道帶來的精神苦悶。於是，他再次考慮「上要求於仙者」，以及隱居山澤的
願望。在這裏遊仙與隱處大略是二而一的關係，退身隱遁指向的是神仙的追
求，也正是借著神仙的幻想，士人才能自由地遨遊於無窮的天地之間，以消
減其心中的憂愁、憤慨，並獲致自由自得的優遊之樂。

　　因為對現實的險惡有清醒的、理性的認識，所以選擇離世隱處，隱處既
是對禍患的規避，也是對主體精神自由的堅守。這種思想因素在嚴忌《哀時
命》中也有多次表達：「眾比周以肩迫兮，賢者遠而隱藏。」「時厭飫而不用
兮，且隱伏而遠身。聊竄端而匿迹兮，噢寂默而無聲。」〔註209〕統觀此類辭
賦，隱處與遊仙基本上是同質的，它們都是對現實世界的一種疏離，其中包
含著士人超越現實的精神追求，隱處經常被融入遊仙之中。嚴忌的《哀時命》
將遊仙與隱居幻想結合起來，將隱居仙境寫得十分清新優美，而就在這幽清
的山林中，詩人過著與仙者為友，與野獸同居的隱逸生活

　　　下垂釣於溪谷兮，上要求於儻者。與赤松而結友兮，比王僑而為耦。
　　　使梟楊先導兮，白虎為之前後。浮雲霧而入冥兮，騎白鹿而容與。
　　〔註210〕

這裏主人公由山神狒狒（梟楊）作向導，白虎陪伴，騎著白鹿，從山頂乘雲
霧而昇天遊樂。這就改變了《離騷》、《遠遊》中登天神遊的框架和模式，不
再是天馬行空地周遊六合，而是與隱居之地的山景有機地結合起來，使得飛
升的幻想顯得更為真切，仙境也浸染上了山野隱居的幽晦情調。

〔註208〕〔宋〕洪興祖撰：《楚辭補注》，中華書局1983年版，第264～265頁。
〔註209〕同上，第262、266頁。
〔註210〕同上，第264～265頁。

　　《楚辭》漢人擬騷之作中的道家思想更多的是一種離群索居，追求自由，並沒有上升到《遠遊》的那種理論狀態。《遠遊》已經將神仙思想與道家思想結合在一起，並且主人公採用的修仙煉道之術也吸取了道家的理論，並最終到達了神秘的道境。漢人擬騷之作中的道家隱逸思想，與《遠遊》中的借道家理論作爲修身煉道之術是不同的。

三、遊仙辭賦接受道家思想的原因

　　從上述內容來看，《遠遊》、《大人賦》、《覽海賦》等均從一定程度上接受了道家思想的影響，爲什麼這些遊仙辭賦在神仙思想體系之下還接受了道家思想的影響？原因在於神仙家與道家原本就有密不可分的關係。在《老子》中已有「不死」〔註211〕、「長生久視」〔註212〕之語，而《莊子》中更是蘊含著長生不死神仙之說：

　　　　故我修身千二百歲矣，吾形未常衰。

　　　　神將守形，形乃長生。

　　　　人其盡死，而我獨存乎！

　　　　千歲厭世，去而上仙；乘彼白雲，至於帝鄉。〔註213〕

當然道家的長生之道與神仙家是有本質區別的。道家的長生之想是出於人性的自然願望，「《莊子》中關於『神人』、『至人』、『真人』的描述，也是寓言性質的，體現一種無任何負累的、逍遙自在的精神境界」〔註214〕，與神仙家的世俗需求是絕對不同的。然而，早期神仙家的修仙煉道之術無疑吸收了道家的養生理論。莊子是主張養神的，莊子後學的修養目標發生了變化，他們將治身、養生作爲最高修養目標。修身的關鍵在於保持心神不亂，氣志專一，虛而待物，恬淡無爲，惟其如此，才能無礙、不爭、順乎自然之性而得以長生。我們來看《莊子》記載：

　　　　必靜必清，無勞女形，無搖女精，乃可以長生。

〔註211〕《老子》6章，見陳鼓應：《老子注釋及評介》，中華書局1984年版，第85頁。

〔註212〕同上，第295頁。

〔註213〕《在宥》、《天地》篇，分見〔清〕郭慶藩：《莊子集釋》，中華書局1961年版，第381、381、384、421頁。

〔註214〕崔大華：《莊學研究──中國哲學一個觀念淵源的歷史考察》，人民出版社1992年版，第481頁。

> 靜則無爲……無爲則俞俞，俞俞者憂患不能處，年壽長矣。

> 靜然可以補病，眥　可以休老，寧可以止遽。

> 聖人休休焉則平易矣，平易則恬惔矣。平易恬惔，則憂患不能入，

> 邪氣不能襲，故其德全而神不虧。〔註215〕

這種處靜的養生之道在《管子》四篇中也有記載：

> 君子不休乎好，不迫乎惡。恬愉無爲，去智與故。

> 修心靜音，道乃可得。〔註216〕

保持寂靜的心理環境，不勞累精神，這一《莊子》、《管子》四篇所提倡的養生方法最先在《遠遊》中得到鮮明的體現。再如吐故納新之術爲古之神人修身煉道之術的一種，《莊子》一書就保留有古眞人的吐納導引之術，如：

> 眞人之息以踵，衆人之息以喉。

> 吹呴呼吸，吐故納新，熊經鳥申，爲壽而已矣；此道引之士，養形

> 之人，彭祖壽考者之所好也。〔註217〕

彭祖爲古之仙人，《列仙傳》載其事〔註218〕。眞人是指得道的人，他們的呼吸是從腳跟上起的，可見其用力的深徹。《莊子》中的導引之士、養形之人、彭祖壽考者概指早期神仙家，他們的修煉之術即是「吹呴呼吸，吐故納新，熊經鳥申」。呼吸吐納、熊經鳥申的具體方法，在《莊子》中沒有更細緻的記述，甚至也爲求養神而斥養形的莊學所不提倡，但它說明在戰國時代此種養形之術可能已經得到了應用，並且在《遠遊》中得以體現。《遠遊》主人公正是借鑒了莊子後學和稷下道家〔註219〕的養生之術作爲自己的修身術之一。這些修身之術爲漢人所繼承並載入文學創作中。這些方術儘管互有差異，但均是在長生不老的目標下，「從神、氣（精）、形（身）等構成人的生命的基本的生

〔註215〕《在宥》、《天道》、《外物》、《刻意》篇，分見〔清〕郭慶藩：《莊子集釋》，中華書局 1961 年版，第 381、457、943、538 頁。

〔註216〕《心術上》、《內業》篇，分見房玄齡注：《管子》，上海古籍出版社 1989 年版，第 126、151 頁。

〔註217〕《大宗師》、《刻意》篇，分見〔清〕郭慶藩：《莊子集釋》，中華書局 1961 年版，第 228、535 頁。

〔註218〕〔漢〕劉向：《列仙傳》，（臺灣）商務印書館，1985 年影印文淵閣四庫全書本，第 1058 冊，第 492 頁。

〔註219〕《管子》一書包含有儒、法、道等各派思想，一般認爲《管子》四篇屬於稷下道家著作。

理、心理要素方面來養護、延續作爲感性的個人存在」〔註220〕。可見，神仙家的修煉方法在理論觀念上與莊子思想有極爲密切的關聯。只是到了後來，隨著道教在漢代的醞釀與誕生，神仙家逐步表現爲各種神仙方術的膨脹增益，這個時候，它實際上已脫離了道家的思想軌道而獨立發展了。瞭解了道家與神仙家的密切關係，我們就不難理解《遠遊》、《大人賦》等神仙、道家思想並存的現象了。

兩漢遊仙詩賦主要受神仙思想及楚辭的影響，但兩漢遊仙文學，特別是兩漢遊仙賦，它所具有的精神超越的品格，多半緣於道家。雖然道家與楚辭的「遊」都給漢代遊仙文學帶來精神上的超越性，但表現卻有不同。朱良志先生將楚辭獨特的超越方式稱爲「懸在半空」式的超越。〔註221〕楚辭影響所及的遊仙帶有排解苦悶的意思，是借遊以抒憂發憤。道家對遊仙辭賦的影響固然也有借遊以緩解現實壓力、抒憂的一面，但是，它的遊的精神帶有高度自覺的超越性，既是對外在束縛的疏離，也是對內在束縛的解脫，指向的是一種自由無礙的精神境界。班彪的《覽海賦》由觀覽大海，進而進入遊仙的狀態，主人公想像著和神仙一樣輕舉神浮，周流八極，自由地遨遊於上下四方，登入天庭。其眞正用心，其實在於「離世而高遊」，遊仙的狀態只是對現實人生的一種超越，它使得作者擺脫了凡俗的種種束縛，暫時進入無所拘束的「遊」的狀態，精神和心靈暫時得到解放。桓譚《仙賦》中描寫了自己「仙道既成」後的遊仙場景。但其寫「出宇宙，與雲浮」的飛升浮游，寫飲食華芝、玉漿的長生修養，目的不外是藉此興發其高妙之志，在遊仙的想像中獲得精神上的解脫與愉悅。司馬相如的《大人賦》典型地體現了道家與楚辭相結合的「遊仙」狀態，其超越性的精神更與道家相通。賦的大致內容是，「大人」因有感於世俗的迫隘，於是周流四方、上下浮游，展開的是超塵離世的仙遊之旅，諷諫的意圖淹沒在「遊」的超脫之中，局促於世俗的「悲」也在寥廓的「遊」中得到消解。《大人賦》，其「超無友而獨存」的「大人」形象與《莊子》中神人、眞人、至人的形象有相似處，後者對前者當有啓發之功，賦的結尾數句，道家氣息也比較濃厚，可見，《大人賦》的遊仙受到了道家「遊」的精神的深刻影響，又是士人隱處、自由的心態在文學領域的一種展現。

〔註220〕崔大華：《莊學研究——中國哲學一個觀念淵源的歷史考察》，人民出版社1992年版，第488頁。
〔註221〕朱良志：《楚辭的美學價值四題》，《雲夢學刊》2006年第6期。

　　兩漢遊仙詩賦繼承了由楚辭而來的周流八方的遊仙境界，除此之外，「遊仙」也在實際上成為文學創作中抒寫精神超越的一條途徑，也是個體心靈自由的外化，它所展示的是遠離世俗喧囂的自由自在的狀態，這是漢代士人追求隱處、自由心態的一種外化，其背後有道家思想的強烈影響。

小　結

　　上文我們將兩漢遊仙詩賦作為一個整體，探討了它與先秦遊仙文學的關係。如果再深入研究的話，我們發現，兩漢遊仙賦與遊仙詩由於創作主體及體裁本身的限制，兩者在內容上還存在著不同之處。首先，辭賦中的遊仙作品多是描述仙境、天境和道境，漢代樂府詩的神遊領域沒有涉足道境，多是集中在仙境和天境兩個層面。其次，儘管二者對於天庭的描寫都是以北部天域為中心，但騷體作品的長生久視之鄉多以崑崙神境為中心，《大人賦》：「西望崑崙之軋沕荒忽兮，直徑馳乎三危。」樂府詩卻更注重表現東部的泰山和蓬萊神話系統。

　　究其原因，是由於創作主體的文化背景不同所致，賦作者多是精英層作家，具有豐厚的文化底蘊和傳統的定勢，所以崑崙神話出現的頻率相對較高；許多樂府詩屬民間創作，更能夠現實地記錄當時社會的文化走勢；同時秦始皇和漢武帝屢次祭祀泰山、派人到東海尋找蓬萊仙境，自然會在樂府詩中留下鮮明的軌迹。漢樂府遊仙詩大多為天子諸侯或方士的求仙問藥詩，終究不是士人超越現實的自覺追求，也不是他們追求個體獨立的生命幻想，遊仙在這裏還不具備精神超越的品格，從中幾乎看不到道家的影響。而兩漢士人面對理想和現實的矛盾，易於受道家思想的影響，所以作品中不乏道境的描寫，體現著超越精神。

　　漢代神仙思想較為盛行，很多賦作裏都有關於神仙的描寫。但除了《楚辭》漢人擬騷之作外，漢代真正意義上的遊仙賦作只有《大人賦》、《覽海賦》、《仙賦》。並且僅就這幾篇小賦也與兩漢帝王對神仙的喜好有關。如司馬相如《大人賦》，雖不是奉旨而作，但也與漢武帝的推崇神仙方術有關。例如東漢桓譚的《仙賦》，據載就是奉漢成帝之旨而作。所以說漢代帝王對於神仙的喜好為漢賦作家提供了創作的靈感和契機，兩漢神仙思想盛行，與統治者對神仙的推崇密不可分，這同時也是兩漢遊仙詩賦發展的原因之一。

　　漢賦作家借助神仙思想馳騁想像，將眼前的現實景觀、歷史人物與虛無縹緲的神仙世界交織在一起，爲我們創造了一個神奇瑰麗的藝術世界。在這個藝術世界裏，海外仙山出現於帝王宮苑，赤松、王喬遊戲於人間帝庭，人間與仙界、歷史人物與神仙傳說，已經完全超越了時空的限制而融爲一體。兩漢遊仙詩也代替了儒家傳統的現實主義的客觀描寫，滿足了漢代帝王好大喜功的心理需要。總而言之，漢代遊仙詩賦的作家借助神仙傳說，巧構幻境，以虛寫實，豐富和發展了浪漫主義創作方法，對後世遊仙文學產生了深刻的影響。

餘　論

　　所謂遠遊文學，是對主人公到遠方遊歷過程的描寫。主人公遊歷的地方，既包括現實的人間，也包括虛無的道境，縹緲的仙境（還包括海上仙境）。兩漢遠遊文學就是對主人公在這三界旅行的描述。前者為紀行之作，記述的是文人士子們在現實世界的行役及遊歷，後二者超越了現實生存空間，在幻想中進入了仙境、神境、道境，遠離人世。他們心馳神往的長生久視之鄉不是存在於現實的此岸世界，而是屬於宗教的彼岸世界。兩漢遠遊文學的興起與屈原及楚辭有密切關係。楚辭之外，對兩漢遠遊文學產生直接影響的莫過於道家思想。道家思想或許沒有像楚辭一樣對兩漢遠遊文學在結構形式上予以直接影響，但它對兩漢文人心態的影響間接反映在文學創作中，對兩漢遠遊文學的影響同樣普遍。

一、楚辭與兩漢遠遊文學

　　楚辭對兩漢遠遊文學產生直接影響。如《涉江》、《哀郢》延續了《詩經》裏《小雅・採薇》、《豳風・東山》的傳統，被視為兩漢紀行賦的濫觴。而在「魂遊祝詞」及《楚辭・九歌》的基礎上，吸取當時燦爛的楚文化與戰國士文化創作出來的不朽篇章——《離騷》，更以其宏偉的神遊抒寫思路對兩漢神遊賦產生影響。《楚辭・遠遊》，在模擬《離騷》的基礎上貫注以遊仙精神，成為一篇名副其實的遊仙之作，並做為遊仙文學之祖對兩漢遊仙文學產生影響。除此之外，屈原的人格魅力、楚辭體纏綿俳惻的情感基調及楚辭的超越精神都對兩漢遠遊文學的創作有不小的影響。

（一）屈原的人格魅力

兩漢遠遊詩賦作為漢代抒情文學的一脈，深受屈原楚辭的影響。《史記‧屈原賈生列傳》：「屈平正道直行，竭忠盡智以事其君，讒人間之，可謂窮矣。信而見疑，忠而被謗，能無怨乎？」〔註1〕楚王的不信任和佞臣的離間，導致君臣乖違，事功不成，這是屈原悲慘人生的癥結所在。所以，他在詩中反復地詠歎明君賢臣，實際上也是對楚國現實政治的尖銳批判，更是對自己不幸身世的深切哀歎，其中包含著悲憤之情。屈原遭讒被妒卻能質潔坦蕩、不同流俗，被逐流放依然思君念國、九死不悔的精神氣質，深深打動著後代士人的心靈，而漢代距時最近，感受尤切。

漢代的文人士子延續著春秋時期立德、立功、立言「三不朽」的人生道路和理想，他們積極投身現實，渴望實現個人的人生價值。然而，現實的情況與士大夫們所憧憬的立德立功、揚名當世、垂典後代的宏偉抱負是扞格難合的。不論是漢初天下甫定之時，還是武帝中央集權制真正建立，以至兩漢的終結，統治階級多以士人為潤色鴻業的工具，或為承平之點綴，或以俳優蓄之。漢代絕大多數文人的人生道路都是坎坷不平的。他們或因為政見不合受到排擠，或因為言語獲罪遭到打擊，或因為改朝換代之際投足失誤導致一蹶難振，或因為官僚集團日益龐大臃腫、人才隊伍日益過剩而長期沉屈下僚，或因為本人所從事的職業關係而被君主倡優畜之。這種殘酷的現實給了他們無情的棒喝，使他們清醒而悲憤不已。屈原不遇的悲劇就這樣在漢代找到了承傳接受的氣候和土壤。這也成為漢代士人同情悲憫屈原的現實基礎和心理因素。因而，我們今天能讀到的包括遠遊辭賦在內的漢人抒情言志賦，幾乎都是表現人生失意、憂鬱的作品。馮衍在《顯志賦‧自論》中說：「乃作賦自屬，命其篇曰顯志。」張衡在《思玄賦》序文中坦言「衡常思圖身之事，以為吉凶倚伏，幽微難明，乃作《思玄賦》，以宣寄情志。」東漢蔡邕面對宦官專權，朝政腐敗，生民塗炭，心有憤慨，不能直抒其情，「遂託所過，述而成賦。」兩漢文人或通過紀錄士人的遊歷來抒其失志不遇之感，或通過神遊思想來探求出路，或通過仙遊來抒寫其對自由美好生活的嚮往。兩漢遠遊辭賦裏的「不遇」悲慨，既不能單純地歸結為對屈原「哀其不幸，而憫其志焉」的共鳴；也不能簡單地視之為「貧士失職而志不平」個人牢騷的抒寫。它是士人失去了橫向選擇後的群體失所之悲與途窮之慟，是士人主觀理想與客觀

〔註1〕〔漢〕司馬遷撰：《史記》，中華書局1982年版，第2482頁。

形勢衝突導致的內心壓抑的幽鬱孤寂。

漢代離人文精神極度發展的戰國相距不遠，戰國時期的意氣風發與漢代的專制統治極易形成鮮明的對照，所以兩漢士人愈發會在政治制度與個體命運的衝突之間感受到一種巨大的壓力感。徐復觀先生認為：「由對這種壓力感受性的深淺，而可以看出一個知識分子自己的精神、人格成長的高低，並決定他在文化思想上真誠努力的程度。由於各個人的稟賦、生活環境、及學問上的機緣，各有不同，對這種『壓力感』的反應也各有不同，因而形成文化上不同的努力方向。」〔註2〕可以說，劉歆《遂初賦》、馮衍《顯志賦》、揚雄《太玄賦》、班彪《北征賦》、班固《幽通賦》、蔡邕《述行賦》、張衡《思玄賦》等就是這種「壓力感」的結晶，這些作品互異也與作者對「壓力感」的反應不同有關。兩漢遠遊辭賦多以個人身世之感、時事生存之惑貫穿全篇，沒有矯情，沒有誇飾，或是沉鬱頓挫，或是樸實流暢，或是慷慨激昂。無不以感性的內在表達展現著賦家個體的心靈世界。它們風格各異，卻都細膩熨帖地記錄和展現了那個時代賦家個人的性情世界和思想經歷，並因此成為我們瞭解和體會漢代文士生存環境、內心世界以及創作心態的一條很好的途徑。

（二）屈辭文體感的影響

楚辭作品自《九歌》以來就具備纏綿緋惻、哀怨感傷的情感基調。《九歌》纏綿哀怨的失戀情感，恰好契合了屈原政治失意之後的忠怨情懷。屈原「博聞彊志，明於治亂，嫻於辭令」〔註3〕，胸懷美政理想，但卻置身於險惡的環境之中，屈原的政治前程，連同他的美政理想，就這樣被昏君佞臣扼殺了。詩人最終「從彭咸之所居」，用「死亡」捍衛了自己的理想。可以說，屈原的忠怨感傷不僅僅局限於個人的悲歡離合，他是將自己的命運與國家人民的命運緊緊地結合在一起，他在為自己流淚歎息的同時，也在為楚國國運的沒落而感傷。因此較之於《九歌》人神之間或神靈之間會合無緣的哀怨，《離騷》纏綿感傷的情感旋律更有驚心動魄的藝術魅力。《離騷》繼承了《九歌》纏綿感傷的情感基調，卻將這種哀怨感傷的感情旋律提高到一個新的層次和境界。此後，《九章》、《九辯》及其後楚辭作品繼承了由《九歌》發端、

〔註2〕徐復觀：《兩漢思想史》，華東師範大學出版社2003年版，第166頁。
〔註3〕《史記・屈原賈生列傳》，見〔漢〕司馬遷：《史記》，中華書局1982年版，第2481頁。

由《離騷》奠定的楚辭情感基調，纏綿哀怨因此成爲楚辭文體情感的典型特點。

　　楚辭的文體感是在歷史過程中逐步形成的，《離騷》在奠定楚辭文體感方面起到了關鍵作用。後代的詩人們，無論他們是否具有與屈原相似的人生經歷和生命體驗，只要他們運用楚騷體進行創作，就不自覺的就進入了這種創作模式，使自己的作品具備楚辭的文體感。可以說兩漢遠遊辭賦除了《仙賦》、《覽海賦》，不管是《北征賦》、《東征賦》還是《幽通賦》、《思玄賦》等都採用了楚辭體的寫法。「漢代騷體賦中，十有八九是抒情之什」〔註 4〕。劉勰在《文心雕龍・辨騷》裏總結過漢代騷體賦的特點「敘情怨，則鬱伊而易感；述離居，則愴怏而難懷」〔註 5〕，漢代騷體賦從賈誼《弔屈原賦》《鵩鳥賦》《惜誓》開始就繼承楚騷的這一抒情傳統。兩漢遠遊辭賦大都是抒情言志之作，而且多抒多不遇之感〔註 6〕。揚雄《太玄賦》有感於世事炎涼，申說自己甘於淡泊的心志。劉歆《遂初賦》寫其不爲當政者所容的悲憤，引孔子厄陳、屈原沉江、柳下三黜、蘧瑗再奔以自況。馮衍《顯志賦》作於不得志而退之時，主人公「久棲遲於小官，不得舒其所懷。抑心折節，意凄情悲」，於是「聊發憤而揚情兮，將以蕩夫憂心。」班彪《北征賦》作於更始避亂征途中，撫今慨昔，情韻悽愴。班固《幽通賦》爲其「致命遂志」的「弱冠」之作。張衡《思玄賦》有慨於順、和之時宦官弄權，意志屈抑而作。這些遠遊辭賦都充斥著「鬱悒而憤思」之氣，應該與騷體賦的文體特點有關。

　　另外，《楚辭》的漢人擬騷之作也流露出砭人骨髓的悲恨意識和幽怨情懷，拋開他們的創作緣起不說，僅從《楚辭》目錄的名稱中即可體會到：《七諫》、《九懷》、《九歎》、《九思》的小標題中，有關感情的悲、哀、怨、憂、傷、思、愍、憫、疾、悼共有 16 篇，幾乎占一半。〔註 7〕騷本是「自怨生」〔註 8〕、「賢人失志」〔註 9〕的文學，《楚辭》漢人擬騷之作也繼承了這一「哀怨」傳統。

〔註 4〕 曹明綱：《賦學概論》，上海古籍出版社 1998 年版，第 89 頁。

〔註 5〕 吳林伯：《〈文心雕龍〉義疏》，武漢大學出版社 2002 年版，第 72 頁。

〔註 6〕 兩漢軍旅紀行賦除外。

〔註 7〕 此處統計數字，據〔宋〕洪興祖：《楚辭補注》，中華書局 1983 年版。

〔註 8〕 《史記・屈原賈生列傳》，見〔漢〕司馬遷：《史記》，中華書局 1982 年版，第 2482 頁。

〔註 9〕 《漢書・藝文志》，見〔漢〕班固：《漢書》，中華書局 1962 年版，第 1756 頁。

（三）楚辭的超越意識

　　《離騷》結尾寫道：「陟升皇之赫戲兮，忽臨睨夫舊鄉。僕夫悲余馬懷兮，蜷局顧而不行。」《遠遊》云：「下崢嶸而無地兮，上寥廓而無天」，主人公被懸在了半空，理想無法現實，宗教的超越、哲學的超越都不能解脫他的現實之苦。上而無天，下而無地，天地不能容，這就決定了楚辭在獨往中孤沉的超越精神。楚辭的這一超越意識，在先秦作品中，只有《莊子》可與之媲美。但與道家追求逍遙無待的境界不同，楚辭提供了一條獨特的超越道路，朱良志先生將其稱爲「懸在半空」式的超越。〔註10〕

　　《惜誓》、《大人賦》、《思玄賦》等大都繼承了楚辭中的這種「懸在半空」式的超越。《惜誓》在與仙人馳騁八極，長生不老之後，最終還是認爲「不如反余之故鄉」；《大人賦》、《太玄賦》也在仙界遠遊之後，進入一種或「超無友而獨存」的道境或超脫避世的太玄之境。張衡《思玄賦》通過對歷史、人事等的追問、思索，把「思玄」的「玄」收斂爲現實中的閱讀與守志，將自己安頓在典籍之中，以無爲而淡然的態度在日常的生活中求得人生的自足與安寧。《離騷》神遊描寫中「臨睨舊鄉」的行爲被引申爲「欲歸」的意願，並且拋棄了「猶疑」之態，直接「修眩眩兮反常閭」。

二、道家思想與兩漢遠遊文學

　　漢代遠遊文學之深受道家影響有其必然的原因。文學本身受制並體現著士人的心態，道家對士人心態的影響必然波及其文學創作的改觀，帶來了以自我爲中心的、私人性的思想情感的敘寫與抒發，異於儒家所重視的國計民生、政教倫理之類的內容。在儒家興盛而群體意識強烈的漢代社會，道家的介入爲漢代文學帶來了別樣的天地，促使士人在文學中展示一個帶著精神超越性的、自在自得的「遊」的世界，推動著漢代士人文學個體意識的自覺，具體地激發了漢代抒情賦的興起，並且強化了漢代文學的抒情性及中國古代文學的抒情傳統。從這一角度來說，道家對兩漢抒情賦起著開拓的作用。而作爲兩漢抒情文學的一枝兩漢遠遊文學，必定同受其影響。漢代遠遊文學中所體現的精神超越的品格，主要受到的是道家思想的影響。道家對遠遊文學的影響，靠的是道家內在的超越精神，即「遊」的精神。「遊」在某種意義上

〔註10〕朱良志：《楚辭的美學價值四題》，《雲夢學刊》2006 年第 6 期。

可看作道家的核心精神之一，充分展現了一種自由無礙的精神境界，顯示出高度自覺的精神超越品質以及對人生的超功利的審美態度。道家的這種超越性的「遊」的精神影響到漢人士人心態，解救了文人士子苦悶的心靈，從而對兩漢遠遊文學帶來影響。漢代的遠遊文學不論是遊仙還是神遊很大程度上就是漢人追求自由，遠離俗世心態的表現，當然紀行賦中不乏這種情感的抒發，主人公在行旅徵役的途中借道家的超越精神蕩滌內心抑鬱情志。道家的介入顯然為漢代文學帶來了別樣的天地，形成了異於與時代相應的注重政教倫理實用、用世的傾向，在文學中展示了一個帶著精神超越性的、自在自得的「遊」的世界，形成遠遊文學一枝。

有漢一代，道家思想的影響僅次於儒家思想，某些時候甚至超過儒家。西漢前期，道家對士人心態的影響主要表現為無為政治心態，在文學上多反映為多用世之言，並常出以理論、學理式的探討，同時，莊子的流行比較活躍而影響及士人自由的心態，則又初步觸動士人文學中個體意識的自覺。進入西漢中後期，道家先是隱退，後又於兩漢之際興起，在東漢中後期更衍而成一時潮流，這時，它對漢代士人心態的影響，主要體現在自由的生命意識、隱處與謹慎戒懼的處世態度等方面，多傾向於對個體身心、私人生活的關注，契合的是道家對個體獨立價值的重視。

西漢初年，發展成熟的黃老思想適應政治的需要，有力促進了社會經濟的發展。同時黃老道家的人生觀仍在文人中流行，很多人喜好黃老養生術，過著清靜恬淡的生活，退隱之風大行於世。賈誼《惜誓》開篇提出，「惜余年老而日衰兮，歲忽忽而不反」。在這種日月不居，老期將至的情況下該做些什麼呢？作者想像著與仙人馳騁八極，長生不老。但緊接著作者還是認為「不如反余之故鄉」，但是到了故鄉看到的卻是「放山淵之龜玉兮，相與貴夫礫石」的混濁世道。在這種情況下，賈誼做出了自己的選擇，「遠濁世而自藏」。稍後於賈誼的嚴忌在政治上不能一展才華。《哀時命》中主人公慨歎自己生不逢時，不能有所作為。同賈誼一樣，他同樣也感受到了大一統政治所帶給他的壓力，而在文中反復申述自己意志被壓抑而不得伸展之苦悶。這種個性被壓抑的痛苦深深地浸入了漢初士人的內心，嚴忌無力反抗，又不願屈意從人，最終選擇退處山野，與神仙麋鹿為友。司馬相如《大人賦》為楚辭的模擬之作，但其內涵的超越精神更與道家相通。「大人」感於世俗的迫隘，展開了超塵離世的仙遊之旅，局促於世俗的「悲」在寥廓的「遊」中得到消解。

　　西漢後期，外戚宦官交相亂政，政治腐敗，再加上水旱等自然天災把廣大勞動人民推到了死亡線上，以至於出現人人相食的現象。另一方面，社會進一步儒學化，君本臣末關係基礎上士大夫階層的價值取向與君權的至高無上之間的矛盾愈來愈突出。他們抱著「通經致用」的理想，欲大有作爲，然而，現實社會中他們強烈地感受到了言必得咎、機網密佈的政治艱危，同時他們還要面對外戚宦官專權的黑暗現實。這時的士人主體意識逐漸消融，並逐漸承認了大一統一人專制政治制度的合理性。在一統的背景下，士人失掉了擇土而仕的自由，建功立業的期待也常常受挫，他們必須在遵從一人專制現實制度的基礎上才能有所作爲。於是，一部分士人選擇了抽身退隱，遠離政治漩渦。從西漢後期開始，道家對士人心態的影響更多地轉向士人的個體精神及私人空間，越來越深入到士人的內心情感世界。「倘若東漢是抒情賦的盛世，那麼西漢末期便是這一光輝歷史撩開面紗的關鍵時刻。」〔註11〕可見西漢末期是抒情賦登上歷史舞臺的關鍵時刻。遠遊賦作爲抒情賦的重要一枝，其重點作品大半產生於此時。如劉歆《遂初賦》、揚雄《太玄賦》、桓譚《仙賦》、馮衍《顯志賦》、班彪《北征賦》、《覽海賦》、班固《幽通賦》等。從體裁上看，既有紀行賦，又有神遊賦、遊仙賦。從西漢初之賈誼、董仲舒、東方朔等人到西漢末之揚雄，士人對大一統一人專制政治全面性的壓力感已趨向緩和，並且由漢初的重視外在情勢、機遇，轉到對自身命運的關注，正如揚雄所說「遇不遇，命也」，因此，西漢末的揚雄，雖然也嚮往「上世之士」的「矯翼厲翮」，但對時勢的變化卻有著清醒的認識。因此對於自身的處境，揚雄沒有了東方朔們的抱怨，而是以一種較淡然的心態去接受它。《太玄賦》賦結尾的「亂」中，揚雄更直接地表達了他的追求，揚雄欣賞的是麒麟、鸞鳳的遠禍與自由，道家作爲自我體認的途徑、個體精神的寄託，已經以常態的方式融入個人生活，是日常生活的自覺追求，而不僅僅是失意時的精神解脫。劉歆《遂初賦》與揚雄《太玄賦》創作年代相近。《遂初賦》是志氣有所不得，因征途所感而成，抒發的是個人的內心情志，表現出明顯的道家思想取向。內容大抵借敘事描寫以抒情，感今思古，因境慨歎。劉歆覽古思今，表達了對清明政治的欣賞與嚮往，對昏暗時勢的厭棄，既抒發了「好周文之嘉德兮，躬尊賢而下士」的情感，又傷憫孔子與屈原的抱德懷才而遭厄。賦文最後以「守信保己，比老彭兮」的道家處世態度來自我安慰。以道家守寂

〔註11〕卞孝萱、王琳編著：《兩漢文學》，安徽教育出版社 2001 年版，第 53 頁。

寞、返清靜、齊物等精神相寄託，不以紛紜之物事經懷，不以得失爲意，以自然自得的態度面對處身的一切。馮衍《顯志賦》也將道家引爲個人生活的精神立足點，抒發的個人情志帶有明顯的道家風範，同時表現出儒道共存而融合的思想景觀。在《顯志賦》自論中，馮衍對自己的處境及精神狀況有所描述，他融合了道家與道翱翔、超然物外的自由精神及儒家用舍行藏的思想，用以抒發自己與物變化，不爲世俗名利所累的超然情懷。他曾經有熱切的用世之心，懷有卓然的治世之策，但現實卻沒給他一展才華的機會，他在仕途上一直居於下位，以致心有戚戚然。最終他轉而想「闔門講習道德，觀覽乎孔老之論，庶幾乎松、喬之福，上隴阪，陟高岡，遊精宇宙，流目八紘」〔註12〕，追求一種儒、道交融的人生狀態。

東漢前中期，由於統治者極力推崇儒學，儒家思想已成爲社會意識形態的主流並被日益經學化。這種經學化的儒學，消弭了文人的探索精神和主體意識，使文人的個人價值只能依附於皇權、借助於經學才能體現，士人已完全委心認命於這樣的專制政治。班固生當明、章二帝年間，其父班彪爲正統儒者，受時代及家世影響，班固的思想是很正統的。班固曾作《答賓戲》，認爲較之戰國亂世，甚至西漢，當今社會有著不可比擬的優越性。班固之不遇感，乃在於個人價值的不能實現。如果說揚雄之於大一統的一人專制，尚且是無可奈何的妥協的話；那麼班固則是心甘情願地委心認命於其下。《幽通賦》裏班固潛心沉思，尋求自己所應遵循的處世之道，班固的一生言行雖然主要以儒爲宗，但在《幽通賦》中卻多處汲取老、莊，用以表達他對險惡、黑暗的社會現實的憂懼和思考，藉以尋求精神的解脫。其父班彪曾著《王命論》，附會神話，誇張事實，以證明天下之必重歸劉氏。其《北征賦》包含較濃厚的儒家思想，主張以德化邊，反對以武禦邊。其妹班昭，博學高才，精通歷史，《漢書》的八表及《天文志》，是在班固逝世後由她續就的。馬融曾就伏於閣下從昭受讀《漢書》。班昭《東征賦》：「貴賤貧富，不可求兮。正身履道，以俟時兮。修短之運，愚智同兮。靖恭委命，唯吉凶兮。」與其兄班固《幽通賦》：「所貴聖人之至論兮，順天性而斷誼。」「天造屮昧，立性命兮。復心弘道，惟賢聖兮」一樣，都以知命爲解脫。班氏家族這三篇作品雖然也間雜著道家用語，但以儒家思想爲主。這說明大一統一人專制的制度本身，在部

〔註12〕 馮衍：《顯志賦》，見〔清〕嚴可均校輯：《全後漢文》卷二十，中華書局1958年影印本，第578頁。

分士人的心中，已取得了合理的地位。他們的不遇感，乃在於身處亂世，而不在於封建專制本身。值得注意的是，雖然班氏家族爲儒學世家，但並不妨礙他們有遊仙作品的創作。班彪《覽海賦》裏主人公和神仙一樣輕擧周流，遨遊於上下四方，登入天庭。主人公的「離世而高遊」實際上是對現實人生的一種超越，它使得作者擺脫了凡俗的種種束縛，暫時進入無所拘束的「遊」的狀態，精神和心靈暫時得到解放。這一時期以反對讖緯的無神論者而著稱的桓譚也有遊仙作品問世。桓譚《仙賦》中描寫了自己「仙道既成」之後的遊仙場景。但其寫「出宇宙，與雲浮」的飛升浮游，寫飲食華芝、玉漿的長生修養，目的也是從遊仙的想像中獲取精神的解脫、愉悅。

　　東漢自和帝始，轉入了動亂的末世。東漢中後期基本上是外戚宦官輪流把持朝政的局面。宦官外戚專權又是專制政治最黑暗的一面，他們一憑裙帶關係、一憑與皇帝的主奴關係而爬上權力的頂峰。一旦掌權，經濟上大肆搜刮，政治上則援引同黨，排斥異己，造成姦佞群小當道，正直之士遭難的黑暗局面。而外戚與宦官的鬥爭，又造成了社會的動蕩不安，加上自安帝後，天災不斷，更是國無寧日，民不聊生。處於東漢中期的張衡最終以平和的心態接受了這一現實，道家的影響已深入張衡的性情，使他的性情顯得通達、夷曠，其所追想的生活也就處處流露出恬淡而又情趣盎然的氣息，對儒家經典的閱讀也自然融入其中而絲毫沒有滯礙。其《思玄賦》在抒寫自我內在情感、個體精神時，不是停留於玄想或排斥日常生活的層面，而是落實到現實人生、日常生活之中，足見儒道的思想已經達到了融通無間的程度。蔡邕身處東漢末期，士人處境更爲險惡，社會更爲黑暗，形勢比張衡所處時代惡劣得多。蔡邕《述行賦》除了批判現實外，賦作裏還彌漫著濃烈的命運憂患與生存困惑，流露出個人無力把握自己命運的惆悵，體現了的深重的戒懼心理及對現實政治自覺疏遠的精神。

　　兩漢遠遊賦表達的是在大一統專制政治的威壓之下士人的生存焦慮。雖然漢人不願同流合污，但他們已不能像屈原似的堅守「清潔」人格，與黑暗沈濁的人間社會作決絕的鬥爭。兩漢遠遊辭賦從西漢初到東漢末延續不斷，雖然從總體上都可以看作是表現士人不遇之感，但在思想還是有很大差別的。西漢士之不遇者，感受最強烈的乃是大一統的一人專制政權對士人的壓抑，這是在與先秦士人的鮮明對比下對專制制度的一種全面性的感受。他們之不遇感，不在於位卑，乃在於失去了先秦士人抗禮王侯的氣概。賈誼《惜

誓》從老子的天道觀出發，走向莊子的審美態度。嚴忌《哀時命》表現了漢初士人個性被壓抑的痛苦。而隨著時間的推移，大一統的一人專制政權的加強和儒家思想統治地位的確立，兩漢士人的主體意識逐漸消融，對這一制度也漸漸承認了其合理性。西漢末的揚雄已能夠以一種較淡然的心態去接受它，到了東漢中期，士人對大一統一人專制的全面性的壓力感，便由緩和而趨於麻木。如班固走向了明哲保身、守道安命。東漢自和帝後，由前期的昌明盛世轉入了動亂的末世，宦官外戚輪流把持朝政，社會極為黑暗。由於身處亂世，缺乏安全感，他們之不遇賦除了批判現實外，幾乎都瀰漫著濃烈的命運憂患與生存困惑，流露出個人無力把握自己命運的惆悵。張衡《思玄賦》表現了對世道幽昧的批判，而隨著士人處境越來越糟，蔡邕《述行賦》在表達了作者對姦佞群小的憎惡與批判的同時，也流露出命運的憂患意識。

文學作為士人抒情言志的重要媒介，一方面受到士人心態的影響，同時又體現了士人的心態，道家主導影響下漢代士人自由的生命意識、隱處與謹慎戒懼的人生態度落實到文學創作之中，給兩漢遠遊文學帶來超越精神。當然，我們不能否認，儒、道是漢代兩股最為重要的思潮，道家之影響於漢代士人的文學創作，經常是與儒家同時出現的。儒家也影響及漢代士人隱處與謹慎戒懼的處世態度，也有其關注個體精神的一面，這一點與道家取得融通，並對士人文學個體意識的自覺及其抒情性起到一定作用。兩漢是大一統的中央集權政治穩定成熟時期，在這一過程中，士人從先秦時「矯翼厲翮，恣意所存」的理想中驟然跌落，在經歷了抱怨不平，掙扎奔命而終歸無奈後，普遍地趨於對時命的認同。通讀兩漢遠遊詩賦，字裏行間均可感受到士人超越精神背後的悲痛與孤寂，有助於我們瞭解兩漢士人幾百年間的心路歷程。

參考文獻

（一）古代典籍

1. 《十三經注疏》，〔清〕阮元校刻，中華書局 1980 年影印本。

2. 《大戴禮記彙校集解》，方向東撰，中華書局 2008 年版。

3. 《國語》，上海古籍出版社 1998 年版。

4. 《戰國策》，〔漢〕劉向集錄，上海古籍出版社 1998 年版。

5. 《史記》，〔漢〕司馬遷撰〔宋〕裴駰集解〔唐〕司馬貞索隱〔唐〕張守節 正義，中華書局 1982 年版。

6. 《漢書》，〔漢〕班固撰〔唐〕顏師古注，中華書局 1962 年版。

7. 《後漢書》，〔南朝・宋〕范曄撰〔唐〕李賢等注，中華書局 1965 年版。

8. 《韓非子集解》，〔清〕王先愼，中華書局 1998 年版。

9. 《莊子集釋》，〔清〕郭慶藩，中華書局 1961 年版。

10. 《管子》，〔唐〕房玄齡注，上海古籍出版社 1989 年版。

11. 《呂氏春秋校釋》陳奇猷著，學林出版社，1984 年版。

12. 《列子集釋》，楊伯峻著，中華書局 1979 年版。

13. 《老子注釋及評介》，陳鼓應著，中華書局 1984 年版。

14. 《淮南鴻烈集解》，劉文典撰，中華書局 1989 年版。

15. 《全上古三代秦漢三國六朝文》，〔清〕嚴可均校輯，中華書局，1958 年 影印本。

16. 《先秦漢魏晉南北朝詩》，逯欽立輯校，華書局 1983 年版。

17. 《文選》，〔梁〕蕭統編〔唐〕李善注，中華書局 1977 年版。

18. 《古文苑》，〔宋〕章樵注，商務印書館 1937 年《叢書集成初編》本。

19. 《樂府詩集》，〔宋〕郭茂倩編，上海古籍出版社 1998 年版。

20. 《楚辭補注》，〔宋〕洪興祖，中華書局 1983 年版。

21. 《楚辭集注》，〔宋〕朱熹，上海古籍出版社 1979 年版。

22. 《楚辭集解》，〔明〕汪瑗著，董洪利點校，北京古籍出版社 1994 年版。

23. 《楚辭通釋》，〔清〕王夫之，中華書局 1959 年版。

24. 《藝文類聚》，〔唐〕歐陽詢等撰，汪紹楹校，中華書局 1965 年版。

25. 《太平御覽》，〔宋〕李昉等撰，中華書局 1960 年影印本。

26. 《初學記》，〔唐〕徐堅等輯，中華書局 1962 年版。

27. 《博物志校證》，〔晉〕張華撰，范甯校證，中華書局 1980 年版。

28. 《古文辭類纂》，〔清〕姚鼐編纂，中國書店 1986 年版。

29. 《賦話六種》，何沛雄編，三聯書店香港書店 1982 年版。

30. 《歷代賦彙》，〔清〕陳元龍等編，清康熙間揚州詩局刊本。

31. 《歷代賦話校證》，何新文著，上海古籍出版社 2007 年版。

32. 《漢魏六朝百三家集題辭注》，〔明〕張溥撰，殷孟倫注，人民文學出版社 1963 年版。

33. 《〈文心雕龍〉義疏》，〔梁〕劉勰撰，吳林伯注，武漢大學出版社 2002 年版。

34. 《詩品注》，〔梁〕鍾嶸撰，陳延傑注，人民文學出版社 1961 年版。

35. 《詩藪》，〔明〕胡應麟撰，上海古籍出版社 1958 年版。

36. 《歷代詩話續編》，丁福保輯，中華書局，1983 年。

37. 《採菽堂古詩選》，〔清〕陳祚明，康熙四十五年（1706）蔣氏刻本。

38. 《山海經》，〔晉〕郭璞注，上海古籍出版社，1989 年版。

39. 《說文解字》，〔漢〕許慎撰，中華書局 1963 年影印本。

40. 《說文解字注》，〔清〕段玉裁注，成都古籍書店 1981 年版。

41. 《水經注疏》，〔北魏〕酈道元注，楊守敬、熊會貞疏，段熙仲點校，陳橋驛復校，江蘇古籍出版社 1989 年版。

42. 《郭店楚墓竹簡》，荊門市博物館編，文物出版社 1998 年版。

43. 《馬王堆漢墓帛書》（壹），國家文物局古文獻研究室編，文物出版社 1980 年版。

44. 《馬王堆漢墓帛書》（參），國家文物局古文獻研究室編，文物出版社 1983 年版。

45. 《馬王堆漢墓帛書》（肆），國家文物局古文獻研究室編，文物出版社 1985 年版。

46.《列仙傳》，〔漢〕劉向，（臺灣）商務印書館 1985 年影印文淵閣四庫全書本。

47.《列仙傳》，〔漢〕劉向，（臺灣）新興書局影印 1978 年版《筆記小說大觀》本。

48.《神仙傳》，〔晉〕葛洪，（臺灣）商務印書館 1985 年影印文淵閣四庫全書本。

（二）研究專著類

1.《全漢賦》，費振剛、胡雙寶、宗明華輯校，北京大學出版社 1997 年版。

2.《全漢賦評注》（三冊），龔克昌等評注，花山文藝出版社 2003 年版。

3.《全漢賦校注》，費振剛、仇仲謙、劉南平校注，廣東教育出版社 2005 年版。

4.《漢賦研究》，陶秋英著，浙江古籍出版社 1992 年版。

5.《漢賦研究》，龔克昌著，山東文藝出版社 1990 年版。

6.《中國辭賦研究》，龔克昌著，山東大學出版社 2003 年版。

7.《漢賦縱橫》，康金聲著，山西人民出版社 1992 年版。

8.《漢賦美學》，章滄授著，安徽文藝出版社 1992 年版。

9.《漢賦通論》，萬光治著，巴蜀書社 1989 年版。

10.《漢賦通義》，姜書閣著，齊魯書社 1989 年版。

11.《漢魏六朝辭賦》，曹道衡著，上海古籍出版社 1989 年版。

12.《漢魏六朝四十家賦述論》，高光復著，黑龍江教育出版社 1988 年版。

13.《經典與傳統：先秦兩漢詩賦文學研究》，方銘著，人民文學出版社 2003 年版。

14.《漢魏六朝騷體文學研究》，郭建勳著，湖南教育出版社 1997 年版。

15.《賦史》，馬積高著，上海古籍出版社 1987 年版。

16.《漢賦之史的研究》，陶秋英著，上海中華書局 1939 年版。

17.《賦史述略》，高光復著，東北師範大學出版社 1987 年版。

18.《辭賦通論》，葉幼明著，湖南教育出版社 1991 年版。

19.《中國賦論史稿》，何新文著，開明書局 1993 年版。

20.《中國辭賦發展史》，郭維森、許結著，江蘇教育出版社 1996 年版。

21.《賦學概論》，曹明綱著，上海古籍出版社 1998 年版。

22.《歷史辭賦研究史料概述》，馬積高著，中華書局 2001 年版。

23.《漢魏六朝賦選》，瞿蛻園著，上海古籍出版社 1964 年版。

24. 《漢魏六朝賦選注》，裴晉南著，上海古籍出版社 1983 年版。

25. 《歷代辭賦選》，劉禎祥、李方晨等著，湖南人民出版社 1984 年版。

26. 《漢賦綜論》，曲德來著，遼寧人民出版社 1993 年版。

27. 《賦文本的藝術研究》，劉朝謙著，中國社會科學出版社 2006 年版。

28. 《漢賦賞析》，仇仲謙著，廣西教育出版社 1989 年版。

29. 《漢賦辭典》，費振剛、仇仲謙著，北京大學出版社 2001 年版。

30. 《漢賦史論》，簡宗梧著，臺灣東大圖書公司 1993 年版。

31. 《漢賦藝術論》，阮忠著，華中師範大學出版社 1993 年版。

32. 《賦體文學的文化闡釋》，許結著，中華書局 2005 年版。

33. 《漢賦與漢代制度》，曹勝高著，北京大學出版社 2006 年版。

34. 《漢代文學的情理世界》，李炳海著，東北師大出版社 2002 年版。

35. 《道家與道家文學》，李炳海著，東北師範大學出版社 1992 年版。

36. 《唐前生命觀和文學生命主題》，錢志熙著，東方出版社 1997 年版。

37. 《道家思想與漢魏文學》，尚學鋒著，北京師範大學出版社 2000 年版。

38. 《先秦兩漢道家與文學》，張松輝著，東方出版社 2004 年版。

39. 《漢魏六朝道教與文學》，張松輝著，湖南師範大學出版社 1996 年版。

40. 《道教文學史》，詹石窗著，上海文藝出版社 1992 年版。

41. 《道教文學史論稿》，楊建波著，武漢出版社 2001 年版。

42. 《曹操與道教及其仙遊詩研究》，陳華昌著，太白文藝出版社 2002 年版。

43. 《漢魏六朝樂府文學史》，蕭滌非著，人民文學出版社 1984 年版。

44. 《道教文學三十談》，伍偉民、蔣見元著，上海社會科學院出版社 1993 版。

45. 《中古文學史論文集》，曹道衡著，中華書局 1986 年版。

46. 《樂府詩論述》，王運熙著，上海古籍出版社 1996 年版。

47. 《中國中古詩歌史》王鍾陵著，江蘇教育出版社 1988 年版。

48. 《戰國文學史論》，方銘著，商務印書館 2008 年版。

49. 《詩苑仙蹤：詩歌與神仙信仰》，孫昌武著，南開大學出版社 2005 年版。

50. 《八代詩史》（修訂本），葛曉音著，中華書局 2007 年版。

51. 《樂府詩選》，余冠英選注，人民文學出版社 1953 年版。

52. 《漢代文學思想史》，許結著，南京大學出版社 1990 年版。

53. 《漢魏文學壇變研究》，胡旭著，廈門大學出版社 2004 年版。

54. 《曹集詮評》，丁晏著，文學古籍出版社，1957 年版。

55. 《憂與遊：六朝隋唐遊仙詩論集》，李豐楙著，臺北：臺灣學生書局 1996 版。

56. 《中國遊仙詩概論》，熊曉燕著，山西人民出版社 1996 年版。

57. 《道骨仙風》，張宏著，華文出版社 1997 年版。

58. 《古巫醫與「六詩」考：中國浪漫文學探源》，周策縱著，臺北聯經出版公司 1986 年版。

59. 《神女之探尋——英美學者論中國古典詩歌》，莫礪鋒編，上海古籍出版社 1993 年版。

60. 《巫系文學論》，〔日〕藤野岩友著，韓基國編譯，重慶出版社 2005 年版。

61. 《莊子與中國文學》，宋效永著，江蘇教育出版社 1995 年版。

62. 《詩情賦筆話謫仙》，許東海著，臺北文津出版社 2000 年版。

63. 《先秦兩漢儒學與文學》，陳松青著，湖南師範大學出版社 2004 年版。

64. 《漢代詩歌史論》，趙敏俐著，吉林教育出版社 1995 年版。

65. 《張衡評傳》，許結著，南京大學出版社，1999 年版。

66. 《班固評傳》，陳其泰、趙永春著，南京大學出版社 2002 年版。

67. 《司馬相如》，龔克昌、蘇瑞隆著，春風文藝出版社 1999 年版。

68. 《揚雄評傳》，王青著，南京大學出版社 2000 年版。

69. 《司馬相如傳》，尚永亮、王承丹著，東方出版社 2001 年版。

70. 《班固文學研究》，孫亭玉著，湖南人民出版社 2008 年版。

71. 《中國文學史》（第一卷），袁行霈主編，高等教育出版社 1999 年版。

72. 《中國文學發展史》，劉大杰編寫，百花文藝出版社 1999 年版。

73. 《中國文學史新著》（增訂本），章培恒、駱玉明主編，復旦大學出版社、上海文藝出版總社 2007 年版。

74. 《中國文學史》（上），錢基博，東方出版中心 2008 年版。

75. 《秦漢文學編年史》，劉躍進著，商務印書館 2006 年版。

76. 《中古文學繫年》，陸侃如著，人民文學出版社 1985 年。

77. 《兩漢文學》，卞孝萱、王琳編著，安徽教育出版社 2001 年版。

78. 《魯迅全集》，魯迅著，人民文學出版社 1982 年版。

79. 《詩賦論叢》，王琳著，黑龍江教育出版社 1999 年版。

80. 《楚辭評論資料選》，楊金鼎著，湖北人民出版社 1985 年版。

81. 《楚辭資料海外編》，尹錫康、周發祥著，湖北人民出版社 1986 年版。

82. 《中國之美文及其歷史》，梁啓超著，東方出版社 1996 年版。

83. 《屈原研究》，梁啓超著，中華書局 1989 年版。

84. 《神話與詩》，聞一多著，三聯書店 1982 年版。

85. 《屈原研究》，郭沫若著，人民出版社 1982 年版。

86. 《楚辭學論文集》，姜亮夫著，上海古籍出版社 1984 年 12 月第 1 版。

87. 《重訂屈原賦校注》，姜亮夫著，天津古籍出版社 1987 年 3 月第 1 版。

88. 《楚辭直解》，陳子展著，江蘇古籍出版社 1988 年版。

89. 《屈原與他的時代》，趙逵夫著，人民文學出版社 2002 年版。

90. 《屈騷探幽》，趙逵夫著，巴蜀書社 2004 年版。

91. 《楚辭今注》，湯炳正等，上海古籍出版社 1996 年版。

92. 《楚辭與中國文化》，陳桐生著，陝西人民教育出版社 1997 年版。

93. 《楚辭與原始宗教》，過常寶著，東方出版社 1997 年版。

94. 《楚辭的文化破譯——一個微宏觀互滲的研究》，蕭兵著，湖北人民出版社 1991 年版。

95. 《屈原與楚辭研究》，潘嘯龍著，安徽大學出版社 1999 年版。

96. 《屈原辭研究》，金開誠著，江蘇古籍出版社 1992 年版。

97. 《楚辭詩學》，楊義著，人民出版社 1998 年版。

98. 《楚辭論稿》（增訂本），李誠著，中國社會科學出版社、華齡出版社 2006 年版。

99. 《諷諫抒情與神話儀式——楚辭文心論》，魯瑞菁著，臺北里仁書局 2003 年版。

100. 《屈辭體研究》，黃鳳顯著，湖南人民出版社 2002 年版。

101. 《中國古史的傳說時代》，徐旭生著，廣西師範大學出版社 2003 年版。

102. 《中國上古文明考論》，江林昌著，上海教育出版社 2005 年版。

103. 《楚文化史》，張正明著，上海人民出版社 1987 年版。

104. 《戰國史》（修訂本），楊寬著，上海人民出版社 2003 年版。

105. 《中國古代社會研究》，郭沫若著，河北教育出版社 2000 年版。

106. 《漢代思想史》，金春峰著，中國社會科學出版社 1997 年

107. 《兩漢思想史》，徐復觀著，華東師範大學出版社 2001 年版。

108. 《中國思想通史》，侯外盧主編，人民出版社 1957 年版。

109. 《中國哲學發展史》，任繼愈，人民出版社 1985 年版。

110. 《中國哲學史新編》，馮友蘭著，人民出版社 1998 年版。

111. 《中國思想史》，葛兆光著，復旦大學出版社 2002 年版。

112. 《遊的精神文化史論》，龔鵬程著，河北教育出版社 2001 年版。

113. 《莊子哲學及其演變》，劉笑敢著，中國社會科學出版社 1988 年版。

114. 《莊學研究——中國哲學一個觀念淵源的歷史考察》，崔大華著，人民出版社 1992 年版。

115.《〈管子〉研究》，池萬興著，高等教育出版社 2004 年版。

116.《黃老之學通論》，吳光著，浙江人民出版社 1985 年版。

117.《老莊新論》，陳鼓應著，上海古籍出版社 1992 年版。

118.《稷下鉤沈》，張秉楠輯校，上海古籍出版社 1991 年版。

119.《中國宗教通史》（修訂本），牟鍾鑒、張踐著，社會科學文獻出版社 2003 年版。

120.《中國哲學史新編》，馮友蘭著，人民出版社 1984 年版。

121.《七世紀前中國的知識、思想與信仰世界》，葛兆光著，復旦大學出版社 1998 年版。

122.《中國古代思維模式與陰陽五行說探源》，艾蘭主編，江蘇古籍出版社 1998 年版。

123.《蒙文通文集》（第一卷），蒙文通著，巴蜀書社 1987 年版。

124.《中國科學技術史》，〔英〕李約瑟（J. Needham），科學出版社 1978 年版。

125.《士與中國文化》，余英時著，上海人民出版社 1987 年版。

126.《中國文人的自然觀》，〔德〕顧彬著，上海人民出版社 1990 年版。

127.《中國隱士與中國文化》，蔣星煜，上海三聯書店 1988 年版。

128.《期待與墜落：秦漢文人心態史》，方銘著，河北教育出版社 2001 年版。

129.《中國古代文化》，〔日〕白川靜著，加地伸行、范月嬌譯，臺北文津出版社 1983 年版。

130.《長沙子彈庫戰國楚帛研究》，李零著，中華書局 1985 年版。

131.《楚地出土三種文獻研究》，饒宗頤、曾憲通著，中華書局 1994 年版。

132.《漢鏡所反映的神話傳說與神仙思想》，張金儀著，臺北：國立故宮博物院 1981 年版。

133.《中國帛畫與楚漢文化》，劉曉路著，吉林教育出版社 1994 年版。

134.《四川漢代畫像磚與漢代社會》，劉志遠、余德章、劉文傑著，文物出版社 1983 年版。

135.《道家文化研究》（馬王堆帛書專輯），陳鼓應主編，上海古籍出版社 1993 年版。

136.《神仙傳》，干春松著，中國人民大學出版社 1992 年版。

137.《中國道教思想史綱》（第一卷），卿希泰著，四川人民出版社 1980 年版。

138.《中國道教》（1～4），卿希泰著，知識出版社 1994 年版。

139.《道教文化史》，詹石窗著，上海文藝出版社 1992 年版。

140.《道教通論》，牟鍾鑒著，齊魯書社 1991 年版。

141. 《先秦兩漢冥界及神仙思想探源》，蕭登福著，臺北：文津出版社 1990 年版。

142. 《周秦兩漢早期道教》，蕭登福著，臺北：文津出版社 1998 年版。

143. 《漢代道教哲學》，李剛著，巴蜀書社 1995 年版。

144. 《道家和道教思想研究》，王明著，中國社會科學 1984 年版。

145. 《中國仙話研究》，羅永麟著，上海文藝出版社 1993 年版。

146. 《仙話——神人之間的魔幻世界》，梅新林著，上海三聯書店 1992 年版。

147. 《中國遊仙文化》，汪湧豪，俞灝敏著，復旦大學出版社 2005 年版。

148. 《中國方術正考》，李零著，中華書局 2006 年 5 月第 1 版。

149. 《中國方術續考》，李零著，中華書局 2006 年 5 月第 1 版。

150. 《金枝：巫術與宗教之研究》，〔英〕詹·弗雷澤著，中國民間文藝出版社 1987 年 6 月版。

151. 《巫術、科學、宗教與神話》，〔英〕馬林諾夫斯基著，中國民間文藝出版社 1986 年版。

152. 《神秘的薩滿世界》，烏丙安著，上海三聯書店 1989 年版。

153. 《美術、神話與祭祀——通往古代中國政治權威的途徑》，〔美〕張光直著，遼寧教育出版社 1988 年版。

154. 《中國神話哲學》，葉舒憲著，中國社會科學出版社 1992 年版。

155. 《中國神話通論》，袁珂著，巴蜀書社 1993 年版。

156. 《悲劇心理學》，朱光潛著，安徽教育出版社 2006 年版。

157. 《中國美學史》，李澤厚著，中國社會科學出版社 1984 年版。

158. 《美學三書》，李澤厚著，安徽文藝出版社 1999 年版。

159. 《美學散步》，宗白華著，上海人民出版社 1981 年版。

160. 《藝術的起源》，朱狄著，中國社會出版社 1982 年版。

161. 《莊子神遊》，王德育著，社會科學文獻出版社 1999 年版。

162. 《興的源起：歷史積澱與詩歌藝術》，趙沛霖著，中國社會科學出版社 1987 年版。

163. 《中國藝術精神》，徐復觀著，華東師範大學出版社 2001 年版。

164. 《道家文化及其藝術精神》，趙明、薛敏珠著，吉林文史出版社 1991 年版。

165. 《中國早期藝術與宗教》，王昆吾著，東方出版中心 1998 年版。

（三）碩、博士學位論文

1. 《秦漢魏晉遊仙詩的淵源流變論略》，張宏，北京大學 1997 年博士學位論文。

2.《屈原與巫文化關係研究》，王志，吉林大學 2006 年博士學位論文。

3.《先秦兩漢詩歌的生命意識及其藝術顯現》，王鳳霞，東北師範大學 2004 年博士學位論文。

4.《西漢文學繫年》，易小平，山東大學 2005 年博士學位論文。

5.《道家與漢代士人心態及文學》，陳斯懷，山東大學 2007 年博士學位論文。

6.《先秦兩漢神仙思想與文學》，姚聖良，山東大學 2006 年博士學位論文。

7.《兩漢生死觀與兩漢文學關係研究》，張宇，福建師範大學 2006 年碩士學位論文。

8.《〈遠遊〉的內容、形式與抒情模式研究》，王媛，首都師範大學 2004 年碩士學位論文。

9.《〈遠遊〉研究》，唐景珏，湖北大學 2006 年碩士學位論文。

10.《〈遠遊〉的作者問題、文化背景和文本研究》，劉孝紅，廣西師範大學 2007 年碩士學位論文。

11.《兩漢「士不遇」賦研究》，林小雲，福建師範大學 2003 年碩士學位論文。

12.《漢騷體賦研究》，鄧興華，四川師範大學 2007 年碩士學位論文。

13.《文學的想像力——論古代神仙幻想與先秦兩漢文學超驗意象的關係》，劉稚北京師範大學 2004 年碩士學位論文。

14.《論西漢抒情賦》，劉姝睿，鄭州大學 2004 年碩士學位論文。

15.《班固辭賦研究》，孫妮橘子，湖南大學 2005 年碩士學位論文。

16.《唐前遊仙詩發展論略》，彭瑾，陝西師範大學 2002 年碩士學位論文。

17.《遊仙長生與及時享樂——漢樂府遊仙詩的生命價值追尋》，趙榮，東北師範大學 2006 年碩士學位論文。

（四）期刊論文

1.《服飾與禮儀：〈離騷〉的服飾中心說》，李豐楙，《中國文哲研究集刊》第 14 期。

2.《服飾、服食與巫俗傳說——從巫俗觀點對楚辭的考察之一》，李豐楙，《古典文學》3 期。

3.《〈楚辭〉和遊仙詩》，朱光潛，《文學雜誌》三卷四期。

4.《道德之旅：張衡的〈思玄賦〉》（上），〔美〕康達維著，陳廣宏譯：《古典文學知識》1996 年第 6 期。

5.《道德之旅：張衡的〈思玄賦〉》（下），〔美〕康達維著，陳廣宏譯：《古典文學知識》1997 年第 1 期。

6.《評漢人辭賦中的神仙思想》，王宗昱，《天津社會科學》1995 年第 6 期。

7. 《郭璞和〈遊仙詩〉》，曹道衡，《社會科學戰線》1983 年第 1 期。

8. 《陰陽五行學說與漢代騷體賦的空間建構》，孫晶，《齊魯學刊》2004 年第 3 期。

9. 《以空間超越求長生久視——先秦兩漢詩騷作品的求仙模式》，王鳳霞，《社會科學戰線》2004 年第 2 期。

10. 《論〈楚辭〉的神遊與遊仙》，陳洪，《文學遺產》2007 年第 6 期。

11. 《巫風籠罩下的性命之學——屈原作品的思想史意義》，〔臺〕楊儒賓，2004 年第四屆通俗文學與雅正文學全國學術研討會論文。

12. 《從〈九歌〉之草木試論香草與巫術》，〔臺〕邱宜文，《社會科學戰線》1999 年第 5 期。

13. 《論儒家思想與漢代辭賦》，蘇瑞隆，《文史哲》2000 年第 5 期。

14. 《論屈賦情感宣泄的「託遊」方式》，潘嘯龍、劉學，《淮陰師範學院學報》2003 年第 5 期。

15. 《〈離騷〉「神遊」二題》，譚曉岐，2006 年楚辭國際學術研討會論文。

16. 《涉江遠遊——從屈原作品論唐前騷體紀行賦的發展》，蘇慧霜，2006 年楚辭國際學術研討會。

17. 《楚辭遠遊文化簡論》，多洛肯，《伊犁師範學院學報》2005 年第 4 期。

18. 《試論楚辭遠遊系列的結構模式及其對遊仙詩影響》，朱立新，《上海師範大學學報》2001 年第 5 期。

19. 《不遇 玄思 宮怨 述行——簡論屈騷影響下的漢代獨創騷體賦》，馮小祿，《重慶工商大學學報》2007 年 06 期。

20. 《論漢代思玄賦的「神遊」描寫》，焦華麗，《科教文匯》2006 年 07 期。

21. 《張衡〈思玄賦〉對〈離騷〉的模擬及二者精神主旨之異同——兼談漢代抒情言志賦的意義》蔣文燕，《寧夏大學學報》2006 年 04 期。

22. 《漢賦與神仙鬼怪》，鄭明璋，《臨沂師範學院學報》2002 年第 8 期。

23. 《超世之想與詩境開拓》，李文初，《暨南學報》1994 年第 3 期。

24. 《簡論我國古代遊仙詩的發展及表現主題》，王仁元，《信陽師範學院學報》2005 年第 2 期。

25. 《論遊仙詩的起源》，盧曉輝，《滁州學院學報》2005 年第 4 期。

26. 《論中國古代文學中的遊仙主題》，王立，《新疆師範大學學報》1988 年第 1 期。

27. 《唐前遊仙題材的流變與理性意識的成長》，趙雷，《中國礦業大學學報》2007 年第 1 期。

28. 《遊仙詩特點及分類》，李永平，《西安市石油學院學報》2001 年第 4 期。

29. 《遊仙文學芻論》，凌郁之，《蘭州學刊》2006 年第 9 期。

30. 《試論遊仙文學之淵源》，魯紅平，《湛江師範學院學報》1999 年第 1 期。

31. 《試論漢代遊仙詩的產生及演變》，徐明，《張家口師專學報》1997 年第 2 期。

32. 《屈賦中「神遊」實質初探》，盧平忠《內江師專學報》1989 年第 2 期。

33. 《從莊子與屈原的審美理想看「楚文化」》，方銘，《中國文化研究》1996 年春之卷。

34. 《楚辭、漢賦中所見之巫風》，李倩，《東南文化》1993 年第 3 期。

35. 《論楚辭的文體感》，陳桐生、李彩萍，《雲夢學刊》2007 年第 2 期。

36. 《神遊論》，徐志嘯，《求索》1991 年第 4 期。

37. 《張衡〈思玄賦〉解讀──兼論漢晉言志賦之承變》，許結，《社會科學戰線》1998 年第 6 期。

38. 《〈楚辭·遠遊〉思想內容探析》，唐景珏，《濟南大學學報》2008 年第 5 期。

39. 《楚辭的美學價值四題》，朱良志，《雲夢學刊》2006 年第 6 期。

40. 《〈太玄賦〉作者考辨》，問永寧，《湖北大學學報》2006 第 5 期。

41. 《揚雄著作繫年》，王以憲，《湘潭大學社會科學學報》1983 年第 3 期。

42. 《揚雄賦論》，方銘，《中國文學研究》1991 年第 1 期。

43. 《賦的內涵與外延》，方銘，《光明日報》2004 年 7 月 28 日。

44. 《〈遂初賦〉與兩漢之際賦學流變》，張宜遷，《阜陽師範學院學報》2000 年第 2 期。

45. 《蔡邕論》，顧農，《揚州師院學報》1994 年第 1 期。

46. 《關於漢賦研究的幾個問題》，方銘，《北方論叢》2005 年第 1 期。

47. 《簡論漢魏六朝的紀行賦》，王琳，《文史哲》1990 年第 5 期。

48. 《漢魏六朝紀行賦的形成與發展》，宋尚賢，《文史哲》1990 年第 5 期。

49. 《論〈惜誓〉的作者與作時》，趙逵夫，《文獻》2000 年第 1 期。

50. 《〈惜誓〉非唐勒所作辨──與趙連夫先生商榷》，力之，《內蒙古師大學報》2001 年第 6 期。

51. 《〈楚辭·哀時命〉試論》，鄭文，《甘肅師大學報》1980 年第 4 期。

52. 《司馬相如〈上林賦〉、〈大人賦〉作年考辨》，龍文玲，《江漢論壇》2007 年第 2 期。

53. 《班彪〈覽海賦〉》，趙逵夫，《文學遺產》2002 年第 2 期。

54. 《從〈楚辭〉成書體例看其各非屈原作品之旨》，力之，《四川大學學報》2002 年 2 期。

55. 《疏闊悲涼蒼茫雋永──讀劉歆〈遂初賦〉和班彪〈北征賦〉》，蔣文燕，

《名作欣賞》2004 年第 6 期。

56.《論〈幽通賦〉與〈答賓戲〉》，孫亭玉，《長沙電力學院社會科學學報》
1997 年第 4 期。

57.《漢魏六朝時期的海賦》，譚家健，《聊城師範學院學報》，2000 年第 2 期。